高职院校
改革发展研究

高职院校改革发展研究

管德明　主　编
陈家颐　副主编

上海交通大学出版社

内 容 提 要

　　本书站在时代的高度对当前我国高职院校的改革发展作了全方位的研讨与总结。本书主要收纳了近 60 篇论文,分别从高职院校的办学思想、办学定位、教育教学实践、德育与素质教育、师资队伍的建设,以及高职院校的党的建设等领域,做了较为全面地探讨和研究。本书实可为各高职院校管理人员、尤其是院校领导的工作参考书。

图书在版编目(CIP)数据

高职院校改革发展研究/管德明主编 . —上海:上海交通大学出版社,2006
ISBN 7-313-01209-8

Ⅰ. 高… Ⅱ. 管… Ⅲ. 高等学校:技术学校－教育改革－研究－中国 Ⅳ. G719. 2

中国版本图书馆 CIP 数据核字(2006)第 083985 号

高职院校改革发展研究
管德明 **主编**
上海交通大学出版社出版发行
(上海市番禺路 877 号 邮政编码 200030)
电话:64071208 出版人:张天蔚
上海交大印务有限公司印刷 全国新华书店经销
开本:787mm×960mm 1/16 印张:19.75 字数:371 千字
2006 年 8 月第 1 版 2006 年 8 月第 1 次印刷
印数:1～2050
ISBN 7-313-01209-8/G·858 定价:28.00 元

序

南通职业大学根植于闻名遐迩的"教育之乡"沃土,秉承悠久的文化积淀,伴随着党的改革开放的春风,在高等职业教育道路上一步一个脚印,奋斗不息,耕耘不止。经过30多年的历练,学校由小到大,由弱到强,现在已成为江苏高等职业教育事业中的佼佼者。特别是近几年来,学校的办学规模、教学质量、师资队伍等方面都得到跨越式发展,实现了质的飞跃。

学校30多年的发展经验告诉我们,学校要发展,必须符合时代的发展要求,适应经济社会发展的需要,遵循教育活动内在的本质规律。为此,我们始终把对教育理论和教育实践的研究和探讨放在突出位置,采取各种切实可行的措施,引导和鼓励广大教育工作者在教育实践中,善于从教育现象的个别性和特殊性中找出反映教育活动的内在的、本质的教育规律,开拓教育新理念,指导教育新实践,促进学校教育教学的不断创新。我们从近年来教职工公开发表的近千篇论文中选出近60篇汇编成册,以点带面,力求从一个侧面展示一个学校的教研成果。这些成果有的已溶入学校的办学思想、办学定位中,有的已成为学校政策法规的有关条款,有的已转化为教育教学实践的成果,有的正在教育改革发展中发挥积极的作用。这些成果不仅是对"十五"以来学校教育教学工作比较全面的总结和展示,而且保证了学校教育教学研究持续高位运行,为学校确立正确的指导思想和科学定位,推进教育教学改革,加快师资队伍和专业建设提供了理论支持,为高职高专人才培养工作奠定了坚实的基础,对学校今后的建设和发展具有重要的指导意义。

当前,在党的十六届五中全会精神指引下,一个全面建设小康社会的高潮正在全国范围兴起,科学技术突飞猛进,经济社会持续健康发展,大众化教育趋势日益显现。培养适应社会经济发展需要的高技能应用型人才,是高职高专院校的一项具有战略意义的重要任务,任重而道远。新时期,教育战线出现了许多新情况、新问题、新矛盾,需要我们在教育教学实践中去研究、去探索。我们要站在时代的高度,坚持以邓小平理论和"三个代表"重要思想为指导,全面落实科学发展观,牢牢把握学校发展创新大局,进一步解放思想,与时俱进,开拓创新,努力使我校高职高专人才培养工作水平再上新台阶,为南通和长三角经济带的三个文明建设与和谐社会建设做出更大的贡献。

编　　者

2006 年 5 月 25 日

目　录

办学思想办学定位研究篇

教育教学实践篇

德育与素质教育篇

师资队伍建设篇

党的建设篇

办学思想
办学定位研究篇

论职业大学的历史作用与发展战略

管德明

摘要 职业大学诞生于改革之初,她的办学特色为高等职业教育的发展奠定了良好的基础。在经济全球化的今天,研究职业教育的发展战略,具有现实的意义。本文分析了职业大学的历史作用,从办学规模、办学层次、办学特色、办学体制诸方面论证了职业大学将在"大力发展高等职业教育"中继续发挥先导作用。

关键词 职业大学 高等职业教育 发展战略

据 2001 年 12 月国家教育部公布的《全国高等学校名录》,1224 所普通高校中,以"职业大学"冠名的高校仅剩下 17 所。纵观近几年的教育统计年报,"职业大学"的数量亦呈下降趋势。有的升格更名,有的并入其他学校,也有的更名为职业技术学院。职业大学是特定历史时期顺应社会发展与经济建设的需要而诞生的,其在高等职业技术教育方面的探索是成功的,积累了不少优秀的经验。在"大力发展高等职业教育"新的历史时期,正确认识职业大学的历史作用,对研究高等职业教育的发展战略具有积极的现实意义。

一、职业大学的创办适应了经济建设与社会发展需要

20 世纪 80 年代初,改革开放的政策使全国各地的经济得以迅速发展,经济的发展,需要大量的不同类型、不同层次的人才的支撑,需要高等教育的支持,尤其是经济发达地区急需的技术应用型人才和较高层次的管理、外贸等新型人才的培养是当时我国高等教育的燃眉之急。广大民众对接受高等教育的需求,不少中心城市相继创办了一批高校,并按国家规定命名为职业大学。

职业大学的创办是应区域经济建设和社会发展的需求而生,其发展过程也始终与地区经济状况相一致。从其灵活设置的专业类型,可以看出社会经济发展的轨迹。至今已有二十年的历史的职业大学,作为我国高等教育的一支重要力量,其培养的数十万面向基层的技术应用型人才,为区域社会经济的快速发展起到了不可替代的作用。

二、职业大学的举办为高职教育奠定了基础

20 年的发展,职业大学形成了自己独有的鲜明特色,为今天大力发展的高职教育奠定了基础,具体表现为:办学方向及管理体制的地方性,使职业大学能以地方经济社会的发展需求为己任,不断调整发展方向,学生能将所学技能用于当地生产、服务、管理一线,将科学技术转化为实实在在的生产力。对于提高地方经济社会的发展水平,起到了重要的作用;培养目标强调应用性使职业大学的学生有别于普通学科型大学的学生,这些注重实践、强化技能的高级应用型人才将成熟的技术和管理规范变成现实的生产和服务,是在一线从事管理和技术应用工作的专业人才。办学方式的灵活性,体现在为贴近区域经济建设对各类、各层次人才的需求,灵活地实行学历教育、非学历教育、职前教育、职后培训。长短学制按需而设,这种多种形式的办学模式,使不少职业大学成为当地高新技术人才的培养基地;专业设置的职业性,根据地方经济建设的需要,职业大学按职业岗位群调整、改造传统专业,开设新专业,具有代表性的酒店管理、连锁经营管理、汽车维护等专业培养的高级应用型人才是普通大学的学科型人才难以取代的;课程设置的针对性,避免了普通高专的"本科压缩型",提升了中专、技校的"简单操作型",成为高级应用型人才,因而基础理论以应用为目的,以必需、够用为度,专业教学强调针对性和实用性,以能力培养为目的,注重实践教学环节,强调职业针对性;双证书或多证书的毕业生是职业大学所特有的,除毕业证外,应用技术证书和职业资格证书的获取,是学生动手能力的客观反映,多种技能证书的拥有表明了学生的一专多能,亦是技术与技能复合型人才的具体象征,为他们走出校门立即上岗打下了基础;对口招生使中专、技校、职高的优秀毕业生有机会在职业技术方面得到更高层次的教育。职业大学区别于普通高校的另一显著特点是师资队伍的"双师型",这支"能文能武"的队伍是学生能力获取和提高的保证,否则"应用型"、"职业性"等充满生命力的职教特色根本无法付诸实践。

随着高新技术的发展、产业结构的调整,国家在建"一流大学"和重点院校的同时,将大力发展高等职业教育放在了首要位置。江苏省"高等教育招生计划的增量部分主要用于发展高等职业教育。加强中职与高职的沟通与衔接,同时探索发展高职本科和高职研究生教育。"职业大学在人才培养的类型、模式和办学体制、办学方式上的改革和探索无疑为今天高职教育发展战略的实施打下了坚实的基础。

三、大力发展高职教育是社会发展的必然

纵观中外的高等教育发展史,古典大学皆以宗教、人文科目为主要教育内容。"学而优则仕"强调的是"四书五经"的传授,文艺复兴时期对代表自然科学

的"日心说"的压制，代表着宗教、人文教育所占的主导地位，直至近代工业革命的兴起，才使"非正规"的专科教育有了一席之地，虽由于当时自然科学和技术学科尚处于经验状态，低程度的学术水平使专科学校与古典大学之间仍无法平起平坐，但自然科学与人文科学的相互渗透使得科学技术的发展得到了前所未有的飞跃，专科学校与古典大学最终融合成现代的综合性大学，此后一直占据着高等教育的主流地位。二次大战以来，科学技术发展导致的技术操作复杂化及白领技能的分割，为职业教育的产生提供了基础，20世纪60年代后，西方新兴工业化国家高中后职业教育得以迅速发展，并形成了独有的体系，如德国以"双元制"教育为主的专科教育、澳洲的TAFE课程体系、美国的社区学院、日本的短期大学，这些培养高层次应用型人才的学校，在服务于各国的经济建设方面，发挥的积极作用与综合性大学是相互无法替代的，职业教育的规模已日渐上升到主流地位。

在我国清末，西方列强的隆隆炮声使人们意识到"师夷之长技以制夷"，为实现强国之愿举办的带有一定理工科性质，与现代工业生产有一定联系的各类学堂、学馆，打破了中国历史上高等教育以人文科目为主的传统，是中国高等教育近代化开端之一。新中国成立后，由于高层次人才奇缺，急需扩大高等教育规模以解决燃眉之急，当时面向行业发展起来的专科学校作为一种学制稍短的教育，能够较快地培养大量人才，但它只是对本科教育的一种补充。改革开放以来，我国高等教育进入新一轮快速发展期，应运而生的职业大学不仅是对普通高教在数量上的补充，主要是解决人才资源计划配置情况下，地方人才严重匮乏的问题。当时，对高等教育结构问题，知识分类、知识的效用及人才分类等概念并未引起足够重视。20世纪90年代，随着经济的进一步发展，特别是全球经济一体化的形成，高教外部环境的变化使高职教育的定位发生了实质性的变化，表现为由数量补充转向结构互补。建立与普通高教相并列，并与其相沟通的高职教育体系得到了社会的共识。随着知识经济社会的到来，高等职业教育的发展必定有更快的飞跃。

四、职业大学的发展战略探讨

作为我国高职教育先导的职业大学虽然经过了20年的成长过程，积累了一定的办学经验，但是随着市场经济的不断发展，要求其在学习国外先进职业技术教育经验的前提下，不断调整发展方向，办出具有中国特色的高职教育，为区域经济和社会的协调发展发挥应有的作用。

（1）扩大办学规模，提高规模效益，形成高职集团。中国加入WTO后，在服务贸易方面承诺了教育中允许商业存在，即允许中外合作办学，且外方可占大份。中国是一个巨大的教育市场，在WTO谈判中，不少国外高校来中国争夺优秀生源,洽谈合作办学,意在中国教育市场中占领一席之地。我国高职教育普遍规模较小,不具有国际竞争力,可参照重点大学的模式,实行合并重组、联合办学等方式,建立高职教育集团。在地区合理布局,以保证在国际竞争中发挥集团效应。从国内来看,一方面科技成果转化不了生产力,另一方面企业的科技含量得不到提高,除了政策、资金等原因外,缺乏大量将科技成果转化为现实生产力的高职人才是问题的症结所在,高职院校规模太小,效益低下制约着高职教育的进一步发展,据教育部统计年报(2001年12月31日),全国高校平均在校生5289人,而高职院校平均在校生只有1966人(高专学校平均2287人)。随着WTO的加入,产品的国际竞争力将是企业生存的根本,产品的竞争归根到底是人才的竞争,尤其是企业一线应用型人才的竞争,因此,高职教育应受到前所未有的重视。高职教育规模的扩大有了充足的社会需求。再者,社会的可持续发展要求决定了21世纪将是一个学习的社会,终身教育的任务将大部分由高职教育完成。各类教育应相互衔接、相互沟通、相互补充,建立灵活的现代教育体系,使这座教育"立交桥"的主干道,畅通无阻,四通八达,在直接服务于经济建设、社会发展方面,发挥更为积极的作用。要达到这一目的,高职教育要走出单纯学历教育的框框,开展多层面的教育,将学历教育与非学历教育放在同等重要的位置,对非学历教育市场进行研究、开发。学习职业大学的经验,将高职教育与社区教育结合起来,将触角延伸至社会的各个阶层、各个角落,满足各层次、各类型的学习者的需求,以不断扩大高职教育的办学规模,提高其规模效益。

(2) 提高办学层次,加强内涵建设。高等职业教育是一种教育类型而不是一种教育层次。我国目前高职教育多为大专层次,这既不是社会人才需求的定论,也不是教育专家的论证,只是计划经济的残余影响,这一错误定位使高职教育的地位无法提高,虽然高职教育是高中后教育,但由于生源质量无法保障,办学层次难以提高。虽然教育部试行了"专转本",但是转入本科段学习的学生毕竟是少数,远不能满足社会的需求,高等教育立交桥并未畅通。高职教育要提高办学层次,除了做好与普通高教在教学内容(主要是基础理论)上的互通、衔接,互认学分,使有志于学科型教育的学生凭一定的学分进入相应的高等学校。此外,加强高职院校的内涵建设,提高教育质量,提升教育层次,建设一批高等职业教育的本科院校亦极为重要与迫切。也是提高高职教育层次的重要手段之一,加强专业学位的建设,使学生能循学位系统继续深造,使研究生段的高职教育成为可能,高等教育的立交桥才能真正四通八达,适应社会对高等教育的需求。作为职业大学来说,二十多年的办学经验与教育资源的积淀,理应在提高高职教育办学层次方面发挥主力作用,把加强内涵建设作为发展的战略重点。职业大学的更名只是一个冠名的变更,并不代表着水平的变化,何况二十多年的奋斗已使"职业大学"的冠名成为一笔无形的资产,美国麻省理工学院并未因其冠名为学院而影响其在世界著名大学中的地位。

（3）注重办学特色，顺应时代发展。职业大学蓬勃发展的二十年的历史，证明了其旺盛的生命力源于其有别于普通高教的办学特色，不断调整、明确办学方向，以适应地方经济建设与社会发展的需求，是其特色的具体体现。入世后，人才结构性矛盾是一个突出问题，必须采取超常规的方法培养急需的高新技术人才，以及与新型服务相适应的实际工作一线的专业人才，满足提高企业竞争力和第三产业发展以及大量外企进入对人才的需求。这些均是职业大学的特色所在。WTO 的游戏规则折射到教育上，突出了道德的地位。现代市场经济的道德价值观体现在，经济是看得见的行为，道德是看不见的准则，不是行为决定准则，而是准则决定行为。现阶段，为顺应时代的发展，应在充实、完善原有特色的基础上，将"以人为本"的教育理念贯穿于教育的整个过程中，使高职学生不仅具有较强的实际工作能力，更应具备职业意识、敬业精神及创新、应变、合作的能力。

（4）改变高职教育体制，参与国际教育市场竞争。优胜劣汰，适者生存是大自然的法则，也是市场经济的规律，我国目前存在的穷国办大教育的经济背景与单一国有办学体制，形成了僵化的教育格局，职业大学多由地方主办，资金来源更加不足，但也促使了职业大学对多元办学体制作了一些探索。入世后，我国高职教育必须向具有竞争性和活力的多元化办学体制转变，改变长期以来高职教育单一由政府办学的模式，探索校企合作、股份制办学、与国外合作办学之路。国外在职业教育与继续教育方面经验丰富，具有明显的优势，参与国际合作可增强高等职业教育在国内教育市场的竞争力，也促使国内教育资源的配置由计划配置方式转变为市场配置方式，使职业大学在资金投入、招生、就业、国外优秀教育资源的引进等外部接口上得到一个公平竞争的环境。

职业大学应改革开放之需要而诞生，随市场经济发展而壮大，虽然以此而冠名的学校在减少，但高等职业教育正在蓬勃发展，并将为我国经济建设与社会发展作出更大的贡献。职业大学也将在"大力发展高等职业教育"中继续发挥先导作用。

论高等职业教育的发展与创新

管德明

摘要 我国高等职业教育发展的历史,本身就是一个借鉴与创新的历程,要建立具有中国特色的高职教育体系,创新是最为重要的保障。坚持教育创新,一是教育思想要创新,二是教育体制和教育制度要创新,三是教育内容和手段的创新。创新理论是创新实践的先导,本文对高职教育发展中出现的新问题,从理论和实践两方面作了探讨。

关键词 高职教育 创新 理论 探讨

创新是中华民族古老文明焕发青春与活力的永恒使命,也是人类文明迈向辉煌的特有品质。江泽民同志说:"教育是知识创新、传播和应用的主要基地,也是培育创新精神和创新人才的重要摇篮。"他不仅深刻揭示了教育对创新的支撑与推动作用,也蕴含了对教育自身的创新要求与期盼。教育创新既是时代的要求,也是教育自身发展的必然要求。教育创新是教育发展的灵魂与动力,是高等职业教育壮大的源泉与可持续发展的保证。我国现阶段高职教育创新的目标指向,就是实现教育思想、内容、方法、条件、环境和管理的全面现代化。

一、我国高职教育的创新与发展

有什么样的教育观念,就有什么样的教育活动。高职教育创新首先必须确立适度超前的发展战略观。二战后的日本,重建和腾飞的核心战略之一就是教育兴国,全民艰苦奋斗大力发展高等教育。高职院校不仅数量庞大,而且规格齐全,形成了独具特色的日本高职教育体系。20 年后,春华秋实,日本跻身世界经济强国。

根据联合国教科文组织关于不同教育程度的人在提高劳动生产率能力上的差异的研究报告,我们发现,接受教育的程度的提高,是提高劳动生产率的有效途径。两者间不仅有内在的有机关联,呈同方向变化,且是一个加速的过程。小学教育程度的人,其提高劳动生产率的能力为 43%,而中学教育程度的人则为 108%,大学教育程度的人提高劳动生产率的能力则是 300%,与中学教育程度相比,其提高幅度为 200%[1]。教育、尤其是高等教育,完全是现代人力资源的作用倍增器。

经济越发展，职业技术教育的重要性就越突出。20世纪50年代到90年代，美国研发人才、一线技术人员（高级技术应用型人才）和熟练工人之比为2∶2∶6转变为2∶6∶2[2]。发达国家的发展历程和成功经验，为帮助我们树立现代高等职业教育新观念提供了有力的借鉴和提示。

观念的创新是教育创新的起点，先进的思想观念能够正确指导探索与实践，避免盲目和失误。随着知识经济的到来，高等教育在社会发展中由边缘走向中心，"教育是社会经济发展的'和合'因素、'整合'条件，是实现经济社会'和谐'目标的根本途径"、"教育是事关全局的具有先导性和基础性的知识产业"、"教育不仅具有资本属性，而且是重要的知识资本。"[3]

"一流的教育支撑一流的经济"。对我国高职教育来说，首要的是转变和提升观念认识，确立其应有的战略地位，把高职教育与普通高等教育列为并行不悖、同等重要的主流型教育，用法律来保障，用一系列政策措施加以体现。[4]从观念层次上扫除障碍，是我国高职教育深化改革和发展的首要任务。

二、教育创新的基础是办学体制和管理体制的创新

高等教育的先行与普及，西方发达国家高等教育资源日趋过剩，纷纷把介入发展中国家的教育市场作为一项重要产业方向。根据WTO规则，双向的国际交流与合作已是大势所趋，这对我国优化高职教育的外部环境带来了良好机遇。我国以占世界公共教育经费总数1.4%的财力，支撑着占世界学历教育人口22.9%的庞大的教育体系，教育资源的不足是显而易见的[5]。造成这一被动局面的原因很多，但办学体制的单一和僵化是其中的一个主要原因。而办学体制实现创新的有效途径之一，就是以积极主动的姿态，吸引外资和外教，开拓高职教育新的投入渠道和办学主体，并本着比较、学习和借鉴的态度，充分吸收国外先进的办学体制、课程体系、教学方法、管理模式、评估体系等，使我国高职教育通过办学体制的创新，缩小与发达国家的差距，最终实现高职教育发展的跨越式飞跃。

创新办学体制的另一途径是面向国内，随着高职教育的产业化、市场化，高职院校要进一步增强市场服务意识和效益观念，完善高职院校自身的市场运作机制，为社会资金的参与提供切实可行的环境和条件，走产学研一体化发展道路。要由目前单一体制为主向多元化转轨，大力发展国有民营、民办公助、中外合作办学、私立高等教育等多种办学体制。

我国长期以来实行的高等教育计划经济管理模式与当前高等教育产业化运作的矛盾日益突出，政府主管的权限对高职院校自身调整的幅度形成难以逾越的制约。与我国经济发展状况相吻合，教育资源的市场化配置尚待时日，而在这

方面,政府对教育布局调整、教育资源政府调控功能又因条块分割、管理"越位"与"缺位"并存等原因,未能及时发挥,大量低水平重复建设的高职院校分割有限的教育资源,造成资源短缺与资源浪费并存的局面。江泽民同志曾经说:"进行教育创新,关键是通过深化改革不断健全和完善与社会主义现代化建设要求相适应的教育体制,扫除制约教育发展的体制性障碍。"[6]

高教管理体制的创新,其核心是将高职教育由事业型向产业化方向改造,进一步划分和明确管理者的职责与权限。政府对高校的管理与职责主要体现在依据法律和民主原则以及地方经济社会发展的状况,确立宏观的战略及目标,采取教育、尤其是高等教育适度超前发展战略(一是在各行各业的发展中处于优先的地位,二是超前于经济发展的总体水平,三是率先实现教育的现代化)[7];确定年度高教事业经费的预算与划拨,以及特殊情况下的资金供给;主导制订高职教育质量评估体系;主要通过项目管理的方式进行引导。

三、教育创新主要靠教育内容与手段的创新

教育内容的创新是高职教育服务社会,满足经济社会发展的必然要求。教育内容的确定,一方面要立足国内经济建设主战场,根据产业结构调整后市场对人才需求的层次、类型、规格要求以及受教育者个性发展的实际需要,重点是培养人才的综合素质、尤其是具有创新精神的实践能力,按职业岗位群设置专业和整合教学内容;另一方面是要立足高等教育产业化的时代背景,树立高职教育国际化观念,主动参与国际竞争,尽快制订符合国际惯例的国家级技能标准和职业资格标准,实施职业资格证书制度和就业准入制度,并以此作为教育内容确立的依据和人才培养质量评价的标准。

教育内容创新的最直接体现应是课程的先进性、适用性和实践手段的先进性、实用性。高职教育现行课程设置尚未按照岗位需要、模块化设计,往往根据自身教育资源状况设置,因人设课现象严重。在教材选用上,专业课较多延用普通高校的本科教材。从市场运作来看,课程设置不能简单地建立在高职院校单方调研的基础上,应当通过产学研协作,由专家、企业和学校共同确定。

教育内容的创新有赖于素质教育观念的树立和以人为本的教育理念,特别是在高职教育市场国际化条件下,单纯的技术教育已不能培养出合格的毕业生,创业精神、团队精神,敬业精神、心理素质、外语水平等诸多内容,都必须在大学阶段有限的时间里予以培养。教育内容的创新也有赖于终身教育体系的构建,高职教育因其功能和特点,在这一体系中必将成为主要载体。对此,高职教育不能满足于现有的学历教育,要在职前与职后,技能教育与岗位培训等非学历教育领域拓展,其教育内容的涵盖面将无限地扩大,在层次上将日趋分明。这对充分利用现有的教育资源,提高办学效益也是极为重要的。

实践环节薄弱是当前我国高职教育的软肋，也是高职教育做大做强、品牌化、特色化的致命缺陷。解决这一矛盾的关键，除了需要政府加大投入外，高职院校必须加强与企业的联姻，完善市场运作机制，吸引社会资金的投入。在高校内部在资金分配上，也要向实践教学环节倾斜。实践手段的创新，除了采用先进的设备外，还要增加新材料、新工艺、新技术的应用，并相应调整学时。

实现教育手段的创新，其实质是教学手段的现代化，是指将现时代新的工艺设备引入教学的动态过程[8]。主要有现代视听技术和多媒体技术，其核心是高职教育的信息化建设。旨在通过技术设备与手段的变革，实现教育空间网络化、教育内容数字化、教育技术智能化以及学习方式的个性化。教学手段的现代化一是要求硬件的配备到位，更重要的是教学软件的开发和教师能力素质要跟上去。使用现代化教学手段，必然会对教学内容、教学方法、教学组织形式、教学管理乃至教育制度产生影响，带来变化。高职院校普遍存在的效益问题、教材问题、师资矛盾等诸多困难都可因教育手段的创新而有所改观。

四、高职教育发展与创新过程中几个值得关注的问题

(一) 现行"专转本"政策对高职教育发展与创新的作用和影响

普通高等教育(尤其是名牌高校)举办职业教育，其着眼点在于全民教育和终身教育体系上下贯通的高等教育立交桥构建，是新时期我国高职教育加快发展的创新举措，对于壮大我国高职教育的整体实力，探索高职教育多样性、品牌化发展的创新实践具有十分积极的作用。现行"专升(转)本"政策的实施，旨在依托现有的普通高校办学资源和品牌效应，突破高职教育大专层次的局限性和普通高教与高职教育的相对封闭格局，在普通高教与高职教育之间起到了桥梁沟通作用，对高职教育的进一步发展具有较为重要的意义。

但是，应当看到，这一政策的出台和实施，对高职教育、尤其是地方高职院校的发展也带来了一定的负面影响。一是学生进入普通高教系列，进一步强化理论的学习，高职教育重视实践环节和培养学生动手能力的特色和优势有所削弱。二是高职院校的优秀学生流失，在一定程度上影响了高职院校创立品牌的努力，三是高职教育资源进一步向特大城市或中心城市过度聚集，加剧了中小城市众多高职院校资源短缺的矛盾，也有违高职教育发展均衡化的战略原则。

"专升(转)本"主要着眼于学生学历层次的提升和可持续发展。但从实践来看，利弊互现。解决这一矛盾的关键还在于：一是高职教育的发展主要还是立足现有的新老高职院校，通过市场竞争和政府扶持，让一部分优质高职院校做大做强，成为地区高职教育的核心和示范。二是在高职院校做大做强的基础上，让这部分优质高职院校在层次上向上延伸，以此作为完善高职教育体系的有效手段。

三是在条件相对成熟时,建立高职与普通高教间双向交流机制。重点大学的学生如不希望从事理论研究或基础研究,毕业后也可入高职学习,然后就业,这在发达国家非常普遍,我国台湾也是如此。

(二) 教育资源市场配置功能缺失时政府必须及时调控

中国的 211 工程和普通高校的强强合并,是国家应对 WTO 挑战的行政性战略,也是目前条件下高等教育资源合理配置的有效途径[9]。对于高职教育来说,也面临同样的问题,尤其在经济相对发达的东部城市,许多中等职业学校纷纷升格为高职,新老高职挤在同一个专科层次上,且升格受到严格限制。这些新的高职院校延续着原有高职院校的发展轨迹,面临同样的困难。

我国高职教育市场化运作机制尚未成型,高职院校自身发展尚受到许多制约和限制,教育资源的市场化配置尚待时日。面对大量低水平重复设置的高职院校,政府主管一要科学规划高职教育的区域布局,二要量力而行,严格审批确保办学条件到位,三要运用行政手段,打破条块分割、多头共管的计划经济办学模式,"合并同类项",尽快使高职教育做大做强,避免低层次的恶性竞争,使高职院校在创新中发展。

(三) 高职教育理论研究与实际状况差距的问题

我国高职教育发展到今天,应该说速度是惊人的,成绩也是巨大的,这与众多专家学者的理论研究成果指导是分不开的。目前,高职教育领域尚有许多困难和矛盾,迫切需要从理论上进一步探讨和研究。"实践基础上的理论创新是社会发展和变革的先导。"但是,理论的研究,尤其是措施的制订,一定要立足国情,立足实际,实事求是,对高职教育的改革与创新具有现实指导意义和可操作性。例如,高职教育强调厚基础、宽口径、多方位的复合型人才培养模式。孤立地看,确有道理。但用以指导改革实践就难以实现。一是高职院校学制短;二是我国的社科、体育等公共课占有相当比重;三是高职教育最薄弱的就是实践环节。在这种状况下,强调口径宽,基础厚,极易将高职教育引入模仿普通高教的歧途,使高职教育回到普通高教的老路上。

即使是对国外先进的办学经验和成熟理论,也不能完全照搬照抄,生搬硬套,必须结合国情和高职教育的发展现状,理论联系实际,以实事求是的态度,坚持理论创新的先进性、可行性、有效性原则,努力发展具有中国特色的高职教育理论。

我国高等职业技术教育举办虽早,但快速发展也就二十年左右的时间,高职教育的进一步发展,迫切需要理论与实践的不断创新。政府要努力营造有利于高职教育发展的外部环境;加快建立高职院校市场化运作机制,提高办学层次;

企业要建立适才适用的用人制度,树立重视员工培训的现代人力资源观;社会要转变对高职教育的轻视和鄙视态度。当今教育走向社会发展中心地位已为越来越多的人所共识,高职教育的创新实践与努力,必将使我国在不远的将来,形成先进的、完备的、独具特色的中国高等职业技术教育新体系,在世界高等教育领域占有一席之地。

参考文献

[1] 江小明.积极探索 加快发展应用型本科教育.中国大学教育,2001(1)

[2][4][5][9] 中国高等职业技术教育研究会编.WTO 与中国高等职业技术教育专题研讨会论文集.河南.洛阳,2002.5.

[3][7] 彭坤明.知识经济与教育.南京:南京师范大学出版社,1998.6(1):65~76.

[6] 袁贵仁.创新是教育发展的灵魂.求是,2003.1

[8] 冒荣,刘义恒.高等学校管理学.南京:南京大学出版社,1997.10(1):176~179.

坚持办学创新
促进高职教育健康协调发展①

管德明

摘要 高职教育一直沿用了传统高等教育办学理念,发展至今,已不能很好地适应高职教育的可持续发展。因此,创新办学理念,建立与高职教育相适应,具有高职特色的办学理念,促进高职教育健康、协调、可持续发展至关重要。本文从教育管理、专业建设、人才培养和毕业生就业等四个方面作了分析与探讨。

关键词 高职教育 办学理念 创新

高等职业教育是工业化的产物,20世纪80年代地方职业大学的建立,为我国高等职业教育的兴起开了先河。工业化进入中后期,经济社会发展走向转型,城市化进程加快,也带动了农业产业化的发展,社会对人才类型、知识结构、素质与能力等各方面提出了新的要求。然而目前高职教育现状是:教育观念相对落后,无法调动学生学习、创造的积极性;市场观念不强,专业设置针对性较弱;人才类型的社会需求不明确,培养的学生知识能力结构单一;对毕业生就业关注不够,就业率不容乐观。面对高职教育发展进程中的机遇与挑战,坚持变革创新,建立具有高职特色的全新办学理念,对实现高职教育健康、协调发展具有重要的现实意义。

本文主要从以下几个方面进行办学理念创新的探讨。

一、以人为本,树立"教育管理是服务"的观念

以人为本的教育管理思想虽早已提出,然而能够真正付诸实践,落到实处,贯穿于整个教育管理过程仍是当前教育需要继续努力的方向。我国高职教育从普通高校办学思想中脱胎而来,有着计划经济时代的深深烙印。就拿最普遍的师生关系来说,教师处在主导、中心地位,学生则是完全的受教育者、被管理者,这种传统的观点根深蒂固。与此同时,学生应有的权力得不到保障,甚至一些与

---

① 江苏省教育科学规划项目《社区高等职业教育研究》

法律相悖的学生管理条例仍在执行。这不仅影响了人才培养，更无法体现以人为本的教育思想。

办学理念作为基本的办学指导思想，深层次地反映了学校办学的价值取向，从根本上规范着学校的各种行为，学校办学必须一切为了学生的利益，一切着眼于学生的发展，一切落实于学生的成材。以人为本的教育管理理念就是要改变过去教育管理者为核心，一切由教育管理者说了算的管理方式。确立"学生家长是学校的衣食父母"、"给你的是矿石就要炼出金属，给你的是泥土也要烧出砖瓦，没有不成材的学生，只有不成功的教育"的全新观念，把办学理念由"学校中心"转变为"学生中心"。

围绕学生为中心的教育管理，要实现对学生的全方位、全过程服务：在招生环节，采取信息主动打到考生的家里，尊重和帮助考生填写志愿；在培养的各个环节，允许学生有专业的选择权和转换权，尊重学生的兴趣和志愿；在毕业环节，为方便学生就业和实习，学校修改教学计划，采取弹性学制，依托实习单位实行灵活的毕业设计（论文）管理方式；在学生的管理上，更多地考虑学生的思想、需求和情感。即使是学生的各种非常规行为，学校管理者都要动之以情、晓之以理，做好过细的思想教育工作。对学生的惩处，依法慎重施行，不能以罚代管、以罚代教。树立"三个一切"，即"一切为了学生，为了一切学生，为了学生的一切"的办学宗旨，培养"教育管理首先是服务"的观念。

二、专业建设要适应社会经济发展的需求

高职教育沿袭普通本科办学模式的一个最不可取之处就是"封闭式"办学，体现在专业设置和建设上，并不是按市场急需，而是学校能办什么专业才设什么专业。这种与社会需求不相适应的办学模式培养的学生学不到社会急需的技术，这也是导致高职学生就业难的主要原因之一。高职院校专业不是普通高等教育意义上的"学科专业"，而主要是"技术专业"，培养的人才应该具有岗位技术工作的针对性、适用性和应用性的特点。

按照市场需求设置专业，是一种新的办学理念。这个导向是指社会需求的导向，区域和地方经济发展的导向，即专业设置由传统教育资源导向型转变为市场需求导向型。因此，各高职院校应遵循当地产业结构和社会人才需求的变化趋势，坚持有所为有所不为的专业设置方针。

首先，学校在设置专业过程中，不仅要深入行业、企业调研，而且要及时了解和掌握企业高新技术的应用状况，及时了解和掌握企业对人才规格要求的变化，及时了解人才市场的文化动态，及时调整专业培养计划。鼓励学生关注和把握人才市场走向。当然，在专业结构调整中要处理好长线专业与短线专业，新兴专业与传统专业，宽口径专业与多方向专业，变动性专业与稳定性专业的辩证关

系。

其次,专业设置要面向区域和地方社会经济发展情况。高职教育的办学宗旨是为地方社会经济发展培养生产、管理、建设、服务第一线的应用型人才,基于服务本地区的办学目标,培养"下得去,用得上,留得住"的技术人才。因此,坚持市场导向设置专业,就必须注重本地区、本行业社会和经济发展的需求,按照技术领域的职业岗位的实际要求设置和调整。并准确把握对未来的预测,体现专业设置的应用性和前瞻性。

再次,专业置要有特色。"高职院校的生命在于特色",而特色主要体现在专业建设上。特色专业的建设一样要遵循市场经济的规律,结合区域内产业结构调整优化,特别是主导产业发展的实际,实行重点突破战略,积极建设一批与当地主导产业密切结合的特色优势专业,形成"亮点",再通过这些特色专业的示范作用,带动专业结构的整体优化和专业水平的整体提高。在市场经济导向专业设置的前提下,想把众多高职院校大而全、小而全的专业全部建设成为高水平的专业既不可能,也不必要,建设过程中一定要抓关键、抓重点,有所为有所不为避免重复建设。

三、社会需要"一专多能"的复合型人才

传统大学毕业生合格与否都是以能否取得毕业证书来衡量的,即人才培养是由学校自身的评价标准决定的.毕业证书成了学生学习的终极目标和追求对象。高校扩招以后,大学生就业形势严峻,尤其是高职院校的毕业生就业在全国范围内面临了前所未有的压力。显而易见,依照传统学校评价方式来把握当今瞬息万变的社会人才需求情况是完全不够的。学校不能准确掌握社会对毕业生能力与素质要求的信息,必然导致人才培养与市场需求脱节,毕业生缺乏市场竞争力,不适应社会的要求。

高职院校转变人才评价观念,改学校评价为社会评价,及时掌握社会对人才类型、规格及质量的需求,结合现代职业对劳动者文化素质和技术水平要求的总体情况,在学生中推行职业资格制度,努力按照职业岗位群的要求,培养"一专多能"的复合型人才,保证学生在校期间能够真正掌握安身立命的实用技术,使其能够在严峻的就业竞争中顺利就业。

所谓"一专多能"复合型人才,是指该类型人才能够在掌握比较扎实的基础理论知识的同时,具有某一专业领域内多方面的技能,并且能够运用知识和专业技能灵活的解决实际工作中较重大问题。学校培养"一专多能"复合型人才,要立足于"专",熟练掌握某一职业岗位技术,同时在岗位群内做到"专"与"能"的有机统一。围绕社会评价的反馈信息,在教学计划内的实践能力培养过程中,实行双证(多证)模式,毕业生除了要获得大学毕业证书,还要努力取得高级职业资格

证书;有条件的可开设跨类技能训练课程,积极培养多技能型应用人才;尝试让一部分理论基础扎实、动手能力强的学生参与到教师的科研项目中去,使学生真正接触到当今的高新技术,提高学生跨专业、跨学科的综合知识运用能力和设计能力,增强学生新技术、新技能的实践能力,激发创新精神,最终达到面向社会的复合型人才培养要求。在推行辅修专业过程中,对学有余力或有特殊兴趣的一部分学生允许选择第二专业学习,以加强学生多种能力的培养;鼓励学生在相关或相近专业之间选择辅修专业,打通专业之间联系,使一些专业知识和能力实现融合,形成复合能力。

四、以就业为导向,使学生"进校成材,毕业有岗"

就业是民生之本,事关人民群众的切身利益,事关高等职业教育的可持续发展,把学生就业看作是学校办学的导向,这是一种前所未有的观念创新,也是以人为本教育理念的深刻体现与有机扩展。我国高等教育已逐步由精英教育向大众化教育转变,毕业生就业尤其是高职院校学生的就业逐渐成为社会关注的焦点问题和舆论关注的热点问题。毕业生能否顺利就业及就业后的进一步发展,成为各高职院校办学成功与否的重要标志,也成为办学思想、办学过程的最终导向。

学生进校后教育成材,毕业时找到合适用人单位,且就业层次达到一定的高度,是学校提高知名度与美誉度,形成"进口顺、出口畅"良性发展的主要因素。高职院校坚持就业为导向的办学理念,围绕就业开展各项工作,是实现这一目标的基本保证。所培养的学生能够成材,适应市场需求,毕业有岗。基于这一点,学校要做好以下两个方面的工作:一是实行就业导向型人才培养模式;二是开展系统化就业指导教育。

由于传统的教学计划和课程设置无法适应以就业为导向的高等职业教育。因此,在人才培养过程中,学校要关注就业市场变化,及时调整专业培养计划。根据学生有效择业、灵活就业和自主创业的需要,探索以学生和企业为"客户",有助于学生自主选择发展方向的"套餐"式课程管理机制。开辟学生"辅修专业"、"第二专业"绿色通道,开设更多实际、实用的选修课程,鼓励学生在相关专业领域自主选择学习。与企事业单位合作,根据用人单位"订单"进行教育和培训,按照企业对技能型人才的实际需求安排文化基础课,防止盲目加大文化基础课程的比例,削弱职业技能训练。

突破观念,针对生源情况和实际工作需要,实行分层教学,分专业方向和分阶段教育。建立学分转换等相应机制,把学历教育中的专业能力要求与国家职业标准,以及相关行业和合作企业的用人需求结合起来。针对职业技术教育学生动手能力这一突出环节,加大实训基地、实训设备的建设投入,满足广大学生培养动手能力的需要,使高级技能型人才培养成为现实。采取实习与就业相结合的方式,提高学生的岗位适应能力。

学生具备就业能力与素质后,学校还要做好就业教育工作。学生入校后,就要对其进行职业角色认识教育和专业思想的培育,使广大学生对自己的专业和未来有一定的认识和了解。建立相应的学校就业工作机制、工作方法和工作措施,使每一位干部和教师都来关心学生就业,促进学生就业。学生管理部门要转变职能,在整个教育教学过程中,紧紧围绕市场,开展就业指导工作,为广大毕业生牵线搭桥,帮助学生顺利走上工作岗位,增加学生创业意识和创业能力等方面的训练,对学生和毕业生自主创业给予扶持和指导。把就业教育工作重点放在就业培训和就业指导上,将就业培训与专业建设相结合,及时提供适应岗位要求的技能培训课程。建立各种渠道加强学生的社会实践和专业实践,让学生接触社会、了解行业、认知职业、择机创业。

五、正确处理办学理念创新过程中的几对关系

适合高职健康、协调、可持续发展的办学理念是指导学校教育工作的灵魂,是学校改革与发展的理论指导,是学校办学成功与否的关键。坚持办学理念创新,要正确把握以下几对关系:

(1) 一般与特殊的关系。创新办学理念时,各高职院校应从实际出发,既要考虑到一般高职院校的共性,又要兼顾到具体学校的个性。要考虑到办学层次、办学条件以及所处的区域经济产业结构、经济发展程度等各方面问题。

(2) 继承与创新的关系。科学办学理念是教育思想的时代精神,从理论上反映了一个时期内社会进步程度、经济发展状况和学校办学水平的情况,对已存在的办学理念,我们需要继承。但随着社会进步、经济发展、思想解放,高职院校将面临着新的发展机遇与挑战,这就要求学校在继承的同时,对办学理念、办学模式进行不断地改革创新。

(3) 核心理念与非核心理念的关系。办学理念是一个集合概念,它汇聚了学校工作中教育管理、人才培养、专业建设以及教学管理等多方面的思想。鉴于各个学校的不同情况,要把在指导学校办学工作起决定作用、占主导地位的理念放在首位,起到统领全局的作用。

参考文献

[1] 教育部教高[2004] 1 号文件.教育部关于以就业为导向 深化高等职业教育改革的若干意见.

［2］郑国强.新世纪的技术与职业教育.北京:中国文联出版社,2000年10月

［3］张德祥.对改革与发展高等职业教育的思考.中国高等教育,2002(15/16)

［4］叶春生.我国高等职业教育展望.江苏高教,2002,(2)

高职人才培养模式创新及其支撑条件

陈家颐

一、人才培养模式创新的取向

目标是人们想要达到的标准与境地。教育是有目的的活动。人才培养模式的目标取向是模式建构的起点,它决定人才培养的内容与途径,决定着不同的培养效果,对模式创新具有导向、凝聚和推动等作用。

(一) 从单一走向复合的目标取向

单一目标取向是指以培养适应某一岗位需要人才为目标的模式。计划经济条件下形成的高职教育,人才培养从招生到分配基本处于单一封闭的状态。高职招生按国家统一的专业目录,人才培养按统一的专业教学计划和方案,学生毕业后,由国家统一分配到某个岗位工作。在具体的培养方案上,高职专业建设基本上是采取模仿本科的方法,教学计划是本科的压缩,教学过程中存在着重理论轻实践,重课内轻课外,重教师的教轻学生的学的现象。在学生素质的培养上,过分重视某种岗位,学生的适应面不宽,应对未来岗位变换的基础较差。同时,因为过分强调统一,也导致了高职教育千校一面,高职人才千人一面,学校缺少特色,学生缺少个性,高职教育的发展受到抑制。

复合目标旨在培养综合素质。面对 21 世纪的社会变革,高职教育在经历重知识教育、能力教育之后,必然要走向素质教育,要提高学生的综合素质水平。因为,现代社会人仅仅具备一种岗位能力,是远远不够的。教育不应培养青年人和成年人从事一种特定的、终身不变的职业,而应当培养他们有能力在各种专业中尽可能多地流动,并永远刺激他们自我学习和培训自己的欲望。高职教育专业培养的目标不仅要为学生做职业准备,还必须要为学生发展奠定基础,在人才培养目标上要有更强的适应性。

(二) 从一元走向多元的学制创新取向

学制是国家对各级各类学校的性质、任务、组织系统和课程、学习年限等的规定。我国高职院校的学制长期沿用普通专科教育的学制。学校性质属于高等教育,任务是培养应用性人才,组织系统按高校设置,课程和学习年限是三年制,我们称之为一元学制取向。一元学制取向单一,不能适应学习者多元需求。因此,高职教育的学制正取向多元学制形式。

多元学制是学习主体选择性的要求,也是教育开放性的需要。在计划经济体制下,高职教育由国家统一计划招生,学生入学之前,就业的问题便基本解决了,学生在校学习压力不足。在市场经济体制下,学生的就业受到各方面条件的制约,选择了专业并不等于毕业时能找到职业。市场经济唤醒了学生的选择意识,催发高职单一学制改革以适应学生的要求。目前,高职人才培养的学制,有传统的三年制模式,也有 2+1 模式,即三年学习时间,用二年时间在学校完成理论知识的学习,后一年到社会岗位上进行实习与见习。还有 2+0.5+0.5 模式即三年学习时间,用二年时间在学校完成主要的理论课程,后用半年时间到生产岗位上进行实习实践,最后半年时间学生到校完成毕业论文和综合考试,以完成学业也有按大专招生与培养人才的模式,即学生入校后前二年学习共同的公共基础和技术基础课,第三年根据国家需要和社会需求、个人志向选择主修专业方向模块课程辅修专业方向模块课程,从而使学生专业基础知识加厚专业口径加宽,增强学生适应社会的能力。学制的多元化突破了原有专业学习年限的框框,注重学生能力、素质和创新意识的培养,使学生有了更多的选择性。

(三) 从局部走向全面的过程创新取向

高职人才培养模式包括人才培养方案设计、实施和评价等阶段。阶段创新是指在方案设计或实施评价等阶段进行的创新,具有局部性和局限性。高职教育人才培养模式探索的二十多年,在计划经济条件下,我国先后引进过德国的双元制模式、美国的社区学院模式,但由于方案的设计创新与实施条件和评价体制创新不配套,所以难以取得成效。高职人才培养模式的全程创新是包括方案、实施和评价系统的全面的要求。

全程创新首先强调人才培养方案创新。方案是人才培养模式创新的起点。人才培养方案设计,要坚持面向世界,面向未来,面向现代化的正确方向,坚持素质教育的导向,注意吸收国内外成功的应用人才培养的经验,从中国高等职业教育改革的实际出发,构建全面提高学生素质,与社会经济发展相适应的,有中国特色的应用人才培养体系。创新的人才培养方案,要解决理论与实践脱节、课内与课外分离的问题,力求体现对学生思想素质的提高,知识的掌握,基本能力的形成,实践一线的锻炼等方面的整体要求,将学生培养成为生产岗位所需要的合格人才。方案实施重在务实,坚持以人为本和以能力训练为本,发挥学生的主体作用,通过基本实验和能力训练,提高学生分析问题和解决问题的能力。校内实践重在帮助学生了解现代化大生产的基本特征。校外实践重在让学生进入生产第一线,在实践中进行综合训练,提高实践能力。方案评价,坚持将目标评价、过程评价与结果评价相统一,采取社会评价、学校评价与学生评价相结合的方法,使之形成对人才培养的推动作用,产生积极的导向,促进质量的提高。

(四) 从主体单一走向主体综合性取向

传统的人才培养主体是学校。学校是有计划有目的培养人才的组织,理所当然的应当是人才培养的主体但现代社会的分工呈现出多元性和复杂性的特征,尤其是高职教育相对于其他高等教育与社会的联系更为紧密,是以培养生产、服务和管理第一线人才为主,只有学校的积极性,没有社会的积极性是不行。因此,人才培养的主体也就出现多主体发展倾向。

人才培养模式中主体的变更,影响人才培养计划、内容、形式与手段等学生管理的各个方面。教学计划的制定由学校的单一主体行为变为多主体的专业指导委员会实施。专业指导委员会由行业部门领导、专家和学校领导组成,少数学校还会吸收学生代表参加,对人才培养计划进行研究和讨论,提高了计划的可行性和可操作性人才培养的多主体也促进了课程体系的优化。高职人才的培养只靠课堂教学不行,要提高课外的教学效率,必须要有大批懂理论有实践的双师型教师,但目前高职院校的双师队伍,无论是从数量上还是从质量上,都难以满足教学需要。用人单位和行业专家加盟到专业指导委员会后,大大充实了校外专家队伍,提高了兼职教师的质量有助克服授课人员的单一性,使教学内容更加贴近学生毕业后从事岗位或岗位群的具体要求。人才培养多主体,也促进教学方法的优化,尤其是实践指导力量的增强,人才培养能够更多地针对行业和企业的需要,对学生进行技能训练,提高学生解决现实问题的能力。学生与教师的双向交流面得到拓宽,交流的程度也进一步加深有助于学生从封闭式的学习转向开放式的学习。

随着社会发展和科技进步,人才培养模式更趋于开放和高效。高职人才培养模式的发展取向是动态的,各个取向之间也是相互联系的。目标的复合、学制的多元主体的综合、全过程的创新等,互为条件,又互相制约实践证明,只有系统地推进人才培养模式的创新,才能加速创新人才的培养。

二、高职人才培养模式创新的两大支撑条件

高职人才培养模式创新要获得成功,必需有一定的条件来支撑,下面仅述两点。

(一) 必需的物质投入

我国高等职业教育起步较迟,多数学校存在着先天投入不足,后天发展失调

的问题。必须通过完善投入体制,加大投入水平,来推动人才培养模式的创新。

高职教育投入的先天不足,主要表现为投入量不足效益不高和结构不良。由于我国是穷国办大教育,国家对教育的投入始终处于供不应求的局面。虽然,全国财政性教育经费占国内生产总值 GDP 的比例大幅度增加但预算内教育经费占财政支出的比例近年来却出现下降。教育经费占 GDP 的比例和预算内教育经费占财政支出的比例与国外发达国家相比,一直处于低下水平。高职教育经费投入主要依靠国家财政的投资体制,国家总的投入不足,必然极大地限制高职教育的投入、高职教育的扩招,使资源短缺的矛盾更加尖锐。效益不高。由于校均学生规模小,我国高职生均消耗高,加之学校缺乏科学成本核算机制与竞争机制,故而在制度安排上漠视成本效益在高校经济运行中的重要性。结构不良。除了投入不足和效益不高,投入到高等教育的有限资源,又有许多没有花在教学与科研上,甚至花在与教学科研无必然关系的方面,造成不必要的浪费。成本过高,成为高职持续发展的沉重包袱。

高职投入的改造,一是加大政府投入力度。政府应该将职业教育的投入当作一种生产和技术创新的投入,不能等同于普通教育的投入,应该增加投入比例,提高投入效率。据研究,在普通教育与职业教育的投入上,职业教育与普通教育投入之比为 4B1,因为职业教育需要大量的设备与技术的投入,否则,职业教育就难以取得质量保证。职业教育要培养经济发展的当班人,要保证当班人真正能当班顶岗,职前必须有一定的岗位实践训练。没有适当的训练,就不能取得实际的教育效果。二是在投入主体上,高职教育要改变投入主体单一的现状,调动社会、家庭与个人的办学积极性,包括教师办好学校的积极性。根据中央"凡符合国家有关法律法规的办学形式,都可以大胆试验","要调整放宽政策,支持教育加快改革和发展"的批示办,走多元化投入的道路。国外高职发展的经验表明,高职教育的投入只依靠政府是不行的。不仅因为政府无力承担,更重要的是高职教育是应市场需求而产生的,要培养市场需要的人才,必须要与社会方方面面发生联系,注意发挥市场机制在高职资源配置中的基础性作用。

(二) 师资素质的提升

"百年大计,教育为本。教育大计,教师为本。"优秀的人才培养模式需要教师去总结和探索,也必须依靠教师去完善。人才的培养是创造性的劳动,模式只是基本的样式,不同时期形成的不同人才培养模式,都有其合理的因素,能够对人才培养起积极的作用。教师能否根据不同的教育对象,采取创造性的培养对策,是实现模式创新的必要条件。实现模式创新,就必须提高教师的素质。在知识高速增长、高速传播和迅速转化,终身学习成为 21 世纪人类生存概念的背景下,教育要走素质教育之路,走开放教育之路,教师必须有开放的素质,才能做知识的传授者和学生的引路人。

目前,高职师资队伍存在的主要问题是:

(1)数量不足,观念落后。高校连续扩招,高职院校教师明显不足,现有教师面对新的形势,多数缺少准备,教学观念落后,知识老化,方法手段陈旧。

(2)学历层次偏低。我国高职起步较晚,加上一些历史原因,教师队伍学历水平普遍偏低,很难适应高职发展需要。

(3)结构不合理,实践能力不强。双师型教师不足,基础课教师偏大,专业课教师不足,一专多能教师奇缺。

(4)补充渠道不畅。现有高职教师多是补充普通高校毕业生,实践经验普遍不足,难以适应高职人才培养要求,而有实践经验,理论扎实的技术人员,很难补充进高职教师队伍。

(5)队伍不稳。高职院校教师的主流是技能型人才,但现行职评和教师管理制度不利于队伍的稳定。技能型人才在评职时参照普通高校教师系列标准,过分强调科研论文的质量和数量,迫使高职师资把大量精力用于科研或理论研究,也不利于教师技能的再提高。

提升师资队伍素质要以转变观念为先导,以提高业务水平为核心,以培养中青年骨干教师和专业带头人为重点,以双师型师资队伍为建设目标,坚持思想、业务、待遇一齐抓,努力建设一支教育观念新,改革意识强,业务水平高,师表形象好,专兼结合的双师型师资队伍。提高教师的素质,首先要提高教师的思想道德素质和业务素质。爱因斯坦在赞扬居里夫人时讲"第一流的人物对于时代和历史过程的意义,在其道德方面也许比单纯的才智成就方面还要大。即使是后者,它们取决于品格的程度也远远超过通常认为的那样。"在社会经济功能不断强化情况下,教师不仅需要高尚的、一般人的内在品质而且要用自己的形象影响学生和社会上的成员,用自己优秀的思想品质更好地服务社会。教师的业务素质包括知识与能力素质。知识素质,需要教师有丰富的生活常识、自然科学、社会科学等知识,所教科目的专业知识,反映知识结构中纵向研究的程度,教育与心理方面的知识能力素质,包括语言表达能力、科研能力、创新能力和社会交往能力等。其次,高职教育还要求教师的双师素质鼓励教师学习实践技能,取得多种职业资格证书,注意探索学校和企业人力资源共享的合作模式。为解决双师型师资短缺问题,学校专业教师一部分时间可到企业工作企业也可推荐选派一些工程技术人员轮流到学校任教在学校期间由学校发工资,享受教师待遇。对新教师,要建立严格的试讲制度,合格后方可上岗。增加教师参加生产实践和指导实习设计的机会,使教师由单一的教学型转变为教学、生产实践、科研型,实现一专多能。

高职人才培养模式创新是一个与时俱进的过程,它只有起点,没有终点。江泽民同志在北京师范大学百年校庆的讲话中强调:"只有按照'三个代表'要求,大力推进教育创新,不断发展有中国特色社会主义教育事业,才能不断为我国经济和社会发展培养高素质的劳动者、建设者、管理者和领导者。"高职人才培养模式的创新,是一项复杂而艰巨的工程,我们坚信在党的"十六大"精神指引下,切实按照"三个代表"和教育创新的要求,与时俱进,就一定能建立起创新的高职教育人才培养模式,开创中国特色社会主义高职教育的新局面。

高职人才培养模式的理论思考

陈家颐

随着我国高等教育大众化的推进,高等职业教育正以前所未有的速度发展。据统计,仅 2001 年,我国高职高专教育学生 640 万,占 1175 万高校在校生的 54%,并且与高校扩招是同步的,也超过了 50%。从发展速度上,2001 年的招生量比 1999 年的 131 万增加 1.1 倍,达到 276 万,在校生比 1998 年的 365 万增加 75%。2001 年,全国有独立设置高职、高专院校 1314 所,在全国本科 597 所院校中,有 562 所设有成人教育学院和职业技术学院从事高职高专教育。我国高职高专教育无论是在校生数还是毕业生数,都占有普通高等教育、成人高等教育总和的半壁江山。对此,必须认真总结我国高职教育人才培养的经验,积极探索高等职业教育规律,构建有中国特色的高职人才培养模式促进高职教育的健康发展。

一、高职人才培养模式的内涵

(一) 高职教育的定位

高等职业教育(简称高职教育)是高等教育的一个重要类型,是一种高等专业技术教育。高职教育的对象是高中毕业或具有相当于高中学历程度的学生,培养的是生产、服务与管理第一线的高级应用型人才,属于高中后教育。高职教育包括专科、本科和研究生等各个层次,同时含有高职学历教育与高职非学历教育两种形式,是与我国学术性高等教育并列、承担着独特高等教育任务、与中等教育相区别的一种高等教育类型。

高职教育是职业技术教育的高层次。技术作为一种生产实践的方法体系,每项专业技术可分解为生产经验、科技知识、技术实体和技术管理四个要素。不同层次的专业技术,其四个要素的比例各不相同。技术层次愈高,科技知识和技术管理要素的比例愈高,相应的技术实体也愈复杂。高职教育所培养的技术人才要求专业技术知识、综合职业能力和职业素质的全面提高,因此,高职教育是以技术教育为主的普通高等教育,存于专科、本科和研究生各层次教育中。

对高职教育的定位,由于理论上的模糊,导致实践上存在定位不清的现象。

一种认为高职教育属于以非学历为主的教育,一种认为高职教育包括除本科教育以外的所有非基础教育的部分,大有高职是个筐,什么都往里装的倾向。定位的不清,影响到高职的形象,不利于高职的发展,也不利于对高职人才培养模式的分析。高职人才培养模式只有定位在高等教育和职业教育的类型上才能有正确的逻辑起点。

(二) 高职人才培养模式的内涵

模式是对某种事物的结构或过程的主要组成部分,以及这些部分之间的相互关系的一种抽象简约化的描述。

高职人才培养模式,既具有一般人才培养模式的特征,又存在高职教育类型的个性。就高职人才培养模式的本质属性而言,高职人才培养模式是在一定的教育思想指导下,为实现高职人才培养目标而采取的人才培养活动的组织样式和运行方式。其内涵包括:

(1) 高职人才培养模式是一种教育思想,凝聚着教育主体对高职教育的认识,主要包括高职教育主张、教育理论和教育学说等。

(2) 高职人才培养模式是一种有明确目标的活动。高职教育的目标是培养生产、服务和管理第一线的应用型高级人才,这一目标体现了社会对高职教育的要求,也是高职教育发展的依据。

(3) 高职人才培养模式所涉及到的人才培养活动,既包括学校的教育、教学和管理活动,也包括由学校设计并组织的校外教育教学活动,虽然教育教学活动的地点不同,但高职教育的特殊性,决定了人才培养的课程体系、教学方式、教学形式、运行机制以及非教学培养途径等各方面的特殊性。

(4) 高职人才培养模式是一种组织样式和运行方式。人才培养是多要素参与的集体劳动成果。各要素之间和集体成员之间如何组织、怎样运行,形成了不同的模式特征和风格,决定了不同的组织效率和工作效率。

(三) 高职人才培养模式的特征

高职人才培养模式的设计与实施受到多种因素的影响,但模式也是主观见之于客观的东西,是主观对客观认识的一种反映。掌握高职人才培养模式的特征,将能更好地理解和运用模式的要求提高模式设计与实施的科学性和效益性。高职人才培养模式的特征主要有以下几点:

1. 计划性

计划是人们行动的事先考虑,科学的计划体现了主观与客观的统一。人才培养模式不是天然存在的,而是人们在理论指导下,对人才培养活动的一种事先考虑,具有鲜明的主观性。模式是否科学受制于人们的主观认识水平。研究模式设计模式和应用模式，必须掌握人才培养的客观规律，充分发挥人的主观能动性，实现模式设计者主观与人才培养内在规律的统一。

2. 系统性

高职人才培养模式是由多要素组成的系统。从横向看，模式包括培养目标、课程体系教学方法、教学手段、管理制度等，诸多因素之间相互影响，交叉渗透，共同影响着模式的组织样式和运行方式。从纵向看，人才培养模式又分为不同的层次，包含着教育模式和管理模式等二级层次也包括课程模式、办学模式等三级层次。层次之间，下一层次是为上一层次服务，上一层次制约着下一层次的发展，离开模式的系统性，就无法把握模式的全貌。

3. 范型性

人才培养模式是运用科学理论指导对实践进行概括分析的结果，具有较强的理论性和实践操作性，体现了理论与操作的统一。人才培养模式的理论价值在于丰富了人们对人才培养活动的认识，其实践价值在于它的范型性，便于人们由人才培养模式的特征人手，掌握事物之间或事物内部各要素之间相互结合的方式及其运行程序，使人们可以模仿，甚至照着做，得出相似的结果，提高人才培养的效率。

4. 发展性

教育总是为明天培养人才的，教育的动态发展是绝对的。人才培养模式的研究是充满创造不断发展的过程，人才培养模式的发展是稳定与变革的统一。人才培养模式相对稳定性，指模式一旦确定，即具有定型化的作用，不宜改变。模式的变革发展指原有模式经过改革和调整，依然能够存在着价值，模式只能是稳定和变革的统一。

二、高职人才培养模式的结构

(一) 高职人才培养模式的结构要素

结构是指事物要素之间的联系方式和比例关系。结构反映事物的本质，结构决定事物的功能和效益。高职人才培养模式的要素结构是一个综合系统。

1. 培养目标

为学术人才培养的目标和为应用人才培养的目标是不同的。高职人才培养的目标是培养生产、管理和服务第一线的高级应用型人才，决定了其专业设置的市场取向、课程设置的实践取向、教师队伍建设的双师要求等。因此，正确理解与掌握高职人才培养目标，是构建高职人才培养模式最重要的条件。重视培养目标的实践性应用性，重视学生应用能力的培养与学生素质的整体提高，是实现高职教育可持续发展的必要条件。

2．专业设置

专业是高职人才培养模式的载体。高职专业的设置,既具有一定的学科标准,又充分体现了社会的要求,不完全受学科的限制。高职专业设置要努力构建市场、职业、技术三位一体的坐标体系。首先要建立在市场需求的基础上,根据市场对人才的需求确定专业,由职业岗位对人才规格要求确定专业课程,由技术发展水平和岗位技术要求确定教学内容。只有充分体现市场、职业和技术要求的专业才能受到社会的欢迎,具有旺盛的专业生命力。

3．课程模式

任何教育过程都涉及到知识、技能、能力、态度或情感等方面的因素,即都涉及"教什么"的问题。高职的课程编制,有以事先规定好结果为中心的目标模式、以过程为中心的过程模式、以实践为中心的实践模式和以批判为中心的批判模式。不同的模式标志着人们对课程编制的不同认识。高职课程模式的选择应该从培养目标和专业的特殊性出发,注重实践,注重学生能力培养。

4．教师队伍

优秀的人才培养模式需要教师去总结和探索,也必须依靠教师去完善。人才的培养是创造性的劳动,模式只是基本的样式,针对不同的教育对象,运用相同的模式,其效果是不同的。教师只有根据不同的教育对象,对现有模式进行丰富和改造,形成具有创造性的对策,才能提高模式的效率。高职人才培养的模式不同时期形成的本科压缩型、专科改造型、产学合作型和社会开放型,都有其合理的因素,能够对人才培养起积极的作用。尽管各存在缺陷,但优秀教师在模式使用过程中,能够较好地扬长避短,从而取得较好的教学效果。例如,同样是本科压缩模式,一个对课程有深入研究的教师与一个对本课程知之甚少的教师相比,对人才成长的影响是不同的。高职培养应用型人才,需要教师具有高职教育的理论修养和较强的应用能力,才能培养出富有应用素质的学生。

5．产学合作

马克思在考察机器大生产的基础上,认定教育和生产劳动结合是一种进步的趋势,并提出三个著名命题:教育和生产劳动相结合是"提高社会生产的一种方法";教育和生产劳动相结合是"造就全面发展人的唯一方法";"教育和生产劳动相结合是改造现代社会最强有力的手段之一。"三个命题从不同方面提示了教育与生产劳动相结合的重大意义,"教育与生产劳动相结合,是我们教育方针的重要组成部分"。邓小平指出:"各级各类学校对学生参加什么样的劳动,怎样下厂下乡,花多少时间,怎样同教学密切结合,都要有恰当的安排。"江泽民同志强调:"学生适当参加一些物质生产劳动,应成为一门必修课,不是可有可无的,这一点必须充分认识和高度重视。"教育与生产劳动结合,也是高职教育性质所决定的。高职教育是培养应用型人才的教育,应用型人才培养离不开生产实践与教学的结合,不可能在传统的课堂中完成,必须要到生产实践中去。高职院校走产学结合的道路,是高职人才培养模式的特色所在。同时,从教育的投入与产出角度看,高职教育培养社会新技术人才,新的技术设备完全靠学校自身配置,既是不可能的,也是不科学的。学校走产学合作的道路,使学校设备的更新与企业技术的升级结合起来,才能改变学校设备跟不上新技术教育要求的窘状,使学校专业设备与新技术的发展相配套,不至于出现用前天的知识,昨天的设备,培养今天的人才的被动局面。

高职人才培养模式的上述横向结构要素,彼此之间密切联系,相互影响。同时,又与高职人才培养模式纵向结构要素相交义,根据不同的理念、目标的不同涉及范围,课程结构的层次分为宏观、中观和微观,以及高层、中层和基层要素等。也正是横向要素与纵向要素间的相互关系,形成了人才培养模式的不同结构方式和风格。

(二)高职人才培养模式的结构及衍变形式

本科压缩式,是我国高职教育发展初期人才培养过程中采用的结构形式。本科压缩式,主要是学习时间上和内容上的压缩,没有结构上的突破。

20世纪80年代初,为了解我国高级技术人才严重不足的问题,以适应改革开放,推动我国现代化建设要求,东部沿海地区建设了一批应用型人才培养的地方高等职业院校。学校建设初期以工科为主,采取地方投入为主、国家投入为辅的投入机制,招收地方生源,主要为地方培养人才。高职院校的师资主要来源于普通本科学校,其学校设施建设和教材建设等,因为没有现成的适合培养高职的设备标准和教学标准,即使人才培养目标定位在应用型人才培养上,但缺少成熟理论的指导,缺少具体的指标体系,结果无论是在培养目标和课程设置,还是在教材选用和运行方式上,基本上处于本科教育的压缩状态,与普通专科教育大同小异,相比较本科教育只有时间与层次的差异,缺少高职教育的类型特色。本科压缩式由于借鉴了本科的一整套的管理措施和办学模式,尽管存在着特色不明的缺陷,但在创建初期,吸收了本科办学的经验,保证了高等教育办学规范性,为后来部分高职学校的发展奠定了坚实的基础。同时,本科压缩式并不是全部对本科的复制,也注意了对本科模式的扬弃,虽然由于人们的思想认识和客观条件的制约,没有大的突破,但也为高职教育的发展积累了经验。

专科改造式,是高职教育改革过程中,高职根据市场要求,从内容和教学方法上对本科压缩式的一种改造型结构方式。

20世纪80年代中期,我国计划经济逐步向市场经济转变,教育也从外延发展转向内涵发展,根据人才市场需求培养人才逐步成为人们的共识。作为高等教育改革试验田的地方高职院校首先承担了人才培养模式改革的任务,部分学校先后采取以招生为突破口的、面向生产一线的签约培养人才的试验。例如，南通职业大学在全国率先采取与乡镇企业早期挂钩的办法，学校根据乡镇企业需求，为乡镇企业培养人才。录取的学生不转户口，自费上学，毕业后到乡镇企业就业。学校因为面向企业办学，原有的专科人才培养模式已不能适应企业的要求，因此，企业部分地参与了课程计划的制定。而因为乡镇企业规格小，布局比较分散，加之指导力量不足，无法进入高职人才培养模式改革的深层次，因此，人才培养模式多数仍处在专科模式的局部改革阶段。学校因为培养目标的调整，重视了实践环节的要求，增加了实践的学时，但实践教学尚未突破学科性教学的基础课、专业基础课与实践课三大板块局限，知识综合水平低，实验多为验证性，与生产实际联系程度不高。因此，高职人才培养模式依然没有突破性发展。校企合作式，是高职人才培养模式有较大突破的结构形式。它是以办学主体多元化改革为突破口，对模式要素进行全面整合，并吸收国外双元制模式，形成的有中国特色的人才培养模式。校企合作模式以苏州新加坡工业园区职业技术学院为代表。苏州工业园区职业技术学院，采取董事会领导下的企业参与方式运行。学校根据企业要求设置专业，开设相关课程，教学方法采用情景模拟方法，理论课程开设以必需够用为前提，实践课程占半数以上，以提高动手能力为主，边学习理论边实践，学生对职业和培养目标的认识得到强化，学校重视理论考核，更重视学生实践能力的考核，追求培养职业技术岗位的当班人，而不是如上述几种模式培养的"半成品"。多年来，因为学校培养的人才适应企业需求，且动手能力强，具有终身学习的素质，得到企业的欢迎，其培养模式也得到各级领导与专家的好评。校企结合的培养模式，实现了专科改革型模式的跨越，随着社会的进步和发展，高职院校不仅要为企业培养人才，还要为社会各行各业培养人才，为适应各行各业的要求，必然带来高职培养模式的新的改革与创新。

社会开放式，是高职人才的培养模式适应大众化教育的必然选择。高职教育在高等教育大众化目标的要求下，将成为人们高等教育消费的主体。社会选择高等职业教育，高等职业教育必须充分满足社会需求。社会的需求是多方面的，有企业的需求，行业的需求，有家庭的需求，也有学生自身的需求。要满足各种需求，高职人才培养的模式也应该是多元化的。社会开放式人才培养模式，首先要求目标是多元化的。高职教育既要为学生的就业做准备，还必须为学生继续学习做准备，使学生面对日益竞争的社会，有更多的选择机会。目标决定模式的多样性。其次，专业设置是多样的，而且需要有多次选择机会。现在的专业设置，多数是学生一选到底，进门是什么专业，出门只能取得怎样的毕业证书。再次，课程设置也必须是多样的，与专业要求相配套，以提高学生培养的针对性。社会开放式模式还涉及到其他因素。总之，开放式人才培养模式，从市场出发，对充分发挥市场对高职资源配置的基础性作用，有更深的理解和更好的运用。

三、高职人才培养模式的类型

任何一种模式研究水平总是与模式分类研究的水平密切相关。没有对模式分类的研究,就无法真正掌握模式的特点,提高对模式运用的自觉性和科学性。高职人才培养模式的类型按不同标准,可以作不同的分类。按模式的目标分,单一型模式和复合型模式;按模式运行的时间分,二年制、三年制、四年制、五年制模式;按模式过程的结构分,三段式、四模块、汉堡式等;按模式主体分为单一主体与多元主体式。各种模式类型标准相对独立,但又彼此联系,有时某种分类只不过是其中一种分类要素占主要地位而已。我们将其归纳为目标引导型、学制改造型、过程探索型和主体复合型,以便于分类研究。

(一) 目标引导型

教育是有目的的活动,教育的目标是模式的建构起点。人才培养模式目标对模式建构具有导向、凝聚和推动等作用。不同的目标引导,将高职人才培养模式分为单一模式、/一专多能 0 的培养模式和复合型模式等等。

单一模式,是指以培养适应某一岗位需要的人才为目标的模式。单一培养目标,由国家制定统一的专业目录、专业教学计划,只有岗位的不同,缺少对岗位层次的分析,同一个专业只有一个目标,进而体现为专科层次的培养目标也照抄本科的目标,其计划基本上按本科计划压缩而成。这种单一性的专业培养目标在教学实践中,则体现为对于同一个专业的所有学生提出统一的培养规格和要求,实行统一教学计划,确立统一的评价标准,形成统一的教学模式。单一模式,造成种种不良后果:一是造成高职教育的千校一面,同一类型人才培养过剩。二是培养人才千人一面,不同的学生用同一份教学计划,同一张课表,最后同一张考卷的人才培养模式,使得学生进校时各具特色,出来后都是一个样子,没有特色与个性,更难以谈得上创造性。

复合型人才培养模式,是以培养双专业复合人才为目标,通过专业设计与课程设计,形成教学资源的最佳配置,提升教学质量的组织样式和运行方式。复合型人才专业设置,坚持以专业调查为基础,以专业人才规格分析与课程分析为核心,以专业论证为保证,以充分利用高职资源为条件,通过加强教学管理,实现教育教学质量的提高。比如,南通职业大学通过多年复合型专业建设实践,为社会培养了一批复合型应用人才受到社会的欢迎。在专业设置上,坚持围绕两个"实际",做到两个"结合",一个"提升"的定位。两个实际,即社会经济发展的实际和学校发展的实际,不办既无社会经济发展需要,又无实际办学条件的专业。两个结合,即理论与实践相结合和校内外资源相结合,不走封闭办学的老路,坚持开拓高职人才培养社会化的新路。一个提升,即提高教育教学质量。在课程的设计上，坚持横向知识、能力和综合素质三项坐标为一体，纵向以跨学科大类和跨专业类别并举，探索综合课程的设计，以形成课程的最新组合。优化学校资源的配置，在学校人力资源配置上，以双专科专业建设小组为依托；在时效资源的配置上，采取总量控制，保持弹性，重在实效，提高整体优化水平的方法；在设备资源配置上，用增量资本带动存量资本，并通过租赁、互换的办法，充分利用校外可利用资源，以解决校内资源不足的矛盾。复合型人才培养模式的实践，推动了学校管理与经营的改革。高职院校在单一人才培养模式的影响下资源配置采取计划方式，学校管理组织的形态是静态的高耸型结构，管理线路长，信息耗损大，适应社会需求的能力弱。复合型人才培养模式，资源配置主要采取市场方式，学校管理组织形态是动态的扁平结构，管理线路短，信息耗损小，适应社会的能力强，有利于学校管理的创新。

　　高等职业教育是经济发展的产物。国外在人才培养模式上，属于目标引导型模式的代表为美国的社区学院。美国的社区学院在培养目标上，一方面为具有高中毕业而有志于到传统大学深造者开设学分制课程，另一方面也为社会培养各种实用型人才，以培养技术应用、熟练操作和经济管理方面的中级人才为目标，学生毕业后，获得应用科学副学士学位，在工作岗位上一般担任电器技术员、机械制造员、仪器制造业及机床制造方面的设计人员、机床修理师等。教学模式采取 CBE 模式，以职业岗位所需能力的确定、学习和运用，以达到某种职业的从业能力为教学目标课程内容以职业分析为基础，重视及时反馈，重视学生自学能力的培养，强调个别化教学，以学生为中心进行教学。在教学程序上分五步，一是熟悉环境，了解职业能力分析表。二是入学水平评价，包括学生的自我评价和教师的评价。三是制定学习计划，主要根据 DACUM 表、入学水平和指导教师的指导来制定。四是教学与实施，学生按选定的专业，在指导教师的指导下，根据教学指导书逐项学习，不受时间限制，以达到规定能力标准为准。五是评估，以形成性评估为主，学习和评估同步进行，达到某一能力标准则准于通行，否则就需重新学习，直到掌握该项能力为止。教学策略上，教师是学生自学的指导者和引导者，容忍学生出错，并根据需要，适时地为学生提供各种学习和实验、实习场所等。

　　目标引导型人才培养模式，曾经经过知识为目标、能力为目标，发展到今天以全面提高学生素质的可持续发展为目标。构建人才培养的模式，不能脱离高职自身的特点，否则，就会导致目标的偏差。

（二）学制改造型

　　学制是国家对各级各类学校的性质、任务、组织系统和课程、学习年限等的规定。我国高职院校的学制长期沿用普通专科教育的学制。学校性质属于高等教育,任务是培养应用型人才,组织系统按高校设置,学习年限是三年制。但世界高职教育的学制呈多元化倾向。我国也先后出现了二年制三年制和四年制,各学校又从自身特点出发,探索出学制改造型人才培养的模式。2+1模式。即三年学习时间,用二年时间在学校完成理论知识的学习,后一年到社会岗位上进行实习与见习,最后,将实习环节的成绩,与学校学习情况进行综合考核,确定学生是否毕业。2+1模式的特点,是在时间上,将在学校连续完成的学习,变成分两阶段完成,减少学校的理论学习时间,增加了学生实践学习的机会。优点是便于学生在实习岗位上,更多地将理论知识应用到实践中,提高学生的岗位适应能力,同时也有助于提高学生的职业认同感;缺点是学生第三年实践活动的规范性和可控性差,如果不能加强管理,容易造成教学时间的浪费,使学生今后的发展受到影响。

1. 2+0.5+0.5模式

即三年学习时间,用两年时间在学校完成主要的理论课程,后用半年时间到生产岗位上进行实习实践,最后半年时间学生到校完成毕业论文和综合考试,以完成学业。模式的主要优点是,运用汉堡式方法,学生以课程学习为主,兼以实践教学要求,既保证了人才培养的系统性,又避免了实践时间过长,学校难以控制的问题;缺点是不同的专业,半年时间的实习往往难以实现仿真要求,容易导致学生的浅尝即止。

2. 按大类招生与培养的人才培养模式

这种模式是按专业大类培养,打通基础课与部分技术基础课,实行按系招生,强化基础,淡化专业,拓宽知识面,注重学生能力、素质和创新意识的培养,增强适应性。学生入校后前两年学习共同的公共基础和技术基础课,第三年根据国家需要、社会需求和个人志向选择专业方向模块课程,辅修专业方向模块课程,从而使学生专业基础知识加厚,专业口径加宽,增强学生适应社会的能力。模式的优点在于突破了原有专业年限的框框,使学生有了更多的选择机会;缺点是公共基础课使用的时间过长,学生接受专业教育时间过晚、过短,与高职学校培养一线人才的要求有一定的矛盾。

学制改造型模式与日本的短期大学和法国的短期技术学院有相同之处,短期大学多是招收高中毕业生,学制2年,以培养学生就业及实际生活所必须的能力以及提高文化教养程度为目的。在课程模式上,或用叠加式,或用平行式,或用交叉式,使理论与实践培训呈现多种方式,以利于学生的发展。

(三)过程探索型

"四模块"人才培养模式。由知识的掌握与深化,基本实验能力的形成,仿真环境中的练习,实践过程的锻炼四个基本的模块,逐步实现由理论到实践的过渡,使学生进入生产第一线,在工程实际中得到全面综合锻炼,提高工程实践能力。四模块人才培养模式的优点是通过基本实验模块,促进学生深化知识,掌握实验技能,并获得实验研究方法的训练,增强分析问题和解决问题的能力。通过校内实践模块,使学生了解现代化大生产的基本特征,适应现代化大生产的要求;通过校外实践模块,使学生进入生产第一线,在实际中得到全面综合训练,提高实践能力。缺点是高职人才培养过程是一个复杂过程,四模块以实践教学为主线,让理论的学习成为实践辅助,对学生综合素质的提高有一定的影响。

"四双"人才培养模式,是江阴职工大学在实践中创造的具有高职人才培养特色的模式,"四双"体现了对人才培养模式全过程的探索。四双:一是双纲,即教学大纲,包括理论教学大纲和实践教学大纲;二是双线,即理论教学和实践教学两条线;三是双师,即教师既是工程师,又是教师,同时能够承担理论与实践教学,以满足学生动手能力培养的要求。四是双证,学生既有毕业证,又有职业技能证书。四双模式的实践过程是人才培养模式不断变革与探索的过程。模式的优点,是根据高职教育的要求,对人才培养过程进行了全方位的探索,既吸收了国外高职教育的精华,又结合我国、尤其是江阴地方经济发展的实际,实现了人才培养模式的突破。四双模式经过数年的积累,已渐趋成熟,培养的人才适应了地方经济需要。

(四) 主体复合型

传统的人才培养主体是学校,因为从社会分工来看,学校是有计划、有目的地培养人才的组织,学校理所当然的是人才培养的主体。但现代社会的分工呈现出多元性和复杂性的特征,尤其是高职教育相对于其他高等教育,与社会的联系更为紧密,是以培养生产、服务和管理第一线人才为主,只有学校的积极性,没有社会的积极性是不行。因此,随着人才培养的主体多元化和复合性,主体复合型的人才培养模式也就应运而生。

1. 开放式人才培养模式

开放式人才培养模式是在主体复合的基础上,对计划、内容、形式与手段、学生管理均采取多主体参与方式。教学计划的开放性,即教学计划的制定由学校专家变为由专业指导委员会来完成。专业指导委员会的成员由政府部门领导、长期从事该职业经验丰富的工程技术人员或管理者以及本校的专业带头人、骨干教师共同组成。主体成员的变革,不仅是人员的结构发生了变化,更重要的是使人才培养计划的高职性得到保证。教学内容的开放性,培养主体的多元性,促进了课程体系的优化,减少课程授课人员的单一性,实践人员的增加,使教学内容更加贴近学生毕业后从事岗位或岗位群的具体要求。教学手段的开放性,实践环节的增加,也促进了学生与教师双向交流的机会,学生从封闭式的学习转向开放式的学习,使学生的主体作用得到发挥。学生管理工作的开放性,在空间上要延伸到家庭、社区和实习现场;在工作范围上,将学生管理与培养学生能力结合起来,将学生管理工作延伸到学习、就业指导方面;在时间上扩展到双休日、节假日,甚至到毕业后。因为人才培养主体的多元化,学生的学习得到多方面的关心与支持,这是传统教育模式所无法想象的。

2. 双元制人才培养模式

双元制模式是德国高等职业教育合作办学形式。双元制的一元为企业,一元为学校,其主要内容是,培养一名合格的实用人才,必须通过工厂企业和职业学校两大系统的密切合作来进行。学生要先向有资格招收学徒的企业、工厂招考,与录取企业签订合同,当工厂、企业的学徒工,同时又在职业教育机构进行学习。当前,德国的高等教育机构运用"双元制"的做法,已发展为多种形式,有理论与实践培训相继进行,也有理论与实践平行进行,理论教学与实践培训交叉进行的。德国产品换代快,多品种小批量生产的特点要求采取独立的复合型生产方式,而复合型人才的培养正是适应了德国经济发展的要求。

四、高职人才培养模式的变革

(一)高职人才培养模式变革的依据

高职发展是社会发展的产物,高职人才培养模式的变革是为了更多更好地为社会提供合格的人才。变革人才培养模式的根本依据是社会的需求。具体表现在以下四个方面:

1. 人才培养目标应该与人才需求目标相适应

高职人才培养的目标是社会生产、服务和管理第一线的高级应用型人才。这一目标规定了高职培养人才的总规格和要求,但相对不同的地区和经济发展的水平,社会对高职人才需求的目标是有区别的。因此,人才培养目标应更具有职业定向性,使办学方式、专业设置、教学内容等与地方经济相联系,使之成为主要从事成熟理论与技术的应用和操作的高级技术和管理人员,毕业后即能顶岗工作。因为,同样是高职,在沿海发达地区和欠发达的西部,社会对高职人才需求的层次、类别、岗位要求是有差距的。在西部中等职业人才尚处在供不应求的情况下,东部地区的中等职业教育已面临着严重的生源危机与就业困难。高职人才培养模式的变革只有在总的规格要求下,根据当地经济与社会人才需求的具体目标,采取相应的措施,才能顺应要求,提高人才培养的效率。

2. 人才培养内容应该与技术发展状况相适应

现代科学技术日益以综合整体方式发展,传统的以大量的消耗原材料和能源为特征的粗放型经济正逐步被全新知识经济所取代。大众媒介、交流技术和信息技术为教育过程提供了便利,高职人才培养的内容应该精选和阐释大众媒介传播的各种信息,与社会技术发展现状相适应。理论教学必须坚持必需、够用的原则,相应增加实践教学内容,重视学生能力的培养。目前,我国高职的基础课程设置和专业课程设置均存在着不同的滞后于社会科学技术发展的现象。基础数学相当的篇幅介绍的是十六七世纪的知识,语言教学很大程度上是本科教学内容的压缩,技能训练的标准与中等职业教育的训练要求尚不能有效区分,导致人才培养模式变革进展缓慢。

3. 人才培养方式应该与学生能力培养为主的要求相适应

人才培养方式自班级授课制产生以后,课堂集中授课成为人才培养的主要方式。课堂上讲知识,学生背知识,考试考知识,已成为束缚学生个性发展的障碍。在以学术性人才培养为目标的大学内,课堂理论教学形式依然占有主导位置,是无可非议的。但以能力培养为主的高职教育,人才培养方式应走出一条与之相适应的新道路。可采取课堂教学与实践教学相结合的形式,在教学方法与考核过程中,应建立相应的实例、课题教学法和实例、课题考核法等,让学生通过课堂学习、实践训练,将学习的过程变成学习、应用、发展知识的过程,使教师与学生在建立平等互动关系基础上,通过分析、讨论、研究的方法去完成学习任务,进而实现学生能力的提高。

4. 人才培养手段应该与岗位实际情景相适应

高职人才培养手段变革是模式变革的重要组成部分,有目标但没有实现目标的手段,人才培养只能是低效的。在高职人才培养过程中加大岗位实际情景手段的运用,往往会使教学效率出现新的突破。因为在实际的岗位情景中,学生会有真实感和具体感,更能促使学生身临其境地去思考问题,结合教师的指导,提出解决问题的思路和方法。同时,岗位实际情景模拟教学具有较大的开放性,可以让教学过程向课堂以外的个体开放,在时间上全天候开放,在组织形式上向班为单位以外的个体开放,在考核方式上由单纯的书面考核向过程和结果开放,在学习方法上由教师单向传授向双向交流互动方式开放,最终实现由手段变革到模式的创新。

(二)高职人才培养模式变革的关键

高职人才培养模式变革的途径,包括思想引导、投入改造、师资提升、素质教育、教学改革等,其中特色建设是关键。

全部的教育活动及现象一定程度上可以归结为两大问题:"培养什么样的人"和"怎么样培养",也就是人才培养模式问题。它是一种复杂的具有操作性、多样性和发展性特征,由多种要素组合的复杂系统。高职人才培养模式变革的关键是形成模式的特色。高职人才培养模式的特色,是指高职相对于普通高等教育模式的特殊性,也是学校从自身特殊性出发在人才培养模式方面与其他学校的差异性。相对于普通高等教育模式,高职教育以培养应用型人才为目标,在人才培养的专业设置上,不以学科定专业,而以社会需求定专业;在课程设置上,坚持理论课程的必需够用,重视实践课程的开设,重在培养学生的动手能力;在教学方式上,重视情景和案例等实践性强的教学活动,以增加学生的参与性和实践性;在师资队伍组合上,重视双师型教师队伍的建设,同时要求有实践经验的兼职教师必须占有较大的比例,在学生的评价上,更重视社会评价要求,力求使学生成为生产服务和管理第一线的顶岗人。

就高职学校之间差异性而言,高职人才培养模式通常表现为专业、课程和师资等方面。各学校所处的地区经济发展水平不同,师资队伍结构各异,办学条件之间的差距较大,能否因地制宜,因人而异,因时而异地搞好学校特色化建设,是学校能否发展的关键。地处江阴的职工大学与新办的培尔学院,由于学校的不同定位,学校办学情况截然不同。前者,针对江阴地方工业发展所需要的人才培养对象和目标,走与企业共同发展的道路,广泛与企业挂钩,与企业实现人才资源共享,在企业建设学院分院,不仅为企业培养后备力量,而且为企业职工的继续教育服务,推进了企业人员素质的提高,受到企业的欢迎,学校与企业的合作进入良性循环的轨道,学校越办越兴旺。而培尔学院以建立学科型大学为目标,从沪宁两地聘请高层次人才到校任课,因为学生录取批次靠后,整体素质不高,虽然学校创造了较好的学习条件,但因为学校定位欠佳,与企业合作不够,结果学生培养不能达到预定目标,导致学校办学不断萎缩。由此可见,高职人才培养模式的定位,必须从地方经济与社会发展要求出发,才能真正得到社会的欢迎,形成自身的办学特色。其次,高职学校的特色建设还必须从学校现有办学条件出发。高职学校的特色不是一次形成的,离不开学校的传统和文化的影响。例如,南京金陵职大(现更名为南京科技学院),坚持从南京城市发展要求出发,以培养第三产业人才为主要任务,多年来建设了一支结构合理、素质优良、具有市场竞争意识的师资队伍,同时,也有较强的社会实践基地,探索出多种与专业人才培养要求相适应的人才培养模式。

高职人才培养模式是一个发展的概念,人才培养模式的评价最终标准,主要体现为毕业生适应社会的能力和对社会的贡献。建设人才培养模式的途径,有多个人口,而且不可能是零起点,当前应该努力探索科学合理、能不断适应市场变化的、具有一定弹性的高职教育人才培养模式。

以质量求生存　以特色谋发展
努力提升学校办学层次

高菊生

摘要　高职院校要顺应社会发展趋势,抓住机遇,提升办学层次。教学质量是学校的生命。提高教学质量是一个系统工程,要从多方面去综合努力。

关键词　高职教育　办学　教学质量

当今世界,经济、科技飞速发展,它既给我们带来了千载难逢的机遇,也给我们提出了前所未有的挑战。发展是硬道理。自 20 世纪 80 年代初诞生的高等职业教育,应顺应社会发展的趋势,不断加强自身建设,坚持以质量求生存,以特色谋发展,,切实高教育教学质量,努力创造条件提升办学层次,向技术应用型本科院校迈进。现就有关问题谈一些粗浅的想法。

一、创办应用型本科院校是适应经济和社会发展的需要

经济建设和社会发展需要各种类型和各种层次的人才,人才类型决定教育类型。随着我国高职教育的发展和对国外高职教育的深入研究,大多数学者趋于这样的共识:高等职业教育与普通高等教育是两种不同类型的教育体系。同一类型教育体系可以有不同的教育层次,高等职业教育应与普通高等教育一样,也应划分为专科层次、本科层次和研究生教育层次,只不过高职专科教育侧重于培养技术应用型人才,高职本科和研究生教育侧重于培养技术开发型人才(区别于普通高等教育的理论研究和学术研究人才)。目前,把"高职高专"相提并论,甚至把高职教育与高专教育等同起来的观点是不科学的。事实上,普通高等专科教育中,有些专业属于高职教育,而有些专业明显不属于高职教育。所谓"高职就是高专"的观点,延误了学校的发展。因此,一些办学条件较好的学校,应抓住机遇,在努力办好专科的同时,尽快创造条件,向本科方向前进。

进入新世纪,随着我国人关以后改革开放步伐的进一步加快加大,国外许多现代化企业纷纷涌入中国,推动了中国技术进步的提速,技术岗位不断丰富,层次不断提升。经济和科技的飞速发展,必将对为生产、建设、管理、服务等一线培

养高等技术专门人才的高等职业教育提出了更高的要求,高职教育由专科层次提升到本科以上层次,是适应我国经济和社会发展的必然趋势。因此,我们完全有理由、有信心并有责任把我校建设成高职本科院校。

二、教学质量是学校的生命

创办高职本科院校,必须具备各方面的条件。如果说硬件方面我们主要依靠政府的关心和支持,那么软件方面更多地要靠我们自身的努力,需要我们团结进取,埋头苦干,求真务实,开拓创新,扎扎实实,练好内功,切实把教学质量搞上去,为建成本科院校积累实力和资本。

不断提高教学质量,是适应市场(用人单位)的需要,是适应教育竞争的需要,是学校发展(申本)的需要,也是回报社会(学生家长)的需要。质量是生命,应下大力气、花真功夫,狠抓教学质量的提高。

三、影响教学质量的因素分析

教学是教师借助一定的媒介,有计划、有系统地对学生施加影响以实现一定培养目标的活动(过程)。在这个活动中,学生在教师的指引下,掌握一定的文化科学知识和基本技能,形成一定的思想品德和个性,发展智力和能力,增强体质。教学活动就其结构分析,是一个系统。所谓系统,就是由相互联系、相互作用的诸要素组成的具有一定结构和功能的集合体。构成教学系统的要素可分为教师、学生、媒介、管理四个部分(见附图)。

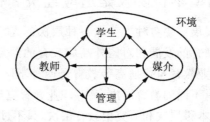

(一) 教师

教师是教学活动的主导者,他选择教学内容,提供教学信息,借助媒介手段,组织教学活动。与教师有关的对教学质量产生影响的因素有:

1. 职业道德

包括模范遵章守纪、顾全大局、为人师表、热爱学生、爱岗敬业、有事业心、有责任心等。

2. 业务水平

指专业视野、专业理论知识水平、专业技术水平、专业技能水平、科研与技术应用能力、创新精神、发现、消化、吸收、运用新知识的终身学习的意识和能力。

3．教学能力

教学能力包括：

（1）教育教学规律的掌握（教育适应经济社会发展的规律、适应受教育者身心成长的规律）。

（2）理论联系实际的能力（这个"实际"指教学实际和学生实际，指如何通过自己的教学活动把教学目标和学生统一在一起，包括对教材的处理、因材施教等）。

（3）组织教学的能力（包括课堂秩序、教学环节的科学设计等）。

（4）语言表达能力（包括由内而外的表述能力，驾驭语言艺术以吸引学生注意力的能力）。

（5）教学手段使用的能力（以最佳的教学手段取得最高的教学效率、最佳的教学效果）。

（6）融通能力（指较快地被学生认识、接纳、喜爱、敬重，能顺畅地相互沟通，甚至达到心心相通、心心相印、心灵感应的程度）。

（二）学生

学生是施教的对象，接受教学信息的客体，又是学习和自我教育的主体，与教师相互依存、相互影响。

与学生有关的对教学质量产生影响的因素有：生源状况、学习态度、学习方法、专业兴趣、心理健康和身体状况等。

（三）媒介

这里的媒介指教学活动赖以进行的必要的教学场所、设施、设备，是物的因素，如校园面积、教室、宿舍、运动场地、活动场所、实验室、实训基地、实习基地等。这些物的因素对教学质量的提高起着加速或延缓的作用。

（四）管理

管理是连接组织内外，协调外界需要和组织可能，协调组织内部各种要素和资源，以高效地实现组织目标的活动。与管理有关的对教学质量产生影响的因素有：

（1）教学目标的确定。包括学校定位是否恰当，培养目标、规格是否符合社会实际。

（2）教学组织的设置。包括管理体制和工作机制。

（3）管理制度。包括教师日常教学工作规范、教学工作量计算办法、优秀教学评价标准、分配制度、激励机制、学生考核制度、优秀学生评价标准等。

（4）教学环境的建设，包括教风、学风、校风建设。

在上述四个要素中，教师、学生、媒介均为相对独立的系统，管理则一方面渗透于上述三个要素中，另一方面又作为相对独立的系统，对整个系统的运行发挥统导向、协调的作用，因而是一个组织的核心、灵魂。

四、提高教学质量的有关建议

通过对教学系统的构成要素对教学质量影响的分析，结合学校情况，提出如下建议。

（一）积极扩大与社会的联系，实现与社会的零接触

我们要培养出"跟社会市场需求零距离，到企业（事业）上岗零适应期"的学生，就需要与社会、市场需要适应的培养目标、教学计划、评价标准、师资队伍和管理模式，为此，必须提高学校的开放度，主动保持与社会（环境）的密切接触，走出去或请进来，吸收外界的新信息和可利用的资源，为我所用，结合学校实际，开创性地工作，办出特色和水平，从而一方面与社会融为一体，在社会中找到自己的位置并确立自己应有的地位，同时创先进的、一流的教学水平。

（二）加强专业建设特别是重点专业建设

专业特别时重点专业是一个学校的名片，久而久之，就形成品牌专业、名牌学校。要把专业改革和建设作为教学工作中的头等大事去抓，系主任的首要任务，各系要有自己的特色专业、重点专业。专业建设是慢功夫、细功夫、真功夫，各系在制定专业建设规划的基础上，要组织力量，在教学计划建设、课程建设、教材建设、实验室建设、实习基地建设、教学改革等基础性建设方面，扎扎实实地开展工作，不断有所建树，日积月累，取得成效。学校对经过科学论证的专业，要集中资金，重点建设，确保学校有几个省内一流的高职特色专业、重点专业、品牌专业。

（三）推行素质教育，鼓励教学改革，办出学校特色

到底什么样的学生才是优秀的毕业生，评价依据有两个，一为党的教育方针，二为社会标准。评价标准要与时俱进，要突出有适应时代和社会发展需要的思想观念、道德品质、思维方式和身心素质，适应经济和社会发展需要的专业技能和社交能力，适应现代科技发展需要的学习能力和创新能力。教师要相应转变观念，确立"以人为本"的教育观和"素质第一"的人才观，要由知识本位向能力本位转变，由课程内容以应试标准为主向体现内容的现代化转变，由评价体系的

重结果轻过程向重视过程与注重结果相统一转变。在教学内容、教学方法、考核办法、评价标准等方面进行改革。高职教育的特色体现在培养目标上有特色，专业上有特色，课程设置上有特色，教学内容和方法上有特色，教师有特色等方面。

（四）建设"双师型"师资队伍

高质量的教学需要靠高素质的教师，教师是提高教学质量的关键。师资队伍建设要做到提高业务水平与提高职业道德水平并重，提高学历层次与提高实践能力并重，提高教学水平与提高科研水平并重。

1. 要加强教师的职业道德建设

尽管各种教学管理规章对教师的行为作了规范，至于教师怎么去执行，如何创造性地开展工作，则是没有标准的。教学工作是无止境的，教师的工作是良心活。教学工作规范只是对教学工作提出的基本标准、起码要求，具体执行还是要靠教师的觉悟和自觉，因此要加强职业道德建设，把抓师德建设同抓业务水平提高摆在同等重要的地位，坚持不懈。

2. 要提高学生的动手实践能力，必须提高教师的实践能力

学校要制定政策措施，规定教师必须有一段时间的实际工作经历，去搞生产、搞项目，作为必修课，不合格者须重修。可有计划有组织地进行。有了较强的实践能力，我们的师资就有了特色。

3. 加强青年教师的培养

目前，青年教师在我校教师队伍中占相当比例，他们的教学情况对整个学校的教学质量有较大影响。总体来说，青年教师队伍的成长是可喜的，但与学校快速发展的形势来说还有不相适应的地方。青年教师的成长，一方面靠其自身的努力，另一方面要靠学校的培养，除了进行有组织的培训、"过无关"外，还得靠平时且是长期的老教师的传帮带。要把"青蓝工程"当成一件实事去抓，既要明确职责，加强检查、考核、评比，又要承认他们的付出，在工作量等方面予以适当体现。

（五）以良好的教促进学生全面的学

学生的学风与多方面的因素有关，但与作为起主导作用的教师不无关系。课堂教学是教学的重要环节。怎样提高学生的听课兴趣，使之保持持久的注意力，应值得研究。要加强教学技法的学习和探讨。

就教师而言，笔者认为要靠教师做到这样四个字。

一是坚定不移的"信"。让学生通过老师慷慨的充满激情的讲解感到教师坚定的信念，从而为智慧的光芒所感染，科学的魅力所吸引，真理的力量所折服。

二是有声有色富有艺术的"演"。教师富有色彩的有声语言与富有表情的恰

当的体态语的有机配合,形成生动的形象感、鲜明的节奏感,让学生一直处于一种愉悦状态,不觉疲劳。

三是符合学生认知规律的"导"。教学过程是学生在教师的引领、指导下,系统地学习人类间接知识的过程,是一种特殊的认识过程。学生要将他人的理性认识转化为自己的知识,必须运用分析、综合、比较、抽象、概括、归纳、演绎等一系列思维的方法和形式,进行复杂的思维活动,绝不是简单地机械地把所学的知识灌到自己的大脑中去,而是在某种程度上的"再发现",经过这样的过程,才可内化为学生的知识。教学过程虽是一种特殊的认识过程,但还是具有人类认识过程的共性,即实践、认识、再实践、再认识,循环往复以至无穷。任何一门科学都是研究客观世界中的某一自然现象或社会现象的,教师就要找出它们生活中的"原型",向学生清晰地勾画出"原型",让学生可感可知,同时又要善于勾起学生已有的知识和经验,并把两者联系起来。这样,学生感到容易理解,科学就在我们身边,知识是活生生的,由此激发起学习兴趣。要舍得化工夫找"原型",并。客观世界是一个整体,但我们在教学时往往是一部分一部分地讲解,由于时空的限制和我们记忆的局限,这常常会造成这样两种情况,一方面会让人"只见树木,不见森林"或"一叶障目,不见泰山",形成不了整体感,另一方面由于过分的"近视",往往觉得抽象,不易理解。事实上,有时从整体的角度认识一个局部要比单独地认识该局部倒显得容易。因此,教师在"教"、"导"时,在方法上要注意"近视"与"远视"的统一,局部与整体的统一。

四是与学生亲密无间的"融"。学生心理上接纳教师是接受教学信息的前提,要建立平等、民主、和谐的新型师生关系。

(六)发挥教研室在系教学建设中的基础性作用

学校规模的扩大对系里的工作,不管从数量上还是质量上都提出了新的更高的要求。很多与教学有关的工作,不可能由系主任"事必躬亲",而要由教研室来承担,教研室既是具体教学任务的落实单位,又是教学改革的研究单位,教研室是系教学工作的落脚点。而事实上教师数量的增多,为教研室正常工作形成了"气候"。要充分发挥教研室在教学研究(如业务学习、教学思想观念的转变更新)、教学改革(如社会需求的调研、新专业的设置、老专业的改造、教学计划的制定完善、教学大纲的拟订、教学内容方法的改革、统一考核)、专业建设、课程建设、教材建设、实验室建设、实习基地建设等方面的作用。教研室主任的任务重了,一方面要加强培训,提高教学管理的能力,另一方面要适当提高他们的待遇。

(七)鼓励支持学生积极参与课外社会实践

这是高职院校学生成材的一条成功之路。

加强内涵建设　提升办学层次

曹洪其

学校党委把"升本"作为我校的发展目标,这既是广大考生和家长的渴求,也是我校发展的必然趋势。这一目标的确定,增强了我系每位教师工作的紧迫感和责任感,大家都在为学校能早日升本积极献计献策,自我加压,扎扎实实地做好各项工作。下面结合本系的实际,就如何加强内涵建设,加大教学改革力度,进一步提高教学质量,争创升本条件谈几点想法。

一、改革教学模式,加强专业建设

专业建设是培养人才的基础。要形成优势,学校必须有自己的品牌专业和特色专业。近几年来,我系积极改革教学模式,注重专业建设,重点抓了《计算机应用与维护》专业的建设,形成了让学生多次选择、逐步定位的"1+1+0.5+0.5"的教学改革模式,并取得了明显的效果,受到了学生的欢迎。但我系专业建设水平还不高,有些专业还没有形成自己的特色。为此,我系将进一步深化教学改革,加强专业建设,研究和探索应用型人才、职业技能型人才的培养模式。特别通过试点专业、特色专业的建设,带动师资队伍建设、教学基础设施建设、课程建设、教材建设和实践基地的建设,进一步提升我系专业建设的整体水平,为学校升本打下良好的基础。

二、明确培养目标,改革课程体系和教学内容

高等职业教育改革首先应当把握人才培养目标的准确定位,培养目标定位不准,将直接影响专业教学改革的效果。多年来,我系通过不断地调整培养目标,修订教学计划,改革课程体系和教学内容,使之更加符合高职特色。但是由于受传统教育思想的影响,还存在着重理论、轻实践倾向,有些培养目标定位不准。

因此,在这里首先要转变教学观念,树立具有高职特色的人才观和教学观质量观,在改革课程体系和教学内容上下功夫。我们申办的本科还是高职型本科,培养的是应用型人才,在具体构建课程体系时应处理好理论与实践、专业与基

础、现实需要与长远要求、教学共性与高职特色的关系。只有这样,才能体现以能力培养为主线,体现出高职教育的特色。

特别要全面理解基础理论以"必须、够用"为度、专业理论为能力服务的原则。要全面理解这一原则,一方面要认识到高等职业教育不同于岗位培训,它是一种特殊类型的高等教育,所培养的人才必须具备与高等教育相适应的基本知识、理论和技能。如果课程结构不合理,基础理论课比重过小,学生就会缺乏可持续发展的能力,后劲不足,难以适应未来社会发展的需要。因此,构建高职课程体系和取舍教学内容时,要重视基础课类课程的设置和教学内容的选择。另一方面,重视基础类课程,绝非加大课程深度,而是在知识面上求宽、求新,在内容上以够用为度,注重理论与实践的相结合,从而为毕业生的知识结构在横向和纵向的发展起到多接口作用,以适应信息社会不断学习的要求和市场经济职业变迁的需要。专业课的设置应强调针对性、实用性和动态性,根据新技术的发展,及时更新教学内容。

三、实践环节

提高教学质量,培养合格的应用型人才,必须重视实践教学的建设,特别要抓好专业技能的考核和毕业设计环节。

(1) 大力实施"产学研相结合,教学做一体化"的教学模式,进一步强化学生应用技能的培养,精心设计各实践环节的实践内容,通过综合性、设计性、应用性的实验与实习,培养学生的操作技能、实践能力和创新能力。同时要积极完善学生实践技能的考核体系,实施"一生多证"制,要求每一位学生获得一张以上的专业技能证书。

为此,我系一方面要加强校内外实践基地建设,重点抓好电工、电子实验室的建设,争取早日通过省教育厅的评估;要加大力度,积极联系有关单位,建立并使用好校外实践基地。另一方面要结合专业实际开设专业技能培训课,鼓励学生参加各类技能比赛、江苏省大学生计算机二级和三级等级考试,以培养既有专业基础理论知识,又有较强专业技术应用能力,能快速适应专业岗位需要的高等应用性人才。

(2) 毕业设计是培养学生综合运用所学的理论知识与技能解决实际问题的综合性实际训练,是学生综合应用能力与培养效果的全面检验,也是学校教育质量的综合反映。要搞好毕业设计,必须要统一思想,正确处理好毕业设计与就业的关系;课题可以多样化,应尽可能结合生产实际和科研、管理、教学、实验室建设等具体任务选题;要重视抓好毕业设计日常管理,特别要认真把好毕业设计答辩关。

四、按生源质量分层次培养

随着招生规模的扩大,学生质量参差不齐日趋明显。为了进一步提高教学质量,满足不同层次学生的要求,可分层次进行培养。例如:我系计算机专业学生人数较多,可在计算机专业选拔 40 人组成一个试点班,另编教学计划,实现滚动式管理。通过二年左右的学习,让学生参加专升本考试;也鼓励他们参加本科段的自学考试。

五、双专科专业建设

近几年来,双专科专业从无到有,发展很快。但目前双专科专业也存在一些问题。例如:对双专科专业的培养模式认识不深,有些双专科专业的教学计划只是简单地将两个专业的有关课程拼凑在一起,没有进行有机的整合。所有这些,还需要不断地深入研究和探索,形成合理的双专科人才培养模式。

为搞好双专科专业建设,应该做到:成立双专科专业建设指导委员会,认真抓好双专科专业教学计划的制定。制定教学计划时,由双专科两个专业所在教研室共同负责对课程设置、计划学时等问题进行研讨,教学计划必须经第二专业系科的认可;坚持教学资源共享,各系部对双专科的教学任务要同等重视,统一协调安排。

六、师资队伍建设

建立一支具有较高学术水平的"双师型"教师队伍是职业大学办出高等教育特色的重要方面,也是学校升本的必然要求。我系将从以下几个方面抓好师资队伍建设:

1. 培养和引进专业方向带头人

近三年内计划培养或引进一批研究生学历的电子技术、电气技术、网络工程、电子商务方面的优秀人才,使教师队伍的年龄结构、职称结构、知识结构更趋于合理,实现基础课及主干课由高级职称教师主持的比例≥80%,35 岁以下青年教师中或硕士及以上学历比例≥50%。在此基础上,重点培养 2~3 名专业建设带头人。

2. 加强"双师型"教师队伍的建设

通过"请进来,送出去"的方法,进一步加强"双师型"教师队伍的建设。计划从企事业单位聘请若干名工程技术人员为兼职教师,指导学生的实践实训课程。同时选派若干名骨干教师到实践基地进行锻炼,以提高工程实践和教学能力。专业基础课和专业课中双师素质教师比例≥70%。

七、健全规章制度,强化二级管理

学校要升本,必须重视学校规章制度建设,强化二级管理。建立各种规章制度后,关键在于落实。教研室主任承担着制定教学计划,执行教学计划的重任。要加大对教研室主任培养和管理的力度,充分发挥他们的工作积极性。

以创新教育促进教育创新

孙晓青

摘要 创新教育需要教育创新,然而传统学校教育在教育理念、培养目标、方式以及内容等许多方面都与当今倡导的创新教育格格不入。因而需从教育观念、培养目标、教育内容、教育方法与手段以及管理体制等若干要素着手,加大教育创新力度,以创新教育促进教育创新。

关键词 创新教育 促进 教育创新

学校是学生直接的受教育场所,是培养学生创新意识、创新精神和创新能力的主要途径。因此,创新教育的实施必须紧紧依靠学校这块主阵地,学校教育应以最优化的教育影响作用于学生,使学生的创新潜能得以最大化的开发与挖掘。但是,我们知道,传统的教育体制在创新性学生培养的许多方面都不尽完善,严重的影响了学生创新才能的培养。在面临知识经济到来之际,为满足社会对创新人才的需求必须在目前的教育改革转型时期,从教育观念、培养目标、教育内容、教育方法与手段以及管理体制等方面,加大教育创新力度。

一、教育观念的创新

创新的教育观念主要是指确立正确的"人才观"和"学生观"。在我们的教育中,究竟什么样的学生是"好学生"?

学校培养什么样的人才才能满足社会的需求?曾有学者把人才分为五种类型,即"工具型"、"书生型"、"全面型"、"智能型"、"创新型"。面对知识经济对创新人才所提出的新要求,显然,培养"创新型"的人才应是学校的主要追求目标。在我目前的创新教育实施过程中,创新的教育观念首先要加强对创新重要性的认识,坚决冲破传统教育中崇尚经验,崇高权威的旧教育观念,大力倡导创新教育观念,要认识到培养创新型的学生,不仅对学生个人的发展具有重要作用,而且对提高整民族的创新能力都具有重要的意义。在这一观念的指导和支配下,应该相信每个学生都具有创新的潜质,应该把培养富有创新性的学生作为教育的首要目标。

二、教育内容的创新

(1) 创新意识的培养,也就是推崇创新、追求创新、以创新为荣的观念和意识。只有在强烈的创新意识引导下,人们才可能产生强烈的创新动机,树立创新目标,充分发挥创新潜力和聪明才智,解放学习和创新激情。在 20 世纪五六十年代左右,当时许多领域的科学家都把寻找自己的"哥德巴赫猜想"作为攻坚的目标,我国著名的数学家陈景润当时也把这一被喻为"数学桂冠的明珠"的问题作为自己的努力目标。正是在这样强烈的创新意识的鼓舞和推动下,他投入了常人以难以想象的精力和热情,才取得了丰硕的成果。教育部副部长韦钰也指出,创新是产生于激情驱动下的自觉思维,创新思维是产生于由于热爱、追求、奋斗和奉献所产生的精神境界高度集中,浸沉于那环境里所产生的自觉思维。

(2) 创新思维的培养。它是指发明或发现一种新方式用以处理某种事情或某种事物的思维过程,它要求重新组织观念,以便产生某种新的产品。这种创新性思维能保证学生顺利解决对他们来说是新的问题,能深刻地、高水平地掌握知识,并能把这些知识广泛迁移到学习新知识的过程中,使学习活动顺利。可以说,创新性思维是整个创新活动的智能结构的关键,是创新力的核心,创新教育与教学必须着力培养这种可贵的思维品质。

(3) 创新技能的培养。它反映创新主体行为技巧的动作能力,是在创新智能的控制和约束下形成的,属于创新性活动的工作机构。创新性技能主要包括新的信息加工能力、一般的工作能力、动手能力或操作能力以及熟练掌握和运用创新技法的能力、创新成果的表达能力和表现能力及物化能力等。创新技能同样也居于创新教育的核心地位,尤其在我国目前的学校教育中,更要加强以实验基本技能为中心的科学能力和科学方法的训练。

(4) 创新情感和创新人格的培养。创新过程并不仅仅是纯粹的智力活动过程,它还需要以创新情感为动力,如远大的理想、坚强的信念、诚挚的热情以及强烈的创新激情等因素。在智力和创新情感双重因素的作用下,人们的创新才能才可能获得综合效应的能量。除创新情感外,个性在创新力的形成和创新活动中也有着重要的作用,个性特点的差异一定程度上也决定着新成就的不同。创新个性一般来说主要包括勇敢、富有幽默感、独立性强、有恒心以及一丝不苟等良好的人格特征[1]。可以说,教育对象具有优越创新情感和良好的个性特征是形成和发挥创新能力的底蕴。

三、教育方法与手段的创新

(1) 学生的创新思维是一项自主性的活动,传统教育中的"填鸭式"灌输教学方法显然不能培养学生的创新思维和能力。在传统的教学方法中,有时片面强调繁琐练习、盲目抄写、过多背诵以及偏重死记硬背的考试，阻碍了学生主观能动性以及思维的发展，使知识的迁移能力大为降低，更谈不上创新思维和创新能力的发展。我国《学记》中早就提出"君子之教，喻也，道而弗牵，强而弗抑，开而弗达。道而弗牵则和，强而弗抑则易，开而弗达则思，和易以思，可谓善喻矣"的思想，强调注重对学生的开导以及培养学生独立性的重要意义，这对当今培养创新性人才仍然有重要的借鉴意义。只有通过教师启发式的教学，才能调动学生的主动性、自觉性，激发积极的思维，培养分析问题和解决问题的能力。应该说，启发性只是创新教育教学中所要求的原则，任何一种旨在启发和引导学生创新能力形成发展的方法都可以使用，如发现式教学法、讨论式教学法、疑问式教学法以及暗示教学法等。

（2）教师除了通过恰当的教学方法使学生创新能力得到发展外，积极地利用现代化的教学手段也是推动学生创新能力发展的有效途径。尤其是计算机多媒体进入教学当中，通过声音、图象等多种表现形式，使学生能对知识掌握得更加透彻、更加形象，有利于激发学生的学习兴趣和创新激情。

四、对教师要求的创新

（1）创新教育在教师要求上，不再满足于"传道、授业、解惑"的传统功能和作用，而要求教师能在学生创新教育的过程中起引导和示范作用，即教育者能以自身的创新意识、思维以及能力等因素去感染、带动受教育者的创新力的形成和发展[2]。在某种意义上可以说，只有创新型的教师才能实施创新教育，才能培养出创新型的学生。因此，教师自身必须具备较强的创新意识和较强的创新能力，只有这样，教师才能从自己的创新实践中发现创新能力形成发展的规律，为创新教育提倡最直接、最深刻的体验，从而在教学过程中，自觉地将知识传授与创新思维相结合，发现学生的创新潜能，捕捉学生创新思维的闪光点，多层次、多角度地培养学生的创新精神和创新能力。

（2）在创新教育的师生关系上，要求教师改变传统的观念和角色。传统教育很强调"师道尊严"，"教师权威"，这些观念和思想很大程度上给学生创新力的发展造成了阻碍。在创新教育中，教师在课堂教学中应主要起组织、引导、控制以及解答作用，要改变"一言堂"、"满堂灌"的弊病，形成以学生为中心的生动活泼的学习局面，这样容易激发学生的创新激情。托兰斯曾提出培养学生创新力对教师的几项要求，即尊重与众不同的疑问，尊重与众不同的观念，给学生以不计其数的学习机会等五项民主性建议。斯坦福大学的校长卡斯帕尔教授在谈到斯坦福和硅谷的成功时，也认为宽松自由的学习环境是培养学生创新力的一个重要原因。

五、教育教学评价体系及管理体制的创新

(1) 传统教育纯知识记忆性的考试所导致的直接后果就是学生思维的僵化。因此,创新教育必须在原有教育教学评价体制上创新,使教育在学生创新能力的培养过程中真正发挥出导向功能。在考试内容上,不仅要考属于知识记忆性和技能技巧性的内容,还应包括一定比例没有标准、可以让学生充分发挥想象,以表现学生自己创见的题目,以激发学生的创新思路,在平时的学习中要善意培养学生的扩散思维、求异思维、逆向思维等创新思维能力[3]。在考试形式上,要打破传统教育中形式单一化的特点,采取多种考试形式,如笔试、口试、开卷和实践能力考查等。在评价中,可以通过学生自评、学生互评、小组评价、教师评价等多种形式进行。通过这些丰富多样的评价形式,可促使学生开放性个性和创新意识精神的形成。

(2) 要正确处理好教育行政部门与学校之间的关系。在我们的教育管理体制中,教育行政部门对学校管得太多、太死,学校缺乏一定的自主权,只能在统一规定的教育模式中运行和发展,这在一定程度上阻碍了学校自身创新性的发挥,不利于学校按自身特点培养创新性的人才。因此,在创新教育的实施中,教育行政部门应保证学校一定的办学自主权,以利于学校按自身的实际情况进行创造性的教育教学活动,为培养创新性人才提供前提条件。

此外,对学生进行创新性的管理也很关键和重要。在管理过程中,要尊重学生的个性发展,鼓励学生形成自己独特的品质和风格,逐渐形成自己的个性和某种特长。这对学生以后在某个领域的创新行为大为有利。所以需要有一个支持创新的教育管理体制来维系和支撑。

总之,面临第三次人类文明和知识经济的到来,一个国家和民族的创新能力和水平决定着一个国家和民族的地位和发展速度,创新能力和水平的提高又深深地依赖于一个国家和民族的创新教育能否顺利实施。只有打破教育的束缚,建立全新的教育创新体系,才能为创新教育的发展提供良好的环境和强大的推动力,而创新教育的实施又会进一步推动教育改革的深入进行,两者是相互促进、相互联系的。我们坚信,在教育创新的推动之下,创新教育一定能承担起知识和技术创新以及创新人才培养的伟大历史使命。

参考文献

[1] 朱永新. 创新教育的意义与内容. 创新教育谈. 2002. (12)

[2] 杨树兵. 对创新教育的几点思考.《水调歌头. 游泳》. 创新教学设计. 2002.

(12)

[3] 龙献忠. 在课堂教学中实施创新教育. 聚焦高校创新人才培养的理论与实践研讨会. 2002.12

论高职院校主导社会化技能培训

卞宗元

摘要　本文从发达国家的经验、政府的政策导向、构建和谐社会的需要和高职教育的功能、特色、自身改革等方面，论述了高职院校主导社会化技能培训、引导就业的新职教理念。分析了高职院校办学中的功能缺位，提出了高职院校主导社会化技能培训的措施。

关键词　高职院校　主导　技能培训　理念　措施

高等教育具有三大功能：人才培养、科学研究，社会服务，其本质是为经济社会发展提供人才资源和智力支持。高职教育是高等教育的重要组成部分，承担着培养生产、管理、服务一线所需要的实用性人才的任务。当前，高技能、应用技术型人才成为需求的热门和紧缺，就业压力空前。为此，需要将高职教育的职能扩展为职业技术教育与培训（即 Technical and Vocational Education and train-ing，简称 TVET），即，不但实施在校生的学历教育，而且主导社会化的职业技能培训，构建面向全社会的职业技能培训体系，应成为高职院校的办学目标之一。

一、主导社会化技能培训，是高职院校肩负的历史使命

高职院校主导社会化技能培训，是国际高职教育发展的趋势 世纪之交，联合国教科文组织召开了第二届国际职业技术教育大会。该组织副总干事鲍维尔在主题报告中提出："技术和职业教育与培训是通向未来的桥梁……　我们需要把技术和职业教育与培训联系起来的新模式，使教育、培训、就业和社会福利几个方面，在一个国家内、在国际范围内联系起来"。这是职业教育的新理念。其涵义是：职业技术教育要面向全社会办学，将校内学历教育与面向社会的技能培训结合起来，全面发挥高职教育的作用，促进就业，造福人类。

发达国家的职业教育积累了成功的经验。美国的社区学院，一方面进行学历教育，为青年学生求学架设了由职业技术教育通向高一级院校的桥梁。另一方面，为中老年人的转岗、求职，以及弱势群体（如失业者、接收救济者、甚至是监狱犯人等）进行技能培训，为他们走向社会、参与就业作好准备。澳大利亚的

TAFE 学院面向不同对象提供学习、培训的机会。青年学生可以实现提高学历层次的愿望;需要更新知识、技能的专业人员,得到了学习提高的机会;那些失业或希望更新获得新岗位的人们,接受充电和技能培训,找到了工作,获得了新的发展机会。法国、日本、加拿大,也有类似的经验。其共同点是,高职教育是面向社会的继续教育的主导模式,是教育、培训和就业的有机结合。

高职院校主导社会化技能培训,是我国政府的政策导向党的十六大提出,我国要走新型工业化发展道路,要从制造业大国迈向制造业强国,要全面建设以人为本的小康社会。实现这一目标,不仅需要一大批拔尖创新人才,也需要数以百万计的高技能人才、数以千万计的专门人才和数以亿计的高素质劳动者。江苏省近期远赴东北三省,招聘 1.5 万名高级技工。可见技能型人才短缺已成为发展制造业的瓶颈,加速培养已成当务之急。为此,2004 年 5 月,教育部等六部门联合发出通知,实施职业院校技能型紧缺人才培养培训工程。2004 年 9 月,教育部又和国家发改委等七部门发布《关于进一步加强职业教育工作的若干意见》,要求职业院校“要加强人力资源能力建设,更加重视开展在职人员的岗位培训、下岗失业人员再就业培训、农村劳动力培训和各种形式的社会化培训,努力提高广大从业人员的就业能力和创业能力。要积极开展面向残疾人的职业教育和培训”。客观分析,我国技能型人才的培养模式相对落后,以中专为主的层次相对较低,培训规模偏小,覆盖面不广。从社会分工看,高职教育承担着培养技术、技能型人才的重任,因此,国家将培养高技能人才、进行社会化技能培训的任务交给了以高职院校为主体的职业教育机构。教育部要求:高职院校要加强学历教育与职业培训的沟通,要努力扩大专业教育资源的服务范围,要进一步拓宽发展思路,在全日制学生的学历教育中加强技能训练。同时,要将学校的核心课程,培训设施,面向社会开放,进行职业技能培训。国家的政策导向,明确了高职院校的办学思路,要促进高职教育事业的改革和发展,提高职业教育的培训的针对性和适应性,成为社会化培训的主导力量。

高职院校主导社会化技能培训,是构建和谐社会的需要。和谐社会是政府施政和老百姓追求的目标。近年来,经济结构调整带来的失业问题,困扰着政府。随着企业改制以及企业关闭破产的工作力度的加大,结构性失业矛盾还会加剧。2004 年全国城镇登记失业率高达 4.3%,共组织 550 万名下岗职工参加再就业培训,培训人员的再就业率达到 70%。首次实现了失业职工人数减少的喜人现象。显见,培训可增长技能,技能是就业的阶梯,是立身之本,发展之源。2005 年,国家将帮助 900 万人再就业,减少失业与贫困。这一举措关系到国家的稳定,也关系千百万人民的切身利益,是建立和谐社会的基础。高职院校是用国家和人民的钱办起来的,拥有较多的师资、设备等实训条件,理应为国分忧,为民造福。除了将学历教育办好,培养在校生以外,也须面向社会,为希望再就业的人员雪中送炭,培训必须的技能,帮助他们获得技能和职业资格证书,迅速适应新的岗位需求,提高就业能力。培训的另一个重点是高技能人才和创业能力,旨在培养更多的"高级技工",帮助更多的劳动者成为小老板,既有利于国民经济的进一步增长,又能带动就业,使更多的弱势人员脱贫致富。

高职院校主导社会化技能培训,是高职院校改革发展的必然。当前,在社会化技能培训的使命面前,多数高职院校反应迟滞,职能缺位。他们注重对在校生的学历教育,较少参与社会上的职业技能培训与人才培养,既不能充分发挥教学实训资源的作用,也不能缓解社会对人才技能培训的强烈需求。我们知道,培养技能型人才,尤其是能工巧匠,需要一定的理论基础,更需要大量实践经验的积累。高职院校的培养模式不能适应这一要求。而校企合作,厂校合作的形式还在初创阶段,难以为在校生提供充分的技能训练。高职教育的办学形式,尚未形成职前与职后教育,学历与非学历教育的有效沟通。这些缺陷制约了社会化培训的实施,也影响到高职教育自身的发展。高职院校以服务地方为宗旨,以就业为导向,这就需要改变关门办学,自我评价的方式,将主导社会化技能培训作为重要职能。要以是否形成鲜明的办学特色,毕业生是否满足企业需求,是否用得上,留得住,有没有培养前途,作为人才培养水平的衡量标准,当前,还要以培养出多少高技能人才为衡量标尺。在这一检验尺度下,需要对高职教育进行全面深入的改革,调整知识技能结构、课程设置、教学内容与培养模式。要树立职业技术教育、技能培训和就业三位一体的新职教观,实施以就业为导向、以能力为本位的培养模式。完善社会化技能培训和人才培养的配套机制,使高职教育成为政府、企业、学生都满意的教育形式,发挥出不可替代的作用。

综上所述,高职院校在培养在校生成为应用技能型人才的同时,要将办学视野扩大到全社会,在社会化技能培训中发挥主导作用。主导的涵义是:高职院校要承担校内外结合培养技能型人才(重点是高技能人才)的主要职责,以满足企业的急需;对希望更新知识、提高技能的人群而言,高职院校是培训的主要力量;他能帮助弱势群体人员掌握就业技能,提高再就业的适应能力;他要引导全社会学习、增长技能。以此为经济社会发展作出贡献。

二、高职院校发挥主导作用面临的问题与挑战

(一) 制度不完备

技能型人才种类繁多,又有不同层次;至今还没有一个涵盖各种需求,高中初层次分类的培训制度。尽管国家指出了加快培养适应现代化建设要求的数以亿计的高素质的劳动者;也指出了要重视在职人员的岗位培训、下岗失业人员的再就业培训,农村劳动力培训和各种形式的社会化培训,但尚未形成整套的,具

有合力的,校内教育与社会化培训互相衔接,职前与职后教育,学历与非学历教育有效沟通的制度环境。

(二) 主体不明确

在从事社会化培训的主体中,有教育行政部门主管的职业中学,高职院校和其他一些高校,也有劳动与社会保障部门主管的技工学校,还有各种规范或不规范的社会办学力量。在培训方式中,有以高职院校为主的培养复合型、知识型技能人才、理论加实训的教学方式,也有通过反复训练,培养操作型技能人才的技校方式。还有以赢利为目的,采取短平快方式的某一专业技能突击培训。在技能鉴定培训、特别是行业性上岗培训中,某些把握大权的政府部门,聘请高职院校的教师上课,却不认可学校的培训资格。

(三) 观念不适应

培养应用型技能人才是高职院校办学的目标,已成共识。但承担社会化培养技能型人才的主要职责,并不为高职院校重视;办学观念出现偏差。一是在升格本科的目标下偏向学科建设,轻视实践环节建设。二是长期实行应试型教学,试卷式考试评价,偏重理论教学轻视技能实训。三是教学计划、专业建设、经费投入等等,都是从培养在校生出发,如何扩大专业教育资源的服务范围,将相关专业的教学训练项目用于社会化的培训,尚未提上议事日程。四是将社会化的培训看成是创收的渠道而不是教育者的职责。在这种观念下,社会化的培训成了可有可无的事。

(四) 评价机制有偏颇

高职院校的办学水平评估涉及教学条件、教学质量、实践环节、师资队伍、就业等六大类30多项标准,涉及社会化培训的内容极少,这与教育部等发布的《技能型紧缺人才培训指导方案》中,短期培训300万人次的目标、将专业教育资源的服务范围扩大到知识更新与技能培训的要求,相去甚远。高职院校在评价师资队伍建设成果时,往往重培养硕士、博士,轻建设双师型教师队伍,弱化了社会化培训的基础条件。评价科研工作,主要看论文,对产学研结合,为社会服务的要求比较淡薄。

(五) 培训条件不配套

技能培训需要完备而先进的设施,这是培养知识型技能人才的基础条件。以国家急需的汽车检测与维修专业为例:当今各种汽车的结构、设计更新换代十分迅速,电子控制已经普及,全球定位、电子地图导航、智能后视镜、免提电话系统、气动按摩座椅等新技术日新月异。而我国多数专业教学使用的是 20 世纪 90 年代以前的老式汽车,甚至是用报废的汽车在进行检测实践。在校生所学知识就已落后,谈何高技能人才的社会化培训? 校企结合不到位,资金有限,都是制约因素。另一方面,搞好培训,需要能掌握高级技能的教师,但高职院校的"双师型"师资数量不足,能工巧匠更少。从生产、设计、管理、服务一线引进的教师,在偏重理论的教学中,也只能扬弃技能专长去适应课堂理论教学。设备和师资条件的不足,制约了高职院校面向全社会培训高技能人才的可行性。

(六) 政策不到位

高职院校主导社会化培训,是一项涉及全社会的系统工程,应在政府统筹下由高职院校发挥主导作用。但"政出多门"的管理体制,捉襟见肘的拨款机制,以及缺少对培训人员和高技能人才的激励措施,往往挫伤高职院校从事社会化培训的积极性,采取观望和冷淡的态度。

三、构建高职院校为主导的社会化培训体系的措施

转变教育思想,树立现代高等职业教育新理念。应树立现代的教育发展观,价值观,以服务学生、服务社会为已任。高职院校尤其要加强为地方经济社会发展服务的理念,突破关门办学的框框,主动站到社会化培训的第一线。在培养在校生成才的同时,将注意力放在校内教育与社会培训的有效衔接、培养高技能人才的紧要任务上来。高职教育应面向所有群体,不管是校内学生还是其他愿意学习更新知识、提高技能的人们,向他们传授知识和技能,使高职教育成为所有公民受教育、长知识、增技能的有效渠道。这也是教育新理念——以人为本的体现。发挥人的潜能,发展人的个性,让不同类型的人才脱颖而出。

政府统筹,促进教育与经济、学历教育与职业培训的协调发展。当前,解决技能型人才的需求旺盛与而培养速度缓慢的尖锐矛盾,是一项涉及方方面面的系统工程,需要政府统筹协调。在发展规模上,实行政府协调与市场驱动相结合的原则,推动高职院校转向人才培训的大市场,充分利用学校资源开展社会化技能培训,并不断扩大培训规模。在发展模式上,要以就业为导向,以提高技能为核心,将技能培训与就业、再就业、转岗相结合,培养职业素养,培训岗位技能。在发展战略方面,政府通过调控社会化培训的规模和质量,实现规模、效益与结构的协调发展。通过扩大规模,加快应用技能型人才的培训速度;通过优化培训的专业结构,提高培训质量,实现培训效益最大化。在培训对象、内容方面,要从企业需求出发,将培训重点放在高技能人才身上,迅速缓解高技能人才紧缺的矛盾。搞好技能型人才培训,还需要政府统筹,营造良好的社会环境。回想 20 世纪七八十年代,学历是人才的首要条件,许多有专长、有前途的技术工人转而攻

读文凭,走上了助工——高工的路子。今日的技师荒,正是当年政策误导的后果。当前,政府、企业、学校都要走出重学历、轻技能的误区,真正将技能型人才视为经济社会发展中不可缺少的重要力量。大力提高技能型人才,尤其是高技能人才的政治经济待遇,使他们成为万众向往的标杆。同时要进一步完善就业准入制度,坚持先培训、后上岗的原则。政府尤其是教育主管部门,要引导高职院校从封闭办学转向开放办学,将培训转岗,再就业和高技能人才的数量作为考核学校领导政绩的标准之一。社会环境的转变,将是社会化培训的最有说服力的推进器。

锐意改革,创立适应社会化技能培训的教学模式。与学历教育比较,社会化培训的目的、对象、任务发生了重大变化。高职院校要主导社会化培训,必须改革原有的教学模式和管理方式。要突破学历教育的范畴,为在职职工、失业人员和外来务工人员提供非学历培训服务。要面对不同培训对象的要求,改革现有的学制,实行长短学制并行,全日制和非全日制相结合,专业教育与短期职业培训并举,实施灵活有效的面向大众的办学形式。在教学活动中,要改革传统的教学方式,按需施教,因材施教。按照技术进步的要求和企业的需求,不断改变培训内容,讲授实用的先进技术和操作规范,并体现重在实训的特色。在考核中,切实改变一张试卷见高下的旧套套,对高技能人才,注重考核运用所学知识解决本单位实际问题的能力。对就业培训者,着重考核其掌握应用技能的程度,使得各类人员均能得到切实有效的技能,满足企业的需求。

建设符合实训要求的训练场所和师资队伍。在德国的职业院校中,许多实训场所建在大企业内,学生操作的是最先进的机器设备,结业后到相关岗位工作。这是典型而完美的职业培训。我国高职院校经费不足,要努力走校企结合的路子,学校和工厂、施工队、宾馆、旅行社等单位合作举办培训项目,学校发挥师资和技术之长,派教师培训合作单位的职工,同时与企业共同进行产品开发、技术更新,参与企业管理、市场营销等管理活动,既增强校企之间的亲和力,又锻炼培养了教师的实践指导能力,还为培训单位的学员和在校生提供了真实有效的教学实训条件。在不具备校企合作的地区,可以政府统筹,多校联建实训基地。它不仅是学生实训的场所,还是主动面向市场开展培训和技术服务、推广技术成果的基地。这种实训基地应具有明确的专业特色,在设备配置、管理方式、人员配备方面都要具有仿真的职业环境和训练条件,实现教学、实训一体化,使受训者有足够的机会进行高质量的实际训练。

从事社会化技能培训,要求教师改变"就书论理"的教学方式,要有很强的实践经验和指导能力。高职院校教师要全面达到能文能武、精通理论,擅长技能的水平,是勉为其难的。可以建立专兼结合的教师队伍,从生产、设计、管理、服务等一线岗位招聘部分专业技术人员,充实实训师资;再聘请一部分技术能手,担任兼职实训指导教师。既为培训实践奠定基础，又密切了教学与生产实际的联系，还可使使教师队伍不断优化，向双师型队伍迈进。

参考文献

［1］郑国强. 新世纪的技术与职业教育. 北京：中国文联出版社 2002

［2］李宗尧. 对当前高职教育发展中几个问题的认识. 天津职业大学学报，2003,(5):20－22

［3］白天亮. 今年再新增就业岗位900万能否实现?《人民日报》. 2005年2月18日，第一版

［4］马树超等. 五大思路：中国职教发展战略机遇期的战略选择. 职业技术教育,2005(24):32－33

［5］杨金土. 中国职教发展的政策环境分析. 教育发展研究,2005(9):1－4

提高知识经济社会高职人才培养质量刍议

陆小峰

摘要 知识经济社会的来临对高职人才培养提出了更高的要求，本文分析了知识经济社会应用型人才的特点，确立了培养复合型人才的目标，从构建复合型人才培养模式、建立人才培养质量保障体系、推行学分制、提高人才培养层次等方面论述了培养复合型人才，从而达到提高高职人才培养质量的目的。

关键词 高职教育 知识经济 人才培养质量 复合型人才

中国高等职业教育创办至今已有 20 余年的历程，培养了大批生产、建设、管理、服务第一线的高等技术应用型人才，为 20 世纪末改革开放的中国经济发展、社会进步提供了巨大的智力支持。随着中国加入 WTO，迅速确立市场经济，逐步完成经济结构调整，21 世纪的知识经济社会对高职人才提出了崭新的要求。高职教育如何顺应时代特征，迎接时代挑战，提高人才培养质量，任重而道远。

一、坚持科学发展观，确立复合型人才培养目标

服务社会经济发展，培养高素质技术应用型人才是高职院校的办学宗旨，满足社会对人才类型的需求是高职院校办学的方向。要提高人才培养质量，首先必须根据社会的需求，确立科学的人才培养目标。经济的发展、社会的进步改变了传统人才要求观念，高职人才除了具备扎实的专业知识外，还应具备更加全面的综合素质和能力。

(一) 社会适应能力

新技术进步、新产业发展造成职业分工越来越不稳定，社会竞争导致工作频繁变动，单一岗位型人才已不能胜任，人才的社会适应能力要求提高。

(二) 创新能力

知识经济时代的知识是不断创新的高科技知识，使知识转化为生产力，转化为经济效益需要人才具备创新的意识。

（三）可持续发展能力

世界上每过一个小时即产生 20 项新发明,每过一年就会新增 790 亿条信息,世界在永不停息地发展变化中,终身学习,可持续发展能力是现代社会人才重要的特征。

然而,我国高职教育是在改革开放后发展起来的,历史短,完全脱胎于普通高等教育。因此,在思想观念、素质教育等方面带有深深的传统教育烙印,重专业知识教育,轻综合素质培养。在这样一种教育理念支配下,高职院校培养的人才走上社会势必不能适应工作岗位的变动,对工作缺乏创新意识,不能及时跟上时代对知识和技术创新的要求,自我学习,自我发展能力不足,缺少发展后劲。

培养的人才没有市场竞争力,不能很好地服务于社会,高职教育就丧失了生命力,也就失去了存在与发展的意义。坚持以人为本,树立全面、协调、可持续的科学发展观,促进人的全面发展,确立复合型人才培养的目标是高职教育的当务之急。一切以人为根本出发点,一切以人为最终归属地,注重学生全面素质与能力的培养,提高高职人才培养质量刻不容缓。

二、科学地构建复合型人才成长的培养模式

一般地认为,人才培养模式是指为实现培养目标而采取的培养过程的构造样式和运行方式,它主要包括专业设置、课程模式、教学设计和教育方法等构成要素。可见,高职教育能否培养出具有时代特色,适应社会需求的高素质实用技术人才和管理人才,科学的人才培养模式至关重要。

当前国外流行的高职人才培养模式主要有以下几种:以加拿大、美国为代表的 CBE 模式;以英国和澳大利亚为代表的 CBET 模式;以德国为代表的"双元制"模式。以上三种人才培养模式都是以职业岗位能力要求为目标,以"职业能力为中心"为教学指导思想,产教结合共同培养人才,基本解决了用人单位的要求。不足的是,这些培养模式职业岗位针对性过强,岗位设置过窄,难以很好地适应科学技术迅猛发展对人才提出的复合性要求。我国高职教育经历了 20 多年的发展,逐步形成了"双元制"、"技术岗位(群)型"、"一主两辅"、"能力本位"等人才培养模式,这些模式的共同特点就是,加强实践教学,重视实践能力和操作能力的培养,强调应用性,但忽视综合素质地提高。

面对当前高职人才不能很好地适应社会要求的窘境,坚持科学发展观,以培养复合型人才的教育观念为基础,站在知识经济社会对人才提出的要求高度上,辩证地吸收和摒弃传统人才培养模式的优点与不足,科学地构建新型有利于复合型人才成长的培养模式,是提高高职人才培养质量,满足社会对人才需求的根本途径。

新的人才培养模式是对传统模式的继承与创新,其创新性核心是在人才培养过程各个环节上加大学生的社会适应能力、创新能力和可持续发展能力等基本素质和能力的培养力度。主要体现在以下几个方面。

(一)素质教育

把知识传授与思想教育融为一体,促进学生全面发展。培养的学生不仅会做事,更重要的是促使其学会做人,学会合作,有社会责任感和事业心。

(二)专业设置

培养学生广泛职业岗位的社会适应能力,拓宽专业口径。横向上,拓宽专业口径,淡化专业界限,按大类专业招生。纵向上,延伸专业内涵,改革传统专业,扩大专业服务范围。

(三)课程设置

用系统论的观点和方法、对现有高职课程进行分析,从培养学生知识创新能力、自学能力、实践能力为目标,按学生应具备的知识、能力、素质结构作为课程整合和重组的原则,创造性地设计高职教育的课程体系结构。

(四)产学结合

学生通过生产第一线的实践,培养其艰苦奋斗的意志和自主创业的思想,使其认识到利用知识,创造性地改造传统设备,实现技术创新的紧迫感,从而使学生树立不断创新的意识。

三、建立高职人才培养质量保障体系确保人才培养质量

高职教育不同于普通高等教育的单一式精英教育质量观。教育部高教司司长张尧学在《坚持就业导向、推进高等职业教育健康发展》一文中指出:"高职教育培养出来的学生应是市场需求的、抢手的、有一技之长的高素质的劳动者或技术应用型人才"。由此可见,就业率是高职教育人才培养质量的重要衡量标准。以目前社会发展的程度来看,完备的教育体系不仅应具有评判人才质量优劣的制度,还应具备实现人才培养目标,保障人才培养质量的体系。

所谓高职人才培养质量保障体系就是实现高职人才培养目标、修培养方案、健全教学文件、强化过程控制、全面评价学生质量的管理制度。高等职业教育是高层次的职业教育,它的培养目标高于一般的职业教育,对社会产业的发展有一定的影响作用。毕业生的质量是衡量高职人才培养质量优劣的根本性指标,高职人才培养质量保障体系规定了毕业生质量评价的内容与要求,从而有利于保

证毕业生的质量。科学的人才培养质量保障体系在知识经济对应用型人才要求普遍苛刻的时代,确保毕业生的质量,作用是显而易见的。

遗憾的是不仅我国高等职业教育没有这样的保障机制,就连普通高等教育也缺乏类似的规定。目前,仅局限于理论上的探讨,相关的学术性论文也是凤毛麟角。在高职人才质量已经不是单纯的以专业知识评判的时代,在高校教学质量保障体系逐步建立的同时,根据时代对人才质量评判的标准,制定相应的准则体系,对于确保高质量人才的培养无疑是有巨大帮助的。

四、推行学分制,遵循因材施教原则提高学生综合素质

学分制起源于普通高等教育,作为一种具有现代特色的教学管理制度从创立至今已有一百多年的历史,它是教育现代化发展的必然产物。其主要特点是实行弹性教学管理,学生可以在一定范围内根据自己的兴趣、爱好、能力等个性因素自主选择课程、任课教师和每学期修读课程的门数,体现出了以人为本,全面素质教育的教学理念。高职教育是高等教育的重要形式,引进学分制,与知识经济时代培养复合型高职人才的目标是一致的。

(一) 实行学分制,有利于提高学生的综合素质,培养复合型人才

我国高职教育曾一度强调学生对职业岗位的针对性,培养的学生知识和能力结构单一,不利于提高今后的社会适应能力和可持续发展能力。知识经济让我们清醒地认识到:高职教育不仅应该具有鲜明的职业岗位特点,还必须具备因职业岗位变动而具有的适应性等众多综合素质。通过设置课外社会实践活动选修分,鼓励学生参加各类有利于综合素质提高的社会活动。

(二) 推行学分制,还有利于高职教育遵循因材施教的原则

众所周知,目前高职生源在文化基础、基本技能等方面存在着巨大的差异,有高中毕业生,也有中专、中职和技工学校的毕业生,给教育教学带来了一定的难度。实行学分制,不同层次的学生可以根据自身的情况选择相应的课程,最大限度的发挥每一个学生的潜能,提高人才培养质量。

五、构建完备的高职教育体系,适应社会对不同人才的需求

近年来,在我国的众多行业中出现了高技能人才普遍短缺的现象,浙江一家企业用年薪 70 万元从日本请来一名高级技工,另据劳动部门统计,在我国七千多万技术工人中高技能人才仅占 4%。高技能人才的短缺已成为严重影响到我国经济持续健康发展的人才供给瓶颈。这些事例和数据充分说明:我国的高职教育尚处在起步阶段,极不完备。就高职教育层次而言,绝大多数高校被禁锢在

大专水平上,高技能复合型人才的培养对于高职专科教育显得力不从心。

　　我国长期以来一直注重中等职业教育,高职高专开始于改革开放后近20年,起步晚,发展滞后,跟不上时代的步伐。目前,高职专科对于我们来说尚属新事物,更不用谈高职本科、研究生了。教育观念落后、发展速度迟缓是目前人才质量不能满足社会需求的主要原因。

　　顺应生产力和社会历史的演进,满足社会对高技能人才的需求,高职教育从专科层次向本科发展,甚至朝着研究生方向发展,是解决当前高职人才层次低、质量不高的有效途径。培养不同层次的人才,满足社会对不同人才的需求,是高职院校义不容辞的责任。高职院校追求层次的向上攀升,大力发展本科层次高职教育,甚至是研究生教育,需要注意自身的条件。对于基础条件好,发展势头强劲的高职院校,应当积极扶持。

　　完备的高职教育体系应该包括专科、本科、硕士甚至博士,以目前知识经济社会对人才的要求,发展本科层次为主的高职教育,提高人才培养层次和质量,显然是不容质疑的。

高等教育多渠道投入方式探析

管德明　秦旺锋

摘要　政府是高等教育投入的主渠道,高校在依赖政府投入的同时,还应积极筹措外资、民资和社会资金,正确区分"自然人投入"与教育乱收费的本质区别,依法吸收广大学生家长对教育的投入,实现多渠道教育投入,并充分利用现有办学条件,提高办学效益。

关键词　高等教育　投入方式　办学效益

增加对高等教育的投入虽是一个老生常谈的话题,但对于多渠道教育投入方式的探索,我们却应该时谈时新。高校在依靠政府主渠道投入的同时,还应积极拓宽投入渠道,筹措外资、民资和社会资金办学,依法吸收广大学生家长对教育的投入,并充分利用现有办学条件和资源,提高教育投资效益。

一、要通过立法确立各级政府投入比例与投入量

由于教育事业的特殊性,世界各国都把发展高等教育视为本国政府的一项重要行政职能,都把提供高等教育经费视为本国政府财政支出的一个重要项目。在我国,为落实教育战略地位也以国家财政拨款为主。早在1988年,邓小平同志就提出了要"从战略高度考虑教育问题"的思想,他还明确指出,"我们要千方百计,在别的方面忍耐一些,甚至于牺牲一点速度,把教育问题解决好。"这里所说的教育问题,主要就是教育投入问题。

发达国家盛行一个口号:政策就是拨款。鉴于我国各级政府目前教育投入的现状,急需一个教育投入法律保障体系。因为法律法规具有不可侵犯的强制性,它不仅强制人民群众守法,也强制行政执法部门守法。这一特点可以保证教育投入的主体按时履行义务,及时行使权利。一方面,中央政府要制订全国性的基本法律,另一方面,各级政府也要按照建立公共财政的要求,调整财政支出结构,完善教育投入稳定增长机制,用相关的法规、规定、规章和条例,详细规范教育经费投入比例问题,确定各级政府财政支出中教育经费的投入比例与投入量,建立起一种可靠、有效的投入机制,使教育经费的投入,不因领导的变化而变化,不以人为的因素而波动,避免由于领导者的更替和对教育重视程度的不同而导

致教育投入上的短期行为,以确保教育经费能够稳定增长,保证教育优先发展的战略地位。由于中国财政预决算差异系数较大,对教育的投入考核应以财政决算为准,确保财政执行中教育的投入增幅高于财政性开支的增幅。

二、多渠道吸收社会资金办学是穷国办大教育的必由之路

在我们这样一个发展中国家,要实现高等教育大众化,要办全世界规模最大的教育,单靠国家投资是绝对行不通的。教育法明确规定,"国家建立以财政拨款为主,其他多种渠道筹措教育经费为辅的体制",这从法律上确立了教育投入首选是政府行为,财政拨款是教育投入的主要渠道。这同时指出,要使高等教育有较大的发展,实现高等教育大众化,必须改变现有的单一投资体制,不断拓展经费的来源渠道,尽可能吸收社会各方面的资金,鼓励多渠道、多样化的办学方式,使高等教育事业更快地、更健康地向前发展。多渠道筹措教育经费,这是世界各国发展高等教育事业的成功经验,也是各国为解决高等教育大众化所带来的经费短缺问题而采取的共同措施。高校除了财政投入、社会支持办学外,应该依法承担起多渠道筹措教育经费的任务,这不是权宜之计,而是一项长远任务,是穷国办大教育的历史必然。

吸收社会资金办学,一是进一步深化学校后勤改革,完善后勤社会化体制,目前高校投入中相当一部分用于学生食堂、宿舍等生活服务系统,其中后勤人员支出也是学校支出中较大的负担,实现真正的后勤社会化必须从体制上改革,让生活后勤完全脱离于学校管理之外,由企业进行有偿服务。高校已实行的后勤社会化改革对减轻学校负担有明显作用,但要从根本上解决问题,必须彻底交由社会,由企业进行投入,企业通过市场进行运作;生活后勤的服务质量、卫生、安全等统一纳入社会管理系统,教育行政部门不要再把后勤生活条件列入学校办学条件的考核范围。

此外,教学仪器设备投入也可通过厂校合作部分获得,学校完成企业的用人订单,企业提供实验实训设备。公共计算机机房、体育场馆也完全可以通过市场化运作,由企业投入,在满足教学的同时,为社会服务,学校可不花钱或少花钱获得教学资源。不少高校在这方面都有成功的经验,可供借鉴和推广。

三、依法吸收广大学生家长对教育的投入

高等教育作为整个教育事业的重要组成部分,必须重视教育成本和效益问题。高等教育是非义务教育,学生必须交费上学,世界各国皆然。高等教育经费的来源除去政府的投入外,一部分则要依照受益者付费原则和支付能力原则,从受教育者个人及其家庭收取,这是高等教育发展的必然。广大学生家长对于教育的投入也是使得高等教育持续快速稳定发展的重要保证。

　　随着社会现代化程度的提高,社会对劳动者的智力结构与程度的要求也越来越高。在市场经济条件下,人们越来越懂得智力投资,特别是高等教育投资的重要意义。许多家庭为了子女的前途,愿意拿出钱来供子女上大学。目前,交费上大学的观念在我国已经形成,城乡居民攒钱送子女上学的意愿强烈。据调查,在居民储蓄存款中准备用于子女教育的比重最高,成为了居民投资首选热点。而且经过调查发现高收入与低收入家庭的教育投资倾向是趋同的,对教育的需要并非高收入家庭的专利,受教育者及其家庭已经认识到教育有利于提高自己的收益率。学费收益目前已占学校收入的50%以上。除正常的学费收入外,吸收部分富裕家庭对教育的投入,也是扩大教育投入的合法渠道之一。

　　目前,全国上下都在专项整治教育乱收费问题。教育乱收费行为,是指违反国家和省人民政府的有关法律、法规和规定,擅自或者变相设立教育收费项目、扩大教育收费范围或者提高教育收费标准进行收费、摊派、集资等行为。在这个问题上,我们应该正确理解《中华人民共和国教育法》和《中华人民共和国高等教育法》中对于"自然人投入"与"教育乱收费"的规定,区别对待"收费"与"乱收费"。江苏省委书记李源潮在2005年召开的全省教育工作会议上明确指出:"鼓励富裕家庭为教育投资、花钱获得新的教育机会,让更多的群众享受教育发展和教育改革的成果……对于一些先富起来的家庭,应该为他们提供合法的为子女进行教育投资的通道。在保证普通学生有学可上、优秀学生能够低成本享受高质量教育的同时,也为那些成绩一般但有能力多缴费的学生提供接受高质量教育的机会。这不但对于他们的家庭是有益的,对于全社会也是有利的。"事实上富裕家庭将消费重点放在教育上,不仅保证了自家子女的教育,为社会培养了人才,又使社会消费有了正确的导向。这些投入也能在一定程度上改善办学条件,使其他学生从中得益。假设高校扩招5%的富裕家庭的学生,他们按教育成本的两倍付费(普通生只按教育成本不足1/2交费),这些学生的家长就给学校提供了近30%的学费收入。这些收入改善了学校办学条件,所有学生得益,此等好事何乐而不为? 正如江苏教育工作会议指出的,"只要不违背国家的法律法规,有利于增加教育投入,有利于扩大教育规模、提高教育质量,有利于满足群众教育需求的,都可以大胆试验、积极探索,都应当给予保护和支持。"可见,对于高校来说,要做的是规范收费,依法收费,科学指导学生家长投资教育,吸引他们增加对教育的投入。

四、积极吸引外资和民资合作办学

　　《中华人民共和国高等教育法》规定:"国家鼓励高等学校同企业事业组织、社会团体及其他社会组织在科学研究、技术开发和推广等方面进行多种形式的合作。"我国是穷国办大教育,虽然政府发展教育的责任无限,但能力有限,解决教育供需矛盾越来越取决于外部环境对它提出的需求和为它提供的支持。《高教法》的这一规定促使高等教育打破封闭办学的状况，打破办学体制的单一和僵化局面，实现办学体制的创新，以积极主动的姿态，吸引外资和民资合作办学，开拓新的投入渠道和办学主体。

合作办学是社会主义市场经济中的产物，在国家努力增加财政性教育经费的同时，高校通过吸引外资、民资合作办学增强了自我发展的能力，弥补了国家对教育投入的不足。合作办学对办学体制是一个新的突破，不仅能推进教育快速发展，而且能推动教育内部深化改革，是穷国办大教育，实现教育改革与发展的好办法。合作办学突破了政府办学的单一模式，建立起了具有大教育特征的新的模式，形成了多渠道、多规格、多层次的办学特色。合作办学能促进教育资源的有效配置和充分利用，创造了新的社会投资形式，有效地聚集了各种资源要素，形成了新的投资能力，打破了长期以来投资主体一元化的格局，形成了投资主体多元化的格局，把更多的消费资金转化为办教育培养人才的资金。这样既可保证按教育规律和国家教育法规定的教育诸环节要素进行教学，又可通过多种方式了解社会、参与社会经济的发展。

五、充分利用现有条件提高办学效益

教育经济学理论认为，教育通过生产劳动能力而成为社会再生产运动的一个环节。教育生产劳动能力是一个教育投入与教育产出的过程。以最小的投入取得最大的产出是发展教育的基本原则，高等教育如何做到以最小的投入取得最大的产出，这就是高等教育如何提高办学效益的问题。在教育投入一定的情况下，高校采取各种有效措施，充分利用现有教育资源，全面提高办学效益，实质上就是对教育投入的增加。

对于高校来说，办大学重要的是把市场机制和理念引入办学机制，学会经营大学。要高度关注办学成本和投资的成本效益；要适应经济建设和社会发展的需要，在着重提高社会效益的同时提高经济效益。因此，科学合理地制订高校办学条件要求是提高办学效益，增加教育投入的另一种有效措施。

教育投资，是一种战略性投资，尤其是高等教育的投资，已经构成当代评价一个国家教育发展水平的重要指标和重要变量。为此，高校在依赖政府主渠道投入的同时，应主动拓宽多种形式的教育投入，并充分利用现有条件，提高办学效益，实现学校的跨越式发展。

参考文献

［1］李源潮. 实施教育优先发展战略, 率先基本实现教育现代化——在全省教育
　　工作会议上的讲话, 2005. 6
［2］梁保华. 加快推进教育强省建设, 率先基本实现教育现代化——在全省教育
　　工作会议上的讲话, 2005. 6
［3］中共江苏省委、江苏省人民政府关于加快建设教育强省率先基本实现教育
　　现代化的决定(讨论稿), 2005. 6
［4］江苏省高职高专评估手册(试用稿). 南京:江苏省教育评估院, 2005. 4

依靠产学合作
促进高职教育的变革与创新

顾力平

摘要 从职业技术教育的发端,到高等职业技术教育的演进,借鉴了发达国家的成功历程,分析了我国高等职业技术教育产学合作举步维艰的历史缘由,以及产学合作在过去几十年的波折起伏。高职教育的创新与发展,高职院校的做大做强做优,都必须走产学合作的道路。概括了开展产学合作活动必需具备的基本条件。

关键词 产学合作 高职教育 创新 条件

一、产学合作是高职教育发展的内在要求

职业技术教育是任何一个途经工业化的国家都必须举办的一种教育类型。单从它的名称上就可以看到这一类型教育的最基本特征:职业性与技术性。职业教育从它诞生的那天起,就注定了与基础(普通)教育的显著区别和特定的指向性:承载提高人们基本素质的教育功能,承担社会广泛就业的职业技能培养职责。它的培养对象指向人,培养主体指向学校,培养目标指向企业(岗位)。它的出现是生产力发展到工业化阶段的必然要求。

随着社会生产力的进一步发展,高等职业技术教育开始走上历史的舞台。美国是当今世界高等职业教育搞得最为出色的国家之一。发端于 19 世纪,兴盛于 20 世纪的高等职业教育在美国诞生之初,职业性特征就放在了最显著的位置上,大大小小的赠地学院,无一不是紧密围绕当地的工农业生产、大量培养技能型劳动者而设立的。早在 1906 年,产学合作的人才培养模式就在美国产生,只是受当时的条件所限,一直未受重视,发展缓慢。直到 1958 年,在福特基金会的资助下,美国对产学合作培养模式开展研究,并形成了第一份关于产学研合作教育的评估报告。正是这份评估报告对美国后来的产学合作教育起到了巨大的推进作用。随着产学合作教育的普及与深化,又造就了高等职业教育的辉煌业绩——成为当今美国经济社会发展的新动力和助推器。单从对美国社会发展贡献看,和哈佛、麻省理工等高教巨星相比,美国的高职教育毫不逊色,堪称美式教育

最为眩目的两大亮点。

产学合作之所以是高职教育发展的内在要求，根本就在于合作教育为各高职院校的成功举办指明了方向，创造了条件，提供了保障。

就目前来看，我国相当多的高职院校仍沿袭普通高教模式，满足、热衷于学历教育。培养技能型、应用型人才虽然是高职院校的培养目标，但一旦具体到人才的规格、层次、标准时，立刻变得茫然，甚至连学校的定位都模糊不清。原因何在？

再从毕业生就业角度看，高职院校就业率大多低于普通院校，除了国人的传统意识因素外，高职毕业生不符合用工单位的要求和需要才是最主要的。原因又何在？

许多高职院校在实践教学环节的设备之低劣、方法之落后、渠道之狭窄，已经到了令人难以容忍的地步。在政府投入有限的背景下，单靠高校自身建设既不现实，也不科学。出路在哪里？

答案不言自明。可喜的是，"产学合作是高职教育发展的必由之路"已成为越来越多的高职院校的共识。广东、浙江、江苏、上海等许多地区的高职院校纷纷开展了此项活动，并取得了令人瞩目的成就，涌现出了一批知名的品牌院校。

二、产学合作在我国职教史上的"断层"分析

新中国成立以来，我国职教事业发展缓慢，至 20 世纪 80 年代初，职业教育一直停留在中专层次，职业技术教育受生产力发展水平制约非常明显。奇异的是，由于计划经济体制，绝大多数的职业学校主要由行业（企业）主办，产学合作自然成了最为朴素的办学理念。所以朴素，在于这一理念的原始性和自然性，不具现代意义上的完整性和科学性。由于学校的从属性，合作双方的地位不对等。整个合作也缺乏科学的理论总结和指导。尽管如此，当时的产学合作在合作关系的紧密度和合作内容的广度上，都是我们今天难以企及的：企业职工的在岗培训、产学合作技术攻关、企业就是学生的实习工厂……

只可惜，成也萧何，败也萧何。随着计划经济体制的终结，产学合作也成为了历史。

进入 80 年代，高等职业技术教育蓬勃兴起，20 年内，一百多所职业大学如雨后春笋，迅速壮大。90 年代，主要以职业技术学院命名的高职院校迅速扩张，直至占据全国高等教育的半壁江山。

时过境迁。高等职业教育在举办了近 20 年后，猛然发现，这支由政府主办的庞大队伍离自身的"职业性"特征相去甚远，成了名副其实的培养大专生的"高等专科学校"。产学合作的土壤荡然无存。

"生存还是死亡"？中国的高职教育群体走到了人生的十字路口。

　　早在 20 世纪 80 年代,身处沿海东部城市的一些高职院校得改革开放之先,率先探索产学合作之路。尤其进入新世纪后,一批新办高职院校秉赋先进理念,传承国外办学思想,以一步到位的方式直接运用产学合作办学模式,获得了极大的成功。前者的代表如深圳职业技术学院,后者如苏州工业园区职业技术学院,它们在办学理念、办学模式、办学水平、办学效果等诸多方面,均走在全国高职院校的前列,在产学合作领域亦堪称典范。

三、产学合作是目前高职教育创新与发展的现实选择

　　高职教育单靠政府举办,已被实践证明是不现实的,也是行不通的。无奈之下,许多高职院校不得不靠自身的力量发展壮大,但各个学校所遇到的重重困难和迷惑都具有普遍性,一场兼并重组的巨浪几年后便可到来,尤如单骑闯关,危机四伏。

　　从另一个角度看,高职教育的创新离不开高职自身功能的充分发挥,而发挥功能又离不开与社会的紧密联系与合作。不把高职教育的主战场放在社会、放在企业(行业),任何创新都是徒劳的。

　　无论如何,寻找高等职业教育产学合作的突破口是每一所高职院校创新与发展的现实选择。产学合作既然是高职教育发展的必由之路,必定是高职教育发展的必然规律。其对高职教育发展的作用,主要体现在:

(一) 产学合作有利于高职院校的价值定位和功能确定

　　众多高职院校沿袭传统的学术型办学模式,习惯于闭门造车,尤其从中专刚刚升格上来的院校,埋头“补课”,力争“达标”,对所培养的学生是否符合社会和企业的要求,或关注不够,或力不从心。产学合作一事,尚在起步探索阶段。

　　通过产学合作,企业对人才的规格、要求等信息可以明确地达到学校,引导学校以满足社会需求为目标,科学而准确地确定自身的“角色”和功能,转变办学思路和理念,使参与合作的高职院校在观念上始终处于领先地位。

(二) 产学合作有利于高职院校完善实践教学环节

　　实践教学是高职教育的特色所在,也是高职区别于普通高教的本质特征。高职教育的成功与否,主要取决于实践教育环节的成败得失。通过产学合作,由企业提供最先进的操作设备、仿真的环境、科学的管理理念和敬业精神,学生所学,正是现实所用,这样培养出的毕业生才是真正意义上的“高级技工”。

　　苏州工业园区职业技术学院与德国费托斯、美国艾默生、瑞士夏米尔等著名跨国公司合作创建了“技术培训中心”,从而不断更新培训设备,为学生掌握新技术、新装备创造了条件,就是一个典型的事例。

（三）产学合作有利于高职院校"双师型"教师队伍建设

"双师型"教师靠单纯引进和学校自我培养是不行的,产学合作是解决这一瓶颈的最有效途径。企业选派优秀技术专家、操作能手来指导学生,学校选派教师去企业实习,合作过程既是"双师型"教师的培养过程,也往往是学校科研项目和企业技改项目的"孵化期"。

（四）产学合作有利于高职院校提高办学效益

"订单式"人才培养模式及学校为企业提供的在岗培训,必将引发学校日常教学管理的深刻变革,使专业设置、课程安排、教材选择等一系列教学过程都具针对性,减少了盲目性。同时,为企业职工的在岗、转岗、上岗等培训项目的实施,弥补了高职院校非学历教育的空白,提高了学校的办学功能和办学效益。

番禺职业技术学院依托当地玩具生产基地开设的全国首个玩具设计与制造专业,2003年首届毕业生尚未走出校门,就被企业一抢而空,2005年的毕业生也已被用人单位全部收入门下,成为产学合作的又一成功范例。

四、产学合作实现的基本条件

回顾历史,不难发现,产学合作步入底谷之日,正是我国高等职业教育兴起之时。完全由政府举办的高职教育割断了以往职教与企业的天然联系;经济体制改革所造成的不确定性更使企业的合作欲望"销声匿迹";各新办学校的领导多半是从普通本科院校而来,既无举办高职的经验,更缺职教先进理念,照搬本科模式就成了顺理成章之事。产学合作渐行渐远。

借鉴美国和其他发达国家的经验,以及国内一些高职院校产学合作的成功范例,归纳起来,主要有三个基本条件:

（一）企业的实力与意识是产学合作取得成功的关键因素

欧美等发达国家所举办的高职教育往往都是由大公司大企业发起、赞助的,其最初的目的就是为企业培养人才、培训职工。企业办职教逐渐形成传统,并最终上升为法律。

举办职业教育是一项投入巨大的工程,非大企业、大财团所能及。完成原始积累后的欧美大财团数量众多,资金充沛,客观上为高职教育的兴起奠定了最坚实的基础。早期如洛克菲勒公司,近期的微软公司,都是职教的积极赞助商。

我国由于民营经济刚刚兴起,中小企业众多,大型企业(尤其国有大型企业)正处在改制中,全面深入开展产学合作的时机尚待时日。开展产学合作的实力与意识在我国企业界都很稀缺,而后者尤甚。

(二) 学校的知名度和办学水平是双方合作的支点

高职院校除了需要主动出击寻找适合的合作伙伴外,必须努力打造"内功",创品牌学校、品牌专业,做大做强做优,扩大学校在社会的知名度和认同感,提升办学水平,使学校尽可能地达到或满足企业提出的需要和条件。一个坚实的支点,才能撬动更重的分量。

(三) 政府多重角色,不可或缺

政府首先是高职教育的投资者,扮演"股东"角色。一个优质的学校,"股东"应该足额投资,必要时要追加投资,避免学校陷入捉襟见肘的困境,让"支点"更加坚硬。其次是社会的立法者,是公正的化身。职工法定培训、捐赠教育相应减免税收政策等一系列相关法律的制定,都需要政府出面或推动。在转变政府职能的今天,给钱与给政策都是政府的职责。最后,政府还要增强服务意识,尽可能在校企间扮演"红娘"角色,直接参与产学合作的活动。

参考文献

[1] 张燕,丁康.职业大学新发展的思考.南通职业大学学报,2003(3):81~83
[2] 杨秀蓉.打造高职院校的品牌文化力.职教与经济研究,2005(1):1~4
[3] 陈雁.国外职业技术培训教育特色的启示与借鉴.南通职业大学学报,2004
    (3):65~68

高职院校培养高技能人才的几点思考

顾力平

摘要 随着我国经济的快速发展,急需一大批掌握现代先进技术、工艺和技能的高技能人才。高等职业类院校要肩负起培养高技能人才的重任,必须依据市场需求,准确定位培养目标,合理设置专业,积极推行课程改革,加快师资队伍建设和产学研结合工作步伐,为我国高技能人才培养作出应有的贡献。

关键词 高职院校 培养 高技能人才

一、问题的提出

随着我国经济的快速发展和"中国制造"在国际分工中地位不断提高,急需一大批掌握现代先进技术、工艺和技能的高技能人才。温家宝总理在 2005 年 11 月召开的全国职教工作会议上明确提出:中国特色的职业教育,必须服务于社会主义现代化建设,着力培养适应经济社会发展需要的高素质劳动者和技能型人才。教育部部长周济在全国高等职业教育第三次产学研结合经验交流会上也指出:高等职业教育必须科学准确定位,找准自己的定位区间和发展空间,它的主要任务是培养高技能人才。高等职业类院校应肩负起培养高技能人才的重任。

高职院校由于受普通高等教育的影响,对理论教学研究较多,投入精力较大,对培养高技能人才的关键环节——实践教学未给予真正的重视。虽然对以市场为导向的办学理念有一定认识,学校已根据市场需求,开始注意加强了对学生实践能力的培养,但在许多方面仍处探索阶段,缺少成熟的做法和成功的经验,影响了高技能人才培养的有效性。

二、几点思考

目前,培养高技能人才的院校主要有职业技术学院(职业大学)和技师学院(高级技工学校)两大类。由于两类学校对高技能人才认识不一,因此在培养目标定位、教学理念、教学内容、教学模式、教学方法等方面有较大差异,导致培养人才特色不同。高职院校应在学历教育与职业教育之间找到结合点，集二者于一体，将二者功能相互渗透，取长补短，探索一条院校培养高技能人才的有效途径。

（一）正确认识高技能人才，准确定位高职院校培养目标

高技能人才应是掌握较复杂操作技能的生产一线劳动者（例技师，高级技师），在生产劳动中，他们具有较高专业（工种）知识水平、精湛的操作技艺、丰富的实践经验，并能从事创造性劳动，独立解决复杂和关键技术操作难题。周济部长指出：高职院校培养的人才，既不是白领，也不是蓝领，而是应用型白领，应该叫"银领"。他们既要能动脑，更要能动手，经过实践的锻炼，能够迅速成长为高技能人才，成为国家建设不可缺少的重要力量。为此，笔者认为，高职院校培养目标应定位在"准高技能人才"上。即让学生在学校内学会相关的专业理论、掌握基本操作技能和一定的职业技能，具备某职业或职业岗位群核心职业能力，为未来通过岗位实践，迅速达到高技能人才水平打下基础。

（二）依据市场需求，合理设置专业

专业设置方向直接影响人才培养的有效性。我国行业门类众多，各地区经济发展水平不一，高职院校应将过去"供给驱动"专业设置模式转变为"需求驱动"模式，以增强为区域经济服务功能为出发点，把地方经济建设需要、学生和家长需要、未来职业发展需要作为专业设置和开发的驱动力，结合本地经济特点、社会需求和自身实际情况，合理设置专业。所设置专业应保持与国家、尤其是本地区产业结构、政策调整相适应，和劳动力流向相一致。要注意两个"错位"：一是与普通高等教育的错位，打造高等职业教育特色，形成自身独特的专业优势，做到两类教育各展所长，"错位"发展；二是要注意与中职教育的错位，专业设置以技术含量高、智能型、技能复合型与生产应用变通性强的专业为主，做到两个层次相互补充，协调发展。

要摆脱以学科本位设置专业模式的影响，合理调整专业结构，改变知识分割过细、面过窄的弊病，专业设置应与现代职业岗位所具有的知识跨学科交叉渗透.技能跨工种智能复合的特点相适应。要大力发展面向区域重点行业.新兴产业和现代服务业的专业。

（三）服务岗位需求，推行课程改革

高职院校的课改应遵循以就业为导向、以职业能力培养为主线的人才培养原则，要结合本地区实际和学生具体情况进行课程改革。具体应着重处理好以下关系：

（1）针对性与适应性关系。高职教育的针对性是指它的培养目标直接针对职业需要，它的课程开发必须先通过对职业能力分析，得出若干项能力目标与要求，再将其组合成教学单元或课程。具体实施时，课程设置要求打破学科间壁垒，以能力培养为核心，组成课程模块，向学生传授知识、技能；课程内容要求学生所学的专业技术知识要有很强的针对性、实用性。在强调针对性的同时，高职教育还必须强调其适应性，即学生对职业的适应面和对职业发展的适应能力。由于技术进步、知识更新周期越来越短，所以高职教育的课也不能太细、太专，计算机、外语等要作为核心职业能力来培养，对于专业技术理论知识面要宽，技能训练要强调复合、智能。针对性和适应性是"职"和"高"的特色体现，二者皆要有度，必须将岗位的针对性与行业的适应性有机结合。

（2）稳定性与灵活性关系。高职的教学计划、大纲制定，必须体现在一定时间内职业的需求方向，并能适合较宽的职业领域，它一旦付诸实施应在一定的教学周期内基本保持不变，即具有稳定性特点，这是由教学规律所决定。另一方面高职课程内容的设置，应反映不断变化的职业新动态，它应随市场需求变化而不断调整，即具有灵活性特点，这是由市场规律所决定。高职院校要做到对内按教学规律办，对外按市场规律办，就必须处理好稳定性与灵活性关系。采用分类处理办法，基础课和一部分专业基础课可保持相对稳定；与职业关系紧密的专业课程可根据需要作较大调整。在课程设置上，特别是专业课程设置要有灵活性与高弹性，有条件的可学习国外"超市式"培训模式，以满足不同层次、不同专长的学生需求。

（4）理论与实践教学关系。首先要强调突出实践教学，强化技能训练。这是高技能人才培养区别于其他类人才培养的一个主要方面，也是高职教育不同于普通学术教育的显著特征。体现在课程建设上，要改变在传统高教中实践教学的从属地位，真正坚持实践教学与理论教学并重原则，即专业实践教学根据培养目标要求，必须具有独立的教学大纲、教学计划和教材；专业实践教学课时必须占整个教学课时的50％左右；专业实践教学师资队伍建设、管理必须和理论教学同等重视。其次要注意高职与中职在技能要求方面的区别，中职以再生性动作技能为主，其技能主要通过重复性训练形成；高职则以创造性智能技能为主，其技能培养的核心是变通性能力培养，因此必须强调有一定的理论基础支撑。再次要学习国外先进课程模式，开发"理实一体化"教学课程，将理论与实践相结合，建立起理论指导实践、理论服务于实践、理论联系实际具有高职特色的理实教学关系。

（四）师资队伍建设

高职院校培养高技能人才的能力，取决于它是否有一支结构合理的师资队伍。师资特色决定办学特色。目前,高职院校师资队伍建设仍存在重学历、轻技能,重理论、轻实践的现象,缺少能解决本专业、本地区企业生产技术难题,具有技术改造、攻关能力并在本行业中享有一定名声的专业带头人,真正意义上的"双师型"教师比例相差甚远,实验、实训指导教师队伍还很薄弱。为此,应从以下几个方面入手解决:

(1)建立具有高职特色的教师队伍管理体制,用特色的体制建立特色的"队伍"。作为高职教师应该有一定的专业理论水平,但解决生产技术问题的实践能力更为重要。因此,在职称评聘管理上,要根据高职教育特点和需要将"学术型职称标准"改成"实践能力型职称标准"。鼓励专业教师取得相应职业资格证书,对"双师型"教师要重点制定配套激励政策,对于实验、实训教师队伍要通过政策稳定、强化。

(2)加大师资培训、引进力度,调整优化教师队伍结构。一是大力提高现有专业教师和实训指导教师的专业技术水平。重点鼓励和支持教师的技能提高和实践进修,建立专业教师定期下企业实践制度,并将其列入考核和职务晋升的重要指标,让教师带着课题到生产第一线培训,再将企业实际问题带回学校研究,用生产实际问题及研究成果充实教学,提高教师专业实践教学水平;经常请企业高技能人才和工程技术人员到校讲座;鼓励和支持专业教师结合教学和生产实际进行技术改造和技术创新;制定专业教师参加职业资格和专业技能的考核认证制度;对院校重点专业要瞄准国际先进水平,加强与国外对口专业院校的学术、教学、人才的合作交流,采取访问学者制,选派中、青年骨干教师出国进行技能方面的进修、考察,打造专业"领军人";建立校内首席教师制,为其建立名师工作室(实验室、实训室),开展技术攻关。二是注重企业和社会人才的聘用和引进。要加大投资,从国内重点大学、著名专业院校和海外留学回国人员中引进高层次、重点专业紧缺人才,从企业引进急需专业的高级工程师、高级技师等人才,用这批人才充实"核心"教师队伍。

(3)建立稳定外聘师资队伍。要跟上技术进步、生产实际变化,让高职院校教学保持与企业需求同步,必须组建一支由社会同行专家、企业生产技术骨干、工程技术人员等高技能人才等组成的兼职教师队伍。要按照"结构合理,数量充足,相对稳定,流动充实"的原则建设、培育好这一支队伍,让它与学校专职教师队伍形成互补,动态调节、优化整体师资队伍结构。

(五)产学结合

产学结合是院校途径培养高技能人才的必由之路,是一种校企合作、企业全面参与人才培养的教学模式,是高职院校利用外部有效资源、谋求自身发展、走好高技能人才培养之路的重要发展战略,也是高职院校多年研究与实践探索的课题。

　　高职院校要在政府的资金、政策等方面支持下,借鉴德国等发达国家经验,打破办学思想上的"中国式校园围墙",主动与社会、企业、行业联姻,把整个社会作为高职教育发展的大舞台,让学校发展溶入地方经济发展之中,让自身进入先进生产力的行列。要瞄准地方经济发展特别是产业发展的需求点,将专业和教学内容办到企业的关注点上,主动与企业建立相互服务、资源共享、互惠互利,协同发展的关系。重点做好以下工作:

　　(1)建立校内实训中心。学校要投入资金,建立如机械加工中心、数控中心、汽车维修与检测中心等较高水平的实训中心,以此保证学生基本实训课题在校内完成。它也是高技能人才培养环节中进行职业技能训练、鉴定最终获取职业资格证书不可缺少的保障。

　　(2)建立学校实习工厂。学校可根据地方经济发展需要,依托自己强势专业有选择地建立各种校办工厂,将自身的专业优势、人才优势、智力优势与产品市场需求结合,把产学合作统一在同一个管理体制之中,形成产学研一体化教学工厂。

　　(3)建立校外实训基地。学校可选择专业对口、工艺和设备先进、技术力量强、管理水平高、生产任务足的企业作为校外实训基地。通过与企业合作,聘请企业工程技术人员、技师、高级技师担任实训指导,让学生在真实工作环境中接受职业训练,与校内实训互补,形成一个完整的实践教学系统。

　　(4)校企联合办学。学校根据企业发展的需要,与企业共享人、财、物培训资源,为企业定向培养人才。联合办学可结合企业新项目采用"订单式"培养模式,学校在保证一定必修课程的基础上,按企业需要的人才规格制订教学计划;也可根据企业急需,从在校生中选出部分学生,按企业要求专门进行培训。校企联合办学是实现真正意义上产学结合的重要途径,也是高职教育职能日益扩大化的必然结果。

参考文献

[1] 中共中央国务院关于进一步加强人才工作的决定,2003～12.

[2] 高林,鲍洁等.点击核心——高等职业教育专业设置与课程开发导引.北京:高等教育出版社,2004.

[3] 刘兰明.高等职业技术教育办学特色研究.武汉:华中科技大学出版社,2004.

[4] 逯阳,加快培养高级技能人才 还需多方努力。http://www.zgxxb.com.cn2005-06-15

[5] 李献军,应建立培养高技能人才机制。http://www.zgxxb.com.cn 2005－11－9

[6] 孟庆国,关于高校培养高技能人才的思考,天津工程师范学院《中国培训》2005/3

[7] 杜晓利,我国高职健康发展的起点、挑战与保障,上海教科院 智力开发研究所,《职业与教育》2005/19

正确定位　科学育人

——对高职毕业生就业难现象的思考

陈　琳

摘要　高职生就业困难,难在哪里? 就业形势严峻,自不言说,高职教育的办学思路与办学质量也存在一定的问题。办好高职教育,必须做到以就业为导向,切实做到:专业设置科学,课程改革落实,培养模式先进,师资力量过硬。唯有如此,质量才有保证,学生才有出路。

关键词　高职生　就业　课程改革　培养模式

党的十六大报告明确提出了"全面建设小康社会的目标"。其中"社会就业比较充分"、"人民安居乐业"、"就业是民生之本"等提法,已把我国的就业问题提升到了前所未有的高度。目前,我国的就业环境还很不宽松,就业形势也比较严峻。高职生的就业,则更是一个亟待解决的问题。

以 2003 年为例,2003 年我国就业形势出现了"四峰叠加"的困难局面:一是各类高校毕业生 212.2 万人;二是社会城镇新增劳动力 1000 万人;三是国有企业和集体企业下岗职工登记失业人员近 800 万人;农村富余劳动力向城镇转移规模达到 1000 万人以上。到 2003 年 9 月,我国高职高专毕业生就业率仅为 55%。2004 年高职毕业生高达 150 万人,占高校毕业生的一半以上。他们的出路到底在哪里? 这不仅需要各级政府和社会各界的关心与支持,更需要我们高职院校能切切实实地做到以就业为导向,正确定位,以质量为目标,科学育人,努力把高职教育办好,为我国的"全面建设小康社会的目标"做出应有的贡献。

一、以就业为导向,推进专业设置,推动课程改革

近年来,我国高职院校的专业建设取得了令人欣慰的成绩,专业设置越来越贴近社会需要,结构日趋合理。但是,在专业建设中还有许多令人担忧现象:有的学校对专业发展的整体规划不够,新专业的设置缺乏严格的科学论证和市场调研;专业建设和人才培养的目标定位模糊;专业设置、建设和管理与行业、企业和职业界的联系不够紧密。另外,有些学校课程的设置未能实事求是、与时俱进。这些直接影响到高职学生的培养、就业与创业。

（一）推进专业设置

1. 充分调研,适应市场现实需求

可以说,有许多高职院校专业设置是缺乏充分的调研与论证,有的甚至是"人家上,我们也要上",结果导致供需错位与严重重复。这不仅造成了教育资源的浪费,而且给学生的就业造成压力。如几年前电子、生物之类学科设置过多过滥,导致这些新兴学科人才近期在市场上并不抢手,反而出现了贬值过剩的现象。

我们专业的设置与改造一定做到充分的调研与论证,稳步实施。南京信息职业技术学院的前身是南京无线电工业学校,是我国第一所电子类专门学校。该校升格为高职后,走出的第一步便是以市场需求为导向,调整专业结构。学院先后对信息产业比较发达的粤、沪、苏、浙等地近百家企事业单位进行了广泛深入的调研,收集了大量数据,对信息类企业的人才需求状况,做到心中有数,改造老专业,开设新专业。而且,该院还有一条硬性规定,所有专业的教学大纲、教学计划制订与修订都必须请企业参与,充分听取制造商、营销商、一线技术人员的意见和建议。

2. 高瞻远瞩,预测市场潜在需求

超前的发展,需要超前的思维。亦步亦趋,邯郸学步,只能永远是学生,成不了排头兵、先锋队。要想在高职教育中立于不败之地,要想使自己的毕业生永远的"畅销",没有超前的思维、过人的智慧是不行的。发展比较迅速的深圳职业技术学院,抓住深圳产业结构转变调整的机遇,估计电子信息产业、先进制造业、现代物流业和现代服务业必将成为深圳未来经济发展的主导和支柱产业,于是,当机立断,确定物流、电子信息、工业制造、服务业等相关的专业作为重点发展的长线专业和优势专业,其成就是有目共睹的。

我国虽然还没有真正推行职业资格证书制度,但是,劳动和社会保障部在2001年就已制订了1800多个职业岗位规范,目前严格执行持证上岗的只有90多个岗位。而其余的许多岗位,按照规范,哪些应该由接受过高等职业教育的人去干? 学生需要具备哪些理论知识、哪些实践能力? 已有的90多个岗位是哪些? 有哪些需要? 其余的1700种又是哪些? 有没有适合本校的? 适合本地的? 对于这些,我们的办学单位可能并不很清楚,自然也就难以根据未来市场需要设置适销对路的专业,造成供需不适、就业困难也就顺理成章。

3. 跟踪调查,掌握毕业从业情况

我们还应该重视及时了解毕业生就业状况及所学专业和从事职业的情况,为今后专业建设提供信息、数据。

（二）推动课程改革

在做好专业设置的同时，还应高度重视课程调整改革，应在打破以学科为中心的课程体系的同时，按照突出应用性、实践性的原则，重组课程结构，更新教学内容，建立以职业综合能力为中心的课程体系。

1. 够用实用

高职院校的教学内容一定要遵循"够用、实用"的原则，一方面不能像大专院校那样强调课程内容的理论性、系统性，另一方面也不能因人设课，开一些自己也觉得勉强的课程。而要根据未来职业岗位的实际需要删繁就简，删减老化课程，增设前沿课程，增加最新技术。另外，大力增加学生实际操作的机会，是一个绝对不容忽视的问题。日本长冈工业高等专门学校 2003 年 4 月开始实施的新课程表有以下两个特点，应该值得我们重视和借鉴。

（1）将必修课程改为两个部分：第一部分为独立的实践课和毕业设计，突出实践在整个课程设置中的重要地位；第二部分为专业理论课程和理论与实践相结合的课程。

（2）减少理论课程及选修课的学分，增加了实践课程的学分，原课程设置中理论课程与实践课程的分配为 39：31，调整为 35：36.5，使实践课程的学分占总课程的学分比例从 44.3％增加到 51.1％，增加了 6.8％。

2. 做法参考

为真正做到学生理论素养和操作技能的双提高，科学地设计课程、安排课程是非常必要的，下面几点做法可供参考。

（1）课程。高职院校的课程有基础课、专业基础课、专业必修课和选修课几种类型，选修课是学生自主选择的，在保证总课时的情况下，其他课程是否也可以让学生有点自由空间呢？哪怕是基础课、专业基础课？甚至是专业必修课？所谓"专业必修"，是人为制定的。再说，学生将来未必就从事所学的专业。2003年就业情况调查显示，有 80％普高本科毕业生放弃奋斗了四年的专业，更何况高职生？

（2）课时。高职院校大多有实训课程、模拟操作课程，也有学生实习安排。问题在于我们并没有落到处，有的实训课时只是墙上挂挂而已。实习也流于形式，有的甚至是毕业前夕学生出去溜达一下，交一份（有公章的）实习证明就算完了。还有一种现象是，大多学校老师实训课时工作量只能是理论课时的一半，甚至更少。这些都不利于学生动手能力的提高，在课时安排上一定要明确实践教学课占教学计划总课时的百分比（如 40％）。

（3）课表。为了体现理论与技能并重的关系，可把技术操作性（或实务性）较强的课程从传统课程表中分列出来，单独成表，引起师生的高度重视。

（4）考核。对学生的考核可采用多样化形式,理论和实践成绩比重要合理。理论可通过卷面笔试或口试的形式考核,简单点;实践要在实际操作中进行评判,实在点。

二、以就业为导向,求真务实,明确目标,探索培养模式

深圳一位市长说过,要找 100 个大学生容易,要找 100 个高级技工很难。这就是高职教育的尴尬:一方面是社会上技能型人才缺乏,另一方面高职毕业生推不出去。虽说 2003 年高职毕业生就业率还有 55%,事实上各校之间差距很大,有的学校毕业生就业率只有 30%左右,甚至更低。而有的学校毕业生就业形势可以用"抢走"、"预订"、甚至"提前录用"来形容,南京信息职业技术学院某专业想留两个毕业生自用都留不下。销量反映质量,也检验我们的办学思路。

（一）明确培养目标,调整办学思路

报载,"为切实做好今年高校毕业生就业工作,劳动保障部、教育部决定在全国范围内实施'2003 年高职院校毕业生职业资格培训工程'"。这本是一件为"高职毕业生就业"所做的好事,但一细究,人们要问:高等层次的职业教育刚刚结束,学生还要进行再培训,是不是高职教育出了问题?

数据表明,我国的高职教育真的出了问题,而且是大问题。2003 年本科就业率为 80%以上,中职就业率为 90%以上,恰恰是高职毕业生最低仅 55%。这或许就是社会上有人把"高职"当"职高"原因的一种注解。问题的根源就在于我国的高职教育办学思路不太清晰,定位不太准确。下面是关于高职生定位的几种说法,可能对我们的办学思路会有所启发。

（1）"必须明确,高职培养的人才就是应用型白领、高级蓝领、技能型专门人才。"(教育部部长周济)

（2）高职生,就是介于"白领"(大学生)与"蓝领"(中专生)之间"灰领"。(深圳职业技术学院院长俞仲文)

（3）"职技大学生是将设计图纸转变为物质实际的工艺型和组织管理型人才,应具有就业和实际生活中所必需的能力"。(美国)

（二）狠抓教学质量,探索培养模式

目前,高职院校大多为专科层次,而且生源较差,但这不是我们解释学生就业难的理由。关键在于我们能不能立足现有基础,把学校做大做强,办成一流。应该说,每一个类型、每一个层次的教育,都能办出一流水平,高职院校办得好的也不乏其例。就高职而言,学生过硬的专业知识与操作技能就是质量,就是一流,就是竞争力。按照职业教育的规律,积极探索全新的教学模式、提高教学质

量是走出高职生就业难的必由之路。

1. 引进来

高职生就业难，有一方面的原因是用人单位对学生不了解。用人单位只有在供需见面会上凭学生自荐书选人，这种做法带有很大的盲目性，对所聘用学生的知识结构、能力结构等也不满意。这种状况，就会大大制约了毕业生就业率的提高。要改变这种状况，我们可以学习一些学校"引进来"的做法。

近年来，邯郸职业技术学院积极把用人单位引进校园，让他们参与制定教学计划，参与人才培养的过程，这不仅为用人单位考察学生提供了充分的时间，使"按需培养"真正落到了实处，也使学生明确了学习目标，提高了他们学习的积极性、主动性。同时，也为学校争取了经费，许多用人单位为了把"自己的人"培养得更好，自愿向他们所在的专业、所在的班级注入资金。这就是"订单式"教学，表现着强大的生命力。

2. 送出去

目前，有的学校已尝试将以往许多在学校进行的模拟实训，改成到企业进行真刀真枪的练习。这样，学生能够较早熟悉企业工作环境，缩短教学与企业的差距，把技术应用能力的培养落实到实处。这种教学形式具体做法是：用实际问题作为引导，即从实践入手，先学习有关技术的应用知识，然后再学习比较抽象的理论，并注重理论在解决实际问题中的应用。

如天津职业技术学院机械系，在讲授球面的铣削加工工艺课程后，就要及时送学生到实习单位，严格按照理论课内容安排实际操作，完成车制整个部件过程的工作，提高实际工作的适应能力和解决问题的实际经验，切实提高教学质量。这样的毕业生在岗位上进入角色早、上手快，深受用人单位欢迎。

3. 珍惜校内机会

可能有不少学校有这样的感叹：学生这么多，学生哪有那么实践机会？其实，就在学校内，除了实训基地外，我们还可以发现许多机会、创造许多机会，我们要好好利用。

在德国一些职业技术学院，有来宾参观访问，就由学生轮流进行介绍和讲解，成为学生的一门必修课；而教学过程中，学生们常常被分成若干小组，每个学生都有机会当组长，负责与老师、组员和其他项目组进行沟通。这种实践，对于培养学生的表达能力、接待能力、管理能力都很有益处，我们不妨借鉴，比如秘书专业。这不仅是一种学生实践，也是一种学校宣传，而且成本很低，收益很大。

三、以就业为导向，提高师资层次，优化师资结构

高职院校作为高等教育的重要组成部分，对师资的要求同样很高，有时还会高于普通高校。在国外，高职教师不仅要有较高学位（博士生、研究生），还必须

要有相应的专业技术职称。高职教师不仅要有较高的师德水准和系统的专业理论知识,而且还必须有丰富的实践经验和熟练的系统操作技能。比较而言,我国高职师资存在着明显的不足。

(一)高职师资存在的几个问题

1. 学历与职称

"目前各级各类学校都有一批学历不合格的教师。"(朱镕基),高职院校尤其如此。据有关单位课题组调查,目前我国高职教师具有硕士研究生以上学历的约占 3.7%,本科学历的约占 77.8%,大专及其以下学历的约占 18.5%。辽宁省是我国高职教育试点省份之一,该省当前高职专任教师中大学本科学历的占76%,硕士占 15.1%,博士占 1.6%。教育比较发达的江苏省,高职教师中本科生比例仅为 68.67%。这些与高校教师必须是研究生的要求相去甚远,与《教师法》要求全部达到本科学历的任职资格比,也存在着较大差距。其次,职称结构不合理,同样依据上述有关调查,高职教师高级职称约占 12%,中级职称约占43%,初级职称及教员约占 45%,其主要问题是高级职称比例偏小,初级职称比例偏大。

2. 理论与实践

传统的"精英教育"注重于理论知识的传授,大部分高职教师很少甚至没有动手实践过,有职业资格证书的寥寥无几,熟练的操作技能更谈不上。专家对北京 14 所高职学校调查表明:只有 25.75% 的教师有职业资格证书;参加实践过的仅占 23.9%。双师素质的教师非常之少,与国家规定的 80% 比例还有较大的差距。教师自身动手能力不强,那么,提高学生的动手能力的可能性也就可想而知了。

3. 敬业与创新

由于高职院校层次低、待遇差、社会认同度也低,军心不稳、师资流失已是一个不争的事实。高职院校中,刻苦钻研、爱岗敬业的教师相对较少。另外,由于生存危机、资金紧缺,高职院校无力承担教师知识的更新,忽视教师创新能力的培养与挖掘。

(二)高职师资队伍建设的思考

1. 引入竞争激励机制

在用人制度上,按需设岗、因岗聘人,不能因人设岗,更不能因人设课。应做到:能者上,庸者下;本校缺,校外请。打破教师职业的"身份制",改教师"身份管理"为"岗位管理",变"终身聘任"为"竞争上岗",富余人员及不合格人员进入人才市场,合理分流;同时,拓宽教师来源,使社会上有能力、有资格的人员加入教师队伍。

2．重视"双师型"师资队伍建设

把"双师型"师资队伍的建设作为高职教育成功的关键,全面提高教师学历层次、综合素质,使教师既有较高的理论知识,同时又有丰富的实践经验。为非"双师型"教师定方向、定目标、定措施,鼓励参加各种形式的进修与提高,参加相关职业上岗证考试等。另外,可从企事业单位调入一些理论水平高、业务能力强、有相关专业技术职称的人员充实教师队伍。

3．重视学科(专业)带头人培养

学科(专业)带头人的水平代表着学校在某学科(专业)的水平,是学校声誉和质量的标志,是提升整个学校教学水平和科研水平的发动机。对于名教师,要把握标准,认真筛选,既要立足校内,又可校外引进,加大奖励力度,在报酬、住房、工资晋级等方面要优先。同时,实施动态管理,不搞"终身制"。

4．用好兼职教师

"不求所有,但求所用",积极借鉴国外高职院校的师资管理理念。在国外有的国家高职师资中,有一半以上是校外聘请的,而且大多是具有2年以上的实践经验。聘好、用好兼职教师,一方面可以改善师资结构,提高师资水平,另一方面,也可以密切校企合作,给学生提供更多的实践机会。

四、结束语

"一切为了学生,为了一切学生,为了学生一切",已成了共同的教育理念。就业,是"学生一切"的重要组成部分,某种意义上讲,就是"学生的一切"。目前,高职学生大约占到高校学生总数的一半左右,规模已不是高职教育发展的瓶颈,以就业为导向,正确定位,以质量为目标,科学育人,才是高职教育的努力方向和奋斗目标。相信,在各级政府和社会各界关心支持以及高职院校自身努力下,高职教育会越办越好,高职生就业话题也会越来越少。

参考文献

[1] 周济.在2004年全国普通高校毕业生就业工作会议上的讲话.中国教育报,2003.11.8.

[2] 单春晓.论高等职业教育师资队伍建设,.中国职业技术教育2002.12.

[3] 施雨丹.日本高等职业教育的课程设置及基本特点.职业技术教育.2003.22.

［4］方平.职业高校师资队伍建设探析.2001年海峡两岸高等职业(技职)教育研讨会论文集.2001.

［5］乐传永.发达国家职业教育发展趋势及其启示,.中国成人教育.2001.7.

高职院校中外合作办学之我见

陈 雁

摘要 本文论述了高职院校中外合作办学的紧迫性及其在高职院校发展中的重要地位和作用；指出了当前高职院校在中外合作办学认识上和工作中存在的问题，并提出了解决这些问题，政府、学校、社会应共同努力、协同工作，促进中外合作办学健康发展。

关键词 高职院校　中外合作办学　重大意义　存在问题 改进措施

教育国际合作与交流是当今世界不可阻挡的发展潮流，中外合作办学是我国改革开放和教育对外合作交流发展到一定阶段的必然产物，是我国教育外事工作向深层次推进的一项重要标志，已经成为教育改革与发展的一项重要工作，正在成为继政府办学和国内社会力量办学的第三支办学力量。但是，中外合作办学对于正在发展中的高等职业教育，还刚刚起步，存在不少问题，需要认识、研究，需要开拓创新。中外合作办学已经成为高职院校一项迫在眉睫的重要工作，也是一项前途灿烂的崭新的工作。

一、中外合作办学在高职院校发展中的地位

"地位"是指事物在某一领域或某一方面的重要性程度，常常是一种静态的表述，强调的是与其他事物的比较。"作用"更多的是指一事物对其他事物产生的正面影响，强调的是一事物与另一事物之间的关系程度。

（1）实施中外合作办学是高职院校贯彻邓小平教育思想的重要举措。"教育要面向现代化、面向世界、面向未来"。邓小平同志关于教育的"三个面向"，为我国教育改革指明了方向，是教育发展的伟大战略思想，是邓小平教育思想的核心，不仅适用于普通教育，同时也完全适用于高等职业教育。"面向世界"，要求教育向其他国家学习，并汲取先进国家的科学技术和管理理念，要赶超世界先进水平。小平同志针对我国长期以来以"独立自主、自力更生"为名，搞闭关自守，提出了尖锐的批评："自主不是闭关自守，自力更生不是盲目排外。科学技术是人类共同创造的财富，是没有国界的。任何一个民族，一个国家都要学习别的民

族、别的国家长处,学习别国先进的科学技术,我们不仅因为今天科学技术落后需要努力向外国学习,即使我们的科学技术赶上了世界先进水平也还要学习人家的长处。"早在 1977 年 8 月,邓小平在全国科学和教育工作者座谈会上还说:"同中国友好的学者中,著名的多得很,请人家来讲学,这是一种很好的办法。为什么不干?"现在看来,同发展国家相比,我们的科学技术和教育整整落后了二十年,难以适应现代化建设的需要。我们只有认识落后,才能改变落后;学习先进才有可能赶超先进。在面向世界,学习国外时,小平同志要求我们要有计划,有选择地引进资本主义国家先进和其他对我们有益的东西。中外合作办学,将合作双方的优势相结合,是有效地提高办学水平,加快人才培养的一条路径。这种办学形式,灵活多样,或完全在国内教学与培养,或采用部分时间在国内、部分时间在国外教学和培养的模式,与出国留学相比,费用低,不仅可以为更多的青年提供"留学"的机会,而且是国内学校"强身健骨"的一条捷径。实践证明,中外合作办学是贯彻小平教育思想的一种有效的形式。

　　(2)中外合作办学是高职院校与国外教育沟通的桥梁。中外合作办学必然涉及到合作双方的教育理念、教育方式和手段、教育内容(即教材)、评估体系、先进的教育制度和管理方式等的交流。合作中,我们可以不断了解国际教育新动态,尤其是学习一些职业教育先进国家在实践教学方面的成功经验,是加速我国高等职业教育与国际接轨、缩短与发达国家差距的有效途径。对于意识形态不强的优秀教材,可以直接引进,对于有意识形态色彩的教材,可以有鉴别的汲取。不少来华工作的外籍教师,工作积极,热爱学生,要求严格、一丝不苟、责任心强;他们对中国人民的友谊、工作态度和敬业精神是值得我们学习的。当然在相互合作的过程中也必然伴随思想、文化、价值观等深层次的沟通与交流,我们应当不断提醒我们的干部、师生、工作人员要谨防西方腐朽思想的侵入和渗透。只要我们把握得当,这种沟通是学习国外高等职业教育的有效方式,也是我国高等职业教育走向世界的必由之路。

　　(3)中外合作办学可以帮助高职院校培养高级专门人才。在中外合作办学中,一个重要内容,就是双方互派访问学者。我们所选派出国访问、深造的教师,都是政治上信得过、业务上过得硬的中青年学者,他们忠于祖国,热爱学校,刻苦勤奋,德才兼备,是很有发展潜力的人才。事实证明,他们不负众望和组织的培养,出访回国都学有所长,学以致用,成为专业技术岗位和管理岗位的高级专用人才。

　　(4)中外合作办学是获取国际教育信息、经济信息的重要来源。我们的时代是一个信息化的时代,高等学校是各种信息重要的集散地。人们越来越清楚地认识到信息是重要的生产力,特别是经济全球化,我国加入 WTO 以后,真实的信息已成为正确决策的重要因素。高职院校担负着为当地培养人才、提供信息的重任。实行中外合作办学,为学校增添获取国际信息的可靠渠道。改革开放前闭关自守办教育,无法体现向国外学习的重要性,时至今日,特别是入世后,我们对国际教育改革与发展潮流的关注和重视是从未有过的。教育外事工作具有向政府提供重要信息的功能,颇具价值的经贸信息、科技信息,会迅速转换成为当地经济发展的新项目和新的增长点。

(5) 中外合办学是高职院校获取和利用国外教育资源的重要渠道。教育在我国有着重要的地位,被提升到"科教兴国""科教兴省""科教兴市"的高度,国家和地方对高职教育的投入是逐年增加的。对高等职业教育,国家虽然给予很大的关注,但随着高校扩招,政府对高职院校的投入还是相对不足,我们还不能说,现有的教育资源已经能够满足教育发展的需在,恰恰相反,我们的教育资源还严重不足,特别是优质教育资源严重匮乏,仍然需要获得多方支持。想方设法获取国际支持,是促进高职教育发展的一项重要举措。国际合作是获取教育资源的重要渠道。虽然不少国外机构和院校的合作的目的是为了营利,但也有一些合作方,他们不以营利为合作的主要目的,向我们提供贷款、基金或以贷款、基金的形式提供合作项目。我们所亟需的先进办学理念,管理方式,优秀师资、教材图书及教学设备等也可以在合作办学中寻求合作方的支持。

(6) 中外合作办学可以满足人们教育多样化的需求。随着改革开放的深入,尤其是 2001 年 12 月 11 日我国正式加入 WTO 以后,中国人的思想观念发生了巨大而深刻的变化,人们目睹了中国和世界发生的变化,感受到了接受良好的教育的极端重要性,不少人将希望寄托在自己的子女身上,盼望他们能接受到国外良好的教育,以适应形势对"人"的要求;希望子女有机会出国留学,但由于费用昂贵,望而却步。中外合作办学相对费用较低,使用国外教材,由外籍教师上课,颁发国外的文凭证书,是不出国门的"留学",毕业生受到社会和用人单位的欢迎,满足了人们接受多样化教育的需求。

二、目前高职院校中外合作办学的现状。

《中外合作办学条例》是我国多年来中外合作办学经验的总结。《条例》的出台,使中外合作办学有了法律依据,走上了法制的正确轨道。《条例》指出:中外合作办学是指外国法人组织、个人以及有关的国际组织同中国具有法人资格的教育机构及其他社会组织在中国境内合作举办招收中国公民为主要对象的教育机构,实施教育、教学的活动。中外合作办学是中国教育对外交流与合作的重要形式,是对中国教育事业的补充。但由于历史的原因和认识上的问题,高等职业教育发展相对普通高教滞后,在中外合作办学方面还存在一些问题。

(一) 对中外合作办学的重大意义认识还不到位

(1) 一些高职院校的领导认为,中外合作办学是重点普通高校的事情,高职院校层次低,搞不搞无所谓,对国际型人才培养的紧迫性认识不足;有的高职院校,搞一个班,作为试点,实际上是点缀;对国家外事方面的政策、法规,尤其对《中外合作办学条例》学习、研究不够,知之甚少。

(2) 不少高职院校不设外事工作机构,由挂靠部门兼管了之,没有把外事工作作为高职院校的一项重要工作摆到议事日程上进行研究、规划、布置、检查,致使中外合作办学缺乏生机,发展不快。

(3) 左右观望,求稳怕乱。当了解到一些高职院校在中外合作办学之初,由于对政策学习不够,对中介机构了解不充分,为了吸引生源作了一些过头承诺,致使学生和家长采取过激行动等情况时,不做分析地认为多一事,不如少一事,不要自找麻烦,以观望的态度进行谈判,错过机会,难以成事。

(二) 教师双语教学能力差,不能适应中外合作办学的要求

综观高等教育国际合作发展的历史,外语教学在这一进程中自始至终占着重要地位。因为缺乏专业课双语教学的教师,有些高职院校的中外合作办学只限办语言专业。对亟需提高的理工科专业,则无法进行合作办学。二十几年的发展,高职院校拥有一批专业水平相当高的教师,但由于外语不过关,无法适应中外合作办学的实际需要,无法使用国外的原版教材,也由于外语不过关,无法出国进修和工作,有的勉强出去了,却把在国外的大部分时间用于补修外语,专业长进不大。另外,专业教师中,外语语种单一,懂法语、德语者几乎找不到,而法、德等国恰恰是职业教育成功,值得借鉴、学习的国家。

(三) 外籍教师难以聘到高水平的外籍教师

合作办学需要外籍教师参加教学,外方可部分解决,有时需中方自行聘请。高职院校由于缺乏足够的聘外渠道,有时不得不聘用缺乏教学经验、未受过正式教育专业培训、仅能进行语言教学的外教。由于未建立起正常的聘外网络系统,致使聘请范围狭窄,可挑选余地小,不乏水平不高,滥竽充数的现象,既给学校造成经济上的损失,也直接影响聘用效益,从而影响中外合作办学的教学质量。

由于存在以上问题,因此高职院校的中外合作办学无论是规模还是质量,还远远不能满足用人单位对国际型人才的需求。总的来讲存在着"八多八少"的现象:来华商谈合作办学项目的多,谈成的少;通过收取学费求得滚动发展的多,作先期投资的少;抱营利为目的的多,不以营利为目的的少;追求短期回报的多,立足长期发展的少;通过合作办学变相为国外学校招收中国学生的多,真正立足中

国,为当地建设培养急需人才的少;低层次合作的多,高层次合作的少;高收费的多,真正提供高质量教育和优质教育服务的少;申请报批,但求"有"的多,切实管理得好的少。

三、促进高职院校中外合作办学健康发展的思考

目前高职院校中外合作办学中实际存在的问题需我们分析、思考,寻求解决办法,关键是要认清形势,明确任务,解放思想,真抓实干,笔者认为,这些问题的解决需要政府、学校、社会共同关心,协同解决。

(1)政府要制定政策、法规,鼓励高职院校实施中外合作办学,当地政府和教育行政部门要向高职院校提出中外合作办学的工作要求,对学校的工作进行检查,列入评估体系,政府要加大经济投入,支持高职院校搞好中外合作办学。

(2)学校党委要把国家关于中外合作办学的政策、法规、有关文件列入中心组学习的内容,同时要在干部教师中大力宣传。党委要把此项工作列入议事日程,进行研究规划,布置检查;学校要成立专门的工作机构,配备专职工作人员。

(3)高职院校要大力加强高校教师双语教学能力的培养。学校人事部门要有计划引进高水平,懂外语的学科带头人,要有计划地选派优秀的专业技术教师到国外进修,要把教师的双语教学能力作为教师晋升专业技术职务的依据;教务部门要有计划地对本校的课程进行双语教学试点,要求一定条件(40岁以下)的教师在一定时间(5年)内至少能用外语讲授一门专业课或基础课,对达到标准的教师给予奖励。

(4)积极建立官方、非官方或民间聘请外教的渠道,加强外教管理和合理使用。官方机构可以通过我驻外使(领)馆教育处推荐人选;通过我国政府有关部门与国外政府部门或组织签订协议,聘请符合条件的外籍教师,可以通过各省成立的引智中介机构推荐人选。

非官方或民间渠道,可以通过有校际合作关系的国外大学推荐合适人选;通过海外校友和他们的组织(校友会,同乡会等)推荐;通过现代通讯手段,以互联网形式发送招聘启事,扩大选聘范围。招聘中应仔细了解识别其性格、能力、学识、动机等。

学校要成立协调组织,由分管校领导负责,明确各部门对外教的管理责任,做到分工明确,各司其职,使来校工作的外籍教师事事有人管,各项工作落到实处。

(5)尊重人才,吸引优秀外教来校工作。由于东西方文化的差异,生活习惯和思维方式不同,使外籍教师的管理工作尤其需要严谨的作风,不可掉以轻心,否则会出现不愉快的后果。中国人在工作中往往夹带人际关系,显得不够原则,中国人委婉含蓄,也常常让外国人摸不着头脑,西方人在交往中讲究尊重对方,

维护隐私权,有一说一,有二说二,不转弯抹角;由于东西方人价值观存在差异,中国人认为天人合一,西方人则是天人相分;在人际关系中,中国人是群体取向,西方人则是个人主义取向;中国人求稳,而西方人求变;中国人主张回归自然,回归过去,而西方人尤其是美国人,一切着眼于未来,未来取向是他们重要的价值观念。只有了解这些差异,才能避免产生误会,甚至交际失败。如此,才能使外籍教师心情舒畅,搞好教学工作。

参考文献

[1] 杨德广等著.《邓小平教育思想与中国教育改革》.上海教育出版社.2003 年 2 月,第 1 版

[2] 王斌泰等《教育外事工作研究》.江苏人民出版社.2003 年 3 月,第 1 版

[3] 黄红梅等《国际合作办学初探》.《科技进步与对策》.2000(6)

[4] 韦钰.“以跨越式的发展迎接新挑战”在“2000 年中国教育国际论坛”上的讲话.《中国教育国际论坛》.北京:人民教育出版社.2003 年 6 月,第 1 版

[5] 李岚清《李岚清教育访谈录》.北京:人民教育出版社.2003 年 11 月,第 1 版

教育教学实践篇

适应高职人才需求变化　高职教育教学改革

殷　滔

摘要　根据我国现阶段高职教育需求市场的现状，从教育观念、课程改革、考试方法和综合素质等几方面，探讨与之相适应、急待解决的高职教育教学改革问题。

关键词　高职　人才需求　教学改革

现阶段，我国正处于经济高速发展的时期，各行业对不同层次的技术人才都有着大量需求，特别是生产第一线对技术应用型人才的迫切要求，需要我国的高职高专教育加快发展步伐。我国在上世纪末相继出台了《面向二十一世纪教育振兴计划》和《关于深化教育改革，全面推进素质教育的决定》，可以看出政府对教育改革的重视和迫切需要，高职高专教育改革虽然目前已有相当数量的研究，但大多未能真正令教育主管部门采纳和实施，因此，对高职高专教育改革新思路与新途径的研究，探索出切合实际、行之有效又便于推广的教育改革方法则更显迫切和需要。

一、高职教育需求市场的现状

（1）随着 21 世纪社会、经济的发展，特别是科学技术的迅速发展，高职人才的大量需求是面向基层、面向生产和服务第一线的既懂技术又能操作的高素质技术应用型人才。毕业生综合素质的高低，将直接决定其能否在激烈的市场竞争中找到适合自己发展的岗位。因此，高职毕业生应具备保障自身生存和发展的基本知识和基本能力。基本知识体系包括：① 基础理论知识，高职毕业生必须掌握一定的基础理论知识，如数学、英语和计算机应用基础。它们是胜任本职工作的文化科学基础，同时也是学生毕业后继续学习的基础；② 专业技术知识，包括专业的基本知识和应用知识及管理知识，掌握必需的专业技术知识，才能既有一技之长，又能触类旁通。它既是胜任本职工作的前提，同时也是向专业化专门人才发展的前提；③ 相关知识，包括法律知识、经贸知识、管理知识、营销和公共礼仪知识等。相关知识是胜任专业本职工作、提高自身素质和工作能力的保障，是适应岗位和专业变化的知识储备。基础理论知识、专业技术知识和相关知识三者相辅相成,是高职毕业生知识的主要组成,其中基础知识是前提,专业技术知识是重心,相关知识是补充。只要基础扎实,专业精通,相关知识丰富,就能举一反三,做到一专多能,使学生在复杂多变的市场竞争中游刃有余。在基本能力方面:主要包括从事本专业技术岗位的操作能力、计算机应用能力、外语听读能力、综合实践能力(甚至包括汽车驾驶)、初步的管理能力、社会交往能力、团队合作能力、认知和学习能力、创新能力,并应具有良好的职业道德素质。

(2)人才市场需求情况的变化趋势表明高职毕业生就业状况在上世纪末就呈现出两种走势:一是就业单位类型趋于多元化。高职毕业生就业单位的类型除了面向国营和事业单位外,也逐渐向民营企业和乡镇企业流动,还有少数毕业生走向了独立创业的道路。二是毕业生的就业岗位有明显转移。毕业生的就业岗位向一线技术工种或技术应用型岗位流动,目前这种流向还在不断加强。从人才规格的要求看,中小型企业、民营企业急需复合型的管理和专业技术人才。因为中小型企业的经济规模较小,人员精干,组织结构扁平化,职能部门也比较精简,这就要求管理人员一身数职,专业人员是一专多能的复合型人才。中小企业将为高职学生就业提供更广阔的空间。另外,目前高职毕业生独自创业的人数虽然不多,但却体现着一种新的就业趋向。

毕业生就业单位的类型和就业岗位的变化,一方面反映了社会经济技术水平的发展和用人规格的提高;另一方面,也反映了教育事业的发展,挤压了技术员类人才的市场;高等教育事业的发展,给用人单位提供了更大的人才选择余地。传统的由高职高专毕业生担任的职业岗位,现在用人单位大多选择了本科毕业生甚至研究生。这些变化进一步说明高职学校必须适应人才市场需求情况的变化,及时准确地调整培养目标,面向生产、建设、管理、服务一线培养懂技术会操作的高素质就业者。

二、高职教育教学改革的思路

从对高职人才知识及能力的要求和人才市场需求情况的变化趋势来看,在教育教学改革方面,急需加强和改进的工作主要有:

(一)更新教育观念

当代高职教育观念,要求在改革和重组课程体系和教学内容时应遵循以下基本原则:

(1)课程设置及教学内容,应以社会需求、技术应用能力的培养来设计教学体系和培养方案;要反映人才培养目标和培养规格需要;要反映教育对象状况,在确保基本教育水准的前提下,体现因材施教;要有利于学生的可持续全面发展。

（2）教学方法和手段,要注意使学生由被动接受者,向主动探求者转变;教师由知识技能的传授者向教学活动的设计者、组织者、指导者转变;教学目标由传授知识、培养技能,向使学生在知识、能力、素质三个方面得到协调发展转变;教师不仅教知识,还传授科学的思维方法,培养学生的创新精神;培养途径由封闭教学,重理论轻实践向产学研相结合培养高等技术应用型人才转变;同时在教学领域运用现代科学技术手段,注重"双师"型师资队伍建设。

（3）教学管理制度。在我国高职高专教育中,必修课或必选课比重过大,给学生自我选择的空间相对较小。在管理上实行弹性学制和学分制,可为学生提供一个更为灵活的学习制度,学生可以根据自身差异选择更能适合自己发展的学习内容和方法。为优秀的学生提供超前发展的机会——提前毕业或继续深造;给经济困难的学生提供再次发展的机会——分阶段完成学业;给成绩较差的学生提供平等发展的机会——圆满完成学业,使不同层次的学生都能学有所成。学分制和弹性学制在我国高职高专院校目前还处于试行阶段,我校实行学分制三年来,学生对自主选择专业、课程,自主安排学习进程、毕业年限等学分制带来的变化普遍表示欢迎。

（二）课程体系改革

从毕业生应具备的知识和能力的反馈情况看,专业建设和课程体系的改革应以提高素质为主线,培养综合职业能力为重点。

课程体系改革的目标,应以职业能力作为设置课程的基础,注重知识和技能的结合;基础理论以应用为目的,专业知识强调针对性和实用性,培养学生综合运用知识和技能的能力;增强课程的灵活性,形成弹性化的课程体系;与用人单位和行业管理部门共同研究专业的选择及课程的设置。

课程改革的主要内容应包括:（1）以岗位应具备的综合能力作为设置和界定课程的依据,按能力需求精简课程内容,淡化公共课、专业基础课和专业课的界限,重新整合课程。

（2）根据企（行）业生产的实际和特点,设置独立的实践教学体系,并形成与之相匹配的系列实验室,系列实践教学基地（群）。加强实验室和实习、实训基地建设,创造模拟的职业实训环境,走产学合作、校企合作的道路。

（3）加强理论课与实践课,基础课与专业课之间的相互渗透与结合。增加选修课数量,如我校规定获取驾驶执照也可记入选修课学分。允许跨年级,跨专业选课,增强课程结构的弹性和选择性,以充分发挥学生自身的特长。

（4）以企业需求（可称为"订单"或"委培"）为依据设置课程和专业,以行业标准和国家技能证书为尺度,强化学生职业能力训练,采取"双证"制度,提高就业职业变化的适应能力,例如我校要求学生除毕业证书外,至少获得两个职业技能证书方可毕业。

（三）构建新的考核体系

考核是教育考量的主要形式，也是人才培养过程的重要环节。为革除传统考试的弊端，以往的做法往往将考试纪律、监考制度、评卷方法等作为主要手段，已不能满足现阶段高职高专教学改革的需要。

新的考核体系应以专业技术标准和职业素质为基础，在考核内容的选择上，既要体现培养目标和课程改革目标的要求，又要有利于培养学生分析问题和解决问题的能力，做到既考知识，又考能力（技能）和素质。

考核体系中考试考核方法的选择，应根据考试课目的特点采取多样化的形式，如闭卷、开卷、口试、技能操作、答辩和现场测试等方法，也可多种方法相结合；或采取论文、设计、制作，撰写调研报告与答辩相结合。着重考核学生获取知识、信息的能力，分析问题、解决问题的能力，检验学生处理和选择利用知识信息的能力。

考核体系中质量的评判，可根据不同课程，采取不同的评判标准和形式，如百分制、五级分制；对达标课程，可采用两级评分，即通过与不通过；对论文、设计、制作等教学环节，可采用评语加评分，以确认其学业成绩；对技能考核也可以学生获得国家或地方的职业技能证书作为衡量标准。特别要强调的是，新的考核体系应重视完成考核的过程，对学生完成课程和学业过程中的态度、方法、创意、见解和熟练程度作为评判学生成绩的重要依据，也可有效避免传统考试中的诸多弊端（如作弊）。当然各院校应制定相应的配套措施和相关实施细则，建立考核质量分析制度，以确保教学考核的有序进行。

（四）个性和潜能的发展。

面对 21 世纪技术应用型人才的要求，高职院校应着力提高学生的综合素质，进一步强化和突出以下几个方面的工作。

（1）外语和计算机应用能力。应在各专业中加大英语和计算机的教学力度，提高学生英语的听说写能力和本专业各种计算机应用软件的运用能力。

（2）实践能力。实践能力的强弱，直接影响了毕业生的岗位适应能力。高职教育应把素质教育贯穿于各个教学和实训环节，通过模拟操作、顶岗实习和强化实训、实验等实践性教学环节，培养学生的实践能力。并把实践能力的考核作为毕业生考核的重要内容。

（3）管理、社交、协作能力和敬业精神。包括创新能力，它们已成为企业录用员工重要的考量。因此，我们要顺应市场需求，通过各种形式加强职业道德教育，培养学生就业和创业应具备的各种能力。如我校为使学生体验就业的综合环境,腾出几十间店面房创办了学生在校创业园,让学生自主经营,体会就业和处世的方法。

我国现阶段经济结构调整与就业结构变化必将对职业教育发展产生重大的影响,特别是我国入世后WTO关于教育服务的条款对职业教育发展也将产生直接影响,经济全球化趋势使我国技能型人才培养面临前所未有的紧迫感,科学技术的快速发展对技术型劳动者的综合素质提出了新的要求,产业结构与就业结构变化使劳动力跨行业流动性增加,对培训的要求越来越高,原有高职教育的专业设置在一定程度上形成了与就业岗位之间的结构错位,课程设置与教学内容明显落后于职业岗位的技能发展需要。面对日趋激烈的国际、国内竞争,要求高职教育在层次上及其人才素质标准和培养目标上做出相应的调整,及时研究和确定高职教育教学改革的方向和具体措施,以适应经济社会发展的需要。

参考文献

[1] 徐 挺. 高职高专教育专业教学改革试点方案选编(上). 北京:高等教育出版社,2003

[2] 张尧学. 全国高职高专教育产学研结合经验交流会论文集. 北京:高等教育出版社,2003

[3] 钟秉林. 高职高专教育改革与建设(上). 北京:高等教育出版社,2000

浅谈学分制与职业高校教学
管理模式改革的互动关系

许秀林

摘要 目前高校已经普遍实行了学分制,但大多实行的是学年学分制这种不完全学分制。本文认为学分制应该是以选课制和弹性学制为核心的完全学分制,并分析了职业高校实施学分制与教学管理模式改革的互动关系,提出了职业高校实施学分制的条件和措施。

关键词 学分制 教学管理 高等职业教育

为了适应社会主义市场经济发展的需要,进一步深化高校教学改革,学分制正逐步在全国各高校推开。学分制作为高等学校的教学管理制度,替代传统的学年制,不仅仅是一种教学制度层面的改革,而是整个教育管理思想、管理模式彻底的变革。它的实施,将使我国高等教育提升到新的高度,为我国高等教育逐步与国际接轨奠定了坚实的基础。

一、学分制是高校教学管理模式改革的突破口

自从我国实现改革开放以来,高校教学改革取得一定的成效,比如,在必修课基础上增加了选修课,包括专业限选课、专业多选课、公共选修课,为扩大学生知识面、提高学生素质提供了一个平台。职业高校为了提高学生职业实践能力,也试行了"2+0.5+0.5"或"2+1"模式。让学生有一段时间走向社会参与社会实践,但由于没有突破传统的教学管理体制和管理模式,教学改革始终在较低层次上进行。

学分制,由于它伴随着弹性学制和选课制,对教学管理模式的改革具有深远的影响,到存在以下三个方面的导向:

(一)教学模式由计划型管理模式转向市场型管理模式

在社会主义市场经济中,我国高等教育必然引入市场竞争机制,参与市场竞争。目前高教育的改革主要集中在招生和就业。在招生方面,招生的专业和招生的人数逐步在放开,由市场来调节;学生就业已基本完成了由计划向市场的过

渡。但在教学管理环节仍然实行传统的管理模式,最终造成这样的局面:学生可以选学校、选专业,但无法选一个专业所学的课程及某门课程的任课教师。这显然滞后于高校其他方面的改革。学分制正是实现了高校教学管理模式向市场型管理模式的转变,让学生有较大选择课程和教师的权利。将会优化高校教学资源的配置,提高教学整体效益。

(二) 教学职能总门由教学管理角色转向教学服务角色

实行学分制,对传统教学管理模式的冲击,还表现在教学职能部门必须实现由以管理为主的角色向以服务为主的角色转变。比如,根据学生的选课意愿修改教学计划,为学生提供制订选课计划提供咨询,为学生提供学分和成绩的快捷便利的查询。总之,要将传统对"教"为主的管理转变为对"学"的服务,以学生的"学"为中心,使学生学有所成,学有所用。这也是高等学校教学的基本职责。

(三) 教学方式由集中式班级教育向个性化课程教育

实行学制分制,教学方式和教学手段也将发生大的变化。在传统方式中,我们采用的是班级教育,一个班的同学学习相同的课程,这往往忽视学生学习能力、学习兴趣的差异,也会使课程教学内容与社会需求相脱节。通过学分制,学生选课,将带来课程之间的竞争,并增强课程建设的活力。学生,又将使"因材施教"成为可能,有条件的高校可以实行导师制,为学生兴趣的培养、能力的提高提供全程服务。

二、学分制有利于强化职校学生培养模式的职业特色

从我国高校的教育改革实践来看,职业高校实行学分制更为迫切。职业高校主要培养高级应用型人才,毕业生必须具备很强的社会实践能力,能在较短的时间内尽快走上工作岗位。在这以前,职业高校也曾作多方面的尝试和探索,比如前文说的"2+0.5+0.5"模式。但未能取得理想的效果。而实行学分制,可以更有效地增强职业高校的职业特色,主要表现在:

(一) 有利于培养学生的自主意识和适应社会的能力

实现学分制,通过选课制和弹性学制,首先能培养学生的自主意识,由"要我学"变成"我要学"。在中国传统的应试教育中,把学生当作学习的奴隶和机器,而不是作为有主见、有独立见解的个体来看待,认为学生不会选择,也不让学生去学会选择。而在整个人生历程中,恰恰存在许多"十字岔路口"需要选择。事实证明,只有学会自主选择,才能适应竞争激烈的社会。在美国,许多初中学校就已实行学分制,让学生从小就开始锻炼和提高自主选择的能力。

(二)有利于职业高校培养模式多样化

学分制,为职业高校人才培养提供了多种培养模式:一是能力较强、基础较好的同学可以修满学分提前毕业;二是为校企合作教学提供了有效的途径,同学在学习期间可以中断理论课的学习,有组织地去企业见习、实习,然后回来修完剩余课程;三是为部分同学学习途中中断学业去社会创业、就业提供了机遇。

职业高校,教学内容与社会实践结合非常密切,通过同学走出去实习或就业后,再返回来学习可以带着问题来学,学习目的性更强,学习积极性更高,必然学习效果也更好。另一方面使高校课程的教学内容与社会实践联系更紧密,更能适应社会发展的需要。总之,学分制将会职业高校的发展具有蓬勃生机。

三、实施学分制必须具备的基本条件

(一)灵活的办学机制

学分制,其核心是弹性学制和选课制。从这个意义上说,实行学分制必须建立全新的教育教学体制,采用灵活多样的办学机制。比如较为自由的选课,允许学生跨系科、跨专业、跨年级选课,增强课程之间、教师之间的竞争,允许在规定期限内选择学习的时间和学习方式等等。这些在传统的教学管理体制中是很难实现的。

学年学分制,作为学年制和学分制的一种过渡方式,虽然具备学分制的某些特点,但未能摆脱原有的教学管理模式和教学运行机制,不宜长期采用。实际上一些重点高校早在上个世纪七十年代末就已实行了学年学分制,但由于其实质仍是学年制,所以未对高校教学管理模式产生深远影响。

(二)先进的管理思想

学分制与学年制,还表现在管理思想上的差异。学分制的管理思想归纳为:

(1)坚持以人为本教学管理思想。以人为本,就是尊重学生的个人意愿及其个性化选择,努力培养学生自主意识,强化高校学生的主体地位。

(2)坚持教学是一种服务的管理思想。学生交费上学,不仅是接受知识,同时有权享收高校全方位的服务。即把学生视作为地位对等的服务对象,这实际上以人为本的思想在教学管理的具体体现。

(3)坚持学生的学习质量作为教学管理的主要标准。

教学是学校管理中心环节,学生的"学"又应处于教学的中心地位。教学内容、教学手段和教学方法都要服从学生的学习水平和学习需求,并以学生学习的好坏和满意程度(成绩合格率、教学满意率、学生选课率等)作为评判教学质量的主要标准。

(三) 科学的管理手段

由于学分制中,学生选课、成绩查询、学分计算将使教学管理工作量成倍增长,特别学生的学习状态经常变动,传统的管理方式已远远不能适应学分制的需要。这就需要利用现代科技手段来加强管理和提供服务。比如利用计算机网络建立学分制教务管理系统,使教学管理始终处于动态化、实时化管理模式。

(四) 充足的师资条件和教学设施

实施学分制,对教学条件提出了很高的要求。为了保证学生有课可选,课程要开设常规数量的 1.5 倍,甚至 2 倍。即使同一门课程,最好有两个以上教师讲授,所以实现学分制首先配备足够的师资力量。另外,课程数量的增加也要求对教室、教学仪器设备等教学硬件设施的投入相应的增加,以满足学分制的教学需要。

四、实施学分制的主要措施

学分制是教学体制的整体变革,它涉及到学校教学的方方面面,因而是一个十分复杂的系统工程。如果处理不当,就可能处于"一放就乱,一乱就收"的恶性循环状态。实施学分制需要采用以下配套措施:

(一) 制定学分制管理规范

学分制管理规范包括学分的计算方法,教学计划的制定规则、选课的方法和要求、学生的日常管理规则、学籍管理规范等。这些都需要制定实施细则,对教学管理部门、学生管理部门、学生的相关行为加以规范,使教学管理能有条不紊的进行。

(二) 加速推行高校教学两级管理体制

传统的集中式管理由于应变能力差,已不能适应学分制管理的要求。建立校系两级管理的网络管理模式势在必行。即建立以教务部门为中心、以教学系科为结点的网络,每个结点都是相对独立的教学管理子系统。分布式网络管理系统降解了教学管理系统的复杂性,分散了教学管理工作量。校系两级管理体制中,校系教学管理工作的分配、管理人员配备、系科之间的协调合作等方面责任、权利、义务都必须予以明确,并付诸实施。

（三）利用校园网建立教学管理和服务系统

教学管理手段科学化,服务手段便捷化,可利用现有的校园网络,开发网络教务管理软件。其中一种重要功能是对学生个人帐户的管理。实现学分制后,课务管理、成绩管理均以学生个人为单位进行管理。学生只有专业,没有固定班级,或者说所有上课班级都是临时组成的。另一个功能是查询功能,使学生在校园网的任意一台客户机都能及时了解教学的动态信息,查询学生的成绩和学分,选课或其他相关操作,使教学管理水平上一个新的台阶。

（四）加强师资队伍的建设与管理

为了实现学分制,师资队伍建设是一项重要的工作。一是建立教师之间的竞争机制,优胜劣汰。学生选课强化了教师之间的竞争,有利于教学质量和教学水平的整体提高。二是建立一支专兼职相结合教师队伍。一个学校教师数量的增加就意味着教学成本的提高。如果既节约教学成本,又要满足学分制教学的需要,聘请兼职教师是一个最佳选择。职业高校由于其职业性,与企业之间有非常密切的联系,大量的企业技术人员是兼职教师最好的资源。因此,实现学分制后,师资队伍建设与管理任重而道远。

参考文献

[1] 曾宪军、彭熙. 全面学分制对学生教育管理的影响.《云南师范大学学报》,2004 年,第 2 期

[2] 马晓娜. 完全学分制实施的障碍因素分析.《福建高教研究》,2004 年,第 1 期

[3] 杨培森. 深化高校学分制改革的理性思考.《现代教育科学》,2004 年,第 2 期

论高职专业创新与管理体制变革

陈家颐

提要 高等职业教育的专业创新必须要有创新的管理体制相配套。根据专业创新的要求,积极推进管理体制的变革,是市场经济条件下高职教育改革的一项重要任务。

关键词 高等职业教育 专业创新 管理体制变革

在教育活动中,专业是指学生今后工作领域和当前的学习范围。高等职业教育的专业建设,直接影响到学校发展方向与规模、培养人才的数量与质量、校舍的建设、教学设备设施的增添、师资队伍的建设和科学研究的开展。高职学校的专业创新,主要包括专业设置的创新与专业管理体制的创新两个方面。专业的创新是灵魂,没有适应社会需求的专业,就不能培养出社会需要的人才,不能完成高等教育服务经济建设,推动经济发展的任务。专业管理体制创新是专业建设的保证。没有管理体制的创新只有专业设置的创新,专业建设创新是不完整的,也是不能实现的。因此,研究专业设置的创新,必须研究专业设置的管理。解决专业设置的创新,必须要建立与之相配套的专业管理。

根据市场需求定专业,是高职专业创新的基本依据。当前,我国的经济体制正面临着一个发展的重要阶段,从计划经济转向市场经济,人才需求市场也发生了巨大的变化。现代科技迅速发展和我国加入 WTO,引起了国内的经济结构、产业结构和劳动组织形式的变革,部分传统的岗位逐渐消失,一些新的岗位不断涌现。新兴的产业部门人才短缺。比如精通国际市场规范的信息人才,经贸人才,法律人才等,在加入 WTO 以后的中国有很大的需求量,而现有的高等教育尚未培养出这种的人才。另外,随着新技术的的大量引进,国内需要大批高级技术人才来完成引进设备的使用与维护,但我们的高职教育专业建设不能适应社会的要求和满足职业市场的需要。高等职业教育要以市场需求定专业,必须改变高职专业设置面向学科、面向培养学术型人才传统模式,改变专业建设滞后于市场的格局,紧密结合经济发展的要求,建设新专业,改造传统专业,提高高职专业的社会适应力。

根据高职特点定培养目标,是高职专业创新的基础。高职专业创新首先是培养目标的创新。高等职业教育的培养目标是培养生产、服务和管理第一线高级应用性人才。在专业的培养目标上,它不同于以建立在学科基础上,以发现和研究客观规律为主要任务的研究性人才,也不同于以建立在工程基础上,以进行产品或工程设计规划为主要任务的工程性人才。高职教育的专业强调人才的技术型和应用性。它比较学术型和工程型人才,有着不可替代的作用。比如,专业技术岗位,高职培养的是高科技设备的安装与维护人员,各种现代化设备的操作人员,从事机械电气设备运行、维护的技师等;管理岗位,高职培养项目经理及监理、车间主任及班队长、国家机关中的中高级公务员、社区管理者、质量检验人员等;经营岗位,高职培养会计师、统计师、保险员、秘书、营销人员等。因此,高职专业的培养目标相比较学科型和工程型专业,更加贴近实际岗位,具有更强的岗位针对性。

根据开放要求定资源组合方式,是高职专业创新的有效途径。高职专业的培养目标要求其与社会实践有更紧密的联系。专业的开放性和实践教学要求的增加,使高职相对于一般学科型高等教育,在师资、教学设备、实习场地和时间安排上,有更高的要求,十分强调学校与企事业单位和社会建立广泛的联系,充分利用企事业单位的人力、物力,走校企合作,产学结合的道路,开发和利用社会的可利用资源。在开放性资源组合方式上,高职更需要按市场规律,通过市场价格、供求关系和市场竞争等,扩大高职教育的优质资源,与参与高职人才培养的单位共享人才培养的效益。那种只依靠自有资源办高职,只依靠政府投入办高职;或者只享受合作者提供的条件而不与合作者共享人才培养成果的做法,对高职专业建设的发展只能是有害的,其合作必然是短期的,是不能保持高职专业可持续发展要求的。

根据人才培养规格定课程,是高职专业创新的必要条件。课程是高职专业建设与改革的核心,专业的建设质量最终是通过课程反映出来的。只有专业名称而没有相应的课程支撑,专业只有一个花架子,不能培养出合格的高职人才。高职专业课程的设计,必须掌握专业人才的培养规格,对专业人才的知识结构和能力结构有清晰研究和分析,根据知识结构与能力结构的要求,制定相应的课程体系。高职的基础课程要突出必需够用为度,专业课程上要保持一定的宽度,重视实践实习环节,使高职学生通过课程学习和训练,真正成为生产、服务和管理第一线所需要的"成品人",而不只是职业岗位的半成品。以人才规格定课程决不意味着专业建设只是强调做什么学什么的职业培训,而是重视学生基础素质的培养,重视学生信息素质和语言素质的培养,重视学生的职业道德和学习能力的培养,使学生通过高职专业的教育,既有适应工作岗位的能力,又具有继续学习和发展的空间,使专业学习为学生的可持续发展奠定基础。

根据综合标准评价专业,是高职专业创新的客观要求。高职专业建设的评价标准应该是多样的综合的，既有学术标准也有实践标准，既有学校标准也有社会标准。高职专业的学术性是强调应用能力的学术性，高职专业的实践标准是建立在高中后教育基础上的实践性标准，只讲前者不能显示高职教育的层次性，只讲后者不能显示高职教育的专门性。目前，高职教育专业评价的过程中，客观上存在重实践轻理论与重理论轻实践两种倾向，两者对高职教育发展都是不利的，高职教育应该强调在高职培养目标基础上的理论与实践的统一性。高职教育在评价过程中，应该坚持评价标准的综合性与评价主体的多元性，既有社会行业专家的评价，也有学校专家的评价，既有理论方面的考察，也有实践方面的考核，通过综合的全面的评价，使高职教育能够获得完整的发展。

高职专业设置的创新须有相应的管理体制与其配套。专业管理涉及到专业管理目标、组织形式、管理队伍、管理的投入和激励等多种要素。现有高校的专业管理适应了计划经济的要求，存在较强的被动性，专业建设的数量和质量难以适应市场经济建设的要求。市场需求的专业学校不能开设，市场急需人才学校无法培养。随着高职专业管理权的逐渐下放，新的专业管理规范没有形成，高职专业建设又出现了专业建设过多，设置重复，结构失衡，以质量换取数量的现象，不加强学校专业设置的管理，提高专业建设的质量，无论是对高职教育的发展，还是对学校的质量，都将是一个极大的影响。如果高职专业创新是一种技术的创新，那么专业管理的创新则是一种体制的创新，它比前者对高职的影响还要深刻。

专业管理目标是专业管理的起点与归宿。有什么样的管理目标就有什么样的专业建设水平。高职专业管理在计划经济条件下，专业设置数量上受上级行政部门的控制，专业建设的内涵接受行政部门的评估，专业建设的经费由行政部门提供，专业招生人数是行政部门下达，学校既无专业设置权，也没有专业发展权，因此专业建设的管理目标是外控的。随着专业管理权限的逐步下放，高职学校专业管理目标的自控性得到强化。高职院校自主设置专业，应该认真思考专业性结构、规模、质量和效益的关系。从结构方面，考察专业结构与经济发展是否协调一致；从规模上，考察专业结构与经济建设对专门人才需求是否大体平衡；从质量上，考察专业建设的稳定性和灵活性，培养的人才是否具有适应需求变化的能力；从效益上，考察专业发展投入是否有较高的经济效益和社会效益。只有四者的全面考察和协调发展，高职专业管理才能为高职专业建设提供有力保证。比如，高职专业的建立需要有能够开出教学计划规定的全部课程的合格教师，要有满足教学要求的先进教学设备和实验室，要有与专业相关的丰富的图书资料，要建设校内外实习基地，还要开展一定的科学研究。建立一个新专业，势必要耗费人力、物力、财力，建立一个新专业必须要考虑其结构、规模、质量和效益的关系，保证专业结构布局的科学合理，有较好的效益。

　　组织结构决定组织功能,高职专业管理组织结构形式,在计划经济时期主要表现为高耸型管理结构。专业的申报受到计划控制,专业设置层层审批,环节复杂,统得过多过死,甚至在专业名称、专业方向、课程设置和教学要求方面都强调刚性管理,缺少弹性,缺少对社会经济要求的应急反映机制,难以适应地方经济发展的要求,造成专业建设与市场脱节,人才培养与人才使用脱离,高等职业教育创办之初服务于地方经济,培养地方经济发展急需人才的宗旨,成了一句空话。随着高职专业设置权限的下放,变高度集中统一的专业管理逐步走向以校为主的专业管理,既可以促进高职专业更好地适应社会,也使得高耸组织结构向扁平组织结构转变,形成高职专业的自我管理、自我约束,提高专业建设的效率。学校可以采取由校学术委员会领导下专业教研室主任负责制的二级管理结构,学术委员会由校内外专家组成,对上级教育行政主管部门负责,严格审查专业设置条件,把握专业建设的方向,教研室主任取代行政负责人,对专业建设工作负全责,负责专业建设的规划、实施,校学术委员会对专业设置和建设进行监督,以保证专业建设能够最大限度地贴近地方经济发展的需要,提高专业建设的质量。

　　创新的高职专业需要创新的管理者队伍。知识经济的核心资源是知识和智能,知识经济的灵魂是创新,创新的依托是拥有丰富知识和杰出智能的创新性高层次人才。高职教育的基本职能就是培养人,人只能靠人培养,高职教育特别需要高层次的人才。高等职业教育专业创新需要的人才。首先应该是有自信的人。只有自信才能有创新。其次应该是有理性怀疑的人。敢于挑战,敢于提出新的思想,同时不怕失败的精神。再次应该是有承担风险,相互合作精神的人。现在整个科技的发展,国际化、全球化越来越重要。发展了一种新的合作模式,就是合作——竞争——合作的模式。不是绝对的竞争,也不是绝对的合作,竞争促进合作,合作促进竞争。高职专业建设的领导者必须有宏观思维,理论素养,决策能力和创新能力,善于调查研究,掌握经济发展的要求,明确专业建设的各项要求,将市场经济规律与教育规律有机结合起来,不断领导专业建设与改造,使专业建设不断完善。高职专业队伍建设应该是开放的,他们不仅由校内的教育专家与工程专家组成,还包括行业专家参与,有实践工作者加入,形成校内专家、行业专家、实践工作者三位一体的结构系统,使专业建设始终保持可持续发展的动力。

　　专业建设管理要以特色专业创建为中心,适应市场经济发展要求。高职是以培养高级应用型人才为宗旨的,高职教育最大的特色就是重视实践实习环节,高职人才最主要的特点就是动手能力强,是生产、服务和管理第一线的人才。我国的高职教育起步较迟,先天投入不足,而高职教育要求高,完全靠政府投入不现实,探索一条开放的以开掘可利用资源为主的专业实践基地建设的道路,对现阶段高职教育办出特色有极其重要的意义。随着产业结构调整速度的加快,现代企业的许多设备需要接受过高职教育的人才去使用,但我国现有这类人才的供给量有限。企业现代设备使用都采取出国培训人才的方法,成本高,受益面窄;学校培训这方面人才,又因为缺少设备是心有热而力不足,如果学校只是等国家将所有现代化设备配套后,才进行这方面人才的培养,显然是不可能,所以学校应该主动走到经济建设的前台,走校企合作培养人才的道路,充分利用企业的可利用资源,为企业培养急需人才,形成企业与学校共同培养人才,学校与企业共同谋求社会贡献的新观念,在为企业服务的过程中,形成新的办学观念和资源共享的意识,自觉运用市场经济法则来构建有高职特色的实践教学体系。

江泽民同志说的,创新是一个民族进步的灵魂,是国家兴旺发达的不竭动力。高职专业创新与管理体制的变革,是国家对高职专业管理权逐步下放以后的新课题,是关系到市场经济条件下,探索高职专业建设新途径,提高专业建设质量的新课题。高职专业的创新,没有与之适应的管理体制提供保证,就不可能建立创新的专业人才培养模式,也不可能培养出一大批社会所需要的优秀高职人才。

高职院校实践教学
体系构建研究

摘要 高职院校的实践教学体系是实现其培养目标的关键。本文首先分析了高职院校实践教学体系的构成要素,然后围绕高职院校实践教学体系构建和完善,分别从目标体系、内容体系、管理体系、保障体系等四个方面,针对目前高职院校实践教学体系中需要解决的问题进行分析研究。

关键词 实践教学体系 构建 高职院校

一、实践教学体系与高职培养目标的关系

我国高职教育的发展方向和培养目标定位经过多年的探索和调整已逐步形成共识,就是要"以就业为导向,以服务为宗旨,培养技术技能型人才,满足社会需求"。实践教学是实现职业教育培养目标关键的教学环节,要提高培养质量,一方面要加强对学生的职业理想、职业道德教育,另一方面要努力提高学生的实践动手能力。这就要求我们在进行学校内涵建设时,针对高职院校实践教学相对薄弱的现状,突出、强化实践教学,创新高职学生实践能力、职业能力培养模式,完善实践教学体系。

建立、完善实践教学体系是高职院校内涵建设的重点,是实现高职教育人才培养目标的重要保障。然而,由于观念、条件、环境、方法等因素的制约,具有高职特色的实践教学体系建立和完善,已成为高职教育改革发展的难点问题。要解决这样的问题,必须尽快打破传统"学科型"教学体系的局限,确立实践教学的中心地位,重新构建和完善以实践教学为主导的教学体系;必须将职业能力培养作为主体,从教学目标、教学实施、教学管理、教学评价等一系列环节上实施强有力的改革。这样,才能适应高职教育的发展,实现高职教育培养目标。

二、实践教学体系的构成要素分析

（一）狭义的实践教学体系

实践教学体系狭义的概念是指实践教学的内容体系，即围绕专业人才培养目标，在制定教学计划时，通过课程设置和各个实践教学环节的配置，建立起来的与理论教学体系相辅相成的内容体系，主要包含以下几个方面：

1. 实验教学

传统实验教学可分为基础性实验和专业性实验。基础性实验多为纯验证性、演示性、重复性的实验，通过实验，让学生对课程理论和知识点加深理解，作为理论教学的辅助。专业性实验多为操作性、制作性、设计性实验，往往是为掌握某一单项技术或操作程序而进行的实验。实验通常作为课堂理论教学的辅助，是针对某一课程教学而设计。

现代高职教育的实验不应全盘套用传统实验教学做法，应该建立符合自身特色的实验观。要改变按课程开设实验的做法，围绕人才培养目标建立以综合性、职业性、创新性的实验教学模式为主体的实验教学体系。实验教学应更加注重培养学生的动手能力、应变能力和创新能力。因此，高职院校各专业都应该结合专业特色、职业要求，努力开发新的实验项目，为培养学生的岗位技能和职业发展能力打好基础。

2. 实训教学

实训教学是对学生的操作技能、技术应用能力和综合职业能力进行训练的教学环节，它可包括课程设计、毕业设计、技能竞赛、职业技能训练等。实训教学是高职教育的核心内容，应贯穿于学生的整个学历教育过程之中，并占有相当的课时比例。

高职教育的实训应按自身定位创建特色。课程设计内容不应把重点放在传统课程设计所具有的研究性和设计性上，而应注重专业实践技能的训练性，提高学生利用所学知识解决专业实际问题的能力；毕业设计是高等教育实现培养目标的重要手段，是培养学生综合素质、实践能力和知识与技能综合运用的重要环节。高职毕业设计课题不应定位在传统的纯理论性研究上，而是在一定的专业理论指导下的专业技术应用性课题；技能竞赛是提高学生参加技能培训积极性、营造技能训练的良好氛围、培养学生个性和创新能力的有效方法和途径，对促进现代意义的高技能人才培养具有积极作用；职业技能训练是提高学生就业能力的关键，是高职实训教学的重点，它通过模拟项目、模拟案例、模拟产品等方法，以课题的形式对学生基本操作技能和解决实际问题的综合职业技能进行训练，它强调的是独立操作、反复训练、学会技能、形成技巧。

3. 实习教学

实习教学一般包括认识实习、生产实习和毕业实习等，此外，还包括社会实践、社会调研等活动。它是让学生在实际生产环境中了解职业、将校内所学的理论和技能向职业岗位实际工作能力转换的重要教学环节，它强调内容的覆盖性和综合性。通过校外实习，学生可增进对企事业单位的现代化设备、生产工艺流程、生产技术、科学管理等内容的了解和掌握。

学生到校外公司、企业实习不但能增长实践工作能力，也能提高职业素质。这种教学模式已在国外成功运用——如德国"双元制"。但由于我国国情所限，学生到企业实习的效果不尽如人意，主要表现在：学生"走马观花"的多，接受专门技能训练的少；企业粗线条管理的多，派技术人员专门指导的少；学校对实习效果考核评价看课时量的多，针对实际效果的少。这应当引起我们的高度重视，要从实现培养目标的角度审视实习目的、评价实习效果、研究有效的实习模式和方法。校外实习基地的建设必须讲求实效，要充分挖掘学校自身优势，按市场规律与企业进行实质性的合作，抓好校外实习教学环节。

(二) 广义的实践教学体系

广义的实践教学体系是由实践教学活动中的各要素构成的有机联系整体。具体包含实践教学活动的目标体系、内容体系、管理体系和保障体系等要素。

目标体系是各专业根据人才培养目标和培养规格的要求，结合专业特点制订的本专业总体及各个具体实践教学环节的教学目标的集合体。在实践教学体系中，目标体系起引导驱动作用。内容体系是指各个实践教学环节（实验、实习、实训、课程设计、毕业设计、科研训练、社会实践等）通过合理结构配置，呈现的具体教学内容。在整个体系中起受动作用。管理体系是指管理机构和人员、管理规章制度、管理手段和评价指标体系的总和，它在整个体系中起到信息反馈和调控作用. 保障体系是由师资队伍、技术设备设施和学习环境等条件要求组成，是影响实践教学效果的重要因素。

实践教学体系是一个有机的整体，在运行中各组成要素既要发挥各自的作用，又要协调配合，构成实践教学体系的总体功能。

三、实践教学体系构建的主要工作

(一) 目标体系的构建

调整教学目标 高职实践教学的目标体系应以职业能力培养为主线，以基本职业素质、岗位就业能力和职业发展能力培养为模块进行构建。设计教学体系时应以职业能力等培养为中心，同时考虑职业素质教育，以体现高职教育特点. 应大力推行学历证书与职业资格证书并重的"双证书"制度，逐步实现职业资格证书与学历证书培养内容的衔接和互通。与之配套，必须制定适合学生个性发展的具有职业教育特色的学籍管理制度。

调整培养计划 贯彻"以实践教学为主导"的职业教育理念,制定以实训为主体、理论课程依附于实践课程的专业培养计划。课程设置要与职业标准相融合,教学内容应尽量覆盖国家职业资格标准,将学生技能鉴定与学校教学考核结合起来,既可让教学考核保持职业性方向,又可避免重复考核。要根据学生的实际文化程度和就业的需要,调整文化基础课程、专业核心课程和实践课程的教学目标,设定多层次目标。高等教育逐步"大众化"要求我们树立新的"学生观"、"人才观"。应该明确:① 职业教育是人人成功的教育,我们不是选择适合教育的学生,而是要探索适合学生的教育;② 社会需求的多样化要求我们面对有差异的学生,实施有差异的教育,实现有差异的发展。教学计划应适应这样人材培养观。要多途径创造条件,增加实践学时的比重,工科专业的实践课时要逐步达到60%。必须建立和完善以行业、企业专家为主体的专业指导委员会,并切实发挥其评议、论证、审核专业设置与指导培养计划调整的职能。

(二) 内容体系构建

实践教学的内容是实践教学目标任务的具体化。目前,高职教育理论课程与实践课程的安排不利于学生理论联系实际学会应用知识掌握技能,理论与实践教学分割交替安排不科学,实践教学单元太小、太零碎。为了突出能力培养,应采用按能力层次划分的"分层一体化"构建教学模式。具体说,是将各个实践教学环节(实验、实习、实训、课程设计、毕业设计、创新制作、社会实践等)通过合理配置,构建成以技术应用能力培养为主体,按基本技能、专业技能和综合技术应用能力等层次,循序渐进地安排实践教学内容,将实践教学的目标和任务具体落实到各个实践教学环节中,让学生在实践教学中掌握必备的、完整的、系统的技能和技术。

(三) 管理体系构建

教学管理是开展教学工作的基础和质量的保障。随着办学规模的扩大、办学模式的多样化及实践教学重要性的凸显,实践教学管理工作必将更加繁重和复杂,改革管理体制和管理手段、提高管理水平和管理效率是高职院校目前非常急迫的要求。实践教学管理包括机构、教学基地和人员等的管理及校内外实践教学管理的规章制度、管理手段和评价指标体系等。

管理机构、基地建设和人员管理通常采用校系二级互有侧重、分工负责管理模式。校级实验、实训中心可定为具有一定管理职能的教学实施单位,负责管理综合性实验室和训练中心;系部负责专业性实训中心、实验室的建设与管理、教学组织实施。基地的建设与发展以及实践教学、科研、生产、培训任务的下达、质量监督和考评由学校归口管理。校外实训基地应由校企双方根据合作协议共同管理,按培养计划安排教学环节,实施质量监督和考评。学校应成立教学指导委员会领导下的实践教学行政管理机构,负责全校实践教学的计划组织、管理协调、资源的优化配置和合理利用、质量监控与考评等工作。

要加强实践教学计划、实践教学课程大纲等实践教学文件资料和管理制度建设。实践教学工作涉及面宽,要保证组织管理工作到位、教学环节合理衔接,必须建立与之配套的管理规章制度,使实践教学活动有章法可循、教学监督和检查有制度可依。

考核评价必须紧紧扣住培养目标,重点应放在对学生核心职业能力和岗位职业技能考核、评价上。教学考试要尽量与国家职业资格鉴定接轨,考核重点要与职业资格鉴定的考点相吻合,加强对考核方法、考核形式和考核手段的研究,以提高职业资格证书获取率为抓手,抓职业技能鉴定,促实践教学质量提高。

(四) 保障体系构建

高职教育实践教学保障体系主要包含:以具有一定生产、管理经验的"双师型"教师为主体的师资队伍;较完备、先进的设备设施、仿真性的实践教学环境以及具有实践教学特色的环境等三个重要方面。它是保证实践教学效果的重要因素。

1. 师资队伍建设

高等职业教育规模迅速发展和要求的不断提高,师资队伍建设问题已成为高等职业教育改革深化、持续发展的"瓶颈"问题。师资的质量决定教学质量,师资的结构特色决定办学特色。近年来,高职院校致力于"双师型"师资队伍建设,普遍引进了一批企业工程技术人员,但"双师型"师资的质量,实验、实训指导教师队伍的整体实力仍然是制约各校深化教学改革、强化实践教学、打造鲜明特色的关键问题。师资队伍建设也要转变观念、大胆改革。从学校的长远发展看,加强理实一体的"双师型"师资队伍建设与改善师资队伍的学历层次、职称结构同样重要。学校人事部门要按照实践教学的目标要求制定具体的师资队伍建设规划,应重点加强对现有教师的培训方向和培养方法的研究,建立符合职业教育特点的师资继续教育进修和企业实践制度,建立具有"教师资格证书"与"职业技能证书"的教师"双资格证书"准入制度;政策规定和鼓励教师在企业和学校间进行有序流动,自觉深入到行业企业一线熟悉生产,参与科研和技术开发;吸引社会实践经验丰富的专家、工程技术人员的加盟;改变传统的"学术型"教师考核评价体系,建立有利于师资结构调整的分配制度和激励机制。

2. 教学模式创新

实践教学模式是一种重要的学习环境和资源,是对实践教学观念、内容、方法的概括化和理性化的提升，是教师进行实践教学活动的基本范型。采用什么样的教学模式，应当综合考虑各方面因素，根据教学目的、内容性质、教学规模和条件等方面的实际需要进行选择、优化、创新。

目前，大多高职院校仍延用普通教育以课堂教学为主体、理论与实践教学分开进行的模式，对教学模式的研究和创新下功夫不够，学科体系的课程范型仍占主要地位。现代职业教育已有不少可借鉴的教学模式和方法，如项目驱动教学法，该模式不受书本、课堂的制约，学生按照项目的要求划分成若干个项目小组，通过小组的分工协作，独立制定工作计划，在教师指导下完成项目任务，并最终提交成果、接受评价。此方法从全方位培养学生能力、多角度考核评价教学等方面对原有课程结构、教材体系、教学模式、教学组织形式等进行结构性的改革。

3. 实训基地建设

实训基地是高职院校实施职业技能训练和鉴定的基础保证。要按照实践教学体系和职业技能鉴定实施的需要进行校内基地的建设。设备添置要遵循"一个兼顾、两个同步"的原则，即基本技能训练的常规设备添置与专业技能、技术应用与创新能力训练的先进设备添置兼顾；训练设备的技术含量和现代化程度要与企业生产水平同步；设备的投入与实训项目开发同步。校内实训基地除发挥其校内教学与鉴定功能外，应具备开放性和服务性功能。高职教育要面向社会实施开放式、多样化的办学，要从思想上拆除中国式高校的"围墙"，努力拓展校企全程合作、互动互利进行人才培养的途径，研究合作模式，针对各种培养模式创新运行机制，形成学校发展资源的多元结构和面向社会、面向市场自主办学的局面。要在吸纳社会办学资源，共同建立实训基地、研发中心和校办企业等方面探索、创新，在与企业合作中实现"双赢"发展。

参考文献

[1] 俞仲文. 高等职业技术教育实践教学研究. 北京：清华大学出版社，2004

[2] 张学信、王加力. 浅议高职教育的任务和教学模式. http://www. tech. net. cn/research/segment/arm/1675. shtml

[3] 张健. 论高职教育实践教学模式的选择与建构. http://www. tech. net. cn/y－jyjs/sxjd/9846. shtml

[4] 高等职业技术教育办学特色研究. 武汉：华中科技大学出版社，2004

高职实践教学管理创新

陈家颐

实践教学是高职教学的重要组成部分,也是培养应用性人才,打造高职特色的主要途径,对帮助学生树立辩证唯物主义世界观,训练技能,开发智力,培养能力,有重要作用。重视实践教学,创新实践教学管理,向管理要质量,是高职实践教学改革的要求。

一、创新实践教学管理观念

思想是行动的先导,创新实践教学管理,首先必须观念创新,努力实现"四个"转变,提高实践教学管理的自觉性。

变计划为行动 实践教学计划是对实践教学工作的事先考虑。管理必须有计划,但更需要将计划变成实实在在的行动。目前,高职的实践教学中,部分学校虽然有实践教学的计划安排,但往往因硬件条件不足和主观认识不到位,存在着实践教学计划随意取消,或有计划无检查,有计划不执行的现象,使实践教学成了理论教学的补充。变计划为行动,就是重视实践,将实践教学与理论教学放在同等重要的位置,将实践教学计划落实到行动上,以促进教育质量的提高。

变无序为有序 有序是实践教学的基本要求,无序是实践教学的大忌。实践教学无序,轻则造成材料浪费,重则会产生教学事故和生产事故,影响人才的培养质量。实践教学在从计划经济转向市场经济的过程中,往往因为管理者缺少对市场变化的正确把握,导致实践教学的无序管理。比如,实习基地在动态市场的影响下,对稳定的实习工作常存在着较大的变化,如果学校缺少应急机制,就会导致实习事先安排不能落实,临到落实实习单位,就容易造成无序现象。改变实践教学管理的无序,就要尊重实践教学规律,超前考虑各种因素,提高工作的有序性。

变单一为多样 计划经济条件下,高职实践教学重校内轻校外,实习多在校内实践基地完成,途径单一。高职教育培养的是生产实践岗位的劳动者,实践的丰富性要求教学途径必须是多样的,实践教学必须走出校园,走向社会。工科实践教学要走出实验室和校内的实训基地,走向社会;文科实践教学也不能满足于课堂教学或局限于到社会某一企业看一看,应该将校内外实践教学途径放在同样重要的位置上,强化管理,提高质量。

变等待为创造 我国高职实践教学投入不足,长期处于供不应求的状态,教学资源配置方式单一。受计划经济模式的影响,实践设施配备"等靠要"的思想严重,缺少创新意识,甚至认为实践教学活动可有可无,只要将理论课讲深讲透,也就完成了教学任务。变等待为创造,实践教学必须努力创新,不断提高实践教学的质量。如果等待只会丧失教育的机会与教育的责任,只有创造,才能形成开拓的思路,产生积极的行动。

实践教学改革是系统工程,离不开正确思想的指导,只有遵照实践教学规律,着眼行动,注重有序,完善途径,力求创新,高职实践教学发展才能获得积极的思想基础。

二、创新实践教学管理目标

目标是管理的起点与归宿。创新实践教学管理目标,具体体现在实践目标的科学导向、参与者的积极互动和资源配置市场选择上。

实践目标的导向性。教学管理是为培养人才服务的,实践教学必须在各个环节上体现积极的目标导向。实践教学管理主要包括实践课程和实验实训工作的管理,其中实践课程是实践教学体的核心,必须强调以人为本,适应市场,突出能力培养的要求。实验实训工作管理包括实验室、基地实践和课程设计、毕业设计、实习等若干环节。加强实验实训工作的管理,应着重把好实验实训计划大纲制定,把好实验过程关,报告关,注重检测考核实验能力。实训和课程设计、毕业设计等综合训练,则应以教学大纲为主线,突出基本理论、基础知识和基本技能训练。毕业设计还必须精选专题,确定导师,制定措施,通过专家督导制等,形成立体式、网络式监控体系。

参与者的互动性。实践教学的参与者包括学校的师生和企业、行业的专家等。创新的实践教学目标必定体现参与者的互动性。由师生而言,实践教学的创新将改变师生之间不平等的关系,有助于学生与教师共同参与合作,调动了师生双方的积极性。教师有针对性的教学,将成为学生实践活动的指导者、合作者和管理者。学生积极配合,主动完成实践学习任务,实现师生互动,教学相长。同时,现代社会企业不仅是物质产品的生产者,也是人才培养的基地。实践教学互动,也包括学校与企业之间的互动,学校参与企业的产品研发和人才培养。企业既是学校人才培养的合作者,也是学校教学质量的检验站。双方互利互惠,学校培养了人才,企业也丰富了企业文化内涵,大大提升了企业的形象。

资源配置的市场化。市场是当今高职资源配置的基础性方式。在实践教学资源配置上有更明显的特点。高职实践教学资源配置正逐渐突破校内设备、图书等自有资源框框,从有限的封闭校内资源观转变为无限的社会资源观,从重硬资源转向硬软资源并重的方向转变。高职学校运用市场机制,通过与校外实习基地的中长期实习协议,共同编写实习大纲、计划、指导书,编排实习日程等,充分利用各种社会人力和物力实践教学资源,与资源占有者形成双赢。随着信息技术发展,实践教学还应重视开发实验 CAI 课件,开设网络实验课,采用 VR 技术提供虚拟实验环境,通过图文并茂的实验预备知识,丰富多彩的实验相关资源,操作灵活的实验交互过程,提高实践教学的效率,达到实践教学创新目标。

三、创新实践教学管理形式

创新实践教学管理的目标都是通过一定的形式表现的,形式影响到目标的实现水平。高职实践教学形式广泛,大到了解人类社会改革、进步、发展、变迁,参与工程建设,小到自己动手制作模型。实践形式还往往因场合、地点、时间、人员素质而有所差异。创新实践教学管理形式,必须从实践教学的特点出发,做到分散管理与集中管理相统一,常规要求与创新要求相统一,以实现实践教学效益的最大化。

分散管理与集中管理相统一。实践教学的分散管理是目前高校实践教学管理的主要形式,实验室和实训基地,分到各系部管理,有利于实现实践管理的专业化,方便教师的科研。但分散管理的方式,也存在着资源分散,利用效率不高的现象。面临高职资源不足的现状,实践教学宜采取分散与集中管理统一的做法。目前,一般高职院校实践教学资源常用集中管理的方式。因为集中管理的优点表现为:能够较好地克服资源不足的矛盾,有利于落实实践教学任务,提高教学质量。有利于节约人力,提高设备利用率。也有利于制定实践教学发展规划和集中财力改善办学条件。有利于减少中间环节,提高办事效率,及时解决实践教学中出现的问题。有利于实践经验的交流和研讨。实践表明基础实验室更宜于选择集中管理,而专业实验较强的实践教学资源还是分散管理更有利于资源利用效率的提高。

常规管理与创新管理相统一。常规管理主要通过制度实施的静态管理,而创新管理更注重一种动态的管理。在创新实践教学管理的过程中,不能没有制度,因为制度能够规范教学行为,提高管理效率,同时,也能够统一实践教学标准,提高实践教学的质量。实践教学过程中就是要及时将常见的工作,通过制度形成常规,从而达到高效的管理。比如,学校的专业指导委员会、实习领导小组、学校的实践教师队伍建设等,都可以通过常规形成统一的管理,达到常规管理的目标。但高职实践教学因条件的限制和要求不断提高等,仅有制度还不能充分调动人的创造性和积极性,解决实践过程中的困难,因为许多困难都是前所未有的,需要通过创新才能解决,必须要坚持制度管理与创新管理的统一性。实行实践教学的创新管理,要从教育规律与市场规律出发,采取有利于教师进行创造性劳动的条件。比如,高职的实践设备完全靠出钱买,有困难;都要到社会企业中完成,现有体制下又有一定的难度,学校只能通过政策调整和制度创新,鼓励师生走前人未走过的路,积极创新,也可采取自制实践设备,以解决实践教学的问题,既培养学生的创造能力,又节约了教学经费,增加了设备的投入,不失为一举多得的办法。

四、创新实践管理的制度

管理制度是实现管理目标的保证,在实践教学创新中仅有思想和方法,没有好的制度,要提高教育质量,办出学校特色是不行的。在实践教学管理制度的创新,主要有实践投入制度的创新和内部管理制度的创新。

投入制度创新。近年来,我国告别了短缺经济,大多数产品都处在供求平衡状态,但高等教育却是少有的短缺需求之一。这是投资者的商机,也是私人资本进入高职教育的动力所在。创新投入制度,一是要积极引进各种资本,尤其重视社会资本和私人资本的引进,加大高职教育的投入。二是改革学校政府管理方式,既注意保障投资者对资本运行的监督权,又必须让投资者获得合理的回报收益,产生新的投入动力,防止因为投入制度的缺陷使因高等教育的短缺需求所产生的投入动力丧失殆尽。

队伍建设的创新。管理的核心要素是人,高职师资队伍建设的创新包括干部与师资两个方面。高职院校人事干部的选择与任用,要走出机关公务员选择的限制,按照事业单位人事管理规律和教育规律,对干部任用做出积极的调整,形成干部能上能下,人员能进能出,工资能高能低的机制,以鼓励高职人员尽心尽力。在师资队伍管理上,必须做好兼职教师队伍建设,聘请企业家、管理者、政府负责人参加高职人才培养计划的制定,专业的评定,教育质量的监控与督导,增强教学的实践性。同时,要建立鼓励教师深入生产实践中学习调查,提高素质的制度,鼓励教师开展实践教学方法的研究和理论联系实际的科研,制定有效的考核方法,提高教师实践教学能力和水平。

运行制度的创新。当前实践教学运行方面,如何改变缺少实验设备维修、保养、更新、改造、报废制度,缺少经常性的学生实践能力调查分析制度,检测制度和实践教学质量分析制等,已经成为高职实践教学发展必须解决的问题。实践教学中的设备损耗是客观存在的,缺少设备报废制度,使用过期设备进行教学实践,既不科学也无助于学生的培养;缺少深入经费投资情况研究分析,则容易对投资产生误导,无助于改进设备投资管理的效益。因此,在学校实践教学的监控上,应完善质量检测、分析制度,对实践教学做到有计划,执行、考核、有档案,提高管理的实效性。

创新实践教学管理的过程是多因素参与,需要不断改革与提高的过程。随着高等职业教育改革的不断深入,加强实践教学管理的创新,打造高职专业品牌,将越来越受到人们的重视,高等职业教育的实践者与理论研究者,应该更多地关注高职的实践教学,研究实践教学,通过提高实践教学质量,培养出更多优秀的高职人才。

高校生产实习的研究与实践

陆洵昇

摘要 本文在多年教学实践经验的基础上,结合新形势下培养应用型人才的教育教学改革,对高校的生产实习,从理论上加以阐述,并提出了可资操作的方法。强调了生产实习对培养人才的社会适应性、创造性,提高教学质量以及增强企业的科研水平的重要作用。

关键词 生产实习 应用型人才 产学合作

生产实习是根据教学任务,让学生到企业、市场去,通过观察、调查及实际操作,使理论知识与社会实践相结合的一种教学形式。

根据我校对毕业生的追踪调查显示,不少服装企业抱怨大学生缺乏实践经验,实际工作中有点"眼高手低",而不少学生则认为企业没有给其充分发挥的空间,企业工作"没有规矩"。加强作为学生理论与实践相结合的教学实践环节的生产实习,可为学生和企业提供磨合空间,使两者在这一环节中实现相互间的适应和沟通。社会现实告诉我们,高等职业学校的教学,在坚持以理论知识为主的同时,更应该为学生从事未来职业作好准备,因此高职教育必须更加注重由理论学习向社会实践过渡,才能较好地满足社会对技术应用型人才的需要。生产实习是学生获取直接经验、促进理论与实践相结合的有效方式,因此,专业教学中生产实践环节,无论在专业知识的理论掌握及具体应用中的融会贯通上,还是在职业准备上都具有特殊重要的意义。

一、生产实践的特征

(1)生产实践是以学生为主体独立进行的综合性的社会实践活动。生产实践不同于校内的教学实践活动,学生以工作人员的身份直接参与生产实践过程,它是社会实践活动的一部分,具有社会实践性。学生一方面要接受学校教师和实习单位业务人员的指导,另一方面,又要作为一名工作人员独立地承担任务,在独立工作中学习。

(2)实习单位的差异性。不同的单位,在指导力量、生产、工作水平,技术设备及生活设施等方面是有差别的,这种差别对实习的安排都会发生直接的影响。

二、生产实习的作用

生产实习是教育全过程的重要阶段,是学生参加工作前的直接准备,是实现整个教育目的不可缺少的重要环节。几年生产实习效果调查表明,约有85％的学生认为生产实习使他们有机会真实接触社会,能得到全方位的磨练和提高,对自己未来工作很有帮助。学生在生产实习中收获的多少与个人工作的主动性、企业的状况等因素相关。实际表明生产实习具有如下作用:

(1) 生产实习是加强高等学校同社会联系的重要渠道。以生产实习为桥梁,一方面是学生了解社会、学习社会的极好机会,另一方面又可将生产实习与学生为社会提供直接服务结合起来,同时有利于学校与社会有关部门建立固定的制度化的联系。

(2) 生产实习是检验和提高教育质量的一个重要措施。学校的教育质量,虽然主要应当通过学生走上工作岗位后的工作实绩来检验,但是人们可以通过生产实习,仍然可以对学生的自身素质作出一些基本的分析和估价,作为全面评价学校教育质量的依据。同时有效的生产实习环节,使学校能快速获取企业和社会的最新技术、现代企业管理知识及市场对各类专门人才需求的信息,以便及时调整教学目标和教学内容,提高教学质量,培养企业和社会适用的各种人才。

(3) 生产实习是一次提高学生素质的综合训练。早期生产实习的单位一般由指导教师联系,10人左右为一个小组进行生产实习,这种方法的好处是指导教师管理方便,但在整个实习过程中学生对教师及同去实习的同学依赖性较强,学生很难自觉进入到工作的角色,整体效果受到影响。于是开始尝试由学生自己联系生产实习单位,根据学校的总体要求学生自己与工厂制定计划,教师定期了解学生的实习情况并给予阶段性指导。实践表明:学生自己在寻找实习单位的过程中,得到了不同程度的锻炼,服装企业很多,如何找到适合自己、接受自己进行生产实习的企业是学生在这一阶段要解决的问题,不少同学经过艰难寻觅,得到了意外的锻炼。

在生产实习中,学生对企业的具体工作有了比较清晰的认识,一件衣服,要经过很多工序,样样工作有特点,稍有细节疏忽就会在产品上体现,实习结束后,大部分学生体会到工作之中无小事,做事的心态亦由夸夸其谈转为耐心细致。另外,通过生产实习,学生对服装企业有了比较客观的认识,对自己的前途更加充满信心,同时也切实体会到人才对企业发展的作用,故实习回校后,不少学生学习积极性提高,经常主动向教师请教相关专业问题,特别注意补充学习实践应用性知识。

通过以上的阐述,可以看到,生产实习对学生来说具有以下作用:

(1) 进行专业思想与职业道德的教育。

（2）提高了专业水平，特别是提高了理论与生产实际相结合解决实际问题的能力，学会了从事生产经营和管理的实际本领，适应了市场需要的"毕业了的学生可以派上用场"的要求。

（3）了解和熟悉社会情况及未来工作的环境。是一次全面的学习、检验和提高。

三、生产实习的指导

（一）要有周密的计划

生产实习计划包括学校计划、各系计划、实习点计划及实习生个人计划，要逐层落实，这样，才能对各实习阶段可能发生的问题有所预见，做到胸有成竹。良好的计划是保证实习质量的首要条件。比如我们在南通隆都时装有限公司实习的前一个星期，我们把实习计划及要求给了工厂的生技科长，并请他根据工厂具体情况对学生进行适当的指导。这位老科长事后说，为了根据实习要求进行指导，他认真准备了一个星期的时间，并将相关要求分解到各与实习有关的部门，基本上做到有计划、有指导、有检查，实习结束时生产实习单位和学生都比较满意。假如我们不提要求，没有计划，实习单位就不好准备，因为他们不知道学校需要企业在生产实习中做那些工作。

（二）要实施全面指导

近几年的生产实习一般以个体实习为主，常常一个企业里只有 12 名学生，实习组织相对比较松散，这种情况下必须保证学生得到全面指导，否则很难满足教学要求。全面指导的具体内容包括：

（1）对学生的思想指导。

（2）对学生业务工作的指导。

（3）组织学生进行社会调查。

（4）关心学生的生活和健康。

（5）指导学生做好实习总结。

（6）进行学生成绩考核及实习质量分析。

比如我们去邻市工厂实习，，作为带队老师事先我们仔细了解学生的近况，并嘱咐班干部做好模范带头作用。实习中我们对学生的饮食、起居、上下班的行走路线、实习中的安全、早出晚归的情况、指导学生写实习报告，教会学生为人处事以及指导实习答辩等等情况，事无巨细，必须全身心的投入方能保证实习的顺利进行。

（三）对学生应从严要求

在实践活动的要求上应"真刀真枪"，不能搞"做戏"或走过场，只有这样，学生才能通过实践有所体会、有所收获，并对自己的实际水平有所检验，同时对实习单位的工作也会有所促进。我们在南通丽桑时装有限公司的合作实习即是如此。南通丽桑时装有限公司主要是生产少年装的，学生根据要求先进行为期一个星期的社会市场调研和资料收集工作，然后根据工厂提供的面料进行服饰设计，最后由工厂选定作品进行纸样解剖和工业化生产。通过合作实习，学生学会了开发产品的操作方法，掌握了收集资料的途径，增强了对社会的认识，提高了对专业知识认知水平，学会了书本上学不到的现代化的生产方法，克服了"想当然"的设计形式，提高了符合市场需求的设计水平。多数学生认为通过生产实习对服装的设计认识有一个质的飞跃。这种认识与我国培养新一代世界级服装设计师的要求是一致的。即我们的设计师不能闭门造车，必须以大纺织的眼光来看待设计，设计必须与市场紧密相连。

四、生产实习中的创造性

在强调素质教育今天，能否发挥学生的独立性与创造性，是实习成败的关键。为此应从以下几方面着手：

（1）要敢于放手。只有放开学生的手脚，才能使学生真正进入角色，进入工作环境，才能充分调动他们的积极性与主动性。

（2）正确对待学生在实习中的失误。理论与实际的差异性，使学生在实习中出现失误是不可避免的，问题是要善于引导，要帮助学生分析失误的性质与原因，总结失败的经验教训及改正方法。

（3）鼓励学生的创新精神。一方面对学生在实习工作上的创造精神及作出的成绩，要及时给予肯定与表扬，另一方面可以与社会调查、撰写论文或毕业设计结合起来，在实习中选题、收集资料、进行某些探索，这样既有利于提高学生的实习质量，又有利于学生创造性的发挥。

五、新型的生产实习模式——产学结合

实习必须有合适而稳定的实习基地，所谓合适，最重要的是实习单位的指导力量、工作条件及必须的生活条件能符合实习任务的要求，所谓稳定，就是要建立长期协作的关系，使企业熟悉实习工作中的规律，使学生能够通过生产实习，获取更大收益。

学校要发挥高等职业教育的优势，对实习单位的工作有所帮助，有所促进。变找别人的麻烦为提供优质服务，只有这样服装企业才会每年盼望新学生的到

来,并对学生提供有效的指导。

　　目前,一种新型的产学合作教育模式,对培养新形势下急需的宽厚型、复合型、应用型人才提供了一个方向。尤其是对生产实习,更注入了一种新的教学思想。教育的发展与经济和社会的发展是紧密相连的,教育离开社会的支持和重视就很难培养出符合时代要求的人才。产学合作教育实践,有利于教师及时掌握最新技术,同时以最快的速度应用和传授最新技术,产学合作对学校自身发展和地方经济建设均具有重要意义。

　　生产实习相对于以传授间接知识为主的课堂教学,其显著特点是直接能认识对象(包括自然界与社会)并亲身参与社会实践活动,因此能为学生提供丰富的直接经验,从而有助于理解和掌握理论知识,培养解决实际问题的能力,综合运用技术的能力,社会适应能力,组织管理能力和开拓创新能力。根据社会需求和教育规律做好生产实习的各项工作,不但对提高学生的整体素质和工作适应能力具有作用,而且对教师的知识更新、科研能力的提高及学校的教学改革均具有良好的推动作用。

参考文献

[1] 冯克成,于明. 课程教学操作策略全书. 北京:国际文化出版公司,1996
[2] 潘懋元. 高等学校教学原理与方法. 北京:人民教育出版社,1996

从实践性环节谈感性化教学设计

姜 宁 何振俊

摘要 本文论述了如何通过《机械设计基础》课程实验,进行感性化教学设计,使学生从实践性环节中真正掌握知识,从而产生良好的教学效果。

关键词 实践性环节 感性化教学设计 认识

《机械设计基础》是机电类专业的专业基础课。由于此门课程涉及到机械原理和机械零件两方面的内容,知识面广,零件类型多,学生难以将多方面的知识灵活结合起来综合运用。如果仅对空洞的理论知识死记硬背,虽能在此门课程的考试中过关,但学生并未真正理解和掌握所学知识。该课程的实验和课程设计也是如此,如果仅满足于理论值与实验值的验证吻合或者照葫芦画瓢式的设计,这是远远不够的。如何才能使学生深刻理解和巩固课本上所学的知识?如何从实践性环节着手,使学生达到对课本知识的真正掌握且灵活运用?这是摆在我们施教者面前的一个研究课题。在多年的该课程教学实践中,通过对实践性环节的探索研究,本人逐步摸索出该课程的教学方法,采用了多种感性化教学手段和措施。

一、注重学生动手能力的培养

所谓感性,就是在实践中外界事物作用于人的感觉器官而产生的感觉、知觉和表象等直观形式的认识。这样的认识由于调用了多种感官如视觉、触觉等,使我们对事物的认识比较形象、直观、生动。多渠道的知识传播,容易被学生记牢、掌握。为了使学生能深刻理解课本上的知识,并能理论联系实际,将所学知识应用到课程设计中。我要求学生,一是勤动手,只有勤动手,才能发现问题。为此,我把减速器搬到了课程设计教室,将减速器实验与减速器课程设计合二为一同时进行。让学生先观察,后思考;先实践,后设计。二是多动脑,督促学生多思考。由动手后发现的问题,必然会引起学生的思考,使学生联系到课本上所学的知识,达到理论联系实际的效果;并能使学生对课本知识由抽象的、肤浅的认识过渡到生动的、直观的感性认识。三是多总结,每完成一个阶段,都要进行一次总结归纳，使学生产生一个正确的认识，只有在一个个知识点的正确认识的基础上，才能对以后的问题有一个正确的思维。

二、增强学生的感性认识

在执教过几届学生中，如九三机电、九四机电、九六机电、九八机电等班的《机械设计基础》课程。在教学中，发现学生对课程知识的理解比较抽象、空洞，浮于概念表面。正是所谓知其然，而不知其所以然。如果通过课堂的反复讲解，学生虽然有所提高，但教学效果不明显。归根结底是学生缺乏感性认识，没有真正理解所学的知识。学生对知识的积累变成空洞概念的叠加。可想而知，这样的知识基础是很不牢固的。如何才能改变这种只知其一，不知其二现状？唯一的途径就是加强实践性教学环节是解决此问题的根本方法。为了能使其起到事半功倍的效果，在设计了多种感性化的教学方法。例如：在《机械设计基础》课程的减速器实验中，学生对齿轮轴应用了扭矩公式 $T = 9.55 \times 10^6 \, P/N$ 进行设计计算（式中 T 为扭矩，P 为功率，N 为转速），学生只知道扭矩 T 与转速 N 成反比，即转速越大，扭矩越小，但没有进一步深刻的感性认识。为此，在指导该课程的减速器拆装实验时，预先设计问题，再要求学生动手试验。采用的是常用的二级斜齿圆柱齿轮减速器，有三根齿轮轴，如图 1 所示。

Ⅰ轴（输入轴）Ⅱ轴 Ⅲ轴（输出轴）

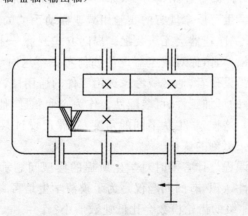

图 1　二级斜齿圆柱齿轮减速器

在实验中，我们提出："如果我们用手分别转动输入轴和输出轴，哪个用力小、哪个用大，哪个不费劲？"例如问题一：输入轴和输出轴哪个扭矩大、哪个小？让学生自己动手转动输入轴和输出轴。同学们转动不同的轴有不同的感觉。他们便迅速说出输出轴所需的扭矩要比输入轴大。问题二：学生说出输入轴转速 $n_{Ⅰ}$ 和输出轴 $n_{Ⅲ}$ 转速哪个大，通过自我实践所有学生都能正确回答设置的问题。问题三：$T=9.55\times10^6$ P／N公式，学生都理解了转速 N↓则扭矩 T↑，并能归纳 出"降速增矩"的道理。问题进一步深入："由于输入轴所受扭矩 T 小，在强度要求已经达到的情况下，为了节省材料，它应比其他轴要细些"。学生这时恍然大悟。这样，通过对学生实验的感性认识设计，使学生理解了课本上此公式的真正含义，不再仅仅停留在课本上对知识的简单接受。诸如此类十分感性化问题，在把我们日常碰到的息息相关问题，加以感性化设计，让学生面对问题各抒己见，这样可以大大激学生的兴趣，并让学生们自己动手来认识问题，和解决问题。

三、引导学生多方位思考

《机械设计基础》课程设计是学生对该课程课本知识掌握程度的综合检验，它涉及了多方面的知识。以往学生仅仅是从图书馆借阅《机械设计基础》减速器课程设计图集来参考，从上生搬硬套。结果虽然设计图纸完成了，但学生并没有理解图纸上的内容，教学效果不甚理想。为此要求学生进行答辩（原有教学计划中仅毕业设计要求答辩，课程设计并未作要求），并设计了多种提问方式，力求引导学生多方位思考。提问方式一 ——递进式：如"你为什么采用这种方案？能否采用其他方案？哪种方案更好些？"学生要应付这样的提问，不进行多方位思考且没有过硬的理论与实践两方面知识的综合运用是过不了关的。提问方式二——实践式："你设计的减速器结构方案，如何要你装配或拆卸，你的装配和拆卸顺序步骤是什么？"学生可以拿现有的实验用减速器动手试试。如果设计时不考虑周全，可能其设计的减速器会无法装配。提问方式三 ——换位式："如果你作为设计者、生产者、领导者，你对减速器设计如何考虑？"这时学生仅仅完成设计任务是不行的。作为设计者，他必须考虑选用零件的通用性、合理性。作为生产者，他必须考虑零件的可加工性、可装配性。作为企业领导，他必须考虑经济性、先进性等综合因素。这样，学生从不同的角度，对课程设计某一具体问题，达到一个全面的、系统的、深刻的认识。

以下仅列出该课程设计答辩时对学生所提的典型问题示例，有的问题目的在于提高学生的感性认识，有的问题仅是为了摸清学生是否真正弄懂、吃透。

（1）为什么高速级的齿轮模数会比低速数值小？

（2）现在有一对齿轮反过来传动，从大齿轮传到小齿轮，试说明哪个齿轮受的扭矩大？

（3）齿轮减速器中为什么第Ⅰ轴、第Ⅲ轴上齿轮要远离外伸端布置？

（4）未注公差（如零件图上有的尺寸没标注公差），是不是就没有公差要求？

（5）如果你设计的齿轮轴是细长轴，还要进行什么方面的校核？

（6）为什么磨削硬材料要用软砂轮，而磨削软材料要用硬砂轮？

事实证明,经过以上感性化教学设计,再辅以课程设计答辩,同学们在以后的毕业设计中,思维的主动性大大加强。他们设计考虑全面,问指导老师的问题次数大大减少,问题的质量大大提高。从实践性环节应用感性化教学设计的过程中,我尝到了甜头。经过此类方法指导过的学生在以后走上社会后,受到工厂、机电公司等单位的褒奖。教学改革甚至影响到学生的人生价值取向。如某同学被分配到设计科而不去,主动要求下车间实习锻炼,增强自己对生产过程的感性认识。经过两年的锻炼该同学由于其出色的能力,还是被提拔到设计科工作。这使我们深深地认识到,只有通过实践性环节的教学改革,才能使其发挥真正的教学辅助作用,从而真正达到理论与实践的完美结合。

高职工科专业实践教学体系
构建原则与相关要素分析

汤金华

摘要 实践教学体系对培养高职工科大学生技术应用能力和岗位技能具有不可替代的作用。本文从高职人才培养目标、专业本质内涵以及理论与实践两大教学体系的相互关系等角度出发，阐述了高职实践教学体系的地位、作用以及构建的一些基本原则与思路等问题。并通过对实践教学体系构建的主要因素分析，提出了一些完善措施。

关键词 高职教育 实践教学体系 构建因素

高职院校与普通高校在人才培养目标上有着显著区别。高职院校主要是为社会生产、建设、管理、服务等基层一线培养技术应用型、岗位技能型的专门人才。这就决定了高职院校在人才培养过程中，更应注重实践性教学环节，以此来强化学生实际工作能力的培养。但由于历史的原因和客观条件所限，目前高职院校尤其是其工科专业在实践教学体系方面还存在着诸多困难和问题，亟待进一步的研究与解决，本文就此作一些分析与探讨，以期对实践教学体系的构建与完善起一些参考与建议作用。

一、实践教学体系与理论教学体系的相互关系及其作用

传统的教学观点认为，大学学习即是为了获取系统的专业知识，教师的任务就是向学生传授知识，实践教学只是作为相对于课堂讲授的另一种知识传授的手段而已，其作用主要通过实验、实习等环节，演示、验证或说明理论知识的正确性，以及一些重要概念、原理的本质内涵，借以增加学生的感性知识，以求进一步帮助学生加深理解与牢固掌握课堂所学理论知识。因此，归根到底，过去所谓的实践教学仍属知识传授的范畴，其实属是课堂教学的一种变式、补充与延伸。

根据高职教育人才培养目标的要求，高职院校培养的人才除需按应用为目的，掌握适度的理论知识外，更重要的是要具有专业技术应用能力和职业岗位技能，这也正是高职教育区别于普通高教的特征所在。因此在教学体系设计中，要以素质教育与能力培养作为教学主线，树立知识传授要为能力培养服务的意识，

理论知识传授的深度和广度要紧紧围绕能力培养需要而展开,而实践教学在理论教学的指导下,作为能力培养的主要途径和方式。其相互关系可用式子简单表达为理论教学 实践教学 能力培养。反之,如果高职教育仍沿袭传统的教学理念、方法和模式,仍以知识传授为本,课堂理论教学为主,实践教学只作为理论教学的附属,如此办学是无法实现高职人才培养目标,培养出来的毕业生是不能体现高职特色,亦不能满足社会基层一线的需求,其结果必然产生"毕业即失业"的现象。因此高职院校要确立新型的办学思路、教学理念、人才观和质量观,按照能力培养的要求,独立设置实践教学体系,辩证处理好理论教学体系与实践教学体系的相互关系,牢固树立理论教学体系服务于实践教学体系,实践教学体系又为能力和技能培养服务的办学宗旨。

二、实践教学体系构建的总体原则与思路

通过上述分析可知,高职工科实践教学体系运行的最终目的是为培养学生的能力和技能服务的,因此在构建实践教学体系之前,首先要对专业技术应用能力和岗位技能进行深入系统的分析,而这又涉及到专业的改革与设置。普通高校与高职院校两者在专业设置上各自所考虑的角度和侧重点是有所区别的,前者主要依据学科或生产部门的分工将学业分成门类,再以门类的形式传授给学生系统全面的专业知识,而后者则以职业或技术为基础,以培养学生具有某一行业或技术领域内的某些职业岗位(群)所应具备的技术应用能力和岗位技能为主要目标的,所以同样的专业名称,其专业内涵是不尽相同的,支撑普通院校的专业骨架是以系统全面的学科知识为主,而高职院校则以相关的专业技术应用能力和岗位技能为主,亦即高职院校的专业名称可以理解为某一行业或技术领域的相近岗位(群)的集合或浓缩的简称。

专业是高职院校与社会联系的纽带,是其赖以生存和发展的基础,专业设置要以市场需求为导向,紧密结合本地区相关行业和领域的经济、技术及职业岗位的现状与发展趋势,逐步建立起主动适应、快速反应、逐步调整、相对稳定与改革创新相结合的、动态的、开放的、自我调整的专业发展机制。并经全面系统深入细致的调查研究与科学分析,形成《专业设置与改革的可行性研究报告》。只有这样,高职院校的专业设置才能真正体现高职办学特色,才能在激烈的市场竞争中,形成适合于自身可持续发展的核心竞争力。专业一旦确定,对其所对应的职业岗位(群)再进行详细的专业工作分析,确定工作的职责和任务,形成职责任务书,进而整合出该专业所应包含的能力模块,分解出各能力模块的要素内容,据此落实支撑能力要素的实践教学环节,从而建立起完整的实践教学体系和与之匹配的理论教学体系。

三、实践教学体系构建的主要因素分析与建议

高职工科实践教学体系的构建是一项系统工程,涉及到许多环节和因素,目前尚无成熟的模式可循。本文就体系构建中需着重考虑的几个主要因素进行初步分析与探讨。

(一)高职工科专业教学计划编制方面

专业教学计划是人才培养目标的实施计划,目前编制与施行的专业教学计划从教学内容构成上仍划分为理论性教学和实践性教学两大块。其中理论性教学内容又由公共基础课、专业基础课、专业课等三部分构成。实践性教学内容由集中性实践教学和穿插性实践教学两部分组成。在整个教学学时分配上,理论教学占 60％左右,实践性教学占 40％左右。应该讲,经过近几年的不断改革与调整,实践性教学环节在整个教学体系中所占份额已有了显著的增加。但从整个教学体系、教学方案、教学计划的构制上来看,传统的学科知识型传授教学模式仍居主导地位,以素质、能力及技能培养为主线的新的教学体系尚未真正形成,体现高职特色的实践教学体系亟待进一步的加强与完善。为此,笔者认为要想构建满足高职人才培养目标的教学体系,编制出体现高职教育特色的教学计划必须运用系统论的观点,协调处理好教学体系内几个原则性的关系问题:

(1)知识、素质、能力与技能等四大教学目标要素的匹配问题(包括目标的量与质),坚定不移地以技术应用能力和岗位技能作为教学的核心目标。

(2)理论教学体系与实践教学体系两大体系运行时间(学时)的合理分配比例,此应作专题进行量化分析与研究,以提出充足的理论依据。

(3)公共基础课、专业基础课、专业课等理论学时的配置比例。

(4)理论教学体系与实践教学体系之间的衔接、交叉、渗透与融合,做到"时空"统一,并能充分体现前者对后者的服务性特征。

(二)高职工科教材建设及教学内容体系方面

教材是教学内容的载体,是实施教学工作的基本要素之一。高职院校要想培养出具有高职特色的技术应用性人才,首先其教材要充分体现高职教育的特性。长期以来,由于人们只重视按学科型教学理念培养人才,几乎所有的教材均按学科系列编制。高职院校在无"材"可选的情况下,不得不采取"拿来主义",照搬照用或简单地压缩与删减普通大专院校使用的教材。近几年来,此状况虽稍有改观,出版了一些体现高职特色的教材,但与适应高职教育发展要求相比,仍相距甚远。特别是高职实践性教材更是寥若晨星,急需组织力量进行编制,以满足实践教学之需要。由于高职教材建设目前仍处于探索阶段,没有成熟的模式

成套,但从高职人才培养目标定位要求出发,笔者认为在教材编制内容及体系上可考虑如下一些因素:

(1)高职院校应根据工程生产第一线岗位(群)职责的实际需要,确定合理的专业培养目标,构建毕业生的"知识——技能——能力——素质"结构,并明确此结构中各要素的主次地位和标准,以指导各教学内容及其相应的教学目的和要求的制定,并为教学内容的不断优化奠定基础。

(2)贯彻以"能力、素质为本"的培养理念,以技术应用能力和综合职业素质为主线设计整个教学内容体系。教学内容应充分体现应用性、实践性、职业性、时代性,而非学科型的理论学术性、体系性、系统性、全面性。基础理论知识要以应用为目的,以必需够用为度,专业技术课要加强针对性和实用性,能及时反映行业当前主流技术和关键技术。因此教材内容要言简意明,避免冗长的论述与推导,应力求以图代文、图文并茂。对定理、公式重在说明其原理与应用。

(3)高职教育培养的人才主要为基层一线生产实际服务的,由于生产实际问题具有复杂、多变、影响因素多、涉及面较广的特点,这就要求高职毕业生要具有知识面较宽(不强调太专、太深),综合处理实际问题的能力较强的复合型人才的能力素质特征。为此,高职工科专业教学内容要注重综合性和实践性,一般是传统的若干门教材内容的整合。同时,要尽量引用有实际应用背景的实例,以解决生产实际问题为目的来设计和组织教材内容。通过实例引出概念与方法,增强学生的学习兴趣和培养学生解决问题的能力。

(4)高职院校工科专业的设置要随社会和市场的需要变化,能动地作出相应的改革与调整。为了适应此需求,高职教材内容体系要富有弹性,建立起模块化结构体系,能随时适应不同专业方向对教学内容的重组要求,即根据不同的职业岗位培养要求,裁剪链接成不同类型的知识体系。公共基础课和专业基础课内容要有一定的覆盖面,即所谓的"宽基础、活模块",一方面满足专业理论、专业常规技能及基础素质相对稳定的要求,另一方面又能为学生今后走上工作岗位,能在大专业不变的前提下,适应不同工种岗位变动之需要。

(5)针对高职教育培养"上岗适应期短、应用能力较强"人才的特点,要紧贴工程生产实际,及时充实与更新实践教学内容,尤其专业技术课教学内容应体现动态发展的要求,似"活页夹式",随时可增可换。密切关注行业技术发展动态,同步反映当前成熟技术、关键技术、主流技术、现行的技术规范、标准等。想方设法增大实践教学中"真刀实枪"课题所占的比率,以加强顶岗实习训练。

(6)教材内容编排体系上要适合高职实践教学体系的要求,理论教学模块与设计制作、实训项目要紧密结合,便于进行教、学、做"三明治"式的教学方法的实施,使理论与实践,专业知识与专业技能相协调。同时要遵循循序渐进、由浅入深、由易到难的原则,有目的、有系统地将基本内容叙述清楚。教材各章可按提出问题、讲述内容、本章小结、思考题或实训项目、习题的顺序编排。各章开头要尽量选择学生熟悉的，与该章内容密切相关的实际问题导开，以引发学生的学习兴趣。在各章的结尾要用简捷的语言进行小结。为进一步引导学生课外学习与能力的提高，各章结束后可提出若干思考题供学生思考，在有些章的末尾可提供一些实训项目，以指导学生进行实际技能的训练。

（7）改变过去那种实践教学依附于理论教学的状况，将实践教学内容从原先分散于理论教学内容中抽取出来，并经重新编排、补充、完善，建立新的具有完整性、系统性的实践教学内容体系，形成理论基础实验→专业认识见习→课程专项设计训练→专业应用现场实习→专业综合设计训练→岗位技能顶岗实训的能力培养程序与阶梯式提高机制。每门实践课程（或环节）都应具有完备的教学大纲、教学计划、教材（指导书）、教案、备课笔记、考核标准要求等。

（8）高职教材形式需与现代教育技术和手段紧密结合。以提高教学效率和效果为目的，结合各门课程的特点，可制成文字教材、投影胶片、视频教材、音频教材、电子教案、CAI课程、实物教材、工程模拟环境等多种形式。

（三）高职工科专业师资力量配置方面

在高职人才培养过程中，教师自始至终起着主导作用。高职教育能否办出特色，人才培养目标能否得以实现，教学质量能否得到保证，首要关键在于教师。为了培养具有较强实践能力的技术应用性人才，高职院校教师（尤其专业课教师）除要求具有较为渊博的基础知识、专业知识、较高的学术水平和教学水平外，还应具有较强的专业实践能力、丰富的实际工作经验、娴熟的专业技能和动手示范能力，即同时拥有教师和工程师两方面的岗位素质与工作能力。由于历史的原因及近几年来高职院校规模的急剧扩张，师资队伍建设问题已日益成为高职院校能否长期保持可持续发展态势的关键性因素之一。由于目前还没有一所能一步到位地培养出具有"双师型"特征的高职教育师资师范院校，因此解决高职教育师资问题不能希冀于一蹴而就，必须结合各校的具体实情，制定出一套切实可行的师资队伍培训、培养计划，采取"在职研修、脱产培养、实践锻炼、专业交流、基专融合、培聘并举"的分期分批、多途径多方式相结合的综合性措施，以造就一支人员精干、素质优良、专兼结合、特色鲜明、相对稳定的教师队伍。

由于实践教学能力是高职工科专业教师必须具备的基本能力之一，本文就此谈谈提高此能力可采取的一些途径、方法与措施：

（1）通过政策导向或激励机制，引导与调动教师加强实践能力培养的主动性与积极性。如鼓励教师到本行业相关的大中型企业挂职锻炼等。

（2）充分利用产学研合作途径，有目的地对专业教师进行技术应用实践能力的培养与锻炼。如与工矿企业合作进行应用性研究、新产品研制开发以及帮助企业解决生产实际中的技术难题等。

（3）经常性组织专业教师到相关企业参观、考察与调研，并逐步形成一种制度。通过与企业持久频繁的交流与沟通，增强对企业生产第一线实际运作情况和新工艺、新技术应用方面的了解程度，并增加发现与创造产学研合作机会的可能性。

（4）积极组织教师参加由行业主管部门举办的相关岗位职业资格证书的培训与考试，增加教师中取得职业资格证书的人数。

（5）主动与本行业具有较高水准的企业培训机构合作，借鉴其培训的成功经验，不断促进实践教学方法的改革与创新。

（6）聘请行业或企业中既有较高的理论水平又有丰实的专业实践经验的专家，担任学校的兼职教师，通过来校讲学和实践教学过程的指导，充分发挥其在实践能力培养方面的"传、帮、带"的示范作用，并及时将行业（专业）技术发展前沿的最新动态和生产第一线所采用的最新工艺与技术反馈到教学内容中去。

（四）实践教学仪器设备资源配置及实训基地建设方面

实验仪器设备、基础设施以及实训基地是实践教学体系运行的必要硬件。为了满足高职技术应用型和岗位技能型人才培养的需要，需不断加大实践教学资源的投入，并对现有的实践教学仪器设备进行必要的更新与配套，切实提高仪器设备的正常率与使用率，为实践教学活动的正常开展提供可靠的保障平台。

在优化配置校内教学资源的同时，积极寻求社会可利用教学资源，主动与相关行业、企业构建联合办学、技术协作、优势互补、资源共享的双赢合作机制。通过此途径，学校可充分利用企业处于经济建设与生产服务第一线得天独厚的优势，为其确定人才培养规格、优化教学计划、改进教学方法、改善办学条件、提供实习实训基地等方面获得充足的支援，而企业则可依靠学校人才、技术等方面的资源优势为其培训人员，进行技术革新，以及新产品的研制开发等提供可靠的技术支持。此种双向联动支持，为高职实践教学体系的构建与运行提供了强有力的支撑条件。

四、结束论

高职实践教学体系的构建是一项庞大复杂且需逐步完善优化的系统工程，如何使该体系在高职人才技术应用能力与岗位技能培养方面发挥更加有效的作用，还有待于进一步地研究探讨与实践。

参考文献

[1] 教育部.关于加强高职高专教育人才培养工作的意见,2000
[2] 吕鑫祥.高等职业技术教育研究.上海教育出版社,1998
[3] 郭 静.高等职业技术教育人才培养模式.北京:高等教育出版社,2000
[4] 叶春生.高等职业教育的探索与实践.苏州:苏州大学出版社,1998

职业院校社会培训
存在问题分析及对策研究

顾力平

职业院校在承担学历教育的同时,利用自身教学资源为社会提供培养各层次技能型人才的服务是社会、经济发展的需要,也是职业院校自身发展的需要。为了更有效地发挥职业院校在职业技能培训中的作用,让有限的教育资源在人力资源的开发中得到更科学、合理、有效的利用,笔者作如下分析、研究。

一、职业院校参与社会培训的意义

(1)在规范培训市场中起到主导和示范作用。劳动就业准入制度的颁布对培训市场起到积极的推动作用,但目前培训市场机制不健全,存在非法办学、非法组织国家职业资格考试等事件,培训质量参差不齐,更有甚者利用学员求证心切的心理,投机取巧,从中牟利,挫伤了求学人员的积极性。职业院校成熟的教学计划,完善的教学手段,丰富的培训资源,合理的收费,公平、公正的考试对调控培训市场,拉动培训和提升考核质量能起决定的作用。

(2)在培养高技能人才中起到主体作用。高技能人才紧缺已成为制约我国制造业发展的"瓶颈"。尽管高技能人才培养可通过多种途径进行,但靠个人自学提高、自发岗位成才、企业内训等很难形成主流,社会一般培训机构无论从设施条件还是师资水平都难以承担此项任务,只有通过高职院校(包括高级技校、技师学院)培训才是主流途径。

(3)有利于学校、企业"双赢"发展。培训工作是企业的第一工序,企业的设备更新、产品升级、技术进步和发展都对企业内技术岗位工人不断有新的要求,因此,建立终身培训理念,持续提高员工素质,营造人力资源优势是企业发展战略的重要部分。对于院校,开展社会技术培训的过程是学校和社会交流的过程,也是对学校办学质量、服务水准的测试。学校通过与企业接触,能了解企业的需求,了解生产、技术发展状况,对职业院校按市场需求进行教改、完善教学计划,加强专业建设,更好地接轨市场,培养出更多企业欢迎的合格毕业生,具有重大的作用。

(4)有利于提高社会就业率,构建和谐社会。职业教育的使命随着我国城市化进程推进发生着重大改变,"十五"期间城乡新生劳动力达峰值,劳动力供大于求的矛盾凸显,城市人员就业、农村劳动力转移都离不开培训。职业院校加大社会培训力度,特别是将培训从城镇向农村延伸,让更多的人员经过培训,实现充分就业和稳定就业,对安定团结,构建和谐社会具有十分重要的意义。

二、现状分析

职业院校开展社会培训因种种原因还存在不少问题,主要表现在以下几个方面:

(1)部分院校对社会培训工作认识不足、重视不够。重学历教育,轻职业培训,未能把社会培训列入学校重要工作之一,未能全力以赴地投入人力、物力创造条件让培训适应市场需求,造之不能在该地区培训市场形成调控、拉动之势。

(2)培训的重点未能定位在高技能人才培养层次上。2003年2月,党中央、国务院召开全国人才工作会议,把高技能人才培养放到国家人才强国战略重点之中。高职院校(包括高级技校、技师学院)应责无旁贷的承担起以技师、高级技师为主体的高技能人才培训任务。目前由于技师社会化考评刚刚起步,培训资料缺乏,教材体系不够完善,培训大纲、计划也在探索之中,有些院校因此而等待、观望。

(3)缺乏市场意识、服务意识,对培训需求分析不够,模式单一,方法陈旧。目前大多院校仍采用"定期密集型面授"培训模式,未能从学员需求出发,培训中讲述理论多,技能培训少;泛泛而谈多,针对性内容少;教学型操作课题多,实际生产课题少。导致学员缺乏兴趣,到课率低,教学效果差,培训留于形式,未达到预期的效果。

(4)培训面窄,工种单一。重视城市培训,对农村劳动力转移培训关注较少;培训传统工种项目多,高新技术项目少;单一工种多,复合技能少。

(5)与企业合作不够。院校往往只考虑校内培训资源利用,对企业丰富的培训资源(人力、物力等)没有很好地开发,使培训资源显得不足。

三、对策研究

(1)抓好培训基地建设。要根据"突出重点、拓宽路径、提升层次"的原则,在做好社会需求调研基础上,通过政府、学校、企业合作的形式,创建与培训需求相适应、以技能训练为核心、以高技能人才培养项目为重点的培训基地,实行培训、考核一条龙服务。

(2)紧跟就业趋势,开发培训项目。要充分利用职业院校教育资源丰富这一优势,搭建各种层次职业培训平台。要在对企业和人才市场深入调研的基础上开展人力资源需求预测,寻求地方市场与国际市场的结合点,劳务供求市场的结合点，根据需要，开发新培训项目，当前如仓储管理、物流师、培训师、就业指导师等，并不断为传统的培训项目充实新的技术内容。

（3）建立新的合作机制，全方位开展职业培训工作。职业院校要突破制约培训发展的"资源瓶颈"，探索拓宽培训领域的新方法、新途径。要注重农村培训市场，建立城乡职业教育合作机制，使职业院校优质的教学资源与农村巨大的职业培训需求联姻，为农村劳动力转移提供服务；要树立培训经营理念，建立校际合作机制，资源共享，减少投入，降低培训成本，优势互补，形成各自专业工种特色组合，打造职业培训的航空母舰，强化一个地区的整体培训力量；要与企业密切合作，拓展合作项目，采用订单式等按需培训方式，实现培训、就业与企业需要一体化。

（4）建立灵活的培训模式。培训管理应遵循宽严适度、有的放矢、灵活调控的原则。培训形式应灵活多样，要根据学员具体情况，将集中面授和个别辅导相结合，必要时实行一课双开或多开（一堂课内容重复开几次）。对学习确有困难的短培学员可插入长线学历班适合时段学习或落实专职教师跟踪辅导。集中培训科目应尽量考虑大多数让学员有时间参加，以保证培训质量。

（5）运用科学的教学方法。要根据培训对象、培训要求选择合适的教学方法，如重点提示法：对于有条件、有自学能力的学员，可将一些课程内容及实训课题作为自学、自练项目，让学员带回去自己完成，教师只讲解重点，以点带面；示范教学法：借助典型课题，通过教师的讲解演示，调动学员的学习积极性，在理解的基础上布置相关课题，让学生独立完成；交叉训练法：在技能训练过程中将理论和实践有机结合、穿插进行，针对性地组织学员开展技术讨论，提高学员学习兴趣和效果。

（6）整合培训内容，化繁为简、变难为易、深入浅出，教学中应突出重点，分散难点，减缓"知识坡度"，让培训内容趋于实用化、直观化、简易化。

（7）实现由通用工种向实用工种的培训转化。短培的特点是时间短、任务重、需求目的明确，因此，在教学上一定要抓住目标，因材施教，注重实效；一定要理论联系实际，加强教学针对性，尽量满足学员的实用心理，让他们通过培训有所收获，真正提高岗位职业能力。

（8）在教学管理上实行学分制。建立培训质量保证体系，采用校内考核和社会考核相结合，模块考核与等级工考核相结合考核方式。引入"超市式"培训模式，将培训内容分成若干模块：公共基础模块、知识模块、技能模块。分析相近职业岗位或职业岗位群需要，确定其核心职业能力，整合培训内容，制定出核心培训内容作为共同培训模块；归纳一些生产实际问题设计成教学训练模块，供培训学员根据需要进行选择。学员在完成一定必修、选修模块学习任务后，考试合格可获规定的学分。学分累积达到一定值后，可组织参加某一等级职业技能鉴定。学校给每个学生建立学籍档案,学员随时可以在原有取得的学分基础上继续参加培训。

高职教育培训认证体系的科学发展

陈家颐

提要 高职生的职业技能培训认证,因有较强的岗位针对性和社会的认可度,受到人们的关注。由于现行高等职业教育技能培训认证体系,既不完整又存在着观念、技术、体制等障碍,难以适应高职教育发展要求。因此,实践科学发展观,坚持高职教育职业技能认证的科学定位,构建具有国际化、信息化和终身化的特征的高职教育技术认证体系,是高职教育科学发展的重要任务。

职业技能培训是为满足社会人才需求而产生的短平快的教育形式。培训认证对高职学生技能素质的鉴定,提高学生就业竞争力,有十分重要的作用。随着高职教育改革的不断深入,计划体制下诞生的高职教育与市场机制主导的技能培训认证体系的矛盾,使高职教育技能认证的发展遇到重重阻碍,实践科学发展观,已经成为解决高职技能培训认证科学发展的必然选择。

一、高职教育推行技能培训认证的障碍

高职教育推行技能培训认证工作的障碍主要表现在观念、技术和体制等方面。

(一)观念障碍:近视、弱视、短视

近视,技能培训认证部门过分重视认证的经济效益,导致认证质量下降。我国技能培训认证部门主要分三类,一是人事部门的认证,二是劳动部门的认证,三是企业认证。三种认证,在人才市场既具有同等的作用,又相互交叉,共同构成技能培训认证。但三种培训认证单位往往从各自利益出发,存在拉生源重于认证质量的近视倾向,导致技能培训认证的企业信度降低,企业认为认证内容不能满足要求,因此不得不在社会认证后,重新培训以提高员工的素质。

弱视,高等职业教育对技能培训认识不到位,导致技能培训与教育教学改革脱节。传统学科本位的办学思想,存在着重学历教育轻技能培训的弱视倾向,部分高职院校因办学资源紧张,错误地将学历教育与认证工作对立起来,认为引进

认证必将冲击学历教育的系统性。加之,培训认证所带来的现有的教育体系、老师素质、管理体制的不适应,所以多一事不如少一事。

短视,部分企业和用人单位不重视技能培训认证,存在短视倾向。通常大中型和科学技术含量高的企业对技能培训认证比较重视,他们不仅在员工进厂前的选拔上,要求有一定的技能认证证明,而且在员工进入企业后,还为员工设计了技能认证的要求,以提升员工的素质,促进员工的发展。但相当多的中小企业为了降低用人的成本,忽视员工选拔前技能培训认证,对上岗后的技能培训更草草了事。这也是历年来安全事故不断发生的原因之一。

(二)技术障碍:态度、内容、方法

对认证技术的态度。科学态度是技术进步的前提,科学技术的推广与应用,必须要一种实事求是的态度。在现有的培训认证过程中,中介部门不切实际地抬高认证价值,以过高的定价,让高职学生难以接受。比如,同样是计算机考核,高校的计算机考核与劳动部门考核的定位,竟然相差7倍。收费与成本差距悬殊,认证的含金量可想而知。

认证标准的科技含量。科学的认证应该追求标准科学,使认证具有最大限度地的真实性。随着培训认证发展速度加快,认证单位之间竞争加剧,专业标准开发难以跟上市场需求,认证标准的科技含量不足,使认证工作名不副实。比如,驾驶员考核关于机器修理,还是7、80年代已经淘汰的内容,使培训认证既不能检验学员的技能,又不能产生积极的引导作用。

认证方法是质量认证效度的保证。现代社会是信息社会,但现代信息技术和手段用于质量认证尚未得到大面积推广,主观评价因素过多,一方面,影响了认证效度的可检测性;另一方面也增加了培训认证的成本,加重了学员的负担。比如,汽车驾驶考核中由于运用了电桩测试法,不仅提高了考核的准确度,而且节省了成本,提高考核的速度。

(三)体制障碍:培训、使用、流动

培训认证与使用脱节,导致学非所用。现有的高职高专人才培养工作水平评估中将学生技能取证率作为一项重要指标提出来,但对取证内涵未做出规定,在培训认证体系与专业配套率不高的情况下,培训认证与专业方向的分离,造成培训认证与用证的脱节,学生学非所用,形成培训认证的形式化。

培训认证互不相通,导致学了再学。现有培训认证,往往因为认证主体不同,存在着相同的认证标准,相同的考核方法,甚至相同的主考人员,因为利益分配和权力的分配不同,证书不能互通,造成重复考核认证的形象。比如,劳动与人事部门认证等级工,内容相同,方式相同,但只有劳动部门的证书无人事部门的证书,人事部门则不给工资待遇,只有经人事部门重新考核发的证书才能得到相应的报酬。

培训资源配置的计划性,导致认证成本增加。培训认证在市场经济国家内是由中介机构按市场规则运作的。但在我国市场经济没有完善的情况下,培训认证往往是少数部门掌控,资源配置按计划方式进行,认证多少人,如何认证,成了政府或附属部门的行为,形成了市场垄断。市场垄断的结果是培训认证的价格远离实际成本,增加了考生的投入。同时也导致考核部门失去自我约束,使考核的质量不断下降。

二、高职教育培训认证发展的科学定位

十六大提出的科学发展观是指导各项事业发展的指南,也是指导高职教育培训认证科学发展的重要指南。高职教育需要引进培训认证体系,但是高等职业教育功能决定培训认证体系定位,只有立足培养高技能人才,科学研究和社会服务,才能体现以人为本,全面、协调和可持续发展的要求。

坚持以人为本,重视培训认证的育人功能。

人是教育的对象,也是教育的主体。以人为本是教育的起点,也是教育的归宿。高等职业教育的培训认证的对象是学生,培训认证应该从学生的发展和素质提高着眼,突出培训认证对人才培养的影响。高职教育是就业教育,是民生教育,培训认证要在注重学生职业能力训练的基础上,引导学生重视理论联系实际,提高解决问题的能力。同时,通过认证标准完善,提供培训认证持续发展的空间,从而增强高职学生的就业竞争力。

(一)坚持全面协调,重视培训论证的科研功能。

科学发展强调全面和协调发展,高职教育培养的是应用性人才,但作为高等学校同样也具有科研和社会服务的功能。培训认证要促进高职教育的科学发展,必须重视三大功能要素的全面协调,积极发挥培训认证对高职院校科研工作的促进作用。高职院校的培训认证涉及到多种要素,认证的观念、技术、体制;学生、老师、社会学习者;政府、企业、学校、中介等。各种要素在不同的时间和区域有着不同的表现,并相互影响和作用,认证什么,怎么认证,怎么管理等,都需要通过研究提高质量,推动高职教育认证工作科学发展。

(二)坚持可持续发展,重视培训认证的社会服务功能

社会服务是高等职业教育的重要功能,社会服务在高职院校与普通高校有差异,但并无本质的区分。高职教育重视应用技术的服务,集中体现在产学研过程中。因此,高等职业教育的职业培训认证工作更应该围绕产学研下功夫,不断

丰富认证内涵,完善认证手段,强化为社会紧缺人才培养服务,为农村劳动力转移服务,为学生的可持续发展服务,为学习型社会服务的新理念。通过提高认证质量,满足社会经济发展的需要,实现培训认证的社会效益和经济效益。

三、构建有中国特色的高职教育认证体系

高职教育培训认证发展的根本动力是社会经济发展对培训认证的需求。要满足社会需求,高职教育要解决好与培训认证的矛盾,努力构建具有终身化、信息化和国际化特征的高职教育培训认证体系。

培训认证的终身化。终身教育经联合国教科文组织提出后,便引起全社会的广泛关注。培训认证正是在这一思潮的产物。高职教育引进培训认证,必须冲破层次的限制,延长高等职业教育的培训认证链,建立终身教育框架内的认证体系。第一,积极架设认证与学历教育的立交桥。高职教育与中等职业教育有区别又有联系,不同的教育对象决定了知识、能力的不同层次,但以能力认证为主要特征的培训认证,应该架构出能力与学历沟通的立交桥,凡已经高职能力认证的中职学生在进入高职学习后应免修相关内容。高职培训认证还主动与应用本科培训认证沟通,逐步实现高职教育专科与本科培训认证立交桥。第二,改革学籍管理,探索培训认证学分递进和累进制。学校要建立高职技能培训认证评估制度,将通过评估的认证项目折合成学分,鼓励学生通过自己的努力获得相应的培训认证,并将认证获得的学分记入档案,换算成学分并累计,促进学生主动学习技能,实现高职教育的学校培训与自我培训结合。

培训认证的信息化。信息正改变着人们的生活方式,也改变着教育与培训的方式。高职教育的培训认证必须建立在信息化的平台上,第一,重视认证内容的与时俱进。高职教育培训认证必须通过信息共享,充分运用国内外的成功经验,解决认证内容陈旧的问题,使认证标准更加科学合理。第二,重视认证形式的多样化。培训认证可以通过实际操作,也可以仿真考核,甚至可以通过远程网上鉴定,进行多样化的考核。第三,重视认证主体的多元化,逐步实现以社会中介组织等第三方认证取代以政府行政部门为主的认证。现有行政部门的评价机构,曾经为我国质量认证做了大量的工作。但随着市场经济体系的不断完善,政府部门必须将评价职能转移到社会中介机构,政府的评估项目将更多地依靠市场选择,政府将主要负责项目的监管和宏观管理。

培训认证的国际化。全球经济一体化带来的必然是人才素质的国际化。我国现有培训认证与我国现有生产力发展基本适应。随着国际化进程的加快,我国劳务输出不断增加的同时,国外劳动力向中国集聚正逐步生成,培训认证的国际化势在必行。为了提升我国高等职业教育培训认证的国际竞争能力,第一,我国的培训认证必须加快相互承认步伐。不同的培训认证组织和认证标准,要广

泛沟通,取得共识,实现互认,以提高培训认证效率。第二,大力引进具有国际先进水平的培训认证体系。我国改革开放以来,经济和社会发展迅速,但培训认证体系与发达国家相比,无论是在培训认证标准制定,还是培训体系的运行机制上,都有不小的差距。国外培训认证体系正是凭借着其丰富的经验和具有较高信度与效度的培训认证标准,进入我国的培训市场。高职院校要凭借着人才培养、科学研究和社会服务的实力,积极参与培训认证工作,为建立具有中国特色的培训认证体系做出应有的贡献。

创新素质与素描课程教学

成　阳

摘要　如何在素描课程教学中引入创新素质教育历来是个争论的话题。本文针对创新素质与素描新观念等几个发展阶段逐一论述,并结合实践以促使教育者在教学中探索能适应于培养学生创新素质和实践能力的新的教学模式和方法。

关键词　创新　素质　素描　教学

面向一切造型艺术中的无论是架上艺术类还是艺术设计类的素描基础具有无可争辩的重要性。学素描的目的无非是为了应试、应用与作为具有独立架上绘画艺术存在价值这三种;有些人可能兴趣仅在于信手画几笔,聊以遣兴;别的一些人则可能只想以此加强对与美术有关的其他领域的修养。素描这一"基础"在参与艺术创新活动中到底起着怎样的作用? 人们容易忽视创新素质在素描的观察和认识上的意义。因此,上述对于素描性质的解释不能不说是一种浮面的概括,很多艺术品的创新都不是显性"画面"的,而是实物环境流动的,素描为这些艺术创造提供的更多是隐性的作用,是关于形体和空间认识表现的基本素质。我国的素描教学体制是沿袭了原苏联的"契氏"素描体系,时代的发展必然赋予"契氏"新的内涵,以顺应现在美术教学的发展。近年来高校由于扩招带来学生素质参差不齐,一些学美术和艺术设计的学生经过短期程式化的"基础"训练,通过应试进入大学,而素描是发展创作的一个阶梯,是各专业方向创意构思概念和艺术形式的形象化的流露,创新构思来源于对自然,社会,生活和古今中外各种形式形象感悟的创新素质。在素描课程训练中贯穿创新素质教育是非常必需的,因为创新素质影响人的一生。

一、创新、创新素质与素描新观念

按照《现代汉语词典》的解释,创新即是指抛开旧的、创造新的。创新包含前所未有的革新,也包含着对原有的重新组合、再次发现和引人、改进、完善(并非前所未有),扩展与延伸,使其更新,成为新的东西,即"有中生新"。

"素质"一词目前的出现率很高,常常在其前面冠以不同的词头,多方引用。

在使用上,似乎缺少比较严格的、统一的规范。素质这一概念被广泛应用到教育方面,实际上是指"人的素质",分广义与狭义的两种。狭义的含义,常称遗传素质,或禀赋。广义的含义是:素质是指个人在其禀赋的基础上,经过社会环境和教育的影响,实践的磨炼获得与完善的较稳定且经常起作用的基本身心品质成分。诸如知识、经验、技能、智能、毅力、德行、理想、世界观、价值观、体质等,这种定义,将知识、技能、非智力因素包含在素质之内。

创新素质是指人的智力素质因素和非智力素质因素组成。智力素质因素包括吸收能力、记忆能力、想象能力、观察能力和实际动手能力。而与创造开发最为密切的非智力素质因素有自信、质疑、勇敢、勤奋、热情、好奇心、兴趣、情感和动机等。培养创新素质人才,就是要提高他们的智力素质因素和非智力素质因素,而非智力素质因素的培养,即是指创造精神的培育。创新教育是素质教育的核心,原创力是每个人生来就有的,是人的本能。我国美术教育的最大弊端,就是重划一性传授,轻个性能力、知识探究、智能情商的开发。往往把一大堆有用无用的知识传授给学生,就觉得大功告成,总觉得培养创新素质难以把握,而把创造力归属为有神化倾向的几个大师身上。这就造成我国高等美术教育培养出的人"匠"多而"家"少的局面。

素描教学新观念就是素描画的不仅是形体,而是对形体的创新观察。其实质是创造性思维结构即聚合思维和扩散思维。前者是一种井井有条地趋向某一答案的思维方式,后者则趋向于离开某一中心,同时朝几个方向分散开,寻求探索创新的途径。这两种不同类型的思维方式相互关联,相互补充,使人脑系统获得最优的信息处理过程,创造出新的思维产物。

素描教学新观念是集教育理念、教学行为和学习方法为一体的一种创新素质教育范式。在尊重学生主体地位的前提下,以学生的全面发展为目的,以创新素质的探究性学习作为转变教育观念的突破口。是重学习过程、重学以致用、重亲身体验、重主教参与、重相互合作的教学模式和方法,从而有功于学生感悟、体验、内化知识,变厌学为爱学,由爱学到乐学、会学、善学、巧学。创新素质素描训练所要达到的是:准确结构的表现能力、全因素素描的描绘能力、构想的能力。

二、创新素质与结构素描的能力训练

创新素质体现在素描上的问题首先是视觉形式的创新观察问题。看得到才能画得到,看得准才能画得准,这种观察和描绘的能力,是按照事物本末的面目准确地观察而且忠实地描绘事物的状态。

整体观察的能力训练——准确描绘的能力训练是指人的视觉对客观事物整体比例透视结构的正确观察和准确把握。是在平面上表现空间中物体的准确关系,本部分的能力训练强调的是物体的比例透视结构关系,是扎根于物体在客观空间中所呈现出来的形体比例数值的敏锐反应的基础上,对视觉物象进行精确描绘的训练。

' 构图形式的能力训练——创造性的构思必须先于任何组织过程。构图乃是将艺术作品的各部分组织起来,使之成为一个统一的、有情趣的整体的一个过程。这些构图的形式原则就是运动、重复、比例、平衡、节奏、对比和突出等。

许多画家和美术教师为了致力于加强构图的组织,开始用牺牲想象性和创造性的办法来突出和谐性与统一性。其结果是构图一词变成了学术气与方法论的等同语。另一些艺术院系完全避口不谈构图和构图的形式。这种倾向,尤其在其方向是搞绘画技法的学校里尤其明显。学生要搞有趣味性的画面,导师指示他们必须首先考虑画面内部的虚实关系。虚实是重要的,但如果虚实被过分强调,则损害真正的创造和发现,而且变成了不过是改变明暗关系和虚实形体的大小的机械过程而已,直到艺术形式变得矫揉造作才罢。较敏感的艺术院系开始根据当前的倾向和需要来调整构图形式原则。美术课不仅允许,而且鼓励学生进行素描有关的构图形式的适当探讨发现和创造。构图有感觉与理性的区别。感觉构图是直觉性的,它具有强烈的感情色彩;理性构图是以较为审慎的方式进行的,学生在素描里对空间和形体加以深思熟虑;第三类一般为数很少,属于较成功作构图,它们既表达了感情,又很有条理,这就是我们称之为感觉与理性统一的构图。

结构分析的能力训练——结构的性质是物象形式的内在规定性。自然的形式是由内部性质决定外部发展的,这就是结构的作用。创新观察能力是对自然形式本质结构的"有意识地观看"。实际的素描通过对结构的分析和经验,将我们的思路导向对于结构启示的推理潜想。这种对物象结构的认识和描绘,便为进一步的构想、抽象和设计奠定了发展基础。想象力与创造力正是寓于这种对自然现象整体范围的自觉认识之中。

三、创新素质与全因素素描的能力训练

全因素素描是指线条.明暗.质感.色彩.形体.空间等的综合,是通过明暗关系构成完整的视觉表现形式的重要基因。写实主义在 21 世纪的中国仍是主流,世界架上绘画的中心也在向中国转移,恢复学院派早期程式化理想的写实主义素描教学需要坚实专注执著的精神。

这里创新素质主要体现在有目的地画全因素素描,作品要表达主题思想:主题思想的表达就要靠形象来说话,而形象的刻画就离不开素描的基本功夫。当上基础课,教师费尽心机终于让学生们形成"打基础"的心态并由此安心"打基础"时;当上创作课,教师煞费苦心终于使学生们形成"搞创作"的心态并由此安心"不打基础"时,这两门课大概都应算失败了。因为基础课不能把"创造分离出

来而单独进行基础";同样创造过程中所需要的基础也不能"事先打好",然后固定不变直接受用永远受用。如果承认基本功(基础)在具体运用于创作活动时有一个适应与改造的必要过程,那么,这种伴随着创造活动的对基本功的提高与改造过程,本身就说明"创造也意味着打基础"创作与基础应"共生共存"。因此,作为教师,得变着法子把基础教学与创作教学揉在一起。

契斯恰柯夫的素描教学体系,使中国的画家能够科学、准确、客观地认识、研究和塑造物体的体积感、空间感和质量感。我们和契氏处于不同时代,不同国度,具有创新素质现代人在写实主义素描中可用契氏的方法去画今天的生活。

明暗是构成完整的视觉表现形式的重要基因。明暗无限数的方式变化的对比,同样在观者内心引起无限数的感情。它的思维机制,包含着对创造的潜在求索。

全因素素描在美术教学中比重较大,往往在长时期训练中固定单一的观察表现方式,不论对象、不论角度,学生往往画面情况千篇一律,使得素描课变得冗长乏味,课堂气氛死气沉沉,枯燥之味磨洋工,抑制了学生的"看"与"想",教师在素描课题研究上拓宽教学的内容,根据教学的需要选择的层面应更宽广些,对于全面提高学生的造型能力和表现能力是十分必要的,

创新素质体现在画全因素慢写素描的同时,应该反复画短期速写;从而激发起学生的创作力和想象力。要进图书馆阅览;看展览和听演讲;读报章杂志;学生必须抓住一切机会参观博物馆和画展。他的兴趣不能只在绘画上,还须旁及其他领域。他必须对绘画、雕塑、设计;工艺、版画制作以及其他有关领域进行探索。如果在艺术上厚古薄今,就会阻碍自己的发展。只对现代艺术感兴趣,对过去的文化艺术一窍不通,也会妨碍自己的进步。不能只欣赏自己最崇拜的艺术家所创造的艺术世界,而对这位艺术家的历史背景则一无所知,如果能把对往昔文化的研究同对现代文化的发展理解互相结合起来,学生就可以为自己将来的发展找出自己的创作道路。学生如果没有时间去看重要的展览或听取出色的讲演,这种时间的节约就是假节约,当一个人完全受意识控制时,他画出来的东西可能达到机器　样的准确清晰。但是,这样一来,作品便失去了生命力。只有这时他才发现,当初自己在某种无意识状态中自动画的那些随意性草图,倒是充满着更多的生命力。

创新素质与构想素描的能力训练

成 阳

创新素质体现在构想素描上的是意象构想,意象线条,意象构成的问题,意象构想——顾名思义是指构思和想象,带有创新创造的意味。盲目的摹仿自然、廉价地满足人们的从众心理,以及唯书、唯上、或者一味地乞灵于那些虚无飘渺的没有实际基础的"灵感",显然违反艺术的创造规律。灵感的迸发,实际上是几种想象之间瞬息的联系。创新对自然认识的结果,是对形体与空间的审美性质领悟的结果。诸如悉尼歌剧院等大量设计都证明了艺术家是怎样地从自然中获得启示并通过想象演进成为具有审美意义的。如果我们的素描只是训练对于自然的精确临摹的能力,只是满足于对自然中形体与空间关系的客观性质的分析,那么,由此而极易形成的肤浅静止的自然观将很大程度上使我们的思路徘徊在自然形象的实体描绘之内,受它们的严密规范的牵制,无法认识这种物性规范之外的多种多样的构想方式,这样难免使我们的思维形式流于趋同单一封闭性的弊端。我们提出构想能力的训练,它使我们从所熟悉的一切之中挣脱出来,向着前所未有的和未知的世界探索前进。它的思维机制,包含着对创造的潜在求索。因此,通过素描这种特殊形式来对自然的观照、感受、发现、构象的过程中,融汇结构、设计、抽象等意识的创造意念。

意象线条——学生只要在纸上画儿条线,就可以看到"明暗关系"已经作为素描的成分进人素描中去了,因为已经考虑到线条的明暗值。当学生要决定线条的长度以及在画面空间所占的相对位置时,"空间"问题也涉及了。画家对线条的解释,同工人、诗人、演员、足球教练、话务员、士兵与裁缝的解释是不一样的。画家画一条线,要表现的是他的激情,并且表示界线、区域或轮廓。虽然他偶尔也冷冷地、无动于衷地画根线条来记录一个事实或检验一个概念,但线条的最重要的用法,乃是创造引起人的美感的激情的表现。中国书法十分注重神彩气韵的表达。国画从书法中获取启发,以运笔和结体二方面的意趣,构造既保留书法的某些韵律,又超越字形、字意的图形结构,体现了不同的浓重墨点的颤动形成内在的聚力。

意象构成——为使学生创造非因袭的新颖事物,就必须迫使他们摆脱顺理成章。意象的构成是心象表达的重要课题。意象是主体通过对客观自然的认知所发生的一种心理现象。全面涉及形体与空间的综合表现练习,整个练习过程对创造意识以及表现能力均提出更明确的要求。其中综合构成练习是从物象形态中提炼出形式因素,它打破了物象透视、明暗、定位等等客观限制进而予以构成表现的;分解构成练习是视觉形象的本身,蕴含着潜在的图形刺激,当我们对自然物象予以特殊形式的观照时,便会产生新颖的视觉现象。我们感到视觉上的具象与抽象原来仅是一步之遥。在这里,改变视觉常性的观察为想象提供了契机,它能"发射"出众多新颖、独特和富有想象的成份来,并导致新的理解和发现。早在文艺复兴时期,达芬奇就提出要从天上飘动的白云和邻舍墙上的斑点中获得创作灵感。时至今日,这种"从意外之中寻找灵感"的例子在艺术中俯拾皆是。

以上素描三个训练部分的共同基点乃是对自然的直接观察,不仅为进一步的专业学习解决一系列基本问题,同时也为各专业建立起具有普遍意义的造型素质。强调感性为主的严格科学规范的基础课教学体系不应过分强调专业的区分,从而造成学生心理上的障碍。要在各年级中均开设基础课,以改善目前学生在创新和造型细节和场景塑造方面能力的欠缺。现今我们的学生看书、上网信息吸收的渠道更为宽广,教师在教学中与学生要有更多的交流,以便拓宽知识面,塑造学生自己的语言系统和具有现代意味的意象世界,为智能复合型人才打下基础。这种智能复合型创新素质,在教学当中如何培养? 恐怕就像"创造力如何培养"? 一样很难回答,并没有哪一种课程与创新素质无关,也没有什么课程直接培育了创新素质。因此,答案不在于某特定的课程,而在于在所有课程当中贯穿这种意识。

对《机械设计基础》课教学的认识与实践

李业农

摘要 教学方法是教师为完成教学任务所采用的手段。根据《机械设计基础》课程的特点,将讲授分为"宏观——微观——宏观"三个过程,使讲课的首尾过程相互照应,力求讲授的完整性。突出讲课的层次,强调讲授的逻辑性,给学生一个清晰的机器设计轮廓。并针对学生的学习动机及学习情况,采用灵活的教学形式,增加讲授的生动性。通过这几种教学手段的实施,可以有效地提高课堂的教学质量。

关键词 机械设计 教学方法 质量 能力

《机械设计基础》是一门培养学生具有机械设计能力的技术基础课,是培养学生机械设计能力的主干课程之一,要求学生通过本课程的学习,掌握通用的机械零件的设计原理和设计方法,具有设计机械传动装置和简单机械的能力,应该指出:机械设计能力包含相当广泛的含义,它是设计者的知识、方法和技能的综合体现,因此从教育策略上看,机械设计能力的培养应是由许多有关课程相连接,组成一个连续的教学过程来实现的。然而要使学生学好、学活这门课,在很大程度上仍决定于教师采用什么样的教学方法,怎样组织和实施教案,如何加强实践性教学环节,开发学生的智力,以增强学生的设计能力。

一、讲授内容的完整性

习惯上,"机械"一词系指机器和机构的总称,那么顾名思义,"机械设计"就是机器或机构的设计,也就是说,这门课程包含了机器或机构设计的全部内容,包括了设计一部机器的全过程,在"机械设计"后面加上"基础"二字,则更侧重于机器或机构设计的基础知识。其中机械零件部分的内容有"机械、零碎"之嫌,各章的内容互不相连,零零碎碎。为了能使讲授内容给学生一个完整的概念、清晰的轮廓。为此,可将一次课的讲授分为"宏观——微观——宏观"三个过程。开始上课,先用较短的几句话点明这次课要讲解什么内容,让学生明白这次课要讨论什么问题,使他们对讲授的内容产生一个总体的印象,以便在后面的讲授中引导学生将注意力和讲授的主题联系起来,以避免在一次课上讲了许多内容,学生却抓不住要害,理不出头绪的现象,这是第一个宏观过程。随后进入正题,对第一个宏观过程提出的主题内容采取解剖麻雀,层层深入、各个击破的方法,作详细的论述,即微观过程。最后,对整堂课所讨论的问题作一个总结,概述一下讲授的主要内容,回答第一个宏观过程提出的问题,与之呼应。强调讲授内容的系统性和完整性,我们所讲授的每一个知识点都是机械设计过程中的注意点,缺一不可,使学生认识到任何一种机械零件的设计必须全面地考虑,认识上的盲点就是设计上缺陷,必须完整地掌握所学内容,各个知识点之间都有一根主线,紧紧将他们联系在一起。首尾两个宏观过程所用时间不多,处理得好可以收到很好的教学效果。

例如在带传动内容的讲授中,第一次课讲授的内容是带传动的工作情况分析,推导欧拉公式,分析带中受力、应力以及单根胶带所能传递的功率。一上课先点明要讲解的内容:"今天我们要分析带传动是如何工作的,其传动力与什么有关? 找出带传动工作时产生的哪些力? 应力多大? 三角胶带型号的选择与哪些因素有关? ……"稍作停顿后,对上述内容逐一讲解、推断、论证,最后概括总结:通过上述分析,我们得知带传动是靠摩擦力来传递运动和动力的,在摩擦系数一定的情况下,初拉力和包角越大,则带传动的能力越大。当紧边拉力和松边拉力满足欧拉公式时,带传动能力达到了极限。带中应力有由紧、松边拉力产生的拉应力、由离心力产生的拉应力,还有弯曲应力,其中最大应力出现在由紧边进入小带轮处,其值为……。通过这样的论述,突出了带传动设计这样一条主线,每一个知识点构架了整个设计的过程,若忽略了某一个细节,则导致带传动设计的失败。这个宏观过程与第一个宏观过程相呼应,使整堂课的教学显得很完整,系统性很强,让学生听完课后产生这样的感觉,通过带传动内容的学习,我掌握了它的设计原理和设计方法,借助于设计手册,便能独立地进行带传动的设计,让他们有一种成功感,也更激发了他们的求知欲望。

二、讲授的逻辑性

讲课的基本要求之一就是讲授要条理清楚,层次清晰,讲课时要按照本学科的逻辑系统和学生的认识发展顺序进行。即按照事物发生、发展和演变的过程,按照人们对客观事物的认识和改造的思维过程,介绍各种机械的传动路线、结构形式、类型特点、失效模式以及设计和研究的过程,不以简单地罗列现象为目标,而以追踪事物的发展和设计构思的演进过程为讲课的顺序,突出事物的发展变化过程,使学生系统地掌握基本知识和基本技能,培养他们周密、系统的思维能力。

删繁就简,分清层次。按照"机器设计概论——机构——传动设计——结构设计——整机设计"的线索,将教材中各章内容联系起来,调整顺序,填平补齐,形成讲课的阶段和层次,按照"类型应用——工作状态——承载能力——设计方法"的顺序对各种机构、传动及结构进行横向剖析及纵向对比,形成规范化的讲课系统,这样既增加了讲授内容的清晰性,又使主干部分的内容更加突出。

在这同时,还要注意内容的连贯性和相关性,做到层层深入,各个击破,讲完一部分内容,又提出一个与之相关的新问题,使学生感觉到上述问题还缺少什么?产生一种迫切需要搞清下面要讲什么内容的心理状态。关键是要用一句简结、恰当的过渡语言,将前后内容串联起来,将讲课内容引向深入。例如在绪论中提出:"机构是多个构件的人为组合,各构件之间具有确定的相对运动。"接着,在第一章中需要讲解自由度的概念和解决自由度的计算问题。在第一章讲解之前我们插入这样一段话:"机械由构件组成,如何组成?各构件之间既不能乱动,又不能不动,所以他们之间应具有确定的相对运动,怎样对它们的相对运动加以判别?这正是我们要在第一章要解决的问题。"这样,即将两部分内容联结起来,又点明了在第一章里我们需要学习的内容。使前后所学的内容相辅相成,形成一个逻辑性较强的体系。

三、讲授的针对性

讲授是教师工作的基本活动,而针对一门课程的特点,及时结合学生的学习情况来确定讲授方法,则是提高教学质量的关键。笔者认为讲授方法首先应是教学一般原则的体现,即"少而精"、"启发式"、"循序渐进"、"因材施教"。在贯彻这些原则时,讲课还要符合本课程的"逻辑性"、"重点突出",能够"举一反三"。

要有针对性的讲授,就必须克服当前教学中的一些弊端,采取一些相应的措施,增加改革的效果,如目前的课堂教学中,教师包办多,学生主动少;教师灌输多,学生理解少;单一讲授多,学生自学少。为此,课堂教学要改变过去置学生的羽翼之下的"保姆式"教学方法,激发学生主动进取,主动思维,开阔眼界,教师要尽量少讲,引导学生通过讨论、分析、达到综合、提高。使课堂不只成为教师的"讲堂",而成为学生获取知识、发展智力的"学堂"。例如在讲授动平衡这部分内容时,基本思想是将所有平面内的不平衡重径积(相对地表示了惯性力的大小)逐一分解到两个平衡平面,然后在每一平衡面上按单面平衡方法平衡,强调分解时应满足条件重径积不变和不能因为分解而产生惯性力偶矩的要求。在讲清这个基本思想后,由学生根据其基本思想推导计算公式,并用它来解决一个动平衡的问题,这样处理既突出了重点,逼迫学生运用基本理论去分析和解决问题。又如在教材中有较大的篇幅叙述了多种常规零件的设计步骤,若按此步骤讲下去,同学在听课时会觉得繁琐不堪,尽管解题时按照设计步骤做下来会困难不大,但往往不能灵活运用,难以处理实际问题。因此,讲课时要抓住主要矛盾,应有针对性,不能面面俱到。并根据学习状态,着重讲清设计方法的理论基础和基本思想，设计步骤不只是增强了设计的条理性，部分内容可布置学生自学，但要抓紧答疑和课程设计指导这两个教学环节，让学生经过思索，提出问题，教师可引导他们进行讨论，寻求解决的办法，然后加以总结提高，加深学生对所提问题的理解，因材施教，灵活掌握教学的进度。

随时使学生明白学习的目的，将学生的积极性集聚在确定的瞄准点上，深入钻研本课程的内容，这是提高教学质量的必要条件。实践证明，没有任何其他的学习动机可以比专业的培养目标更能吸引学生对未来的向往和对现时的关注。因此，在讲授中要将讲授的内容与其专业的特点联系起来，使学生将本课程的学习与未来的事业具体地联系起来，进而使学生向着预定的学习目标，深入钻研下去，有的放矢。改变那种不问学生专业的需求，生搬硬套的教条式讲授方法。

同时，教师还要结合教学内容，用自己在生产、设计、研究等方面的经验和体会，自己的方法和技能，以及克服设计工作中困难的一些事例，进行示范性教学，有针对性地介绍别人怎么做的，我怎么做的，大家应该怎么做，使学生在学习本课程的过程中，得到熏淘，在仿效中学习，增长才干，增加毅力和树立信心。

四、结束语

综上所述，讲课要有一定的完整性，逻辑性和针对性，要"教人一渔"，不能"授人一鱼"。大学的教学不仅要传授知识，更重要的是培养学生的能力，包含独立获取知识的能力，分析解决问题的能力和创造的能力。学生们有了认识世界，改造世界的能力，即使在校期间学到的知识和方法不那么多，但依靠这些基础，不断地自学，他们是能够适应时代的要求的。

专业课教学中培养学生
自主学习能力的策略

谭　华

摘要　结合专业课教学实践,探究课堂教学中培养学生自主学习能力的策略:情感激励策略,开放式教学策略,媒体组合教学策略,分层分组教学策略。指出:只有充分发挥教师的主导作用,运用多种教学策略,才能推动课堂教学素质教育、创新教育实践,才能真正让专业课课堂教学成为培养学生自主学习能力和创新能力的主渠道。

关键词　专业课　自主学习　能力培养　教学策略

课堂教学是教育的主要形式,也是培养学生创新精神和实践能力的主要途径,而专业课学习是技校生形成职业技能的重要基础。让学生主动积极独立地学习,凭借自身的主观努力学会学习,形成学力,发展个性,即培养学生自主学习的能力,对学生掌握专业技能,将来就业后继续学习极为重要。实施素质教育,突出实践技能,就应该让学生有更多的机会参与创新实践活动,养成自主学习的习惯,提高自主学习的能力,可以认为专业课课堂教学过程就是学生进行创新实践、增强自主学习能力的场所。为此,必须调整教学策略进行专业课教学。

一、情感激励策略

这一策略是针对师生关系提出的,受"应试"教育及市场经济的负面影响,分数成为评价学生的唯一标准,以分数评价学生的习惯使教师对学生的态度出现偏差。另外,技校生多数是挤"中考、高考"独木桥的落水者,一定程度上是学习的"失败者",在中学多属于后进生或"双差生",经常遭受冷落、批评,失败体验多,他们更需要情感的交流、理解和激励,因此不能采取短平快的处理办法。疏远淡漠的师生关系,会抑制学生个性自然发展,紧张严肃的氛围,过度焦虑,会抑制学生的学习积极性,影响身心健康,也不利于学生自主学习愿望的激发。

教师首先要从心理位置上面向学生,适应学生,时时想到面对的学生是正在成长中的生命,每一个都如此不同,每一个都如此重要,全都对未来抱有憧憬和梦想,他们都依赖教师的影响、指引和培育,才能成为一个善良的人,一个有责任心的人,一个有用的人,一个能创造和享受美好生活的人。其次,教师要不断与学生交流,了解学生的喜怒哀乐和兴趣,了解学生成长的规律,不断调整教学方法和管理策略。再次,要不断为学生提供成功机会,并及时给予鼓励。通过提问、作业、演示、讨论多种形式、多个渠道,给全体学生合适的表现自我的机会,并鼓励其挑战自我,超越自我,不断创新。

二、开放式教学策略

开放式教学策略就是下放教学的主导权,"放手"让学生自主学习,让学生运用自己已有的经验,在教师、同学共同创造的情景中,读、思、议、练结合,可以个体自主学习,还可分组合作讨论。例如:在《锅炉运行》教学中,针对专业知识抽象系统的特点,要求学生分组备课,自主上课,让一些素质好的学生充分展示自己的能力,并让其他同学担任评委、指导学生评价。这种方式让学生在直接感知中学会分析、比较、抽象、概括、综合,学会学习、学会实践,使学生学会反思总结,学会横向类比评价、纵向个体差异评价,改变了学生被动接受教师教学和评价的现状,改变学生不会评价批判、不会提出异议的状况,激发出学生的自信心和学习潜能。

开放式教学策略还可有多种形式,如解决问题型:将学习内容分层次列成若干问题,学生自行看书、讨论、解答,并互相测试、批改、讲评。又如自出考卷法:即学完一个单元或一个章节,要求每位学生按规定题型出一份试卷,并相互考查阅卷。再如完成板书型:教师在课堂教学中将部分重要的内容留作课堂练习,让师生共同分析完成并板书要点。

开放式教学可以是给定一个研讨课题,要求学生查找资料,分析研究,做调查写论文,让学生接触社会,参加实践。如在《锅炉设备运行》绪论教学时,要求学生通过网络、图书、采访等方法调查我国电力发展及能源利用状况,并写出调查报告,如此进行专业思想教育,效果良好。

开放式教学还可组织到工厂、车间实地参观,现场观摩教学等等。

总之,开放式教学就是要让学生有足够时间采用多种形式自主学习,并充分利用学生课余时间,让课内、外学习兴趣保持一致,并将学习内容向课外延伸。

实践证明,开放式教学策略的应用,可以改变学生唯唯诺诺,没有主观意识和批判精神的现状,可增强学生的阅读、理解、分析、综合能力,还可增强学生的学习兴趣和对专业的认同感,保持良好的学习状态,积极主动地学好专业课程。

三、媒体组合教学策略

科技的进步,经济的发展,促进了教育现代化的进程,出现了越来越多的现代化教学媒体,如幻灯、投影、录像、电视、专业教室、电动投影模型、多媒体教学课件等,在专业课教学中既要积极开发和应用现代教学媒体,同时又要继承挂图、教具、实物等传统媒体的合理成分,将多种媒体有机整合,使其各展所长、互为补充、相辅相成,构成教学信息传输与反馈调节的优化教学媒体群,共同参与课堂教学的全过程,调动学生自主学习的兴趣,优化自主学习效果。

在多媒体组合教学中,要设计学生的参与活动如:注意观察、实际操作、重复描述、讨论争辩、动作模仿、练习巩固、积极思考等,同时还要设计媒体的运用方法,媒体可以用于展示事实、创设情景,提供示范、呈现原理、过程或进行设疑思辨、探究发现等,要根据专业课程的内容特点及教学要求选择,做到清晰、明确、合理,也就是按优化原则尽量运用代价小、功效大的媒体。

在多媒体组合教学时,不是将各种媒体简单地机械凑合,而是要科学合理的使用,其使用方式包括设疑——播放——讲解;讲解——播放——概括;边播放一边讲解,讲解——播放——举例,演示现象——分析原理——演示结果,操作设疑——讲解分析——操作验证等等。通过多媒体组合教学创设出的多元化多层次教学情境,多方位地采用多种媒体刺激学生感官,对激发学生的兴趣,从而保持久自主学习的热情有很大的推动作用。

四、分层分组教学策略

学生学习过程,是思维习得的过程。教师的灌输永远代替不了学生自己的思维。学生只有在读书中学会读书,在操作中学会操作,在实践中学会实践。如果课堂教学的时间大量被教师不必要的讲解、过多的分析、毫无意义的挖掘,翻来覆去的提问等等所占用,学生始终处于被动状态,日复一日,学习积极性必然降低、思维僵化,学力也得不到提高,甚至出现打瞌睡、开小差、讲话、做小动作、看课外书等等厌学症状。因此只有最大限度把课堂还给学生,充分调动其学习积极性,才能发展自主学习能力。专业课理论性、系统性强,又常流于枯燥抽象,学生不易集中注意或学习兴趣不浓,采用分组分层次教学可以针对性地解决这些问题。运用分层分组教学策略时,可以给学生分类、分层次编组,并给予独立学习和相互交往的机会,不要以安静的课堂纪律约束学生,要让学生互相交流、互相启发、互相监督、互相帮助,教师可巡视于小组间,了解情况,帮助学生理思路,释难点,找重点。通过集体交流达到开拓思路、强化理解、形成共识、共同提高的目的。同时辅之以层次达标递进的激励评价法调动积极性。这样课堂教学就形成良性循环,使学生产生一种内驱力,促进了其自主学习能力的提高。

总之,专业课理论性强,在教学中要充分发挥学生的主体作用,才能取得好的教学效果,而"自主学习"是发挥学生主体作用的重要一环,只有充分发挥教师的主导作用,运用多种教学策略,才能推动课堂教学素质教育、创新教育实践,才能真正让专业课课堂教学成为培养学生自主学习能力的主渠道。

加快实验教学改革　培养学生创新能力

杨碧石　杨卫东

摘要　本文针对高校实验教学的现状,从转变教育观念、构建实验教学的新模式、实验教学体系及实验教师队伍出发,实行实验室开放,充分挖掘实验室的潜力,最大限度的发挥实验室的功能,强化学生创新能力的培养,对实验教学改革进行了探讨。

关键词　实践教学　教学改革　实验室开放　创新能力

实验教学与理论教学相辅相成是培养创新人才不可缺少的两个方面。实验教学具有直观性、综合性、启发性和创新性,对于学生掌握科学技术理论和正确的实验方法、培养学生科学的世界观和方法论都是极为重要的教学环节。实验教学将课堂教学所学知识和理论转化为实际技能,培养学生实验动手能力、解决工程问题的能力和创新能力,对于提高学生的素质有至关重要的作用。所以应加快高校实验教学改革,为培养创新人才提供良好的教学环境。

一、实验教学改革首先要在思想观念上重视

目前高校的实验室大部分是按学科建设模式设立的。实验室的管理和实验教学仍不可避免地受到传统模式和观念的影响。实验多半是依据课程教学大纲规定的实验项目,学生只能按照教师的方法和要求进行实验,不能自选实验课题,不能按自拟方案进行实验。这种实验教学模式不利于各层次学生根据自身优势进行实践训练,不利于学生的个性发展和创新能力的培养。因此,我们必须加快实验教学改革步伐,破除因循守旧、抱残守缺的旧观念,跟上时代的发展要求,充分认识实验教学不应是辅助教学,而是整个教学不可替代的重要环节和方式,它不仅可以培养学生动手能力和创造能力,而且可以培养学生科学求实的精神、严谨周密的工作作风和团结协作的精神。为了提高学生的实践能力、应用能力和创新能力,从基础实验教学开始,逐步推进实验教学改革,从而促进专业课程以及其他课程实验教学环节的系统建设。实验室的开放是实验教学改革的重要措施,是高校培养高素质人才的需要。

二、实验教学改革应构建新的实验教学体系

实验教学体系改革的突破口在于打破实验教学依附于理论课教学的传统模式,而应构建独立的实验教学课程新体系:实验独立设课,进行单独考试,提高实验教学的地位,保证实验学时,对实验教学进行科学管理,实验室对学生开放。构建新的实验教学体系应该注意以下几个方面的问题:

(1)改革实验室管理体制,合并同类"小而全",布局分散的实验室,推行实验室"中心化"管理模式,使实验室有利于学科建设、提高实验教学质量和规模效益、提高学生实验实践能力、资源优化配置。并要加大实验设备经费投入,确保实验教学仪器台(套)数及更新率,增加技能训练的仪器设备,以改善实验环境,适应"大力发展"的形势。

(2)根据模块化教学要求,将独立开设的实验课在实施性教学进程计划乃至课表中落实。修改实验教学大纲和教材,改革实验内容,调整实验项目,对传统经典和验证性项目进行精选和淘汰,对实验内容相近的实验项目进行合并,增加设计性、综合性、创造性的实验项目。

(3)实验教学的目的应当放在培养学生的实验技能、创新能力、严谨的科学态度和独立分析和解决问题的能力上,而不仅仅是验证和巩固所学知识。实验教学应着重培养学生掌握基本的实验方法、实验仪器、仪表使用,观察分析实验现象与数据处理等基本实验技能,熟悉科学实验的主要过程与基本方法,养成严谨的科学实验作风。并应以设计性、综合性实验为主,以进一步提高学生的实验技能、动手能力,同时培养学生的自信心,树立不断探索问题的信心和创造思维意识。

(4)改进实验方法和手段,提高实验效果。学生进实验室做实验前,要事先对实验进行认真预习,写出预习报告或设计报告,符合要求后才能进入实验室。学生完成一个设计性实验,首先要进行理论设计,然后由学生自己选定实验电路、实验步骤、测试方法,指导教师只须检查学生电路设计是否合理,操作结果是否符合题目要求。学生由被动转为主动,这样就充分调动了学生的积极性、主动性和创造性,加强了学生的自学能力、思维能力和创新能力的培养。同时可选择部分实验室向学生开放,一是时间开放,学生可根据自己的学习情况选择实验时间;二是实验内容开放,除课程要求实验内容外,学生可自选实验到实验室做实验。

(5)创造条件满足学生的各类实验要求。学生可自愿参加组成各种课外兴趣小组、业余制作小组、技术应用研究小组、仪器设备维修小组、科技服务小组等。凡申请占用实验室或借用实验室仪器、设备的,应尽量满足学生要求。另外,具有实习实训功能的实验室,应支持学生为获取岗位证书或技能证书在实验

室内开展各种实习实训活动,提高学生的实践动手能力和对所学专业的综合运用能力。实验教师要支持和保护学生的积极性和创造性,因材施教,培养学生的创新能力,促进学生的个性发展。

三、实验教学改革应建设一支高素质的实验教师队伍

实验教学质量好坏,不仅取决于实验装备,而且在很大程度上取决于是否有一支高素质双师型的实验教师队伍。学校应制定相关政策,吸引一批热爱教育事业志愿到实验室工作的、具有学历高、实践经验丰富的教师从事实验教学工作,提高实验教师队伍的综合素质。在教学工作量的计算方法上,实验课与理论课计算方法应基本相同,使实验教师能真正享受到教师的待遇,全身心投入到实验教学中。学校要给实验教师提供参加各种培训、研讨交流和考察活动,提高实验教师业务水平和科研能力,提高实验教学质量。

四、实验教学改革要突出创新能力培养

学生创新能力的形成和发展必须参与特定的、综合性的实践活动,而综合性的实验教学活动是职业教育的重要一环,要构建新的实验教学体系和教学模式,其核心的问题是改革实验教学的教学内容和手段,围绕着如何改革现有实验教学与管理模式、强化学生创新能力的培养。

创新能力的培养应该注意以下几点:

(1)在实验内容上要减少验证性实验,增加涉及新理论、新技术、新工艺的实验,增加综合性新实验。实验项目取材于实际应用,要增加运用几门课知识的综合性实验,提高学生综合运用知识的能力。

(2)在实验方法上要设计几种实验方案,通过比较,选用成本低、精度高、操作简单、时间短的实验方案进行实验。鼓励学生自选课题、自选实验方法,培养学生独立发现问题和解决问题的能力。

(3)在实验室管理上要根据学生的水平和要求,确定开放内容,采用定时开放和预约开放。定时开放适用于补做实验和增强实践技能的实验;预约开放适用于学生自选实验、第二课堂活动所涉及的实验。实验室开放带来实验项目的增多和实验时间的增加,不可避免的会造成不同程度的设备损坏,实验教师在了解学生所作实验的目的、要求后,要及时指出可能出现的问题,确保人身和设备的安全。实验教师必须加强自我进修,提高自身的业务水平,培养学生的创新能力。

五、结束语

实验教学的改革改变了以往教学中以教师在固定时间教固定内容的方式,

利用灵活多变的教学方法激发学生的学习兴趣,充分调动了学生的学习积极性,并且学生可以自由选择实验模块,对学生个性的发展和创新能力的提高起到了很大的作用。

参考文献

[1] 刘建民,秦惠洁.实验教学与创新能力.南京大学出版社,2000
[2] 杨碧石.开放性实验教学探讨.牡丹江大学学报,2001(4)

德育与素质
教育篇

毕业生就业工作的创新实践与理性思考

刘启东

摘要 在整个社会就业压力持续增长的情况下,高职院校毕业生就业工作要步入"柳暗花明"的境界,首先要突破传统的办学思维定势,切实解决好人才培养模式与技术人才市场需求相适应的问题,继而解决好人才供需渠道畅通的问题。南通职业大学以人才市场价值为育人取向,以真诚服务学生为宗旨,致力于实现人才产销、供需信息的链接,为毕业生就业工作闯出了新路,也使学校在就业导向的实践中,促成了自身可持续发展。

关键词 毕业生 就业 实践 思考

南通职业大学自2000年被评为江苏省毕业生就业指导工作先进集体以来,面对严峻的毕业生就业形势,不断探索,主动适应,毕业生就业工作出现了持续的可喜局面:来校挑选毕业生的企业增多,2004年达250家,是2000年的5倍;2004届毕业生就业率达到了99.1%,一次派遣率达96%,分别比2000年高出了18.8%和20%;落实在规模大、效益好的企业中的毕业生占到了毕业生总数的一半以上,比2000年上升了15%。就业率持续走高的势态扩大了学校的社会影响,促进了学校的健康发展,2004年在校生达12500多,比2000年增长了4倍,学校经济效益比2000年翻了一番多,固定资产总量比2000年扩大了2.67倍。2003年3月学校毕业生就业工作再度获得江苏省教育厅表彰并在表彰大会上作了典型发言,中国高等职业技术教育研究会在《2003年高职高专毕业生就业工作状况调查报告》中,也对南通职业大学的基本做法给予了较高的评价。

一、确立全新理念,为就业工作造势

我们在毕业生就业工作的实践中体会到,在社会就业形势较为严峻的今天,要解决毕业生就业难的问题,首要的任务是要突破传统思维定势,不断更新办学理念。

（一）确立"毕业生就业率是评判人才培养质量首要标准"的新理念

过去，人们往往把考分作为人才质量培养评判的首要标准，随着人们的教育理念由知识本位向能力本位迁移，又将社会评价作为人才质量的评判标准。我们认为，人才的社会价值只有通过市场才能反映出来的，只有满足市场需要的人才，才是真正有价值的人才。而高职毕业生就业率的高低恰恰是衡量满足市场需要程度最显著的标志，是市场评价的核心。于是，南通职业大学党委鲜明的提出了毕业生就业率是检验人才培养质量首要的标准。

（二）确立"学生及其家长是学校的衣食父母"的新理念

近几年，随着高职教育、教学改革的不断深化，经费来源正在从主要依赖政府财政拨款向主要依靠依法收费的方向进展，这就意味着高职院校正在朝着教育市场化的轨道迈进。学校与学生的关系，是教育与受教育的关系，也是服务与被服务的关系。学生付费上学，在某种意义上已具有了教育投资者的属性，作为教育投资者期盼的是获得社会用得上的知识与技能，能顺利地找到一份工作。因此，就业率的高低，就成了教育投资者——学生及其家长衡量高校服务质量、进而选择学校的关键。基于这样的认识，学校党委提出了"学校一切工作以就业为导向，以服务学生为宗旨"的办学思想。要求全校上下切实转变思想，把自己从传统的教育者身份转换到教育服务者的角色上来，把学生从被教育管理的从属地位转向被服务的主体地位，牢固确立"学生为本，服务至上的全新理念。

上述理念的确立，特别是就业工作促进学校良性发展的信念，在校内形成了强烈的服务就业、促进就业的心理氛围和价值取向，形成了教学、管理、后勤工作服从、服务于学生就业需要的全新格局，保学业促就业的扶贫帮困活动、活教学促就业的教学改革活动、强素质促就业的社会时间活动开展得既红红火火，又扎扎实实，《中国教育报》等媒体多次报道了我校的做法。

二、优化育人模式，为就业工作蓄势

思维方式的转换，理念的创新仅仅是推动就业工作的先导，而提高人才培养质量，解决人才培养模式与社会需求不适应的问题，则是促进就业的基础。近几年来，我校在优化人才培养模式上作了不少有益的探索。

（1）优化专业结构，着力解决专业、课程设置与产业发展需求不相匹配的问题。近几年来，我们坚持教学以就业为向导，每年都要到本地及周边经济开发区和工业园区深入调研，按照产业结构调整方向和地方经济发展规划确立专业设置方向，制订人才培养规格。在课程安排上，做到与就业岗位需求相匹配，注意分析研究社会所需专业人才的素质结构，按照各专业岗位在知识、技术、能力等方面的要求，制定出详细的能力结构分解表，以此调整和更新课程，修订教学计划。当企业开始普及使用 AUTOCAD 时我校就及时安排了建筑 CAD、机械 CAD、服装 CAD 等课程，使教学内容顺应了信息化带动工业化的发展要求。

（2）优化教学模式，着力解决教学体系与实际应用需要不适应的问题。前几年，我们在调查用人单位的人才需求时了解到，影响高校毕业生就业的一个重要原因是，学生缺少实际工作经验和动手操作能力，企业最需要的是一上岗就能顶岗的应用性人才。

为此，我校对原有的教学体系进行了大刀阔斧的改革，先后在人文系的旅游与饭店管理专业进行了 2＋1 分段式教学改革，在电子系计算机应用与维护专业实施了 1＋1＋0.5＋0.5 的多次选择教学的实验，在机械系进行了"理论教学进车间、时间教学进课堂、生产课题进教学环节"的零距离教学改革，均收到了积极的效果，学生实际应用与动手操作能力显著增强。

近三年来，南通市经济技术开发区 20 余家中外合资和独资企业每年都要来我校招聘人才，现已成为我校毕业生就业的重要基地。区劳动人事局一位领导这样对我们说："你校毕业生的最大优势是掌握技术知识较新，操作应用能力较强，学生一到岗就能派上用场，这就是你校能成为外企用人时首选的原因所在。"

（3）优化学生素质结构，着力解决学生技能与用工需求多元化、素质要求复合化有落差的问题。三年来，我校大力推行了"双专科"、"多证制"等多种新型人才的培养模式。目前，"双专科"已发展到 24 个，占全校所设专业的 32.5％，2004 届毕业生中持有"双证"者达到了 95％。

为了培育更多的有特长的人才，我校还在各系部建立了 80 多个兴趣小组，创办了 17 个校级专业协会，鼓励学生参加国家、省、市举办的专业技能等级考核坚定和各种技能竞赛，并对获奖或获证者给以相关科目的学分奖励，使崇尚钻研精神、拥有一技之长的学生越来越多。2002 年我校学生在全国大学生数学建模竞赛中获得了江苏赛区一等奖、全国二等奖；在省第三、第四届国际服装设计作品赛中获得两金、两银和 5 个铜奖；2003 年又在全国大学生电子制作大赛中荣获一等奖；2004 年又在全国首届高职高专实用英语口语大赛江苏赛区荣获专业组第一名。

育人模式的优化，增强了毕业生在人才市场上的竞争力，提升了毕业生受社会欢迎的程度。上海徕木电子有限公司是上海浦东一家新兴技术型企业，2002年曾招过我校一批毕业生，其中有多人到企业不久后就成为技术骨干，2003 年 6 月底又来函急需十名模具专业人才，当时我校这一专业的毕业生已经被广东、苏南企业全部聘走，这家公司人力资源经理知情后，在电话中急得连连啧嘴。日本油墨（DIC）公司是全球最大的有机燃料、印刷幽默专业生产商之一，日本东丽公司是我市开发区中投资最早、规模最大的外资企业，美国通用电器（中国）公司也是久负盛名的顶尖企业,这三家企业也把我校看作人力资源最重要的供给单位,把我校毕业生作为生产骨干来培养和使用。就职于日本东丽公司的一名学生入企后的第一年被安排在车间当操作工,第二年就被提拔为公司中层管理人员,去年又被企业送到日本培训。三年里,我校就职日本油墨(DIC 中国)分公司、日本东丽(中国)公司毕业生计 55 人,其中已有 20 人去国外受训,有 8 人进入了企业管理层。

三、构建动力机制,为就业工作聚势

我们认为,优化了的教学能产出"热销产品",但好"产品"进市场,还要靠强势营销。为了形成毕业生就业工作的强势,我校除了把毕业生就业工作列为"一把手"工程外,还将这一工作作为"全员工程"来抓。

(一)构建就业招生新的管理体制,形成新的驱动力

2000 年以前,我校就业招生工作实行的是学校集中管理体制,而系部仅是教学单位,与招生和毕业生就业工作没有直接的关联。为了激发系部管理层在就业招生工作中的能量,我校推出了校系二级管理的新模式,对各系实行目标责任制和合同化管理,学校对各系部经费的分配,主要取决于各系发展的规模和生源的多少,这就从体制上激活了系部工作的活力。过去,系部对招生和就业工作是参与者,而现在却成了这方面的直接组织者和实施者。

(二)构建就业工作激励机制,调动全员积极性

为了把就业招生工作变成"全员工程",我校从 2001 年起就实行全员激励制,规定各系达到就业基本指标、教职工推荐并落实毕业生就业,均可得到相应的奖励,推荐就业人数越多,奖励标准就越高。这一措施出台后,有效的激发了教工为毕业生联系就业的主动性。据统计,自 2000 年来,各系教师、工作人员以个人名义推荐的毕业生达到 800 余人,使我校就业工作出现了毕业生个人努力,教师共同出力的可喜局面。

四、拓宽服务平台,为就业工作扩势

我们从多年的就业工作实践中体会到,信息缺失、学生观念落伍是影响毕业生就业率的突出障碍。从某种意义上讲,信息、观念、性格决定着机遇,机遇频率决定着就业的概率。为了跨越就业工作的这些障碍,三年来,我校致力于矫正学生心态、畅通信息渠道,拓宽就业平台,基本实现了"三化"。

（一）就业服务全程化

做到"三抓"，一抓就业指导工作前移；二抓在校期间就业竞争实力的增强；三抓就业服务的延伸。三年里，为促使学生就业观念与新的就业形式相适应，我们将就业指导工作贯穿于大学生活的全过程，与新生职业生涯规划同步设计。2004学年度开学伊始，我校以"如何迎接就业严峻形式的挑战"为主题，组织了座谈与讨论，使新生一进校就熟知"眼下不努力，择业就费力"的道理，从而将目标锁定在为成功就业作知识技能的储备上。对大三学生则着力帮助确立动态的就业观、择业的就业观和创业的发展观，帮助毕业班的学生认清就业形势，明确就业政策，矫正就业心态，珍惜就业的机会，把经验、能力、资本的积累看作是成功立业的基础。同时，充分发挥校、系心理健康教育网络的作用，对心理素质有待改善的学生加强择业心理辅导，消除他们的畏惧心理，传授学生人际交往的技能技巧，为毕业生早就业、多就业奠定了良好的思想基础。为了提高他们的择业能力，各系还运用成功择业的案例进行教学，邀请取得成就的校友来校传求职经验，谈创业启示；还对毕业生进行交往仪态、择业技巧训练和优秀自荐书展示活动。在学生毕业前的实习阶段，我们并没有一放了之，而是给学生及各系的指导老师加重了责任砝码，要求指导老师和班主任代表系部到毕业生实习单位检查协议签订情况，促使企业和学生双方在协议书签订中订立"试用期满，符合企业用工要求即予录用"的合同条款。试用合同签订后，指导老师负责回访，发现企业对实习生技能素质有疑义，及时"回炉"，直到企业满意为止。这一措施促进了实习与就业的对接，为毕业生尽早就业创造了条件。

（二）渠道拓展多样化

首先，重视媒体渠道的力量，让社会更好了解我校专业，办学特色和生源质量。据统计，2000年来，我校信息见诸于各种媒体的频率越来越高，2004年的报道数量是2000年的3倍。其次，重视拓展实习渠道。近年来，我校先后在广东，上海，苏南及本地建立了40多个校外实习基地，鼓励大二年级的学生利用寒暑假去企业实习，引导实习生珍惜实习机会，力求将良好的品格和个人的才华现给企业，为日后顺利就业打通出路。据统计，2004年届毕业生中有四分之一的学生，凭借实习期间的良好表现被企业直接录用。再次，全力开辟招聘渠道。一方面，我校注意将社会信息及时收集起来，通知下去，开张榜公示，已系科为单位组织，引导毕业生前往应聘。另一方面，组织举办校内招聘会，采取免收用人单位摊位费，现场宣传等办法，广泛吸引企业来我校招聘洽谈。今年以来我校已在校内举办人才市场，招聘洽谈会达20余场，来校用人单位有250家，提供就业岗位1000多个。仅2004届毕业生中通过校内招聘会而成功就业者达400余人，占到毕业生人数的百分之四十六。再一方面，依托网络平台，沟通信息渠道。去年，我校开设了就业网，与省就业指导网、南通人才网实现了网际互连，日均访问量在 300 人左右，通过校就业网招聘栏目来校发布信息的单位到了 40 余家，另外还有众多企业通过浏览我校就业网直接向我校招聘就业生。为了方便学生上网查询，还投资数万元购置 5 台触摸屏电脑，为毕业生查询招聘信息。在 2003年"非典"流行期间，我校特设了"就业服务热线"，在用人单位和毕业生建立了双向选择的绿色通道。这一热线建成不到十天，就为 120 名 2003 届毕业声落实了单位。

（三）服务重点明晰化

在毕业生群体中，我们把择业有困难的毕业生列为重点对象，给就业困难的毕业生实施了就业援助。对一时找不到工作的毕业生实行"三优先，即优先向他们传递企业信息，优先组织他们外出参加面试应聘，优先推荐他们给专业需求的用人单位。外语系 2002 届英语专业一位毕业生，家庭贫困，性格内向，相貌平平，择业困难。系分管书记不仅提前联系就业单位，而且两次陪同去一家单位面试。据统计，在校、系的帮助下，2004 届毕业生 89 名贫困生，于今年 9 月底全部走上了工作岗位。三年来，我校毕业生就业工作所以能成功运行，一条重要的原因是抓住了对"发展机遇"问题的研究与实验。我们认为，从社会就业的表象上看，毕业生就业难是个不争的事实，但是，从经济发展的需要来看，高职院校就业生就业有是机遇凸现的时机。谁先明晰机遇，抢抓机遇，谁就能赢得毕业生就业的主动权。三年来，我们正是重视了对"发展机遇"的分析研究，看准了上海浦东大开发，本地外向型经济崛起给我校带来的机遇，依照产业结构调整和技术升级的要求，抢先调整专业结构，不断更新教学内容，大量引进"双师型"优秀人才，积极利用国外教育资源，大力更新教学设施，努力实现市场毕业生技术知识结构与职业岗位素质结构的连接，努力实现我校自身服务力量与政府协调支持力量，社会中介力量的连接，从而实现我校毕业生就业工作的成功实践，还在于我校深化了对高职院校发展规律的认识。我国经济的国际化和市场化，必然带来产业、企业更深度，更广度的竞争。产业结构，企业运作必然处于不断调整、组合的状态中，因而人力资源也在不断的变化。高职院校要紧贴市场需求走，确保毕业生知识技能与技术市场、人才市场需求不错位，就必须实行动态性的教育改革，按照填补社会需求缺口和适应经济发展变化需要的原则，不断更新改造所设专业，不断实现课程的现代化改革，才能实现高职院校的可持续发展。三年来我校专业不断调整扩展，育人模式不断创新，就业服务功能不断扩大，正是"靠市场需求引导教育改革，靠教学改革培养适销对路人才，靠强化全方面服务促进就业生就业，近而赢得社会认可支持，实现快速可持续发展"这样一条运行规律。实践证明：通过高职院校自身不断地探索和国家政策的有力支持，高职院校毕业生就业工作一定会春风化雨，春色满园。

参考文献

[1] 程方平．中国教育问题报告．中国社会科学出版社，2002，11
[2] 教育部．2003～2007 年教育振兴行动计划，2003

高校扩招后学生工作面临的挑战与对策

黄燕飞

摘要 高校扩招后,我国高等教育从精英教育转入了大众化教育,原有的教育理念经受着巨大的冲击和挑战。高校学生工作如何适应这种变化,提高工作的针对性和有效性,如何在观念、体制、方法上进行创新和重塑? 本文从分析变化因素入手,探讨在高教大众化前提下学生管理工作所面临的挑战并提出相应的对策。

关键词 高校扩招 学生工作 挑战 对策

一、当前高教战线的形势和面临的挑战

1998 年国家决定高校大规模扩大招生,几年来高校新生录取率和毛入学率迅速上升,到 2003 年,全国普通高考录取率从 1998 年的 36％提高到 58％,增加了 22 个百分点,高等教育毛入学率由 1998 年的 9.8％上升到 15％,毛入学率的量变直接引起高等教育的质变,我国高等教育从精英教育转入了大众化教育阶段。在市场经济体制逐步确立的背景下,这一历史性的变革使原有的高等教育理念受到了巨大的冲击和挑战,高等教育思想和教育观念正经受着一次崭新的革命。学生工作是高等院校教育管理工作中的一个重要环节,是培养高素质人才的重要保证。随着高等教育从精英教育阶段向大众化教育阶段的过渡和转变,学生工作面临着新的挑战。

(一) 人才培养目标的差异

高等教育的大众化走向,打破了精英与平民的界限,将高等教育对象"降格以求",高等教育在管理模式、招生要求、培养层次、学习年限、毕业资格等诸方面都不同于传统的精英教育。因此,在高教大众化条件下有针对性地做好高等院校的学生工作,必须明确我们人才教育培养的定位和目标。应该认识到,高校之间存在巨大的差异性,具体表现在办学类型、办学规模、办学层次、办学资源等多个方面。高等院校应根据不同的办学层次,在人才培养目标的定位上,加强调查研究,按照最优化的原则确定不同专业、不同层次、不同培养途径,形成风格各异

的人才培养模式。学生工作必须根据培养目标,有的放矢,在不同质量规格人才的培养上选择教育管理重点,提高教育管理的有效性。

(二)管理模式上的差异

中国传统的教育体系中,"精英教育""应试教育"一直位居主角,管理模式以包办为主,这意味着管理行为的直接性和手段方式方法的强制性,主要表现为对学生思想和行为的"硬约束",对学生的态度是"管你没商量"。学生教育管理的规章制度繁杂细腻,在大量投入的人力、物力和财力的同时,忽视了学生参与管理的积极性,降低了学生自我管理的主动性,使学生难以实现由衷的思想转变和形成良好的自我约束机制。更应该值得注意的是,这样的管理方式还在一定程度上束缚了大学生的个性,抑制了学生的思维发展。

应该说,高校学生工作在长期的实践中积累了许多丰富的经验,并形成了许多行之有效的途径和方法,如思想教育实施方法中注重说理教育、情感感化、正面灌输、典型示范等。这些传统教育模式主要依靠行政指令性手段,易于操作,有较高的工作效率和教育效果,在思想政治教育过程中,一定程度上仍具有一定的有效性。随着高等教育的大众化,原有的办学理念、工作方法亦随之发生了变化,而原有的思想教育方法则易给人以严厉教化、刻板生硬的感觉和印象。其部分内容亦存在着与社会发展要求、与学生思想实际脱节的矛盾,无法满足培养多样化、个性化人才的需要,不能适应学分制的教育管理改革,容易导致理论说教和行为虚化。目前,一般院校逐步推行选课制、学分制、弹性学制,学生对学习时间安排、学习方式、甚至是学习课程、授课内容等都具有一定的自主性和选择性,同时,伴随着高校后勤社会化改革的进一步深入,学生的思想、学习、生活等方面出现了众多的新情况、新问题,在学生工作管理模式上应体现更加灵活和务实的态度。

(三)管理对象的客观差异

学生管理最基础的工作就是要了解被教育者的基本情况,通过对教育对象的研究和分析,从而有针对性地开展工作。

首先,学生生源存在的差异。由于高校的大幅度扩招,高校的门槛降低了,就生源质量而言,学生个体在知识掌握和能力发展上的客观差异凸显。从生源来源看,统招生、单招生、成教生、民办生并存,呈现出多层次、复杂化格局。此外,从专科生到研究生不同培养层次以及普通高教与高职教育不同的教育类型,客观上都要求对学生的教育管理采取不同措施,因势利导,因材施教,从而增强工作的针对性和有效性。

其次,社会环境因素对学生思想体系的形成和发展产生着不同的影响。社会环境因素双向效应中有积极的,有消极的,但在学生思想体系形成中,多元价值观和多元文化的碰撞、冲突,又往往对成长中的学生的思想认知和行为判断产生迷茫甚至危机。少量媒体对各种思想的片面渲染和误导、少数家庭的缺陷、地区差异带来的教育发展的不平衡,以及高考制度改革,使大学生群体的社会构成渐趋复杂,素质状况呈现多层次性,凡此种种对我们在新的历史条件下如何做好学生工作提出了严峻的挑战。

二、方法及策略

高等教育形势飞速发展为学生工作创造了新的思考空间和维度,对学生工作适应形势发展提出了更高的要求,这是我们研究高校扩招后学生工作的出发点。怎样才能既不囿于过去的传统方法,又能与时俱进,在新形势下提高学生工作的针对性和有效性?笔者认为应重点抓好以下几方面工作。

(一) 深化学生工作的体制改革

学校规模的迅速扩张和学科门类的增多,使得学生工作中带有个性化的问题迅速增多,以往的管理体制一方面难以满足及时有效地处理这些个性问题的需要,另一方面也容易造成基层工作机构因为评估考核的需要,对学生工作中暴露出的一些问题消极对待,难以从制度层面上进行根治。更为重要的是,以往学生工作体制"高度统一"的特点是方向统一和事务统一的结合体,主管部门不仅要提出整体工作思路,还要进行具体事务安排,从人员配备、经费拨放到日常工作、考核评比一管到底。基层工作机构的全面工作能力难以提高,工作自主性相对较弱,难以形成各具特色、丰富多彩的教育理念和管理模式。对此,在深化学生工作体制改革的过程中,应注意以下几点:

(1) 明确职责,分工合作。学生工作干部首先要加强学习,提高素质;各级学生工作机构应明确职责,分工合作;学校主管部门应转变职能,实行从以行政干预为主的微观调控到以制度制定、经费拨放、信息提供、政策咨询、考核评估为主的宏观把握的转变;从培养不同规格人才的需要出发,加强调查研究,结合学科特点,明确定位,形成具有学科特色的学生工作体系。

(2) 重心下移,激发活力。基层工作机构的活力构成了学生工作的整体活力,后者又体现在前者之中。因此,学生工作体制的改革应体现出"重心下移"的思想,全面激发基层活力,加强基层工作机构的"自转"。在"重心下移"的过程中,应实现三个方面的统一:即宏观方向把握和具体工作指导的统一,责任下放和权力下放的统一,目标管理和过程管理的统一。随着教学管理体制改革、后勤社会化和招生规模不断扩大,学生住宿分散,班级概念弱化,学习方式多样,跨专业、跨学校学习已成为现实的选择。因此学生工作一定要工作下移,学生工作干部、班主任等要"放低位子，放下架子"，把学生生活社区、学生宿舍作为日常学生工作的主要阵地，深入学生宿舍，做学生的"知心人"、"解忧人"，了解学生所思所想，掌握学生思想动态，使思想政治工作有的放矢。

（3）政策配套，措施跟进。学生工作队伍从总体配备来看，教师毕业院校、专业结构、学历层次不同，年龄、性别、职务、职称各异，因此要完善队伍结构，合理优化配备，增强队伍活力。这是充分发挥学生工作队伍潜力的重要保证。学生工作体制的改革是一项纷繁复杂的系统工程，涉及到学校改革发展的方方面面，需要进行全方位的政策配套和措施跟进。队伍建设中的很多问题就不可能仅仅依靠学生工作本身去解决，例如：学生工作在全校工作中的地位问题，学生工作干部政治、生活待遇问题，这些都需要相关政策的出台和措施的到位。

（二）建立科学合理的学生评价体系

学生成才意即学生思想道德素质、知识素质、能力素质、身心素质的全面成长。但长期以来，在实践中，在如何评价学生的问题上，仍存在着重知识教育、道德教育的现象，在德智体中，智育往往成为主导因素，造成对学生评价中的智育的"晕轮效应"和"木桶效应"，并起到以点概面的作用，如以成绩"一考定终生"、"一票否决制"等。这种对学生的评价无疑是片面的、孤立的，在很大程度上失去了对学生发展的全面地、综合地、动态地评价意义。

学校应根据学生特点，建立一套科学、完整、规范的具有可行性和可操作性的学生全面发展评价体系，体现与时俱进原则，评价中更应反映学生的特点，体现学生多样化、多层次的实际，学生综合测评等操作过程中要充分体现原则化和灵活性的统一，从而给学生成才以正确引导。学生评价应着重体现以下特点：

（1）反映社会对人才的多种需求、及人才的共性要求和个性特点。社会需要不同层次、各具特色的人才，高等学校就不能按照一个标准、一个模式培养，应使人才具有各种层次、各种才能。因此，在对学生的客观评价过程中，应正确看待一两门课程缺陷而其他课程学习独具优势的学生、知识掌握一般而实际动手能力很强的学生，甚至是其他课程学习成绩平平、单一门课的学习运用出类拔萃的学生，而往往正是这些特殊学生在未来的工作中，在某一特定领域、或行业中能够干出一番特殊的事业，做出特殊的贡献。学校的教育培养，尤其是对学生客观的、科学的评价，能充分挖掘学生的内在潜力，调动学生的成才因素，发挥学生的独特优势，加速学生的健康发展。评价要体现人才的多元化、多层次、多规格，不应整齐划一。当然，在评价中我们也不主张以强调学生个性而忽视人才的共性要求。应当以高等教育的普遍规律为指导，兼顾矛盾的特殊性。作为学生如学习的基本任务都无法顺利完成，却指望其能够所谓的"一枝独秀"，这既不符合人才的一般要求，也违背人才培养的规律。

（2）体现人才发展的内在需要和动力，促进学生自觉成才。学生评价关键在于引导学生确立正确的目标和努力方向。歌德说过："以一个人的现状来看待他，他就会维持现状；以一个人的能力和应有的成就来看待他，他就会朝这个目标去发展。"学生思想教育应当适时确立和运用以激发学生成长动力为核心的激励机制，为学生健康成长创造一定的环境。同时，更要注意调动学生成才的内在动力，在评价中运用认同、肯定、分派新任务、提供训练机会、责任加重、心理上的鼓励等多种方式。教师要肯定一个人的价值和潜能，就必须对学生有信心，有信任度，以他的潜能，而不只是以他的现有成绩评价他。

（3）引导学生群体形成良好的学风。学风具有约束性、渗透性和持久性的特征。良好的学风是学生最为重要的受教育环境，它具有制约和影响身临其境的每一个学生行为的功能。它使学生感受到的是一种气氛，学生在充分享有学习自由的同时，自觉约束自己的言行，就范于群体的价值观念、文化传统以及内容广泛的行为和规范，从而产生自我约束、自我控制的效果。它以潜在的规范性支配着群体内每一个成员的行为，以一种无形的力量左右着个体的思想和生活方式。所以，一个良好的学风为学生评定自已的品质、行为和人格，提供内在的标准和尺度。因此，学生评价不仅要重视学生个体的综合素质评价，同时要关注引导学生群体的良好学习风气的形成。

（三）转变传统职能，树立新的学生工作理念

（1）科学技术的发展、基础教育质量的提高、信息渠道的多元化，要求学生工作机构和人员的职能发生相应变化。这意味着管理行为的间接性、管理手段的人性化和管理方式的柔韧性，表现为对学生思想的潜移默化和对学生行为的"软约束"。这就要求学生工作机构和人员充分发挥研究、指导、咨询、顾问的作用。形象地讲，学生工作机构和人员要从前台演员成为编剧和导演，让学生选择角色、进入角色，以通过更多的渠道吸取思想教育信息。这样，才能在达到预定工作目标并保证质量的前提下，形成多样化的学生工作模式，体现以学生为本的教育理念。

（2）从学生工作的实施手段看，不能依赖传统的、具有刚性特点的行政权力来进行思想教育和管理，教育者要成为受教育者的顾问和导师，进行启发和诱导，增强学生自律意识，充分发挥学生"自我教育，自我管理，自我服务"的职能。在学生工作中，学生应该是中心和主体，增强学生自律是一种有效的、积极的、主动的管理方式。大学生对自己的感觉、观察、分析和评价已经具有一定的自觉性、主动性，自我体验有较强的丰富性和敏感性，自我控制能力在自觉性、持久性和自控性上较中学时期有明显的提高。因此，在学生工作中要教育学生正确客观地认识自我，培养学生的道德观念，增强学生的社会责任感和集体观念，启发

学生在自我肯定和自我否定中不断向自我完善的目标努力。

(3)要转变观念,全方位地为学生成才服务。在市场经济条件下,学生缴费接受高等教育,体现了高等教育的商品属性,学生作为教育资源消费者,与学校之间也同时具有商业合同关系。从这一角度看,作为学校要全方位地为学生成长提供良好的服务,学生工作要牢固树立为学生服务的思想观念,一切为学生的利益着想,一切为学生的成才着想,这不仅是贯彻党的教育方针的需要,也是履行"合同"的必然。工作中考虑到每个学生有不同的资质、不同的需要和不同的个性,不断推出满足不同学生需要的个性化服务,为之提供展现自我的空间和机会。

(4)以人为本,倡导特色化服务。目前学生思想状况呈现出多样化、个性化特点,学生个体之间的差异纷繁复杂,作为学生工作者,应当客观地、科学地看待学生成长中认知、行为等方面的发展过程,不应把学生所表现出的一切言行都归结为思想问题,更不能将学生看作是有"缺陷"的一个群体。对学生个体存在的思想或行为上的偏差,教育者要本着耐心、诚挚、开明的态度尊重学生的不同意见,处理问题要讲究艺术性,对学生存在的问题和错误,既不一味姑息迁就,同时也不宜以教师地位的绝对权威优势,采用简单、生硬甚至粗暴的方法。即使是教师重点关注的"问题学生",也应尊重其人格,消除隔阂,赢得信任,由心理相容达到行为一致,目标一致,把造就充满活力、具有鲜明个性的人作为教育的根本目的,提倡教育的特色化。

(四)依法治校,实行学生工作法制化

依法治校,不仅体现在办学上,也体现在学生工作中,原有的学生管理的规章制度,都不能与现行法律相抵触,法的精神、法的思想应成为每一个管理者与被管理者的应有之意。市场经济条件下,在发挥原有思想教育、校规校纪作用的前提下,应加强高校法制建设,实行高校学生工作法制化,用法律法规来调整大学生个体之间、个体与法人之间的权力和利益关系,这有利于提高学生工作的效率与质量,减小学生工作者无为的劳动;有利于克服目前学校之间对学生的违纪违规处理,因掌握的尺度或衡量尺度不一而所引起的处理不公平性;有利于实现高校大学生行为管理与社会行为管理的接轨,使大学生养成自觉遵守法律法规的习惯,以及运用法律法规来调节、规范自己行为的能力。

(五)加强组织协调,齐抓共管,形成全员育人的良好环境

学生管理工作是一个系统工程,要搞好学生管理工作,需要协调配合,形成合力,要采取切实有效的措施,把育人工作渗透到学校的教学、管理、服务等工作中去,改变"孤军作战"状态,努力营造教职工齐心协力,共同育人的良好局面。

  高等教育大众化的实践已经迈出了坚实的步伐,学生工作应围绕学校的中心工作,紧扣高等教育事业改革发展的时代脉搏,抓住机遇,更新观念,积极探索具有鲜明特色的发展道路,培养和造就满足社会需要的多样复合型,实现培养社会主义事业合格建设者和接班人的教育使命。

参考文献

[1] 张应强. 文化视野中的高等教育. 南京:南京师范大学出版社,2003

[2] 刘志明. 高校学生工作研究与探索. 天津人民出版社,2004

[3] (美)嘉格伦. 网络教育——21 世纪的教育革命. 北京:高等教育出版社,2001

[4] 刘复兴. 刘长城. 传统教育哲学问题新释. 长沙:湖南教育出版社,2002

浅议高校学生工作与学风建设

王 梦

摘要 学风建设是高等学校的一项基础性工作,加强学风建设是高校培养高素质人才的需要,是高等学校自身发展的需要,是改变高校学风现状的需要,是当前高等教育实践对我们提出的新课题。本文分析了高校学生工作与学风建设的关系,从确立工作重点、遵循客观规律、深化思想教育、激发内在动力、加强制度管理、营造育人氛围六方面阐述了充分发挥学生工作在学风建设中的作用。

关键词 高等学校 学生工作 学风建设

学风是高等学校亘古不变的主题,学风问题直接关系到人才培养的质量。加强学风建设和研究,是高等学校的一项基础性工作,也是教育改革深化过程中亟待解决的现实问题。

一、学风与学风建设的本质

学风,是学生的学习目的、学习态度和学习行为的总体反映。一所学校的学风,是指"全体师生在长期教育实践过程中形成的较为稳定的治学目的、治学精神、治学态度和治学方法,是全校师生群体心理和行为在治学上的表现。"学风建设的本质就是根据学风的特点、规律和目标,进行的有组织、有计划、有目的地对在校学生治学精神的培养活动,以建立良好的学风。社会主义高等学校倡导的良好学风应包括:有远大理想和明确的学习目的;旺盛的求知欲和强烈的事业心;奋发向上、刻苦钻研、勇于创新的学习精神;严谨踏实、一丝不苟的学习态度;实事求是、理论联系实际的科学的学习方法。

二、学风建设的重要性

(1) 加强学风建设是高校培养高素质人才的需要。进入 21 世纪,知识已成为经济发展的主要动力,日趋激烈的经济竞争和综合国力的竞争主要是人才的竞争,科学技术创新的关键是拥有大量高素质人才。高等学校担负着培养全面发展的高等技术应用型专门人才的重任。学风状况,关系到高校人才培养的质量,是体现高等学校办学质量和办学效果的重要指标。良好的学风具有强制性的感染作用,是一种精神力量,它可以被感知、效仿、传播和宣传鼓动,从而形成强大的心理影响力和群体舆论,感染并熏陶学校的每一位师生。加强学风建设,以良好的学风调动学生学习的自觉性、主动性、积极性,就能为学生个性的发展提供舞台和良好的环境,为学生的全面成才提供可靠保证。

（2）加强学风建设是高等学校自身发展的需要。学校的教风、学风和校风,是其人才培养目标和质量的重要标识,是学校核心竞争力的重要内容,"决定着高校在社会中的地位",影响到社会、学生及学生家长对学校的评价和选择。在高等教育走向产业化、高校走向市场、学生成为教育投资者和消费者的今天,学风、校风更是直接"关系学校的生存和发展",关系学校的前途和命运。良好的学风可以借助集体意向对个人内心形成积极影响;可以利用精神力量的渗透、感染,给学生以潜移默化和润物无声的熏陶;可以凭借群体行为对个体行为约束、规范。良好的学风是高校的一笔无形的资产,是大学生成长不可或缺的生态环境,是高素质人才培养的重要手段,这已成为高等学校的共识。具有良好学风的学校也将因为培养出高素质的人才而得到社会和用人单位的认可,才能在竞争中处于有利的地位,促使高校可持续发展。

（3）加强学风建设是改变高校学风现状的需要。随着中国走向世界步伐的加快和社会对人才要求的不断提高,给高校注入了新的生机和活力,激发了学生学习的主动性,使其求知欲日趋浓厚,竞争意识普遍增强,有理想、有追求已成为当代大学生学风的主体形象。但喜中有忧的是,社会向市场经济急骤转型和高等教育规模扩大出现许多新问题,学风也出现了新的特点,面临着新的难题。表现出:有些学生缺乏远大的理想和明确的学习目标,自我提高动机过强,学习目的具有强烈的功利性,急功近利;严谨刻苦精神不够,缺乏耐力和意志力;在学习行为倾向方面,轻学习过程、重学习结果、厌扎实学习、热经济实惠;纪律松懈、作风散漫、抄袭作业、考试作弊等现象时有发生,屡禁不止;学习懈怠、学业失败现象不仅仅表现在差生身上;学习精力旁移,学习成了获取地位、受到尊重、表现自我等外在利益的手段;心态矛盾加剧——既感到竞争压力,又不愿刻苦学习,缺乏自控能力等等。上述现象虽然不是大学生学风的主流,但已经成为影响学风建设健康发展的主要因素。

因此,进一步加强学风建设,日益引起高等院校的普遍关注,是当前高等教育实践对我们提出的新课题。

三、学生工作与学风建设的关系

学风建设是一个系统工程,是高校的一项紧迫任务,是"牵一发而动全局"的关键。这其中,学生工作面对学风建设长期存在的疑惑——学生工作是主角还是配角?我们不应把学风建设简单理解为查出勤、查自习、比考试成绩、看通过率;也不应谈学风重要,抓学风推诿,致使学风建设目标不明确、责任不落实、管理制度不健全,处在谁都不管的尴尬境地。高校学生工作者应该在"三个代表"思想指导下,通过理论学习和实践探讨,明确学生工作与学风建设的关系,从而找准学生工作的着力点和切入点。

(一)学生工作与学风建设目标一致,密不可分

学生工作就是通过深入细致的思想政治工作和科学有效的管理,"以引导学生学会学习、引导学生学会做事、引导学生学会做人、帮助学生提高全面素质为基本目标的,以培养'有理想、有道德、有文化、有纪律'的社会主义事业建设者和接班人为根本任务,具有教育、管理、服务'三位一体'功能。它在整个高校教育工作中,特别是在学风建设中具有不可替代的作用。"高校的学生工作是学风建设的重要一环,是高校教育工作的重要组成部分,是实施大学生德育教育的主要工作之一。学风建设内涵就是学校各级组织及教职工对学生在学习目的、学习态度、治学精神、学习纪律、学习方法、学业考核、学籍管理诸方面所施行的思想政治教育和综合管理。学风建设是使学生在教师的教育引导下从事学习活动,获得知识和技能,提高思想认识和觉悟,培养良好品德和心理素质,养成良好行为习惯和作风,把学生培养成高质量、高素质的人才。因此,学生工作与学风建设的目标是一致的。

(二)学生工作为学风建设起着导向、动力和保证的作用

学风建设涉及学校方方面面,在培养人的总任务中起着内在的、主体的、精神的、核心的作用,关系到教学质量、人才质量。但是学风建设又是一项长效工程,因此良好学风的养成"不能靠顺其自然,而需要外力加以引导和推动"。而学生工作就是推动学风建设健康发展的"外力",它为继承和发扬优良学风起着导向、动力和保证的作用。导向,学生工作要保证学风建设正确的政治方向和正确的育人方向;动力,学生工作通过思想教育,让学生树立正确的学习观,培养良好的学习情感与意志,激发学习动力,为学风建设提供精神支撑;保证,学生工作通过加强思想教育和有效的管理,确保高校的稳定,为学风建设创造一个良好的外部环境。

四、学生工作在学风建设中的作用

由于高校学生工作与学风建设内涵统一、培养目标一致,紧密联系、密不可分,因此,就必须充分发挥学生工作在学风建设中的作用。

(一) 确立工作重点

长期以来,高校的学生工作大多以"问题"为中心,一直为纷繁复杂的事务所困扰,而研究学风建设的方法和用于学风建设的时间、精力不多。学风建设既是高校育人的需要,也是学生成才的需要。新的形势要求学生工作必须从以"问题"为中心转向以"发展"为中心,为学校的发展服务,为学生的发展服务。学生工作要确立自己的地位和作用,必须坚持以学风建设为重点,紧紧抓住学风建设这个关键不放松,服务于、服从于学风建设。把学风建设作为学生工作和教学工作的最佳结合点,实现学生工作和高校整体工作的融合,把提高大学生的思想政治素质、掌握知识技能、促进全面发展的育人作用真正体现出来并落到实处,学生工作就一定会取得成效。

(二) 遵循客观规律

学风建设具有自身的特点,高校学生工作必须遵循其基本规律,既要以外力来推动和促进学风的养成,又要注意处理学风建设的加速性与艰巨性的关系;既要注重学风建设的系统性和科学性,又要充分认识学风建设的复杂性和长期性;既要发挥学生工作在学风建设中的优势和积极作用,又要使学校其他部门和广大教职工的作用得到充分调动和发挥,从而在整个学校形成全过程、全方位、全员加强学风建设的环境和条件。学风具有稳定性,不是一朝一夕能够形成。要根据不同年级、不同阶段、不同学历、不同思想表现、不同学业状况,分层次采取不同的对策;学风具有综合性,是诸要素共同作用的结果。要分析研究校内外各种因素的影响,通过各种方法以系统宣传正面的积极影响,抵制各种消极影响,处理好继承积累和发展创新的关系,使学风建设长期健康稳定地开展。

(三) 深化思想教育

学风实际上是学生政治思想、道德品质、心理特征的具体表现,学生的思想品德直接决定了学风的质量和倾向。要树立以勤奋、严谨、求实、创新为标准的优良学风,抓思想素质的提高是根本。心理学研究表明,在一定限度内,一个人的成就大小与他的抱负水平成正比。高尚的理想和远大的目标是端正学风的根本保证。实践证明,大学生只有对国家的命运、个人的前途有了正确的认识,都有为国家、为民族"做大事、成大器"的高层次追求,才能形成正确的学习动机,其学习积极性才能激发出来。高校学生工作要加强以理想为中心的思想教育,针对当前高等学校学风中存在的问题,通过形式多样、内容丰富的活动,引导学生明确学习目的,端正学习态度,改进学习方法,提高学习效果,变"要我学"为"我要学",增强成才意识,增强社会责任感和历史责任感,树立献身科学、爱国、成才、奉献的远大抱负。要正确引导大学生跳出"自我"的小圈子,自觉抵制拜金主义、享乐主义、功利主义、个人主义、诚信不足、情绪浮躁等不良风气,"为中华崛起而读书"。

（四）激发内在动力

学生是学风形成的主体,是学风的继承者,也是学风的建设者。学风建设需要思想教育工作、教学工作和管理工作等方面密切配合,齐抓共管,更需要发挥学生的主体作用,充分调动学生的主观能动性。学生内在的主动精神和治学态度,对形成良好学风有着关键的内因作用。前苏联教育家苏霍姆林斯基说:"在对个人的教育中,自我教育是起主导作用的方法之一"。以往的学生工作忽视学风建设的主体性、主动性,片面强调学风建设的外在性、客观性,其结果是使学生这一主体被动地适应规章、应付管理。高校学生工作要分析当代大学生需求的特点和关注的热点,了解学生的困难,并注意学生学习心理问题,将学生的主要精力引导到学习上来,教育学生处理好学习与能力提高、个性培养的关系,发挥学生在学风建设中的主体作用,发挥学生干部、学生群团组织的作用,使学生把"爱国守法、明礼诚信、团结友善、勤俭自强、敬业奉献"的公民基本道德规范内化为自身的道德信念和行为准则。让学生在学风建设中自我参与、自我评价、自我约束、自我教育、自我建设。

（五）加强制度管理

高校学生工作要从严要求,加强管理,完善和严格执行各项规章制度,促进学风建设教育与管理相结合。要有的放矢,综合使用"奖优罚劣机制"即"抓两头带中间"和"鼓励进步机制"即"以中间促两头",使好的学生获取了更好的发展机会,差的学生产生危机感,尤其是使那些被忽视的普通生群体也能成为教育工作的亮点。健全激励机制,完善学生综合测评方案,使日常管理法制化。以法治校,有法可依,有案可查,保证学风建设的规范化、制度化、科学化。

（六）营造育人氛围

环境是人才成长的重要条件,良好的校园环境,对于建设优良的学风起着重要的作用,它直接影响着每个学生的身心健康。高校学生工作要借助校内外科技文化资源,以校园文化为载体,积极组织课外科技活动和学术交流活动,开展课余文化娱乐活动,充分发挥校园文化的德育功能,努力把思想道德教育内容融入校园文化建设各个方面,大力营造良好的集体舆论、融洽的人际氛围,开辟尽可能多的实践途径,形成蓬勃向上、探索创新的校园文化环境,让大学生发展自己的兴趣爱好,充实课余生活,从中受到教育。

　　现在和今后 20 年学校培养出来的学生,他们的思想道德和文化素质如何,将直接关系到我国全面建设小康社会目标的实现与否。因此,高校学生工作者必须认真研究新形势下高校学生管理和学风建设的新变化、新规律、新特点,积极探索新方法,开辟新途径,真正把创建优良学风作为学生工作的核心内容,把学风建设常抓不懈,为培养高素质人才服务。

参考文献

[1] 李全民.《大学生思想品德修养学》.航空工业出版社,1989 (133)
[2] 金国峰."高校学风建设存在的误区及改进措施".《高教论坛》,2003(1)147
　　～150
[3][4] 田爱民."浅谈新形势下的高校学风建设".《求实》.2002(6):222
[5]《西南民族学院学报(哲学社会科学版)》2002(4):224～227
[6] 游建军,《论学风建设和高校学生工作的关系》.《建材高教理论与实践》.
　　1999(3):80～81

加强非理性因素培养
探索高职学生就业的新思路

金崇华

摘要 随着我国市场经济的进一步发展和社会结构的急剧转型，高职学生就业问题日益凸显。本文从非理性因素对高职学生就业的影响：积极作用和消极作用出发，探索在实践中培养非理性的积极作用，提升高职学生素质，顺利就业作粗浅的思考。

关键词 高职学生 非理性因素 素质 就业

人的认识是一个有多种因素参与的复杂过程。马克思主义认为要认识客观事物内在联系，把握其本质、揭示其客观规律性，离不开逻辑思维，即主要靠理性认识的形式来完成。这是人类认识客观世界的一般情形，但是不是唯一的形式，在特定的条件下，非理性因素也同样起到把握事物的本质和规律的作用。然而我们所面临的问题是认识中的非理性因素同人们的实践活动是怎样的关系：在同人的实践活动发生关联的过程中，非理性因素处于怎样的状态，对实践活动发生怎样的影响。本文从非理性因素对高职学生就业的影响出发，探索在实践中培养非理性的积极作用，提升高职学生素质，顺利就业。

一、高职学生素质中非理性因素

高职教育是我国高等教育的重要组成部分，承担着为生产一线培养技术型、应用型人才的任务。教育部部长周济日前接受记者专访时指出，"职业教育必须以就业为导向改革创新，要牢牢把握面向社会、面向市场的办学方向。"高职教育承担着根据经济和社会发展要求，培养多层次、多样化的技能型人才，造就数以千万计的高技能人才和数以亿计的高素质劳动者。

素质，是指在人（个体、群体）的自然秉赋的基础上，通过后天环境（包括自然、社会、文化传统）的影响和主体参与的教育活动与社会实践而形成的、比较稳定的素养和品质，主要表现在思想政治素质、科学文化素质、业务素质、心理素质和身体素质等方面。思想政治素质是主导和核心，科学文化素质是基础，业务素质是标志，身体素质是前提。其中心理素质是一条贯穿的主线，它既是人的全面素质中的一个重要方面，又渗透在诸方面素质特征中，对各方面素质的发展，乃至对人的整体素质的发展起重要的作用，从而在根本上影响着个人就业状况。

人类在长期社会生活和实践中形成的主观心理世界是十分丰富和复杂的，其中既有理性因素，也有非理性因素。理性因素包括主体逻辑思维形式理性认识活动，也包括人的有意识、有目的的感觉、知觉和表象等感性认识活动。与"理性"相对应的"非理性"，从广义上讲，指主体心理意识要素中，不受有意识的、自觉的理性逻辑支配的情感、意志、动机、欲望、习惯等心理形式。非理性因素以其起作用的方式、特点以及与认识过程关系的不同被分为两类：一类是指认识活动中的维持、引导、调节、控制和激励等心理因素。这些因素不是直接构成认识过程中某个环节或阶段，而是渗透在整个认识过程的各个环节之中、并能左右认识过程，影响认识结果；另一类指那种不自觉的，不必通过理性思考，无固定秩序和固定操作步骤就能迅速获得关于特定过程的本质或规律性的认识心理形式，或称之为认识。它在认识过程中经常出现和起重要作用，有不遵循理性推理规则的认识形式。

可见，人的主观心理世界中，非理性因素大量存在且复杂多样，它们对人的心理素质，乃至人全面素质的发展有多方面的作用，因而亦在高职学生的就业素质结构中居重要地位。

二、非理性因素对高职学生就业的影响

非理性因素作为主体结构的要素，在认识的产生和发展全过程中都表现出自己的特殊功能，既有主观能动性、创造性，又有主观随意性、偏狭性，从而表现出它在认识中积极的一面和消极的一面。

（一）非理性因素的积极作用

非理性因素的积极作用是指非理性能推动人们卓有成效地认识世界和改造世界，促使人正确反映事物的本质和规律，科学地从事改造世界的活动，使之达到既合目的性又合规律性的效果。这主要表现在：

1. 诱导、意向作用

人是具有好奇心、求知欲、兴趣等心理倾向，当人们面对复杂的客观世界时，其认识目标首先指向于自己感兴趣的事物，并怀着欢愉的心情，兴致勃勃地去关注它，求知欲，让我们有所发现，自信感引导我们事业成功；意志是创造性思维的一个主要激发因素，它表现为人为了达到一定的目标，自觉地运用自己的智力和体力进行活动，鼓励人积极向上。

我校学生在省第三、第四届国际服装设计作品赛中获得两金、四银和五个铜奖；去年又在全国大学生电子制作大赛中荣获一等奖。这些奖项的获得既鼓舞

了全校学生的信心,也为学生的顺利择业奠定了良好的基础。

2.评价、选择作用

在实践过程中,主体按计划、指令,通过一定手段作用于客体,而客体也会反作用于主体,不断向主体输送信息,然而如何处理信息却受到非理性因素评价功能的影响。现代心理学研究表明,人的非理性因素具有较强的自由度和多变性,其适应价值就在于它能放大或缩小、加强或减弱生物体需要的信息,使有机体更适应复杂的环境,适时调整自身的活动目标。实践活动也是如此,当在理性因素控制下产生的实践活动满足了主体的需要时,就会使主体产生一种肯定性情感体验;相反没满足需要时,就会使主体产生一种否定性情感体验。这样,主体的选择就被非理性因素的评价作用所干预。高职学生在正确定位自身的发展目标和职业走向后,从各方面拓宽自己的知识点,强化职业技能培训,适应社会职业岗位的发展的需要。

3.激励、推动作用

积极的情感在认识过程中以热情和激情为表现形式,来激发认识主体的积极性和创造性,高度的认识热情可以调动认识主体身心各种认识器官以及大脑皮层各个部位的认识的积极性,提高认识效能。同时意志以它坚韧性的品格,调节和支配着认识主体的认识意志,在对真理的追求过程中,坚忍不拔,把常规条件常人能力所不及的事业推向成功的彼岸。我校在就业形势越来越严峻的形势下,由于以就业为导向,特长型、适用型、复合型人才逐年增多,毕业生择业难度反而越来越小,截止去年底,毕业生就业率已达 98.8%,当年一次派遣率达88%。

(二)非理性因素的消极作用

非理性因素的消极作用是指非理性因素可能会妨碍人们科学地认识世界,影响人们进行合理地评价、决策,造成实践上的失败,这主要表现在:

1.误导、抑制作用

消极的非理性因素不利于调动人认识的积极性和创造性,它对人的认识往往产生一种惰性或抵制作用。部分高职毕业学生选择就业单位时,自以为是,好高骛远,眼高手低,看不上这个单位,瞧不起那种职业,表现出一种盲目自大的心态。不切实际地与别人攀比,从"我想干什么"出发,拼命挤"金桥",想方设法进大城市、大机关和国有企事业单位,而不愿意脚踏实地地把个人兴趣与职业选择结合起来,把主观愿望和社会需求结合起来,寻找能发挥自己才能的工作。

2.焦虑、失衡作用

当非理性因素完全脱离理性因素的指导时,人不能理智地、全面地认识问题。相当多高职学生因缺乏明确的人生方向,行为盲目性很大。他们缺乏成功体验,自我评价较低,对自己的能力缺乏信心,觉得自己事事不如别人。他们担忧自己不被别人喜欢,担忧未来,担忧学校牌子不硬,担忧文凭不高找不到工作,担忧自己不能适应社会等等。许多学生无休止地担忧,却不能在行动上为未来进行知识和能力的准备,缺乏竞争的勇气,稍遇挫折就心灰意冷,影响了求职择业。

3. 保守、依赖作用

非理性因素一旦由认知定势积淀下来就不易被改变,限制了人们认识事物的深度和广度。部分高职学生仍然习惯于旧体制下那种等用人单位来校挑毕业生的做法,或过多地依赖家庭及学校,临近毕业,或由父母出面四处奔波,或静候学校系科的推荐。缺乏择业的主动性、积极性和竞争意识,在"双向选择"过程中不能向用人单位展示自己,推销自己,因而很容易就业失败。

通过以上分析,我们可以看出,非理性因素对高职学生就业的影响既有积极一面,又有消极的一面。我们要保持理性和非理性的平衡与张力;理顺理性和非理性的关系;利用和强化非理性因素的积极作用,防止和弱化非理性因素的消极作用,使其更好地为我们实践活动服务。

三、实践中培养高职学生积极的非理性

(一) 通过社会实践培养人的非理性

21 世纪是知识经济时代,也是国际间的竞争日趋激烈的时代。单有创新能力不够,还需具备良好的心理素质,才能在未来的激烈竞争中立于不败之地。高职学生作为社会中的一个特殊群体,由于其生活在校园环境中,所以他们所面对的竞争更多意义上指的是学业上的竞争,而这种竞争和实际社会中的竞争有着本质的区别。因而,高职学生有必要通过社会实践活动去体验社会上的竞争,在应对瞬息万变的社会环境的过程中,在解决实际问题的锻炼中,提高心理承受能力和面对突发事件的应变能力。

我校以提高学生能力素质为重点,加大了实践学时和选修课的比例,拓宽学生成才的途径,鼓励学生参加国家、省、市举办的专业技能等级考核鉴定和各种技术竞赛,2003 届毕业生中持"双证"者达到了 95%。通过实践活动,使高职学生深刻认识人生,感悟自我,做到知行统一,言行一致,把知识、情感与信念转化为行为,在实践活动中学会"做人",学会学习,学会工作,学会与人共事,从而增强在社会的竞争力。

(二) 加强更高层次的理性支配

人的情感和意志等都直接或间接受到更高层次理性的主导,理性指导着非

理性的方向,调节着非理性的方式、程度和范围。因此,我们必须坚持以科学的理论武装人,坚持科学理性的主导地位和指导作用,坚持优化人的理性－非理性结构,并对非理性的消极作用加以必要的约束。只有在高级理性条件下唤起人的热情、调动人的积极性,才能产生有益于社会发展和人们身心健康的实践活动。

近年来,我校为促使学生就业观念与新的就业形势相适应,加大了就业指导的力度,将就业指导工作从大学学业后期前移至学业的早期,与新生职业生涯规划同步设计。今年开学伊始,我校以"如何迎接就业严峻形势的挑战"为话题,组织召开了主题班会、新老生座谈会,使新生一入学就熟知"眼下不努力、择业就费力"的道理;从进校园开始,就将目标锁定在为成功就业作知识技能的储备上。对大三学生则通过校园报刊、广播及职业指导课等形式,帮助毕业班的学生认清就业形势,明确就业政策,矫正择业心态,着力帮助毕业生确立动态的择业观、就业的机遇观、创业的发展观,把初次就业和经验、能力、资本的积累看作是成功立业的基础,较好地清除了毕业生自身观念上的障碍,为毕业生尽早就业、顺利就业奠定了良好的思想基础。

(三) 全面提高学生素质促进就业

首先,培养高尚的思想道德品质,引导学生树立正确的择业观。就业制度的改革虽然为高职毕业生的择业提供了一个公开公平的竞争环境,但由于一部分高职毕业生不能客观地分析形势,在求职过程中遇到挫折、失败是很正常的事,关键是我们能否正确对待挫折,能否承受失败,能否保持健康平和的心态。高职毕业生在就业过程中要有失败的心理准备,这样就可以从自身拥有的条件出发,充分发挥自己的主观能动性,扬长避短,迎接挑战。如果主客观因素差距太大,虽尽力而不能为之,就要另辟蹊径,开辟新的战场,要从浮躁走向踏实,克服就业门槛高的弱点,一步一个脚印,一步一个台阶,踏踏实实地前进,要从怕压走向耐压,把压力变成动力,百折不挠,只有这样,才能提高心理承受能力,更好地迈向社会。

其次,培养自我就业意识和职业意识,面对社会对劳动者质和量的需求,深刻认识自己,首先要"知彼",了解和掌握招聘单位在用人方面的具体条件和标准;其次要"知己",即对自身的素质和特点有一个清醒的认识,看看自己就业的优势是什么,又存在哪些不足,对自己未来的职业生涯予以准确、适当的定位,再针对自己的不足,有目的地调整和建立适应职业要求的知识结构,拓宽知识面,提高科学文化知识水平。据统计,我校 2003 届毕业生中,有 200 多名同学凭借实习期间的良好表现而被企业直接录用。由于注重了对学生的形象塑造,强化了进取精神和技能素质的培育,毕业生质量已在社会上得到了认同,有 20 多家外地企业寄来"订单"，直接委托我校代其招聘，"订单"教育已在我校初露端倪。

再次，培养自立、自主、自强等良好素质，树立正确的职业态度。热爱自己所学专业及其对应的职业，把职业当事业，培养自己健康的职业情感，一丝不苟、认真踏实的工作作风和吃苦耐劳、做"小事"、干实事的精神。干一行，爱一行。把"爱岗敬业、诚实守信、办事公道、服务群众、奉献社会"的职业道德规范内化为自己的道德信念，在专业学习和各种社会实践活动中逐步养成规范的职业道德行为。有良好的职业道德，才能真正成为高水平、高素质的实用型职业技术人才，才能得到用人单位的欢迎，才能通过职业为社会奉献聪明才智。

参考文献

[1] 祁雪瑞. 非理性因素的正面作用及其对决策的影响. 中州学刊，2001(7)
[2] 赵庆荣. 论非理性因素对主体实践活动的作用. 青海社会科学，1996(5)

对高职院校毕业生
就业难问题的认识与思考

陈　斌

摘要　高职院校毕业生就业难的问题日益突出,正确分析毕业生就业工作中存在的问题,积极采取有效措施,是解决高职院校就业难问题的有效途径。

关键词　高职院校　毕业生　就业　认识　思考

近年来,"就业难"已成为各高职院校毕业生面临的一大难题,尤其是高职大专学生,在毕业前一年就开始为能否顺利就业而担心。由于国有企业调整改制,减员增效,政府机构精简,人员分流,使原有的就业渠道的吸纳能力降低,而新增长的就业点,如私营、联营企业,由于政策措施不配套,接纳能力有限,再加上近几年的扩招,2003 年全国的大学毕业生将达到 175 万,毕业生就业面临较为严峻的形势。

一、就业难现象的成因

(一) 时代因素

人类发展史告诉我们,不同时代对劳动者的素质要求是不同的。如果说在农业社会侧重于对劳动者的体能要求,在工业社会侧重于对劳动者智能要求的话,那么在知识经济社会,随着科技的高速发展,网络经济应孕而生,知识更新的间隔周期越来越短,以金融、电讯、国际贸易、信息、服务等为主的第三产业蓬勃发展,对劳动者的要求有了进一步的提高。作为新型劳动者只有紧跟时代发展的脉搏,与时俱进,不断学习,才能提高知识水平和知识更新的速度,加强竞争力。为此,我们的学生既要有很强的专业业务能力,又要有很高的素质,诸如良好的习惯、坚韧不拔的意志力、敢冒风险的竞争意识和独立生存的自信心等等,能力和素质两方面缺一不可。

(二) 社会因素

我国要实现现代化和富国强民,就必须将工业化革命和知识化革命同步进行,使二者有机的结合起来。在工业化的同时,"以信息化带动工业化,发挥后发优势,实现社会生产力的跨越式发展。"当前的经济调整,经济增长方式的转变和国企改革步伐的加快,一方面,对提高经济效益,增强综合国力起了至关重要的作用;另一方面,企业富余人员的再就业,客观上对学生就业增加了压力。随着我国加入世贸组织和知识经济革命的兴起,各行各业增强了对知识的重视和对人才储备的渴求,希望借助人才的优势,在未来的竞争中抢占制高点,从而在近期客观上引发了人才的高消费等非正常现象,有些单位甚至非本科以上学历不予录用,盲目进行攀比,既浪费了国家有限的教育资源,同时又增加了毕业生就业的压力。

(三) 学校因素

我国高等教育长期以来受计划经济影响,在办学模式、教学理念和专业设置上均存在着一定的问题。

1. 专业设置与市场需求相脱节

有些学校在专业设置、专业层次的定位上存在着与市场需求相脱节和不平衡的情况。在课程设置上未做及时调整,导致所培养的学生往往知识陈旧,在就业市场上很难找到学以致用的职业。专业与需求、层次与需求的结构性矛盾现象比较突出,一方面是人才供过于求,一些专业的毕业生将毕业,即面临待业与就业的问题;另一方面则是人才的求过于供,特别是一些高科技产业和服务业,面临着高层次专门人才的紧缺,影响了学生迅速就业。

2. 学生所学知识与能力不相称

现代社会将越来越需要兼具素质、知识和能力的复合型人才。创新能力、综合运用信息的能力、灵活的交际能力已经成为人才的基本能力素质。现在的在校学生虽然已经不同程度地意识到这一问题,但想在短时间内具备这种素质却非易事。这既有学生主观上的原因,如缺乏参加团体活动主动性,与别人沟通和交流比较少;也有学校方面的原因,未能调动学生的积极参与意识和主人翁意识,忽视了非智力因素的培养和教育。

3. 学生知识与技能相脱节

传统的教学侧重于以教师和课堂为中心的满堂灌,注入式教学,比较轻视实践教学。现阶段,有些学校受客观条件的影响和制约,设备、设施较为缺乏,导致一些学生动手能力和技巧较差,缺乏理论联系实际的能力。

4. 就业指导与学生需求有差距

随着高等教育大众化和"双向选择"就业制度的推行,一个学校就业指导体系和信息咨询体系是否健全,学生工作管理部门服务思想是否到位,能否规范化、制度化、科学化、经常化并具有超前指导意识,将直接影响毕业生的就业。一些学校还存在《就业指导课》没有纳入正常教学系列,就业指导工作季节化,从业人员非专业化,导致一部分毕业生缺乏与就业相关的思想准备、法律常识和择业技巧,求职的盲区很多。

(四) 学生因素

1. 观念滞后

学生在找工作时,往往不切实际地盲目与别人攀比,从"我想干什么"出发,拼命挤"金桥",想方设法进大城市、大机关和国有企事业单位,而不愿意脚踏实地地把个人兴趣与职业选择结合起来,把主观愿望和社会需求结合起来,寻找能发挥自己才能的工作。不少学生还在靠学校、靠家长找工作,同时缺乏从基层做起、从普通员工做起的艰苦创业意识,人为地增加了自己选择职业的难度。

2. 能力欠缺

在目前的知识经济社会,学会学习、学会生存已经成为学生的主流意识。然而如何真正做到这一点,提高知识更新的速度,并能灵活地把所学的知识转化为解决实际问题的能力,都非一日之功,不少毕业生还存在眼高手低的状况,直接影响毕业生的就业。

3. 知识结构不合理

学生往往受专业的限制和影响,较为普遍地存在着偏科的现象。学自然科学的往往缺乏人文知识,而学文科往往又缺乏科学素养,难以做到文理兼融,一定程度上影响了学生潜能的发挥和创新思维的形成。在目前蓬勃而起的高新企业中,显然这些学生是难以立足的。

二、解决就业难现象的对策和思路

(1) 深化教学改革,调整专业结构,使专业设置更加符合企业和社会的需求。随着知识经济的发展,企业和社会对优秀人才的需求日益增强。高职院校是优秀人才的摇篮,而企业和社会是能让人才充分发挥潜力的大舞台。因此高职院校的人才培养应面向市场,通过引入竞争机制,打破传统的管理模式和机制,在市场经济条件下,切实做到人才的培养适应市场的需求。要密切重视、观察、研究企业和社会需求的变化及市场经济对各种类型人才的需求和发展趋向,从而确定自己的办学模式、办学层次、专业设置、教学内容和教学方式,及时做好超前预测、超前决策、超前培养,给学生提供更多的学习、实践的机会,尤其要增加人文科学知识的教育,进一步拓宽学生的知识面,为企业和社会培养人文精神与科学精神相结合的人才。

(2) 突出"做人"教育,培养符合社会发展和企业要求的人格。"做人"教育的核心和关键是教育大学生如何正确处理个人与他人、个体与群体的关系。二十一世纪的教育不仅培养大学生掌握运用知识的能力,更重要的是学会"做人",学会学习,学会工作,学会与人共事,学生就是学校的"产品",高职院校必须根据企业和社会的要求,对学生培养的过程进行严格的质量监控,使之成为优质的"产品",并凭借这些优质的"产品",使我们的最终用户——企业和社会对我们高职院校毕业生的满意,从而增强高职院校毕业生在社会的竞争力。

(3)加强实践动手能力的培养,着重开发大学生创造潜能。对高职院校的毕业生来说,实践动手能力显得尤为重要。如学工程技术类的,要有在实践中发现问题、分析问题、解决问题的能力;人文科学类的学生能通过社会实践调查,达到对专业技能熟练精通的程度。毕业生能够"心中有理论,手上有技术",能够尽快适应毕业后的工作岗位。因此高职院校要加强创新人才的培养,要加强创新教育:一是训练创造性思维,使大学生逐步树立创造意识,培养创新精神,学会产生新思想,获取新知识的有效方法。二是参加各种创造发明和创新竞赛,要引导大学生在学习和生活中寻找问题,进而设法解决这些问题,以各种形式获取创造的成果。

(4)创造各种条件,开创逆境成才的成才教育,并激励毕业生自主创业。首先,高职院校应抓好创造性典型人才的宣传。"榜样的力量是无穷的"。针对当前毕业生中不注意对未来发展目标的设计,自主能力差,开拓精神不够的缺陷,在大学生中树立勇于创新、自主创业的先进典型,采取"走出去,请进来"的方式向大学生介绍社会上及本校的成功人士、有优秀奋斗史的校友,这无疑会在大学生中起到良好的示范和激励作用。

其次,学校应积极创造条件,进行逆境成才的教育。为适应社会和企业对大学生吃苦耐劳精神的需求,针对大学生对家庭依赖性强,贪图享受,怕苦怕累的倾向,学校可组织寒暑假社会调查、社会实践、勤工俭学、义务劳动、爱心工程、青年志愿者等活动,使大学生在深入社会并经受艰苦锻炼中受到教育和启发。

再次,学校应加大力度激励大学生主动参与社会竞争,培养自主创业的作风。

(5)进一步加强大学生毕业前的就业指导力度高职院校应从大学生一进校就引导他们树立"社会、企业的需求就是我们的目标"的观念,使学生在学习中始终围绕市场的需要塑造自我,提前做好就业素质的准备,不断增强市场竞争力。学校通过每年面向毕业生开设就业指导讲座、作"走向社会"专题报告等,加强对毕业生的宣传教育,促使毕业生主动适应改革需要,转变就业观念,适应新的用人机制,找准自己的位置,邀请企业家来校举办大学生择业模拟市场,提高毕业生在市场上自我推销的能力;在校办刊物上开设就业指导专栏,指导帮助毕业生如何通过各种渠道搜索和处理各种就业信息;科学分析就业市场形势、求职择业的技巧技能;建立就业洽谈热线,帮助毕业生答疑解惑;建立网站,为毕业生服务。

让学生真正成为教学的"主体"

秦　姝

摘要　教学的主体是学生,只有重视对学生教学主体意识的培养和提高,使学生在教学活动中表现出高度的自主性、主动性,才能培养和造就出适应未来经济时代所需的高级人才。

关键词　教学　主体　调动

教学是教师与学生的双边活动,摆正教与学的位置,把握教与学的辩证关系,是教学中至关重要的问题。教学活动是教师根据教育目的和学生身心发展的规律,有目的、有计划、有组织地引导学生掌握系统的科学文化知识,训练基本技能,促进德、智、体全面发展的教育活动,教师是教育者,学生是教育对象,师生关系是一种"教"与"受教",培养与被培养的关系,那么教师自然处在教学过程中的主导地位,而学生则处在被主导的地位。但是学生又是一个个具有主观能动性的人。无论是把人类积累的认识成果转化为学生的知识结构,还是培养学生的认识能力,发展智能,都需要学生自己的积极思考,都要依靠学生的学习主动性。

学生的主体作用和教师的主导作用,在教学活动中常常是相互联系,相互转化,相互制约的,只有充分发挥教师的"主导"作用和学生的"主体"作用,做到"主体"与"主导"的统一,达到"主体"与"主导"的最佳结合,才能真正发挥课堂的最高效率。

综观目前的教学实践,许多教师并没能正确摆正师生间"主导"与"主体"的关系。许多人为割裂"主导"与"主体"关系的做法依然存在,具体表现有:

(1)教学目标模型化。以分数为标准,把学生塑造成完全符合教师个人愿意的标准产品。

(2)教学评价功利化。"唯书、唯智、唯分",教学价值观狭隘。

(3)课程设置单一化。以"考试"为指挥棒来设置课程,结构僵化,难以满足学生丰富的精神生活需求和多样化发展的需求。

(4)教学要求统一化。排拆学生主体的个别差异,教学目的、计划完全统一,忽视因材施教。

总之一句话,许多教师并没有真正充分发挥学生的"主体"作用,教师成为教学的"主人",学生则成为"客体",一切以教师的意志为中心为转移。形成这些现象的原因,有观念方面的,也有具体操作方面的,但都严重抑制了学生主观能动性的发挥,阻碍了学生健康全面地发展,其结果是教师教得吃力,学生学得辛苦,教师为教学质量得不到提高而心焦,学生视学习为畏途,学习兴趣丧失殆尽。

那么,如何激发和培养学生的教学主体意识呢?

一、培养学生的兴趣,变被动为主动

学习兴趣是人的认识活动的巨大推动力,也是学习自觉性和积极性的核心因素和有力的催化剂。培养学生的教学主体意识首先要培养学生对所学知识的兴趣。教师要深入了解学生,关注学生的个体差异,在安排教学内容和教学进程时,针对不同层次的学生,实施分层次教学,有针对性地因材施教,使每个学生都有所收获,感受到收获的喜悦和成功。其次,教师在教学过程中,要根据不同的教学内容,灵活运用不同的教学方法,吸引学生对教材的注意力,调动学生学习的积极性;还应注重理论联系实际,加深学生的感性认识,以激发学生的学习兴趣,只有这样才能提高学生主动参与教学的意识,充分发挥学生的主体作用。

二、创建融洽的师生关系,变隔阂为沟通

学生对某教师有好感,往往会由此而发展到对这位教师所教的课程感兴趣,积极主动地学;反之,如果师生之间没有建立起友好合作的关系,缺乏情感交往,甚至互不信任和对立,那么就会对学生的学习起消极作用。心理学研究表明,只有自由、民主、宽松的教学氛围,学生的思维才可能处于积极主动的活跃状态,在轻松的教学环境中学生的教学主体意识才能很好地得以发挥。这就要求教师在教学中不能以权威自居,在态度上不轻视学生,在感情上不疏远学生,既要把学生看作是教学的对象,更要把学生看作是教学的主体和学习的主人。不仅珍爱品学兼优的学生,更应以博大无私的爱心帮助后进生树立自信心,教师的尊重、理解、关心和信任,让每一个学生都能感受到自己是具有独立人格的被尊重被关爱的人,这种平等、友好、融洽的师生关系,促进了师生之间的情感交流,极大地调动了学生学习的主动性和自觉性,学生参与教学的意识随之增强。

三、运用现代启发式教学方法,变灌输为疏导

现代启发式教学强调人的主动性,其核心是拓展学生的思路,激活学生的思维,传统教学忽视学生的主体性,教师把教学看作是一个灌输的过程,把学生当作一个可装大量知识的"容器",通过反复操练使其成为具有技能、技巧的人。学生一旦离开了老师,便无法进行自主的、有效的学习活动。人类社会已进入知识

经济时代,必须改革传统教学方法,运用现代启发式教学培养具有创新意识、创新精神和创新能力的高素质人才。教师要有意识地通过创设科学、合理、新颖的问题情境来带动教学,满腔热情地启发、鼓励学生从不同角度进行多向思维,培养学生的好奇心,激发学生强烈的求知欲望。教师要有勇气允许学生向自己挑战,鼓励和引导学生独立思考,大胆质疑问难,直抒己见。不把学生当作被动接受知识的容器,让学生参与知识形成的过程,培养学生提出问题——分析问题——解决问题的能力,将机械灌输变成循循善诱的疏导,促进学生教学主体意识的发挥。

四、采用先进的教学手段,变单调为灵活

过去,教师大多采用"教科书＋黑板＋粉笔"的教学模式,课堂气氛不活跃,缺乏共鸣,教学效果差。在传统的课堂教学中,好的教学策略经常会因教学手段的欠缺而受到严重影响。培养学生的教学主体意识同样应注意改进教学手段,要运用多媒体教学等新技术。多媒体技术的特点是将文字、图形、图像、动画、音频、视频等信息集为一体,能根据使用者的要求进行灵活多样的人机双向交流,更符合以视觉为主、五官并用接受客观信息的规律,对启发学生思维、提高注意力、观察力、想象力、分析力、理解力和记忆力以及在形象思维基础上的创造性思维能力很有帮助。采用多媒体教学方式,增强了教学的直观性,丰富了学生的亲身体验,吸引了学生的注意力,学生积极主动地思维,教学效果明显提高;因其交互性好,能够使学生变"被动学习"为"主动参与",有利于培养学生的教学主体意识。

在现代教学中只有重视对学生教学主体意识的培养和提高,使学生在教学活动中表现出高度的自主性、主动性,这样,创新性的教学才能得以展示和发展,课堂教学才能真正成为培养和造就创新人才的主阵地,才能培养和造就出适应未来经济时代所需的高级人才。

人本理论在高校学生管理中的应用

王 梦

摘要 学生管理工作在高校中占有十分重要的地位,要实现有效管理,必须引入人本管理理论,坚持以学生为本,发挥学生的主体性作用,促进学生的全面发展,服务于学生,以求实现有效管理。

关键词 人本管理 高等学校 学生管理

人本管理理论主要来源于哲学中的人本主义思想,讲求的是以人为中心的管理,是现代管理理论发展到 20 世纪末的主要特点。人本管理理论研究人的本质,研究人与自然、人与人、人与社会之间的关系,肯定人的价值,尊重人的个性,强调人的感受。要求在管理活动中,必须坚持一切从人的实际出发,以人为中心,调动人的主动性,发挥人的积极性和创造性,重视人的主体地位与作用,以提高管理效率,达到有效管理的目的,促进人的全面发展。

当代大学生思想活跃,价值取向多元化,参与意识、主体意识、个性意识增强,这些已成为他们最为重要的时代特征。在新的形势下,如何有效的运用现代管理学的原理和方法,确立大学生在管理中的主体性地位,发挥他们自我管理、自我教育、自我服务的作用,是学生管理工作者必须面对的重要任务。

一、坚持以学生为中心

(1) 尊重人——以学生为本。高校学生管理工作,就是实施对人的管理,这里,学生是首要和核心的因素。中国传统的教育就非常重视对人的尊重,几千年来已流传下"以人为本"的教育观。尊重人的关键,就是尊重学生的人格,尊重他们的个性,尊重他们的权利,尊重他们的需要,给给他们以发展自己的能力。想学生所想,急学生所急。帮助学生解决困难,解除困惑。把学生当作朋友,以真诚的态度关心他们,研究和了解他们的需要,运用各种合理的手段,满足他们的需要,进而激发他们的动机,引导他们的正确行为,达到教育和管理的目的。

(2) 依靠人——学生参与是有效管理的关键。企业有效发展的重要因素是天时、地利、人和,其中最宝贵的是"人和"。高校学生管理同样如此。高校管理工作的主体是学生,学生管理工作的成功,离不开学生的积极参与和密切配合。

大学生从年龄结构上看,大都在 17~20 岁之间;从知识结构上看,已接受过完整的基础文化教育。其思维能力、知识水平、生理状态和心理承受能力,都已具备了自我教育、自我管理、自我约束的可能。学生管理活动中,坚持以学生为中心,就是要依靠学生来推动高校学生管理工作。

(3) 发展人——促进学生的全面发展是管理的核心。社会主义教育的宗旨把人的自由全面发展作为最高追求。党的教育方针是造就"有理想、有道德、有文化、有纪律"的四有新人,培养德、智、体全面发展的社会主义建设者和接班人。高校学生管理工作的目的,从大的方面说,正是为了实现人的全面发展,满足社会对高级专门人才的需要。"归根到底,21 世纪最成功的劳动者将是最全面发展的人,是对新思想和新的机遇开放的人"。素质教育作为一种新的教育理念,其目的就是为了促进学生内在的、本质的能力的发展。就是积极创造条件,让学生的个性和综合素质得到充分提高。

(4) 服务人——服务于学生是管理的根本目的。大学生从踏入高校到毕业离校走上社会,是人生观不断形成、理论和知识不断丰富的过程。这其中,需要经过许多特定的阶段,会遇到许多的问题。学生管理部门和管理者要牢固树立服务的意识,把学生始终当作自己的服务对象。通过实践,积极开展工作,了解学生的各种需求,主动为学生的学习服务,为学生的生活服务,为学生的发展服务。

二、贯彻以学生为主体

高校学生管理的对象是学生,学生既是管理的客体,又是管理的主体。学生管理工作不但是对人的管理,同时也是对人的培养。如果没有学生的积极主动参与,只有管理者的单向行动,是不可能取得积极的效果。传统的学生管理,实行的是学生工作处直接领导下的以班主任为中心的管理模式,把管理者看作是管理工作的主体,而把学生只当作管理的客体,完全处于从属、被动的地位。学生管理制度成了管制、限制、甚至于压制学生的工具,人为地阻碍了学生主体性作用的发挥。在这种模式下进行的学生管理往往会出现"消防队"的现象,导致工作不到位,虽然学生工作者非常辛苦,做了许多工作,却起不到应有的效果。甚至还会使学生产生逆反心理、对立情绪,不利于学生工作的开展。高等学校的存在离不开学生,明确大学生在管理工作的主体性地位,有利于改变管理者与管理对象的"主从"关系,提高学生管理工作的效率;有利于增强学生自我管理的内在动力,促进学生对管理工作的认同;有利于加强和改革学生管理工作,优化管理的过程;有利于推动创新人才的培养。

马克思主义认为:人的价值就在于他的主体性,即在于人满足自身需要的活动中表现出来的创造客体价值的价值。当代大学生具有强烈的主动性和参与意识,他们具有对自身的学习、生活进行选择、决策和控制的愿望。因此,调动学生的主观能动性,激发学生的积极参与,建立和实行学生工作以管理者为指导、学生自身为中心的有效管理模式,发挥学生在管理工作中的主体性作用,既是可能的,也是必要的。要善于积极引导他们,利用多种形式,鼓励学生参与管理,培养他们的自律能力,尊重他们的民主权利,唤起他们的强烈责任感,把外部的制度管理与学生内部的自我教育和自我管理有机的结合起来。这样就能变被动为主动,取得事半功倍的效果。

三、落实"三结合"

(1) 师生结合。我国《教师法》明确规定教书育人是教师的基本义务,教师肩负着培育"四有"新人的重任。在学生管理中,一方面除了要发挥学生管理工作队伍的作用外,还必须调动学校全体教职员工的积极性,自觉运用科学的世界观和方法论引导学生,运用科学理念和科学知识教育学生,用自身优良的品行影响学生。使得大部分学生能得到全校教职员工的来自各方面的尊重与关爱,得到完整的全面教育,使管理育人与教学育人成为有机整体。另一方面在教师政治上把关、业务上指导的基础上,放手为学生创造一个自我教育、自我管理的环境。建立校、系两级学生会和自管会,给愿意参与管理活动的学生提供锻炼的机会,扩大学生自我管理的权限,提高学生管理工作的效率。加强学生社团组织建设,积极支持社团开展活动,增强大学生参与管理和竞争的意识。积极组织开展丰富多彩的校园文化活动,陶冶情操,锻炼提高学生的综合素质和能力。

(2)"严""情"结合。学生管理工作中的规章制度是必不可少的,必须以行政措施为基础,强调照章办事,坚持有章可循。学生管理工作者一方面要坚持制度管理,坚持严格管理,通过严格执行有关规范、制动、章程、纪律和守则,表扬先进,批评后进,处罚违纪。要根据社会的发展和学生的成长规律,经常深入进行调查研究,摸索学生思想变化的共性和规律,开展积极有效的思想工作,制定切实可行的规章制度。制定的规章制度,要有利于发挥学生的积极性和创造性,使它们成为激励因素和推动力。另一方面把无情的制度管理与有情的人本管理结合起来,既要"制度化",又要"人情化"。以情感人,加强情感的沟通,促进管理者与学生之间的情感互动,动之以情,晓之以理,循循善诱,进而推动管理工作的开展。平等的对待每一个学生,真正成为学生的知心朋友,使学生对管理的作用和目的产生认同感,使管理目标内化为学生的行为指南,取得学生的主动配合,提高他们遵守各项规章制度的自觉性。针对不同学生的特点,"因才施管",采取不同的管理措施和方法。经常关心学生的学习、生活,关心特困学生的疾苦,情真意切,情理结合,以理为魂,喻理于情,理在情中。做到了这一点,管理者就能抓住学生内心情感倾向,及时予以正确的引导,顺利实现管理的目标。

　　(3)管理服务结合。随着市场经济的发展和不断完善,学生工作的部分管理职能正在向服务、咨询、指导职能转化。学校的一切工作都要紧紧围绕学生这个中心,"一切为了学生,为了一切学生,为了学生的一切",树立主动为学生服务的宗旨。学生管理工作者要从学生的实际需要出发,尽可能地、切实为学生多办一些实事。在生活上给予家长式的关怀和温暖;在学习上给予有效的教育和指导;在处理人际关系上给予及时的关心和帮助。我们要走出为管理而管理的误区,加强管理育人的意识,把对学生的服务融入常规管理之中,最大限度的发挥管理育人、服务育人的功能。通过教育和管理,不断提高学生的思想素质、科学文化素质、道德修养,促进学生的品德结构、智能结构、身心结构的全面发展,培养出更多的复合型创新人才,更好地适应社会主义现代化建设的需要。

　　学生管理工作在高校管理工作中占有重要的地位。只有做到尊重人、依靠人、发展人、服务人,全面认识人的属性,切实理解人的需要,充分尊重人的价值,建立适应时代的有效管理新模式,学生管理工作才能以更新的姿态、更旺盛的生命力走在时代的前列。

参考文献

[1] 周三多.《管理学原理与方法》.上海:复旦大学出版社,1999
[2] 苏东水.《管理心理学》.上海:复旦大学出版社,1998
[3] 陆庆壬.《思想政治教育学原理》.南京:南京大学出版社,2000

高职院校学生教育管理初探

季 伟 王 梦

摘要 学生的教育管理工作是高职院校育人工作的一项重要内容。本文从"更新管理理念,强化服务意识,推进素质教育"等方面,阐述了做好高职院校学生教育管理工作的思路与方法。

关键词 高职院校 学生教育管理 初探

随着高教体制改革的不断深入、招生规模的不断扩大和 WTO 的加入,作为高等教育的一部分——高等职业教育,将面临着严峻的形势。逐年的扩招,导致生源质量急剧下降,学校的硬件投入和软件建设,远远不能与学校的发展规模同步,这一切无疑给高职院校各项工作,特别是学生教育管理工作带来了很大的难度。

当今的大学生多为独生子女。从小娇生惯养,自我意识过于强烈,常常表现为唯我独尊,我行我素。他们思想解放,推崇创新,参与意识、主体意识、个性意识以及竞争意识强,但责任意识、集体观念辨别与承受能力弱,这是当代大学生共性的一面。高职院校的学生除了具有上述共性特点外,还具特有的个性。他们中的部分尽管在中学阶段其学习态度、学习习惯、学习自觉性、学习方法等都存在着不尽人意的地方,但他们对考入"末流"高校还是于心不甘,怨天怨地,对学校没有感情,迫于无奈,混混文凭,在这种心理支配下,许多学生到校后,表现差强人意。① 玩世不恭,随心所欲,对老师的教育置之不理,对集体漠不关心,自由散漫,放荡不羁,② 学习动力不足,缺乏刻苦精神,由于高考成绩不理想,许多同学挫折感、自卑感和失落感较重。"60 分万岁",得过且过,不少学生每学期都有几门课程不及格,有的重修后仍不及格,③ 目无校纪,行为失范,由于中学阶段养成的不良行为和进校后对学校和自身前途的失望,一些学生破罐子破摔,旷课、打架、滥交异性朋友,有的甚至触犯了法律。扩招后,这部分学生成正比例上升,学生多了,学生管理的负荷变大,难度陡增。

新的形势和学生管理的新的情况,新的问题,迫使我们必须进行认真思考,怎样面对挑战,研究探索高职院校学生教育管理的规律性及特殊性,寻求更加科学、规范的管理模式,为社会培养更多的能参与竞争的高素质人才。

一、加强教育管理,推进素质教育

(1) 坚持以德育为核心,以育人为宗旨,用爱国主义,集体主义和社会主义的主流文化教育学生,建设有效的德育合力网络。把教育管理与教书育人、管理育人、服务育人结合起来,形成学校内部、外部以及学生自我教育三位一体的育人合力网络,提高学生坚定的政治立场和明辨是非的能力,帮助学生树立正确乐观的人生观、价值观,不断调整自己的价值取向,在服务社会的实践中实现自我价值;同时结合学生的身心特征加强以"学会做人、学会做事、学会学习、学会生存、学会创造"为核心的养成教育,培养他们良好的思想道德品质和进取、创新的精神。

(2) 加强学风建设、强化立志教育。从新生的入学教育抓起,加强对学生进行"爱校、爱专业"教育,帮助他们克服高考带来的阴影以及由此产生的自卑心理、失落感和挫折感,振作精神,重新认识和设计自己,明确自己的学习、成长目标,并鼓励他们为之不懈的努力。通过树立典型,激发学生内在的学习动力和积极向上的进取精神,培养他们浓厚的学习兴趣和高度的自觉性,勤奋刻苦地学习,克服"先天不足",为今后从容地面对竞争激烈的市场打下良好的基础。同时加强管理,引进激励机制,把奖学金的评定、综合素质的测评、推优、入党与学习态度、学习成绩挂钩,使各项政策成为学风建设强有力的指挥棒;严格管理制度,狠抓学生的上课率、晚自习率和考风建设,健全考试制度,做到教考分离;严格考场纪律,及时处理违纪行为,以考风促学风。

(3) 建设高品位的校园文化,优化人才成长的环境。校园文化具有潜移默化的教育功能,为学生的成长、成才提供了养料和水分,为人才的培养搭建了平台。校园文化活动要注重大众性,要面向全体学生,让所有学生都有展示自己的才华、锻炼自己能力的机会;充分发挥学生社团的依托作用,加强学生社团的建设,强化指导与管理,使其真正成为学校思政教育的载体,成为提高学生综合素质的渠道,成为学校发展与稳定的积极力量;创新文化活动,提高文化品味:① 思路要创新。求新意,求精品,拓宽主题,选择更贴近国情、校情、学生实际的论题,使学生从中受益。② 内容要创新。要突破传统,反映时代气息。注重"阵地"建设,发挥立体网络宣传导向作用。把第一课堂的教学与第二课堂的活动有机地结合起来,真正做到相互渗透、相互补充,共同完善;通过推进"高雅艺术、名人进校园"工程;举办知识竞赛、演讲赛、辩论赛、人文社科讲座、科技作品大赛和科技成果展以及"文明校园大家建"等活动,把校园文化建设与学生的常规管理、人文素质和科研能力的提高结合起来。使丰富多彩、形式多样、品位高雅的校园文化活动带给学生的不仅仅是知识的补给、情趣的添加和视野的开阔,更是人格的升华和能力的提高。③ 方式要创新。要把校园文化活动的触角延伸至校外,建立社会实践基地；与企业、社区、部队、媒体联姻，通过科技、文化、文艺下基层、"大学生志愿者"服务、社会实践活动等，形成校园、社会互动网络。在借助社会力量，强化校园文化建设的同时提升学校的知名度，产生一定的社会影响。

（4）加强心理健康教育与咨询工作，培养学生健康的心理。充分发挥心理咨询中心和心理协会的作用，通过"互助、自助"，关心帮助那些需要扶助的个体，主动为他们化解难题，使受助者摆脱困境，走出阴影；拓宽工作内容，通过举办心理讲座、心理知识培训、座谈会，开设心理热线以及创办会刊、杂志等，做到外在教育与内在教育的有机结合。同时努力创设一个校园文化的心理环境，把心理健康教育与校园文化活动有机地结合起来，通过开展文化娱乐活动、学术活动、社会实践活动，营造一种轻松、活泼、勤奋、团结、奋进的心理环境，使学生在活动中感受民主、和谐的气氛，保持良好的心态，从而帮助他们正确地认识自我，完善自我，继而身心愉悦地实现自我。

二、坚持以人为本，更新管理理念，创新管理制度

（1）确定以学生为本的"主体性教育"理念，在要求学生全面发展的基础上，提倡学生的充分发展，在管理中把满足学生的个体需要与育人的整体目标结合起来；把行为管理与思想疏导、理性说服与情感感化、群体教育与个体教育结合起来，把信任、爱护、沟通、指导渗透到管理工作的各个环节；要善于发现、爱护、引导学生的兴趣与爱好，对不同特点的学生采取不同的管理办法，实行差异式管理，重视学生的个性，促使其良性发展；坚持"动态发展"的观点，学会用客观、全面、发展的观点看待学生，正确分析、解决学生中出现的新情况，新问题；在管理办法上要灵活多变，在管理手段上要公正、民主、富有人情味，使每个受管理者都能愉快地接受管理。

（2）建立、健全科学、规范的管理制度，修订完善学生行为规范、学生综合评价、学生奖惩、学生工作考核机制等一系列管理制度，使学生管理有章可循，减少随意性。同时，加大宣传、教育、落实的力度，使管理规范成为学生的行为准则，并逐渐内化为学生的自觉行动；坚持与时俱进的思想，不断创新管理制度，使其更具时代性。

（3）加强"三自"教育，激发学生参与管理的热情。怎样使学生摆脱完全从属的被动的"被管"的局面，收到良好的管理效果，就必须充分调动和发挥学生的积极性、主动性，引导他们自我认识、自我控制、自我教育、自我管理，变被动接受管理为主动参与管理。在管理的过程中：①根据学生的特点和需求加以引导，让他们用自我管理的方式来达到自我教育的目的；② 有民主意识，要耐心听取和积极采纳学生的正确意见，不搞一言堂，要主动接受学生的监督；③ 发展和扶持各种学生合法组织，如学生会、自管会、学生社团等，并逐步扩大其权限，让他们

在参与管理中有责有权；④ 创设一种民主氛围，为学生行使民主权力创造条件，提供机会。

三、加强队伍建设，强化服务意识，提高管理效力

（1）提高素质，寓教于管。建设一支高素质的学生管理工作队伍：① 把好选人关。通过竞聘，把那些政治素质好、善于管理且受学生爱戴的同志选拔充实进来；② 加强管理工作者的理论学习和研究，对学生的思想动态以及采取的对策；如何营造、构建有利于学生成长的机制和环境；怎样运用现代传媒技术进行学生管理等，要着重予以研究。通过研讨、座谈、培训、进修等形式，提高他们的素质、能力、和水平，形成立体的素质结构；③ 在工作、生活上关心学生管理干部，帮助他们解决实际困难，使他们能全身心投入工作；对长期从事学生管理的工作者，根据其工作表现及个人意愿，允许合理流动，对其中表现优秀的，应给予重用。

（2）完善制度，强化考核。加强学生管理工作队伍的建设，除了对其进行教育、培养、使用外，更为重要的一点是要进行严格管理。健全和完善科学地、合理地、行之有效地考核办法，明确职责，强化管理。实践证明：对班主任、辅导员、系部学生工作进行量化考核，有利于调动其工作的积极性、主动性和创造性；有利于形成全员参与、齐抓共管的工作局面；使学生中出事概率减少、学习热情增高，保证了学生管理工作最低目标的实现。在实施考核的过程中，要把其主要内容融入学校的改革措施之中；要把考核的结果与职务的晋升、职称的评定、岗位津贴的发放以及各种奖惩挂钩，使学生管理工作考核更具客观性、公正性、权威性和可操作性。

（3）加强培养，协同管理。由于学生人数多，事务杂，学生管理工作单靠班主任、辅导员、系部分管领导以及学生工作职能部门的努力是不够的，学生干部队伍是一支必须依靠的力量：① 加强对学生干部的教育与管理，培养他们高尚的道德品质、勤恳踏实的工作作风、诚实可信的做人风格、乐于吃苦的奉献精神。② 增强学生干部的责任意识，完善各项考核制度。在学生干部管理上引入"能者上，平者让，庸者下"的机制，通过竞争更好地服务学生。③ 在学生干部的使用上，既要大胆，又要谨慎；既要严格，又要民主；既不能干涉太多，又不能撒手不管。要给予关心、支持、配合、指导，使他们在实践中真正得到锻炼。

（4）服务至上，帮困解困。① 为解决学生的困惑提供帮助。由于改革的深入，使得社会不断进步，经济飞速发展，这无疑为学生施展才干搭建了舞台，但同时也给学生带来了很多的困惑和巨大的压力。做好心理疏导、帮困、解困，成了学生管理工作的重要内容。设立人财到位的心理咨询中心；聘请资深的心理教授；提供周到、细致、耐心的咨询服务，使有心理疾患的学生克服障碍、重塑人生。

对经济困难的学生通过助学贷款、困难补助、勤工助学等形式,帮助其完成学业。将勤工助学与困难补助融为一体,培养贫困学生自强自立和战胜困难的品质;加大贷、奖学金的力度,增强贫困学生的责任意识和奋发成才的动力。② 想方设法拓宽学生的就业渠道。随着高教体制的改革,学生由"统招统分"转为"双向选择,自主择业"。学生就业率的高低成了制约学校生存、发展的瓶颈。全员参与、想方设法为学生就业拓宽渠道已成共识。改革传统的教学模式,根据市场的需求,设置、调整专业以及课程;重视教育教学质量的提高,加强学生的专业思想的教育,帮助学生明确学习目的,端正学习态度,改进学习方法;加强就业指导,帮助学生了解就业信息、调整就业心态、掌握就业技巧;完善就业信息网络,通过多种途径,各类媒体、构建校企"绿色通道",积极主动地推荐学生;强化创业教育,教育学生更新观念,自我创业。同时建立校内创业园地,为学生创业提供条件,培养学生自主创业和艰苦创业的精神。

随着信息时代的到来和高教改革的不断深化,高职院校学生工作将面临着更加严峻的挑战,这就需要我们不断加强学习,更新教育、管理的理念,探索和研究学生工作新的特点、新的措施和新的方法,用创新的思维、创新的精神,开创性的开展学生工作,为飞速发展的经济,培养更多的合格人才。

参考文献

[1] 李兴山. 现代管理学. 北京:现代出版社,1998
[2] 陈秉公. 思想政治教育学原理. 沈阳:辽宁人民出版社,2001

高职院校思想政治工作
创新的基本构想

吴志明

摘要 本文就高职院校思想政治工作面临的困惑和挑战,从观念、内容、方式方法、机制等四个方面提出了实现思想政治工作创新的构想。

关键词 高职院校 思想政治工作 创新

2006 年初,国务院批转了教育部《2003～2007 年教育振兴行动计划》,教育部下发了《关于以就业为导向,深化高等职业教育改革的若干意见》,随着教育部党组对高等职业教育改革和发展作出的一系列部署的出台,在高职教育战线上,围绕高等职业教育的办学体制和运行机制等方面的问题,展开了新一轮的实践与创新。面对高等职业教育办学体制和运行机制的深刻变革,如何创新高职院校思想政治工作,应对"转型期"的挑战,这给广大思想政治工作者提出了一个崭新的课题。倘若继续用旧观念来指导新的实践,用老办法来解决新的问题,不仅难于应付,而且更难于奏效。因此,只有依据变化了的实际,对思想政治工作实施创新,以新思路、新举措应对新变化,高职院校思想政治工作才有可能跃出新旧教育体制"转型期"的困惑性"低谷",才有可能顺应时代发展,开创高职院校思想政治工作的新局面。笔者认为,高职院校思想政治工作可偿试以下途经来实施创新。

一、实现观念的创新

观念在教育环节中具有先导性作用,抓住观念的创新,就等于抓住了思想政治工作整体性创新的"龙头"。

(一) 从培养高技能型人材的人材观出发,兼顾到人材的全面发展

为社会主义现代化建设培养高技能人材,是整个高等职业教育战线肩负的义不容辞的历史使命。现行的高等职业教育办学体制,存在侧重传授专业知识而忽视全面素质教育,致使学生文化底蕴浅溥、知识视野狭窄、精神品位不高、综

合素质薄弱的问题。随着高等职业教育办学体制的转型,这一矛盾更加突出。教育部《关于以就业为导向,深化高等职业教育改革》中指出,"要把高等职业教育的学制由三年逐步过渡为两年",如何以短学制,培养出既具备丰富的专业知识又有较强的动手能力的高技能人才,同时又要兼顾到高技能人才的全面发展,这是高职院校教学和思想政治工作面临的一个新的课题。社会进入到追求全面进步的历史阶段后,需要的人才不仅要有精深的学识、技艺,而且还要有广阔的胸怀、健康的心态、完善的人格。因此,更应强调学生的技能培养和全面发展,专业素质结构要相应地进行调整,要求在各门专业课程中强化政治、社会道德伦理学内容的渗透,致力于德才共生,全面发展。

(二) 从培养有本事的人才观出发,重视对人材政治素质的培养

坚持科学定位,明确高等职业院校办学方向,坚持培养面向生产、建设、管理、服务第一线需要的"下得去、留得住、用得上",实践能力强、具有良好职业道德的高技能人才。说穿了,高技能人才就是要会做事、有本事。现代教育理念告诉我们,不会做人,有本事很可能做不好事。先进的科学技术是促进生产力发展,推进社会变革进步的强大武器,但还得看它掌握在谁的手里,掌握在好人手里,它会造福人类、服务社会;一旦掌握在坏人手里,它就会危害人类,贻害百姓。高技能工人材不仅是社会主义现代化的建设者,同时也是社会主义建设的管理者。所以,确立现代育人理念,把学会做人与学会做事放在同等重要的教育位置,同时要重视对高技能人材政治素质的培养,才能真正造就社会发展所需要的合格人才。

(三) 从对上负责的责任观转变为对上对下相一致的责任观

过去我们在思想政治工作的实践中往往把注意力放在对上负责上,认为只要不出现政治性纰漏,不发生影响学校正常教学秩序的问题,就以为思想政治工作到了位。因此,多年来,高职院校思想政治工作往往将着眼点、着力点放在对上级负责上,而对学生未来发展的实际需求重视不够,比如深受学生欢迎的成功创业的心理素质知识、成就事业的创新精神要素构成知识、先进的职业理念学问、竞争与合作的辩证方法、国际交往、社会服务所需要的礼仪常识、提高人格魄力的技巧、与人合作共事的亲和力艺术等等,都对学生未来发展具有重要的影响,但这些内容还没有完全进入高职院校思想政治教育的系统。思想政治工作只有确立对上负责与向下负责相统一的观念,才能拓宽思想政治工作创新的领域,增强思想政治工作的作用力。

二、实现内容的创新

观念的创新只是创新的先导,而内容的创新则是创新实践的"入口",没有内容的创新,就不能将创新的认识转化为创新的实践。内容创新应重点关注三个方面:

(一)从讲究效益出发,创新"两课"教育

高等职业教育办学体制改革,现行的专业设置均要被打破,如何保证学生在校期间,有足够的时间学习专业理论知识,又有充足的时间进行实训锻炼,进一步明确学生学习理论知识以够用为度,各课程都面临缩减课时的问题。与思想政治工作密切相关的"两课"教育需要进行彻底的改革,从内容到形式均要创新,"两课"教育除了进课堂,更要进入学生宿舍、公寓、校园网络和学生实习、实训场所。评价"两课"教育的教学效果,不能单纯以课堂灌输、期末考试学生得分多少来衡量,应转变为"两课"的教学能否有效地帮助解决学生中存在的实际问题。比如,学生中存在的这些问题:沉迷网络、上课迟到、考试作弊、公共场所搂搂抱抱等不文明和不道德的现象;更有甚者,偷窃、酿酒、打架行为;在人生价值观上,崇尚极端个人主义、拜金主义和享乐主义、个人失落感强烈等。"两课"教育要在坚持用邓小平理论和"三个代表"的重要思想为政治导向的基础上,大胆删除一些纯说教性理论课程,增加一些有针对性的内容,使"两课"教育真正起到解决学生中的实际思想问题和表现的作用。

(二)要充实时代需要的新内容

世界经济一体化客观上需要全人类确立共同进步的价值观念,需要确立公平竞争、互利互惠、友好合作意识,需要强化信誉、信用意识。社会主义市场经济既是竞争经济,又是诚信经济,因此,它需要人们懂得并遵守竞争伦理、经营伦理。市场经济还是法制经济,它需要人们牢固树立法制观念,确立权利与义务相统一的思想。市场竞争说到底是服务质量的竞争,因此,它需要人们恪守服务宗旨,具备服务品格,高职院校思想政治工作只有将这一系列的新内容包容进来,不断充实新的时代内容,才能体现出思想政治工作的时代性,才能与时俱进,不断创新,再现生机。

(三)要增添利于学生未来发展的实用性内容

党的十六大指出:就业是民生之本,扩大就业是我国当前和今后长期重大而艰巨的任务。高职院校主要培养生产、建设、管理、服务一线的高级应用型人才。高职院校思想政治工作要依据学生所选择的专业方向,把世界上最先进的职业

理念、职业心理素质、职业行为素质等文化知识融入思想政治教育的内容,同时,增加就业形势教育、创业教育,将此纳入思想教育的范围。这样,思想政治工作就能与学生的发展相吻合,就能增加"含金量",增强对学生的吸引力。

三、实现方式方法的创新

创新内容需要与之相适应的方式方法作载体,才能如鱼得水,显示活力。在方式方法上,侧重实现三个方面的创新:

(一) 实现组织方式的创新

随着学分制、选修课的推行,学生实习、实训场地的经常性变更,以及学校后勤服务社会化改革的实施,传统的专业、班级功能日趋弱化,为了适应这一新的变化,学生中的党团组织、社团组织应按生活区域来设置,以公寓楼为单位设立学生党团支部,以寝室或相邻的几个寝室为单位设立党团小组,选派政治辅导员进学生公寓,负责思想政治工作。学生公寓党团组织与系部、班级在思想政治工作的责任关系上,实行协同负责制。涉及教学中发生的思想问题,以行政系部、班级为主,并向公寓党团组织进行通报,以沟通方式请求公寓组织协助,共同来解决学生的思想问题。在日常生活中发生的思想问题,则以公寓组织为主解决,并以同样的沟通方式,获得行政系部、班级老师的支持。在这种新型的组织管理方式下,沟通与合作是最关键的环节。只有沟通,才能使双方都了解工作对象的思想状况;只有合作,才能使思想政治工作更有成效。搞好沟通与合作,关键是奉行利益共享、责任同当原则,切实落实责任。

(二) 实现课程方式的创新

即将与专业学科相联系的政治学、社会学、伦理学知识渗透融入到专业课中。不仅使学生掌握专业知识技术,而且还要使学生深入了解相关专业知识的历史与传统,掌握与专业有关的社会政治、道德伦理价值观,实现素质教育的目的。对利于学生未来发展的实用性新内容,则通过举办讲座、讲演、论坛等形式来实施教育。还应实行"反客为主"的创新方法,强化大学生的自我教育和情感教育。

(三) 实现结合方式的创新

思想政治工作要在与行政管理的结合上开辟创新领域。管理,其实质是向人们展示明确的条规,发出是与非、对与错的指令,从而调适人与人、人与社会的关系,使人的行为与社会要求相一致,它的特点是以规则为准绳。而思想政治工作则运用知事明理、明辨是非方法,引导人的思想行为与社会要求相适应,其特点是以真理为准则，两者相辅相成，恰似珠连壁合。实践也已证明，没有管理的教育是泛力的教育，没有教育的管理是低层次的管理。所以，围绕管理实施素质教育，也是思想政治工作的创新领域。当然，管理工作者也应学会遵循思想政治教育的规律来实施有效管理。思想政治工作要在与服务工作的结合上开拓新领地。高职院校的服务工作覆盖教学、生活等多个方面，它是联系沟通学校与师生情感的桥梁，是暖人心、合人意的工作。思想政治工作要使人产生亲密感、信赖感，必须同服务工作结合起来一道去做。比如协助家庭困难学生申请助学贷款，为经济困难学生从事勤工俭学活动牵线搭桥，为学习发生困难的学生安排帮扶助学对象。思想政治工作要在与大众传媒的结合上拓展新空间。比如办好学生报刊、建好校园网络。在学生报刊、校园网上开辟"心灵驿站"、"师生聊天室"、"热点问题访谈"、"法与人生"、"名人名言录"等栏目，与学生进行心灵的沟通，在互动中实施教育，给予智慧的启迪。思想政治工作还应在社会实践活动结合上开辟新境地。适时组织学生运用学到的知识技能，到社区参加公益性服务活动，到贫困地区进行调查走访活动，到孤寡老人、贫困残疾人家庭开展帮扶活动，以此来增强学生的忧患意识和社会责任意识。

四、要实现机制的创新

再好的内容和形式，若没有顺畅高效的机制作保障，是很难在实践中有效运作、持续应用的。众所周知，无论是学习，还是工作，或是生活，其实都是人的实践活动。人都是有思想、有情感的，人的行动又都是受思想支配的，所以，学校教学、管理、服务工作都是与师生思想相联系的。要做好上述工作，客观上要求结合思想工作一道去做、共同来做方能取得最佳的效果。然而，由于学校中的各种组织、各个部门都有着分工明确的不同职能，实际工作中往往会出现"戏班跑堂，各管一行"的格局，很难形成思想政治工作与其他工作的融合力。分析各方力量难于优化配置的原因，除人们对业务工作与思想政治工作之间存在的内在统一性以及这种内在统一性所要求的整合性认识不足外，关键是在这两者之间还缺少顺畅的运行机制。因此，在实现观念、内容、方式方法创新之后，还必须实现机制的创新。

（一）建立高效的调控机制

以党委为领导核心，构建以党政联席会为基本形式的思想政治工作调控指挥中心，围绕教书育人这一根本任务和教学中心任务，遵循教书与育人的客观规律，部署思想政治工作，并落实工作责任。同时，应构建调控工作中心。以思想政治工作研究会为本体，从学校党政机构、社科部门、学生工作部门及群团组织中挑选对思想政治工作有见解、有热情、有成就的杰出分子，组成学校政治思想工作智囊团。根据上级的部署、党委的意图、外部形势的变化、大学生入校后思想变化成长规律和校教学任务的阶段性安排,开展调研工作,为党委实施思想政治领导提供决策预案;为解决学校思想政治工作难题拿出解决方案;协助党委协调整合各组织、各部门党建思想政治工作力量,对调控指挥中心布置的任务,按部门职能进行责任分解,监督职能部门按要求和责任组织实施;对党委下达的有关思想政治工作任务履行督导和考核责任。

(二)建立灵敏的信息收集、反馈机制

包括对社会思想动向和师生思想、心理动态的信息采集和反馈。这一机制有利于实现党建思想政治工作的主动性和及时性,便于超前预测、见微知著,把不良思想苗头解决在萌芽状态。构造这一机制的关键在于有一支活跃在第一线的思想敏锐、素质好的思想政治工作信息员队伍,队伍的成员应落实到党团和学生组织骨干分子之中,并明确所有的党团员,学生干部都有及时反映和制止不良问题的义务和责任,这种义务和责任应与评先推优、评奖及品行鉴定相关联。同时,要通过网络监控、社区访问、家庭走访等形式获取思想信息,掌握思想动态。

(三)建立科学的评估机制

评估是对思想政治工作过程和系统进行终端控制的管理方法,是对思想政治工作绩效的价值判定。目前,这一机制在高职院校中仍处于粗放化的运行状态。要改变这种低级运行状态,建议上级教育主管部门,依据现代教育理念和高职院校"转型期"的特点,制定出高职院校素质教育评估工作纲要,按照素质教育的结构要素,合理设定政治思想教育、德育在素质结构中的权重系数。在调研和广泛征求意见的基础上,制定出高职院校素质教育评估工作实施细则,并以高职院校素质教育评估专家组为主体,组建省一级的评估委员会,按学制周期对高职院校进行一次全面综合评估,评估结果通过大众媒体公开发布,并作为学校教学水平、党委工作等重大评估的主要参考。通过这些措施,把素质教育的口号变成素质教育的实践,高职院校势必会增强做好思想政治工作、德育教育工作的内驱力和紧迫感,就会相应构建更管用、更严格的自测体系,就会积极增加对思想政治工作、德育教育必要的有效的投入。

浅析高职院校"三进"工作的特点及途径

钱艳芬　　金崇华

摘要　落实"三个代表"重要思想的"三进"工作是高等院校思想政治工作和"两课"教学的首要任务。高职院校的"三进"工作必须立足于高职特色,探索适合高职人才培养模式、培养途径及办学体制的"三进"工作新途径。

关键词　"三个代表"　高等职业院校　"三进"　特点　途径

党的十六大把"三个代表"重要思想确立为党的指导思想,并提出要在全党兴起学习"三个代表"重要思想的新高潮,这一历史性决策对高等学校用科学理论武装大学生提出了新的更高要求。深入学习和贯彻十六大精神,落实"三个代表"重要思想"进教材、进课堂、进头脑"(以下简称"三进")成为当前高等院校思想政治教育和"两课"教学的首要任务。作为高等职业教育,如何从自身的特色出发,全面落实"三个代表"重要思想"三进"工作,提高"三进"工作的有效性,是思想政治工作者必须思考和解决的课题。

一、认清高职教育的特点是落实"三进"工作的前提

(一)高等职业教育人才培养目标的应用性

《中共中央关于深化教育改革全面推进素质教育的决定》指出:"高等职业教育是高等教育的重要组成部分。大力发展高等职业教育,培养大批具有必要的理论知识和较强的实践能力,生产、建设、管理、服务第一线和农村急需的专门人才。"这一决定明确提出了我国高等职业教育的任务在于培养生产一线的技术型、应用型人才。根据这一人才培养目标,高职院校的课程设置体现了明显的职业性特点,即按照岗位、职业所需要的能力或能力要素为核心来展开的,因此在专业理论上要求以"必需、够用"为原则,重心放在了岗位工作能力的培养上。据此人们往往把专业理论教育的"必需、够用"为度的原则套用到思想政治理论教育上,在课时安排、教学内容和理论深度等方面压缩、减少,忽视思想政治教育内

容的与时俱进,不重视"三进"工作。

(二) 高等职业教育培养途径的实践性及学制的短期性

服务于应用性人才培养的目标,高职教育着重于培养学生的岗位工作能力,将技能强化训练等实践环节放在了极其重要的地位上。高职教育强调理论与实践并重,教育与训练并重,教学与实践的比重达到 1:1 左右。

2004 年 2 月在无锡召开的高等职业教育产学研结合经验交流会上提出了我国高等职业教育要办出水平和特色,提出了"订单式"人才培养模式,并提出了高职教育的学制将作重大改变,学制由三年逐步过渡到两年。

(三) 高等职业教育教育任务的艰巨性

高等职业院校的生源及其复杂,尤其是近年来,随着高校的扩招,学生的整体素质更是参差不齐。以南通职业大学为例:目前有普招生、有单招生(从中等职业院校中择优录取的学生)、有单专科(三年制)、有双专科(四年制)、有成教生,等等,文化素质参差不齐、学制长短不一,给高职教育带来了一定的难度。此外,由于高职教育办学时间短、起步低、办学条件差、就业形势严峻、社会对高职教育存在偏见等原因,更增加了高职教育思想政治工作的复杂性、艰巨性。

二、把握高职特色,探索高职"三进"工作的新途径

(一) 构建高职"两课"是落实"三进"工作的前提

高职教育人才培养的应用性,教育途径的实践性,学制的短期性等特点决定了高职的思想政治教育无论在课程设置、课时安排、教材选用、施教的形式等方面都有别于普通高等教育。但目前高职院校基本上沿用的是 1998 年 4 月党中央确立的"两课"课程体系。该体系从总体上讲分为两块,一是马克思主义理论课,包括《马克思主义哲学》、《马克思主义政治经济学》(高职部分专业开设)、《毛泽东思想概论、邓小平理论和"三个代表"重要思想概论》;二是思想品德课程,包括《形势与政策》、《思想道德修养》、《法律基础。要实现高职"两课"教育的针对性、实效性,必须以"必需、够用"为度重新构建高职院校"两课"课程体系。笔者认为可作如下尝试调整:

1. "化整为零"

一年级开设入学教育课程,进行常规、学习生活适应、目标确立、角色转化、心理健康等内容教育,帮助学生尽快适应大学生活,正确定位,明确目标。二年级利用"五四"、"七一"、"一二、九"等机会,以讲座、演讲、辩论、知识竞赛等形式进行爱国主义、时事政治、道德规范、法律法规等教育(以参与者记学分的形式加

以考核)。三年级上学期(单专)或四年级上学期(双专、本科)针对不同专业的学生进行职业道德、职业法规教育,并开设就业指导课程或系列讲座,引导学生较快、较好地去适应社会。

2."化零为整"

将引导学生树立正确世界观、人生观、价值观的哲学课先行单独开课(条件许可或专业相关的一些专业也可开设政治经济学),而将毛泽东思想、邓小平理论、"三个代表"重要思想围绕"三代领导集体与中国特色的社会主义建设"这个主线合为一门课程,分不同专题由不同的教师加以讲授,这样既能较好地保持理论的连贯性,又能避免内容的重复,由不同的教师讲授,又能保持学生的新鲜感,调动其学习兴趣,同时也为提高"三进"工作的实效性奠定了基础。

(二)"两课"教师是落实"三进"工作的关键

"三个代表"重要思想"进教材"、"进课堂"并不难,难的是"进头脑"。当代大学生正处于知识水平、认识能力日渐提高,自我意识、人生观日渐成熟的关键时期,求知好学,乐于接受新事物、新观念,对单纯的理论说教非常反感,因此要增强理论教育的有效性,必须加强"两课"建设,探索适合高职学生特点的教学方法、途径和手段,充分发挥好"两课"教师的主导作用,这是全面落实"三个代表"重要思想的关键。

"两课"教师作为高校马克思主义理论和思想政治教育的主力军,是青年学生学习"三个代表"重要思想的直接组织者和承担者,是"三进"工作的重要推动者。

(1)让"三个代表"重要思想进教师头脑是发挥教师在落实"三进"工作中主导地位的先决条件。"两课"教师首先必须以《讲话》和江泽民《论"三个代表"》为教材,原原本本地学,逐字逐句地钻研,科学理解全面把握"三个代表"重要思想的时代背景、实践基础、科学内涵、精神实质。只有使"三个代表"重要思想真正进入并扎根于教师的头脑,才能确保"三进"工作的落实。从过去的教学实践来看,如果"三个代表"重要思想没有进入并扎根于教师的头脑,教师就不能全面、系统准确地把握"三个代表"重要思想的科学内涵,就不能真正将"三个代表"重要思想融入教材,带进课堂,就不能理直气壮地讲"三个代表",就不能把"三个代表"重要思想明明白白地讲给学生,就不能达到"三个代表"重要思想进入学生头脑的目的。

(2)探索新的教学方法、途径和手段,确保学生的主体地位,是落实"三进"工作的重要保证。

首先,采用多样教学手段,调动学生学习的主动性。"两课"教学中除了理论联系实际,教学内容与时俱进外,还因采用多样的教学手段如提问式、辩论式、演讲式、点评式等,让学生真正成为课堂的主体,调动其学习的积极性,将教师的主导作用与学生的主体作用有机结合,变单向灌输为双向交流,变被动接受为主动汲取。此外"两课"教学中还应运用现代教育技术,采用多媒体教学、开辟网络课堂,增强教学的直观性,调动学生的学习兴趣。

其次,尝试"两课"考评体系创新,注重学生能力培养。"两课"考评体系是检验"两课"教学成果的重要标准,对学生"两课"的考评,应结合人才的培养目标,科学、综合、系统地加以考察。服务于应用性人才培养这一宗旨,高职"两课"的考核体系应加大平时考核力度,注重学生运用理论解决分析问题能力的考查。为此,高职院校学生的"两课"成绩可分为三部分:一是平时成绩,包括学生的出勤、课堂表现等日常行为的考评以及课堂参与、课后作业书面回答问题的能力等;二是终结性考试的成绩,考试的形式可以是多样的,包括闭卷考核(强调学生运用理论的能力)、开卷考核、口试等;三是实践能力的考核,主要是学生的调研报告等。上述三方面所占的比重可界定为 3∶6∶1。这一考评体系的建立,将有助于调动学生学习的主动性,增强"两课"教学的实效性,真正使"三个代表"重要思想进入学生的头脑。

(3) 领导重视,全员参与,是落实"三进"工作的保证。高职院校"三个代表"重要思想的"三进"工作是一项综合性很强的系统工程,需要全体教职员工的参与。党员干部要为教职员工作表率,认真学习,躬行实践"三个代表"重要思想;教职员工要为学生作表率,努力学习和履行"三个代表"。只有这样,才会对学生具有说服力,才能为"三进"工作创造一个良好的氛围。

"政治路线确定之后,干部就是决定的因素"。因此高职院校"三个代表"重要思想"三进"工作的落实情况、成效如何在很大程度上取决于学校领导的重视程度。学校领导应从讲政治的高度,从培养有中国特色社会主义事业建设者、接班人的高度,结合高职人才培养目标,周密布置、精心组织、全面落实"三个代表"重要思想"三进"的各项工作。

"三进"工作不仅仅是领导的职责,也不仅仅是"两课"教师的使命,高职院校内的各科教师、专兼职的学生工作者、从事后勤服务的广大职工,都要与学生有着较为密切的接触,都应利用好自己的阵地,成为"三个代表"重要思想的宣传者和实践者。只有全员动员起来,齐心协力,把"三个代表"重要思想渗透于课堂教学环节,占领课堂内外的各个阵地,才能使"三进"工作收到良好的效果,才能培养出合格的"四有"新人。

参考文献

[1] 江泽民.《论"三个代表"》.北京.中央文献出版社,2001,第一版

[2] 林子华.《"三个代表"重要思想"三进"工作之探讨》.高教探索. 2003 年,第一期

培养大学生创新素质的途径

成　阳

摘要　大学生的年龄大多在 18～25 岁这个阶段,属于青年中晚期。这一阶段身心发展的特点决定大学阶段是培养人的创新素质的关键期。法律规定高等教育的主要任务是培养大学生的创新素质。创新素质只有通过主体在创新实践活动中进行创新意识、心理品质、能力和知识的主动性学习和自我教育的途径,才能得以形成和提高。

关键词　创新　素质　实践

《中华人民共和国高等教育法》第五条规定,"高等教育的任务是培养具有创新精神和实践能力的高级专门人才……"可见,培养大学生的创新素质是法律规定的高等教育的中心任务之一。过去,高等院校在概括高等教育的任务时,一般总是提要培养"适应社会需要的人才",这无疑是正确的。但是,在对"社会需要"内涵的把握上却出现了偏差,很少抓住时代的特点,以至于所培养的人大多是"适应今天社会需要",甚至是"适应昨天社会需要"的人,而不是"适应未来社会需要"的人。而未来是人们要创造的地方。现在《高等教育法》的颁布,准确地把握了这个时代的特点就是创新,从而明确地提出了高等教育的任务之一就是培养具有创新素质的人才。

一个国家或民族的生存,如果没有一大批富有创造才能的社会成员,努力发挥其创新能力,创造出大批科技成果,并及时转化为新的生产力,那么她要自立于世界民族之林是决不可能的。人们学习和研究创造学的目的,就是为了了解什么是创造发明,懂得如何提高和开发自身的创造力,学会如何驾驭创造规律和掌握有效的创造方法,从而高效率地参与创造发明活动,以便更多地为国家和社会创造出更多的物质财富和精神财富。要把我国建设成为富强、民主、文明的社会主义现代化国家,要使我国在强手如林的世界竞争中占有一席之地,我们必须在全民中进行创新教育,进行创造能力的开发,尽快培养出千千万万具有创新精神的创造性人才。

一、创新素质的内涵

人的素质既然是指人的身心组织要素,因此它一般具有内隐性的特点,即素质本身是看不见、摸不着的,它只有通过主体的行为和实践活动才能表现出来。在这里,我们将主体在创新行为和创新实践活动中所表现出来的素质称之为创新素质。所谓创新素质是指在人的心理素质和社会文化素质基础上,在环境和教育的影响下形成和发展起来的,在创新实践活动中全面地、较稳固地表现出来并发挥作用的身心组织要素的总称。它包括个体的创新素质,又包括群体的创新素质。

创新素质与人的一般素质一样,也是在环境和教育的双重影响下形成和发展起来的。在大学环境里,既包括学校管理制度、校园文化等软环境,也包括实验条件、场地、经费等硬环境;教育则特指能够影响创新基本素质形成和发展的一切教育活动和方式,尤其是指在创新实践活动中的主动性学习活动和自我教育活动。离开了创新实践活动的途径,创新素质既无法表现,也无法测度,就失去了它存在的意义。因此,创新素质与创新实践活动的关系是密不可分的。

二、创新素质的结构

创新素质制约着创新实践活动的开展,两者之间的关系是一种正相关:创新素质的高低决定了创新实践活动的顺逆、成败。也就是说,创新素质的高低、强弱,从各个不同方面影响着创新实践活动的全过程。在创新实践活动的起始阶段,有无创新意识决定了创新实践活动是否能由纸上谈兵转化为实际操作;创新意识的层次性高低决定了创新实践活动起点的高低、规模的大小、创新程度如何;创新心理品质的高低,决定了创新实践活动是否能按照既定目标运行,以及保持的强度如何;随着创新实践活动的开展,主体创新能力的大小决定了创新实践活动方式的选择是简明的还是繁复的,是高效的还是低效的;创新知识则为创新实践活动提供所必需的信息、知识、技术工具和手段。

三、培养创新素质基本途径要素

创新素质是主体在创新实践活动中较稳定地发挥作用的多种素质的总称。以前人们进行研究时,一般将其划分为智力因素和非智力因素两大类。这种划分确实简明,而且不易引起争论,但是这种划分却没有使我们搞清楚创新素质的内涵,也没能有效地指导我们进行创新素质培养的实践。因此,有必要对其进行重新研究。在此,我们根据各种素质在创新实践活动过程中的地位和作用,将创新素质培养的途径细分为四类要素,即创新意识、创新心理品质、创新能力和创新知识结构。这四大要素在创新实践活动中形成一个相互依赖、相互作用的特定结构。

（一）创新意识与创新实践活动

所谓创新意识，是指主体自觉进行创新的心理倾向。根据创新意识在创新实践活动中自觉程度的高低、指导力量的大小和持续时间的长短，可以将创新意识分为创新需要、动机、兴趣、理想、信念和世界观等六种表现形式。创新意识支配着人们对创新实践活动的态度和行为，规定着态度和行为的方向和强度，具有较强的选择性和能动性。创新意识是创新素质的动力系统，是其最重要的组成部分。

（二）创新心理品质与创新实践活动

所谓创新心理品质是指在创新实践活动过程中，对人的心理和行为起调节作用的个性特征。创新心理核心是指主体的情感品质和意志品质。以特定的内容，从特定的角度来反映主体的情感品质和意志品质。其具体转换为五个个性心理品质，及：独立性、敢为性、坚韧性、自控性和合作性。创新心理品质是创新素质的调节系统，其对创新实践活动中人的心理（态度）和行为的调节作用主要是通过意志过程和情感过程来实现和完成的。心理品质对人的创新行为的调节主要表现为保证创新主体的心理安全和心理自由。

（三）创新能力与创新实践活动

所谓创新能力是指影响创新实践活动效率，促使创新实践活动顺利进行的主体条件。主体的创新能力主要包括基本能力（如观察能力、注意能力、记忆能力、想象能力等）、创造性思维能力以及综合性能力（如合作组织能力、公关沟通能力、实践操作能力等），其中最核心的是创造性思维能力。创新能力是创新素质结构中的操作系统。创新能力与创新意识、创新心理品质不同，它并非间接作用于创新实践活动，而是直接影响和制约着创新实践活动的进行，是创新实践活动赖以启动和运转的操作系统。

（四）创新知识与创新实践活动

所谓创新知识，是指对创新实践活动过程具有工具和手段意义的主体的知识系统及其结构。在创新实践活动中经常发生作用、直接产生效用的知识主要包括基础知识、专业知识、综合性知识和方法论知识。创新知识是创新素质结构中的工具系统。它在创新实践活动中可以直接作用于创新实践活动，但更多的是与创新能力结合在一起，以组合的方式共同发挥作用。

总之，衡量主体创新素质质量水平的客观标志，是创新实践活动的结果，如大学生自主创业，取得专利、发表论文、产生经济效益等。

转型期高校道德教育初探

刘永元

摘要 转型期的高校道德教育要做到与时俱进,一定要清醒看到新时期高校道德教育改革创新的必要性,积极探索其可行性。

关键词 道德教育 必要性 可行性

中国社会已进入转型期,知识经济的崛起,开辟了一个以智力资源的占有、配置,知识的生产、分配、使用为重要因素的新时代。高校道德教育作为学校教育的一个子系统,应该以崭新的道德教育观来迎接这一新时期的到来。

一、转型期高校道德教育改革创新的必要性

道德教育是指一定社会或阶级为了使人们遵循其道德准则,自觉履行相应的道德义务,而对人们进行有组织、有计划、有目的地施加的系统的道德影响。道德教育的主要任务,既是要使人们懂得善恶、是非、荣辱,更重要的是要使一定社会或阶级的道德原则和规范深入人们的内心,转化为个人的内在道德品质,并落实在行动上。道德教育是道德建设的重要形式,在道德建设中发挥着重要的作用。一方面,道德教育是社会道德发挥作用的重要杠杆之一,是形成良好的社会道德风尚的重要手段;另一方面,道德教育是个人道德品质形成的重要推动力。一个社会的道德风貌如何,与该社会的道德教育是否卓有成效关系极大;一个人的道德品质的好坏,归根到底取决于他自觉不自觉地接受了怎样的道德教育。高校是道德教育的重要阵地,是培养高级人才的摇篮。高校还是知识分子比校集中的场所,师生的社会联系遍及全社会,所以,高校本身的精神文明建设状况,对社会风尚、道德面貌和政治思想潮流等方面可以产生巨大的影响,直接关系到全社会的精神文明建设。学校又往往是社会文明的窗口。如果说道德教育对于一个社会健康发展关系重大,那么高校道德教育则起着某种示范作用,是所谓重中之重。所以,高校对学生的道德教育成功与否,对我国公民道德建设具有举足轻重的影响。

在社会转型期,高校要充分发挥道德教育的作用,就要明确,一方面知识对

经济的贡献率超过其他生产要素的总和,知识以前所未有的速度传播和扩散,知识更替周期越来越短。高校虽然是知识密集的地方,然而单纯的高校教育远远不能满足新时期技术创新和知识更新的需要,所以一次性教育的观念已经过时,终身教育将是新时期每一个人的必然选择。另一方面与终身教育观念相适应,高校道德教育应该树立终身道德教育观念。高校道德教育主题是对教育对象进行道德品德教育,由这一主题所决定的人的道德修养素质在过程上不是一次就能完成,而需要教育对象在道德教育认知的基础上,不断吸收、内化、升华、实践从而逐渐形成相对稳定的素质,在时空上它不仅需要小学、中学、大学道德教育的相互衔接,而且还会贯穿德育主体的人生全过程。这是就受教育者个体而言的。而随着知识经济时代的到来,社会演变进化的速率会进一步加快,新的道德教育问题会不断出现。与之相应,高校道德教育要不断改革创新,以适应不断出现的新情况、新问题,从而得以加强。以帮助教育对象树立正确的世界观、人生观、价值观,提高教育对象的自我修养能力。

与转型期高校道德教育日显重要相比,目前高校道德教育的实效性却呈弱化的趋势,具体表现在四个方面。

(一) 社会环境存在明显的道德行为负收益现象

一个道德的社会,人们道德行为的获利比不道德行为更大。从某种意义来说,道德可以给整个社会即人人带来好处,当人与人之间竞争趋于无穷时,人们就倾向于采用互利协作的方式,这样的社会使人们从不道德行为中获得的收益要远小于其由不道德行为所产生的直接或间接的损失。当社会处于大的变革转型期,旧制度的和谐遭到破坏,而新制度的和谐又难以在短时间内建立或形成,这时就常常出现不道德的行为既不受旧制度惩罚又不受新制度惩罚的局面。换句话说,在较为普遍的意义上,不道德的行为可能比道德的行为产生更大的收益。这样,原有的信念、习惯、传统在社会生活中就不断受到负反馈影响,道德作为一种神圣而坚定的力量在人们的心中日益衰减,人们自发地以实际生活中的直接利益为行为参照,道德操守被"祛魅"。人们不断的发现和相互"传送"这样的信息:付出与利益获得不成正比。勤劳未必能致富,人们用正当手段富起来远远比用非正当手段富起来难得多,如有的人诚实劳动却生活清苦,有的人坑蒙拐骗却能发家致富(从恶者没有受到应有的惩罚,不道德行为带来了可观的收益,远远超过了损失)。这种义与利的矛盾冲突使人们感到迷惘和困惑,从而引起人们的不平、不满,尤其引起人们对道德的不信任,"道德"一词开始与"不开窍"、"不灵活"、"愚蠢"、"跟不上时代"相提并论。终于,道德行为负收益现象演变成为一种具有"从众"特性的"社会心理症"。这样,我们所处的社会人文环境,就会出现"环境污染"、"水土流失"、"生态失衡"等类似自然环境的问题。

如果道德行为负收益现象在社会道德背景中色彩正浓,要搞好大学道德教育之难度可想而知。学校在提倡高水准的道德教育,而社会上某些"恶"的道德意识、道德行为和道德效果却不断蔓延。这样,学校苦口婆心的教育,自然就很容易被某些错误舆论导向和社会上流传的一些丑闻抵消了。道德教育如果无视这种现象的存在,就无异于"掩耳盗铃"。

(二) 道德教育仍然沿用计划经济时代的那套方法

在计划经济时代,我们的大学道德教育可以"四太"来概括,也就是说,道德教育"内容太空、形式太死、实践太少、要求太高"是我们以往高校道德教育中存在的弊端。具体来说,在行政高度集权的计划经济年代,道德教育的内容"空而无物"、"华而不实",传授的内容不切实际、要求太高,没有考虑到大学生本身的生活价值取向,所有的内容几乎全部涉及到国家、全社会,而无一涉及到个人;还有,大学生的道德教育始终被强而有力的思想灌输的形式垄断着,不考虑大学生本身的能动性;此外,道德可分为现实性道德、超前性道德、滞后性道德。现实性道德是我们现在的道德体系的基础。但是,对于大学生应该遵守的最基本的道德宣传的很少。例如,教师去学生宿舍,学生应该怎么做;别人考试比自己好了应该怎样对待;以怎样的态度来对待孤儿和特困学生等等,这些我们宣传的很少,我们现在宣传的几乎都是超前性道德,其结果是出现了严重的道德错位,导致道德实践范围既窄又小。

(三) 高校将道德教育专业化了

人们以为道德教育也可以像数学系物理系化学系那样专业化专门化。在各高校道德教育实践中,往往都是这样的:大学德育课设有专职教师,学生思想政治教育工作有学校政工干部、辅导员。由此导致这样一种"共识":其他教师可以不关注学生的道德问题,似乎那不再是教师的份内义务,似乎学生的道德教育是学校几个德育教师、辅导员、政工干部的"专业"。而学生对此的反应是:我们的老师在其专业课中教授专业知识或许很有水平,发挥得游刃有余,但在自我形象、生活信念、人格倾向、人际沟通等方面的表现却有着不同程度的偏颇。这使学生一方面轻视德育,从教师的教育与教学活动中,感到知识学习与做人之间没有多大的关系,只要会学习,有知识,有能力,就能立足于社会,道德、自我修养、与人协作等方面与自我发展关系不大。结果普遍出现德育课学生不愿上,效果差,对辅导员的思想政治工作产生抵触情绪(要么表面认可、实际无改变,要么正面反抗);另一方面学生又需要德育,面对学知识与学做人之间的脱节,许多大学生深感困惑,遇到挫折或失败,发现仅仅学习好,仍不能应付。这些正是分散人的注意力、引起人烦恼、阻碍人发展的因素,这一切问题的处理需要人生智慧,也就是说大学生在成长过程中需要"人生导师"的指引。

（四）网络文化的多元性给道德教育理念的主导性带来了新的挑战

由于网络文化来的太迅猛，农耕时代和工业文明滋养至今的传统文化、传统道德，对它的"应对"、"衔接"和"包容"发生了某种逆转或倒置，结果导致了当今文化中的一些消极状况。基本的一点就是：传统文化、传统道德的精神富矿并没有很好地借助网络文化整体充分地展示，也没有很好地统摄网络文化的表现形式。相反，网络文化的快餐化、工具化致使传统文化发生了某种失范和滑坡。首先，过度商业化了的文化，金钱文化、黄色文化、封建迷信、反对言论以及西方哲学、社会政治和文学艺术的各种流派多渠道的渗入，"西风压倒东风"式的泯灭文化多样性的文化霸权主义、文化殖民主义，对我国传统文化和传统道德带来了巨大的冲击。其次，就网络文化而言，它的多元性尚处于"网络人办文化"的初级阶段，有待于发生"文化人办网络"的质变，"网络人"即使小有文采仍处于工程技术人员的范畴。而少量活跃在网上、"IT"业的"小网络文化人"亦不能改变网络缺乏文化的基本面貌。

显然，在此背景下，德育教育的主导性理念受到诸多浅薄的多元信息流强烈的冲击、挤压和挑战。大学生对信息的选择性又空前增强，多样化的社会经济成本、社会组织形式和社会生活方式，必然会带来多元化的思想观念、价值判断和情感评价。这些同样会在网络信息中以各种面貌出现并诱导大学生在行为和意识上发生质的变化，对大学生形成正确的世界观、价值观、人生观带来负面影响。因此，大学德育以什么样的对策来保证自身理念传输的主导性地位，就成为摆在我们面前的问题。

二、转型期高校道德教育的可行性

道德教育根本的策略是让学生在亲近自然、融入社会和认识自我的体验中获得道德的发展。因此，在社会转型时期，高校道德教育要根据时代特征以及大学生的身心特点，探索一条新的可行途径。

（一）心理辅导与道德教育

心理辅导是关注人心灵和精神的工作，在于助人自助。心理辅导模式有助于建构新的大学道德教育模式，有助于提高道德教育实效。

（1）心理辅导是一个帮助人自己处理困难、发挥潜能的过程，大学生心理辅导工作的出发点是帮助大学生解决在其成长过程中完善自我和适应环境时所遇到的心理困惑和心理疾病。学生的心理需求就是心理辅导的工作内容，高校开设的"大学生心理健康教育"选修课上，主要以专题讲座的形式，与大学生共同探讨一系列他们关注的心理方面的话题,收到了很好的效果。提高大学道德教育的实效,应从当代大学生道德发展特点入手。虽然学生拥有积极向上的道德表现,但在道德选择和评价上存在着矛盾和困惑:在价值取向上表现出既希望建立一个公正、高效的社会,希望做一个"道德高尚"、"有健全人格",又对社会变革中道德滑坡带来的问题感到困惑和迷惘的人。因此,难免会出现道德观念模糊,在道德评价上采取双重标准。因而,德育教师从了解这些矛盾和困惑产生的背景入手,从自身理解并实践中获得应有的道德观念开始,不回避人生中的问题和不懂之处,以热点追踪、焦点讨论等形式与大学生共同探讨、分析、解决这些存在的困惑和矛盾,由此增强德育内容的针对性和现实感,这将会为大学德育带来新的工作局面。

(2)心理辅导者在助人自助的过程中,应以真诚、尊重、接纳的态度面对当事人,使当事人深深觉得自己是善意的并有能力帮助他的。心理辅导者应是人际关系的"高手",能使当事人在潜移默化中学会面对自己,学会接纳他人,进而完善自我。

因此,在方法上,大学道德教育如同心理辅导过程一样,以人为本,重视每个学生的个性,关注其内心需求和发展困惑,与其平等交流、沟通;同时注意并根据时代对大学生的要求和期望——教会学生做人。例如,大学毕业生就业指导过程中,要使学生认清社会的期望,先会做人再会做事,这是用人单位的第一要求,懂得有德无才要误事,有才无德要坏事的含义。培养大学生的责任感是学会做人的基础。

大学道德教育应该紧紧抓住与大学生息息相关的问题,深入地与学生共同探讨,德育教师要以高尚的师德去影响学生,言教不等于身教,德育不仅在于"如何说",而且更重要的在于"如何做"。这对大学生今后生活质量、生命质量的提升意义重大。

(二)校园文化与道德教育

校园文化是社会转型时期大学道德教育的重要途径。校园文化为道德教育营造了和谐氛围,使道德有了深厚的文化底蕴。校园文化是指高校在承担培育人才的特定职能中,以学生为主体,以教师为主导所创生的具有校园特色,适宜师生身心特点的物质文化、制度文化和精神文化的总和,它包括价值观念、思想特质、行为规范、校园精神、校园环境等等。作为大学教育活动和青年大学生生活中的一种客观存在,大学校园文化一方面突破计划经济时代的束缚,开始了独立于其他文化形态的创造过程,其文化独立性和独特性日益突显;另一方面,青年学生积极参与社会生活的主体意识日益增强,因此,校园文化有一独特的功能,即体现为哺育和引导大学生的道德发展过程。这种独特的功能主要表现在两方面：

（1）校园文化中的物质文化和精神文化为道德教育创造良好的环境。一般来说，大学生的道德品质都是在一定的环境下形成的。校园文化中的物质文化主要指的是充满人文气息的建筑实施与绿化活动场地，这些生态硬环境有利于大学生在道德发展过程中的情景交融，起到从形象思维升华到理性思维的潜移默化的作用。而校园中的精神文化主要指的是生动活泼的各类社团活动和各种学术活动，这些软环境从两方面对大学生的道德教育起作用。一方面，由于这些文化内容丰富，为大学生的道德教育提供了广泛的内容；而且，这些文化内容形式生动多样，能够吸引更多的大学生来参与，为更广泛地进行道德教育提供了可能性。另一方面，由于这些文化内容适合大学生参与意识强、具有创新意识等的特点，为大学生的道德从理性认知到道德实践提供了重要场所，使大学生养成良好的道德行为与品质。

（2）校园文化中的制度文化为道德教育提供引导作用。制度文化主要指的是大学中的各种明文的规章制度和约定成俗的规范。在社会转型时期，由于社会开放程度的不断提高，各式各样的社会思潮纷至沓来，再加上现在媒体形式的不断增多，从报刊一直到网络，大学生获得道德知识的途径增多了，获取的道德知识的内容更多了，而其中不乏许多消极方面的。而校园文化对社会上的各种道德知识的接受是能动的，尤其表现在制度文化上。制度文化在其中起到一种"过滤"的作用，各种道德都要经过校园制度文化精神特质的"检查"和改造。因此，从某种角度上说，校园文化对大学生的道德发展过程有质的规定性，使大学生的道德发展过程朝着健康向上、体现时代精神的方面发展。

（三）大学生志愿者活动与道德教育

校园文化是在大学校园内对高校的道德教育起一定的作用，而大学生志愿者活动是社会实践的一种形式，这种形式完全跨出校园、在真正社会的范围内对高校的道德教育起作用，为高校的道德教育又增添了一条新途径。

大学生志愿者活动是参与构建社会主义道德体系的一种重要形式。党的十四届六中全会《决议》指出，在发展社会主义市场经济和对外开放条件下，我们要坚持社会主义精神文明建设，努力提高思想道德素质，而这一思想道德素质的核心就是"为人民服务"。"在发展社会主义市场经济条件下，更要在全体人民中提倡为人民服务和集体主义精神，提倡尊重人，关心人，热爱集体，热心公益，扶贫帮困为社会多做好事，反对和抵制拜金主义、享乐主义和个人主义。""十年树木，百年树人"。一种道德的养成，虽是一个漫长的过程，但其一般规律是从"教化"到"内省"、从"他律"走向"自律"。大学生志愿者活动就是在这个意义上承担高校道德教育的重要责任。

一般常见的大学生志愿者行动主要有支教活动和利用休息天为社会某项活动当志愿者或参与社区服务。支教活动在高校道德教育中所起的作用是双重的。一方面,以这样特殊的途径,强化道德教育的主体实践性;另一方面,大学生支教志愿者自己的道德行为和道德信念来影响其学生的道德社会化过程。毫无疑问,榜样的力量是无穷的,但完人的作用可能是无力的;而这样的支教活动更表现出在道德教育中"身教重于言教"的重要意义。

此外,就是利用休息天为社会某项活动当志愿者或参与社区服务这样的形式。这样的道德教育途径不仅也是强化道德教育的主体实践性的作用,而且,更值得一提的是,这样的道德教育途径对转型时期社会道德的形成有促进作用。现代大学生不但要适应社会的变化,满足社会的需要,更要引领社会的发展,指导社会的进步。这其中当然包括社会道德的发展与进步。而社会(社区)服务,这样的道德途径为现代大学的这种功能提供了有效途径。一般而言,在社会转型时间,青年的文化具有反哺作用,因此凭着大学生敏锐的目光、创新的意识、深厚的人文底蕴,在他们为社会(社区)服务的同时,必定会影响社会道德的发展,从而推动社会道德的不断进步。

(四) 网络文化与道德教育

前面我们讲到,网络文化的多元性给道德教育理念的主导性带来了新的挑战。如何借鉴和吸收网络文化的积极因素,抢占网络思想阵地;如何保持道德教育的生机和活力以应对网络文化的挑战,我们认为新时期的大学德育工作应做好以下两方面的工作。

(1) 关注网络,弘扬东方文化,加强大学生道德教育。针对网络文化的多元信息流的冲击,高校的德育工作者要对网络保持高度的关注,做到了解、知情、监控。学校网络中心要明确管理规范,建章立制。要依靠技术手段切实加强对因特网的控制力和对各种不良信息的屏蔽能力,研制能防止、过滤政治诽谤和色情暴力等反动、有害信息的软件和监控系统,积极主动利用互联网这一覆盖面广、影响力大、穿透力强的载体加快建设有中国特色社会主义文化的网上传播,及时对某些不符合事实或影响大局的观点提供质疑,针对一些热点问题提出正确的观点,进行正面的引导,使网络处于可控状态。针对网络文化中的"西风压倒东风"式的文化霸权主义、文化殖民主义,我们要大力弘扬东方文化,重建东方文化的优越感,其意义绝不仅限于保护文化的多样性和维护自己民族一己利益,而是要在摈弃狭隘民族主义的同时,用我们伟大的文化遗产去匡扶正义,用深层次、稳定的文明,支撑浅层次、脆弱的文明。在大学德育教育中我们要注意和倡导科学主义与人文精神的结合,促进东方文化与西方文明的交融。

(2) 要培养运用网络从事德育工作的专业队伍。高校网络管理,决不是单纯的技术性管理,而是融思想政治工作和网络技术于一身的新型管理。这就要求从事德育工作的干部和教师,不能是对网络一无所知的"网盲",他们不但要学习网络知识、了解网络、运用网络,而且要学会把德育教育和网络技术结合起来,这样才能面对新世纪的大学生,解决网络时代德育工作面临的挑战和问题。为此,一是要尽快地对德育工作者进行系统的网络知识的培训和教育;二是德育工作者有高度的责任心,要注意从网络上搜集信息,摸准学生的思想脉搏,有针对性地开展工作;三是要学会运用网上的正面材料,对学生进行形势教育和解疑解难;四是要把高校传统的宣传工作阵地,如报刊、学报和教学、科研成果等资料,特别是"两课"的教育成果,及时地移植到网络上来,加强正面宣传的广度和深度。

(五)借鉴外国经验与道德教育

近几年来,许多外国学者都在研究"21 世纪文明社会与大学道德教育"问题。归纳起来是:面对人类的道德危机,大学教育应当有所作为;新一代大学生应当成为"有德性"的人才,其重要使命之一是改变人类的现代愚昧、建设 21 世纪的新文明;21 世纪的大学教育,应更多地思考自身承传文明与道德教养的功能,并在办学理念、课程结构、评价体系等方面有所体现;大学要设计道德教养课程体系、大学生道义实践的途径与环境以及结合专业的职业道德教育等。现介绍在美国大学里很流行的开发人性及道德教育的节目。

1. Boyd 的人性教育节目

这是以 60 名哈佛大学生为对象所进行的实验,一个学期每周上一次以讲演方式与讨论方式为主的课。讲演课的重点是正确地提出帮助学生寻求解决自己面对道德问题的方法;讨论课是强调和引导学生自己思考种种道德问题,通过互相讨论摸索解决方法。

2. 专门职业道德训练节目

这是以加利福利亚大学 3、4 年级牙科学生为对象,进行医疗伦理教育的实验。每周用 2、3 个小时给他们演示牙科医生经常面对的道德问题,然后让现役牙科医生、退休的牙科医生、牙科大学教授与学生一起进行讨论,使学生了解未来将要面对的医疗行为上的种种道德问题,以便在医疗实践中能够作出正确、成熟的判断。

3. Sierra 研究节目

这是以加利福尼亚大学的新生为对象所进行的实验。让一些新生跟教授及高年级学生一起生活在叫做 Sierra 的公共宿舍,集中实施以 11 项教育内容的人性教育。大学一年级的期初与期末进行道德推理检查、自我发达检查等,以测定在各个教育过程中学生的变化。这一实验的结论表明,与不参加教育实验的学生相比,被试学生在道德推理能力、自我发展水平、理解他人等能力方面,都更高、更强。

参考文献

[1] 王小锡、王建华.《高校思想政治工作概论》. 南京大学出版社,1997
[2] 鲁洁、王逢贤.《德育新论》. 南京:江苏教育出版社,1994
[3] 周晓虹.《大学教育与管理心理学》. 南京大学出版社,1997

大学生弱势群体的心理状况与调适

孙晓青

摘要 特困生作为高校的弱势群体,在日常的学习和生活中,由于他们不能正确把握自己,往往因自己的经济条件、家庭境况不如他人而感到自尊受挫,把自己看得低人一等而产生自卑感。自卑感一经形成,对他们的学习、生活将产生极大的影响,进而影响到他们的正常适应和自我发展,这些都是当前高校中最需要帮助的一个特殊的群体。

关键词 学生 心理 调适

何为大学生弱势群体?从大学生现状分析看,有多种类型,一是精神上的弱势对象,即由于某种原因在人际交往、学习和生活能力上相对较弱,在心理上产生某些障碍。二是经济上弱势对象,即我们通常所说的特困生。本文所研究的主要是第二类对象,这一类学生家庭当前以孤儿家庭、单亲家庭、下岗失业家庭、多子女家庭、亲人患病家庭等类型居多,这一类家庭一般情况下根本无力支撑子女上学的费用,其子女主要依靠借贷才得以勉强维护上学,且生活费用时常无着落。

一、心理特征表现

大学生正处于自我意识迅速发展的阶段,但仍未稳定和成熟。他们的自尊心表现得特别强烈和敏感,又尚不能全面、客观地看待自己的长短和所拥有的各种条件,往往容易因为自己某一方面的不满意而否定自己,盲目自卑起来。相当一部分特困生的自卑心理就是这样形成的,由于他们不能正确把握自己,往往因自己的经济条件、家庭境况不如他人而感到自尊受挫,把自己看得低人一等或一无是处,遂产生不同程度的自卑感。自卑感一经形成,对他们的学习、生活将产生极大的影响,并进而影响到他们的正常适应和自我发展,这些都是当前高校中最需要帮助的一个特殊的群体。

(一) 自卑心理

自卑是由于对自己的能力和品格缺乏自信而产生的悲观情绪。高校中的特困生主要来自偏远的不发达地区，或双亲、单亲死亡，或父母双残、单残，或家中遭遇洪水、干旱等自然灾害，家人尚难生存，无力资助。加上在上大学之前，他们与外界接触非常有限，到大学后，由于见的世面较少、知识面相对较窄，这样，在与他人交往和相处的过程中总有一种无形的压抑感，怀疑他人小瞧自己，认为自己各方面不如别人，因此在公开场合常采取逃避、躲闪的态度；有些特困生在高中阶段一直处在尖子的学习地位，到了大学就产生了我生活上不能和你们比，就要在学习上比你们强，这样才能维持自尊的想法。结果，他们时间安排得很满，拼命学习，搞得自己压力非常大，只顾学习，很少参加其他活动，而一旦成绩不理想，挫折感就更强。于是在没有体验到成功感的情况下，他们就失去了信心，导致自卑。

（二）孤独心理

孤独是人的精神需要得不到满足而形成的一种空虚的内心体验。孤独是大学生中较为常见的心理现象，特别是贫困大学生，由于长时间的自卑压抑，使他们中的一部分把自己封闭起来，无论什么事情都闷在心里，即使与人交谈，也只是泛泛几句，不敢暴露自己的思想和感情，因为他们怕别人瞧不起自己，就不和别的同学接触，自己闷头读书，大家也没有机会了解他，不敢与他交往，结果他们就变得越来越孤独，回避交往，可能一时维护了自尊，但这对日后的发展会更不利。

（三）自责心理

特困生大多来自边远、贫困地区，父母一年的收入加起来也不够一名大学生一年的低水平支出。为了供孩子上大学，父母需更艰辛劳作，甚至要借钱贷款以解燃眉之急，致使家中债台高筑。他们想着自己花着父母的血汗钱，或者他们本该拿去看病的医药钱，一份深深的自责感烙在心头。如果他们学习成绩不理想，在班级表现不出色时，这份自责心理会时时折磨着他们的心灵。

（四）虚荣心理

虚荣是对自身的外表、学识、作用、财产或成就表现出的妄自尊大，是对表扬和赞美的提示。在特困生中，有个别同学存在这一心理。具体表现出他们将贫困这个沉重的包袱深藏在心灵里面，默默地承受着，通常不愿让别人知道自己的困难情况，宁可自己艰苦些，也不愿轻易求助，更不愿欠别人的感情债。有一颗特别要强、敏感的心。他们守着"人穷志不穷"的信条，当他们不得不向身边的或素不相识的人寻求资助时，便会觉得人格受到了伤害，所以有的个别人花钱不是量入为出，而是死要面子，硬装大方。有时出现贫困学生不肯递交补助申请的现象。

(五) 依赖心理

依赖是自己遇事不努力,有"等、靠、要"的想法。如今市场经济条件下,由于国家及各高校对特困生的扶助工作给予了高度重视,采取了以奖、贷、减、负、补、勤等措施,不让一个特困生掉队,这些扶贫解困措施往往集中在怎样在物质扶贫上而对精神扶贫认识不足,重视不够,从而导致受求助的大学生产生依赖国家、依赖学校的心理。把国家、学校当成他们的"保护伞",坐享其成,不思进取,缺乏应有的自尊与自强。不能主动想办法克服困难而是专等学校的困难补助和贷款及社会资助,缺乏自强、自立精神,养成了"等、靠、要"的依赖心理。

以上这些心理问题,如果没有自身的适当调试和外界的必要干预,发展到一定程度就会引起心理扭曲,严重影响他们的学习和生活,因而必须采取的措施,给与适当的帮助与干预对策。

二、对策与调适

高等学校担负着培养国家建设高层次人才的重任,特困生作为高校中的一个特殊的群体,他们同样也是国家建设的一支重要力量。近几年,我国在加快推进高等教育大众化步伐的同时,也从各个方面积极推动建立一套完善的扶贫助困体系。对于高等学校而言,研究探索加强特困生心理健康教育的对策,是摆在我们当前的一项极为紧迫的任务。对此,谈几点粗浅的看法和认识。

(一) 坚持经济扶贫与心理教育并举的方针

许多贫困生出现的心理问题大多源于经济上的贫困,这已是一个不争的事实。因此,加强对特困生的经济扶贫仍然是当前高校必不可少的重要工作之一。这几年,高校的扶贫助困体系已逐步,从根本上解决了贫困生上大学难的问题。但是,我们切不可因此盲目乐观起来,以为银行一贷款,贫困生的问题也就完全解决了。事实上,如上文分析,许多困扰特困生的深层次的心理因素并没有消失,而是还潜伏在那里。所以,经济扶贫一定要与心理教育结合一起抓,才能达到共同促进的目标。否则,经济扶贫虽然上去了,但心理教育却没有配套抓上去,要促进特困生健康成长,其基础和条件也是不牢固的。

(二) 推进以树立远大理想为核心的人生观教育

恩格斯曾经说过:"时代的性格是青年的性格。"青年,是朝气蓬勃的象征,是奋发有为的代名词。任何一个有远大理想和抱负的青年大学生,都会自觉地把自己前途和命运与国家和人民的命运紧紧相连。高校管理者和思想政治工作者要教育和引导特困生正确看待自己面临的困难和挫折,鼓励他们扬起理想的风帆,化困难为力量,化被动为主动,踏着困难向前,就一定能够冲破心理樊篱,达到理想的彼岸。如古人所云:艰难困苦,玉汝于成。从逆境中奋起,更显英雄本色。古往今来,多少仁人志士为实现胸中的理想抱负踏破荆棘、倍尝艰辛的感人故事,已为今日的大学生留下了许许多多饱满人生哲理的启示,走在 21 世纪大道上的当代大学生,更没有理由让自己沉寂下去。

(三) 建立多层面的立体交叉的心理辅导与健康教育体系

从横向看,学校一级应设立专门的心理咨询辅导室,由专业人员负责日常的心理咨询与辅导工作,同时开通心理咨询热线,为不愿意登门求助的同学通过电话也能获得咨询和帮助;院系一级应普遍开设心理健康讲座课程,为全体同学介绍心理健康的基本常识和掌握心理调适的基本方法,有条件的学校应从大一起对新生开展一项全面的心理测查,并建立起学生的心理健康档案。从纵向看,学校应建立一支专兼结合的心理辅导队伍,特别是要加强对院系一级学生辅导员有关心理咨询与辅导方面的培训,把他们纳入到心理辅导的队伍中来,形成一个以专业心理辅导人员为主、各级政工干部为辅的多层面交叉配合的心理咨询与教育工作网络,为各种有心理问题的学生包括特困生提供全方位的服务和帮助。

(四) 全力打造"全校一家亲"的文明道德新风

中华民族一向有扶危济困、扶老携幼的传统美德。在当前形势下,在高校教师、干部和学生中大力弘扬中华民族的这一传统美德,无疑具有积极而现实的意义。我们的大学是社会主义的大学,集体主义应当是她区别于资本主义大学的重要标志之一。如果我们把一所大学比喻成一个大家庭的话,特困生就是这个大家庭中的弱势群体。在学校这一大家庭中,积极倡导通过开展互帮互助活动米解决特困生的经济扶贫和生活救助问题,既是对中华民族优良传统的继承与发扬,也是社会主义社会追求的现实理想。在这方面,许多高校已做出了一些可贵的探索,如有些高校的基层院系通过开展"全院一家亲、你我共携手"的主题助困活动,将集体性的劳动奉献与群众性的个人捐助有机地整合在一起,并以基金的形式建立起群众性的互帮互助体系,实践证明是相当成功的。这种群众性的帮扶活动,改变了过去扶贫助困制度一般都是项目化、定时化的不足,实现了帮扶工作的即时性和经常化;更为重要的是,这种群众性的帮扶活动,不仅是物质上的帮困,而且是精神上的帮困,它可以有效地将贫困学生尤其是特困生引入到一个院系以至于一个学校的大集体氛围中,让他们时时处处都能感受到集体的关怀和社会的温暖。此外,这种集体性团结互助机制的建立,本身就是对大学生进行文明道德教育最生动最有说服力的活教材,客观上也为高校抓好学生的思想政治工作创设了良好的基础条件和环境。

总之,面对特困生产生的心理障碍,学校和社会各界应当高度重视,关注特困生的内心世界,努力做到心理、经济"双解困",全方位、多渠道地帮助特困生顺利完成学业,保证特困生健康成长。

参考文献

[1] 黄向珍. 高校特困生心理健康教育. 福建师范大学学报,2002(1)
[2] 王伟宏. 特困生问题的分析与对策. 辽宁商务学院学报,2003(2)

师资队伍建设篇

坚持科学人才观
培育一流的师资队伍

管德明

　　党的十六大以来,以胡锦涛总书记为首的党中央正领导全国各族人民全面推进小康社会建设,我们正处在一个新的发展时期。与经济社会息息相关、血脉相连的高等职业教育也处在一个新的发展阶段。经济社会发展急需高级技术应用人才的呼声越来越高。抓住机遇加快发展,把我校建成一流的高等职业院校,是摆在我们面前的一个头等重要任务。根据这一任务要求,在办学规模上,招生数要年均递增 10% 左右,到 2010 年达到普通本专科生 14000 人,技师类 5000 人,成人高教 1000 人;在硬件设施上,校舍、教学设备、图书资料要达到高职院校的办学要求;在专业体系上,要建成 5～8 个品牌专业和特色专业,建设一批省级优秀课程和国家精品课程;在师资队伍建设上,增加高级职称的数量,加强树立品牌教师和培养拔尖人才的力度,构建一支结构合理、业务精良、素质较高的双师型教师队伍;要提高教学质量,增强高职特色。要实现以上目标,任务十分艰巨和繁重,但又必须完成。这是经济社会发展的客观要求,是学校发展的内在需要,也是教职工实现自我价值、展示个性才华的大好机会。我们必须清醒地看到,在今后相当长的时期内,南通职业大学都将是以教学为主的地方性工科院校,要完成立足南通,服务全省,面向长三角,培养合格的应用型人才的根据任务,我们必须在教学硬件提升的同时,更要注重"内涵"的全面升格。这种升格暨不能沿用老的本科院校的发展之路亦步亦趋,又不能在原有的专科教学道路上蹒跚而行,而必须符合时代发展的要求,走跨越式发展之路。要实现跨越式发展,就必须向改革要动力,以实施"江苏省新世纪高等教育教学改革工程"为抓手,以高职主干专业建设为龙头,围绕实施素质教育这根主线,在课程教育体系、教学内容、用人机制、教学与科研等方面进行深入的改革。学校要发展,要改革,关键在人才。培养优秀人才,吸纳优秀人才,用好优秀人才,是我们学校实现跨越式发展战略的重中之重。广大教职工尤其是在教学一线的教师是学校建设和发展的主体,也是完成各项工作任务的载体。现就人才问题讲几条意见。

一、立足本职,使自己成为本岗位的专门人才

现代科学的人才观强调要求树立人人均可成才的观念。科学的人才观认为,世界上不存在天生的人才,也不存在天生不能成才的人,人才扎根于广大人民群众之中,只要肯努力,人人均可成才。在我们学校,不管你是什么身份,也不管你是在什么岗位,只要你具有适应学校发展的知识、技能,并尽力为教学服务,为学校的发展和建设作出创造性业绩的,都是人才。学校现有 800 多名职工,分布在各个不同的工作岗位,在这些人员中,人们的文化程度、工作经历不尽相同,但只要你立足本职岗位,按照岗位职责要求,恪尽职守,充分发挥自己的聪明才智和潜能,创造性地做好工作,就会成为某一方面的专门人才。学校有了这样的一大批专门人才,形成一个人才群体,学校的发展就会有光辉灿烂的前景。

二、爱岗敬业,在奉献中实现人才价值

马克思主义认为,人的价值分为社会价值与自我价值两个方面。科学人才观强调人才不是简单的劳动力,而是对人的体力、能力和智慧综合开发的结果,是对人才智慧、能力活化、激励的结果。人才的社会价值更多地表现为他通过自己的劳动(包括脑力劳动和体力劳动两方面)在多大程度上满足了社会发展的需要,为单位、为社会和国家创造了多少价值,相应地社会、国家给了他们多少回报,包括物质方面的待遇和职称、地位、荣誉等,以作为对他社会价值的确认和肯定。人才的自我价值则在于他的存在和活动对自己发展需要的满足,更多地体现在他的才能、兴趣、个性以及生命体验、生活体验的满足感等方面。所以,人才的价值的实现是社会价值与自我价值的有机统一。把社会需要和个人需要有机结合起来,把价值创造与价值享受衔接起来,在实现社会价值的过程中实现自我价值,这是人才成长和价值实现的基本途径。这里首先强调的是奉献,是在适应社会发展需要的前提下,乐于把自己的智慧和才能奉献给社会,在奉献中实现自我价值。作为一个教育工作者,具有爱岗敬业、乐于奉献的精神是一种职业要求,只有首先有了爱岗敬业、乐于奉献的精神,他才具备了当一名教育工作者的资格。我们要求每一个教职工都要以学校发展为已任,经常问一问自己,我应该为学校做什么,我能为学校做什么,在学校的发展过程中,我为学校做了什么?我相信,只要你为学校发展尽职尽力,做出了贡献,学校是不会忘记你们的。

三、互帮互学、共同提高,努力造就一流人才队伍

一个聪明的学问家从来不嫉妒他人的成绩,而是虚心的学习他人的长处,克服自身的不足,在他人成绩的基础上进行新的探索、新的创造,从而取得新的突破。人类就是在不断总结前人经验和成绩的基础上不断创新,从而推动社会历

史前进的。当今社会,科学技术突飞猛进,日新月异,不学习就要落后。这已是不争的事实。作为一名高等学校的教师必须不断学习新知识、新技术,掌握新技能,进行新探索,否则就会被淘汰。人,各有所长,各有所短,在学习过程中,要善于学习他人的长处,克服自身的短处,互帮互学,共同提高。学校在未来的建设和改革过程中需要一个优秀人才群体。我们要在今后的人事制度改革过程中努力构建一个有利于优秀人才脱颖而出的平台,在全院逐步形成一个比学习、比技术、比服务、比奉献、比上进的良好氛围,通过合理的政策和有力的措施,加大向心力,提升内动力,扩大渗透力,增强影响力,努力造就一流的人才队伍,为南通职大新的跨越争光添彩。

四、不断充实自我,为职大新的发展作出新贡献

我们从无数杰出人才成长的过程中可以看到,他们为了事业的成功付出了比常人更多的艰辛和努力。在28届雅典奥运会上获得金牌的中国体育健儿的背后都有一个个曲折艰辛、顽强拼搏的动人经历。一个人要想成为优秀人才,必须肯花力气,肯下功夫,发扬艰苦奋斗、顽强拼搏的精神,在工作实践中不断充实自我,掌握真才实学。任何投机取巧的人都不会成为真正的人才。科学的人才观把人才的能力和业绩作为衡量人才的主要标准,不唯学历,不唯职称,不唯身份,不拘一格选人、用人,靠的是真才实学,靠的是他所做出的业绩。我们南通职大正处于一个新的发展机遇期,热切期待各类杰出人才的涌现,希望大家在今后的工作中刻苦钻研,精益求精,不断提高自己的学习能力、实践能力和创新能力,并做到人尽其才,才尽其用,充分发挥各自的积极和创造性,不断为学校的发展创造新的业绩,作出新的贡献。

五、努力培养社会急需的应用型技术人才

学校是培养人才的地方。我们积极推进教育教学改革,不断强化教学管理和服务质量,高度重视师资队伍建设,始终把提高教学质量放在突出位置,其立足点和归点只有一个,就是要把我们的学生培养成为基础扎实、知识面广、综合素质高、实践能力强、能很快适应高新技术领域岗位需要的应用型技术人才。这是我们学校的中心工作,也是我们全体教职工的共同责任。不管你是在教师岗位,还是管理岗位;也不管你是在教学一线,还是在服务部门,只要是学校的成员,都要把培养和教育学生成才作为第一责任。以前我反复强调"学生家长是我们的衣食父母"的观念,主要是要求我们树立正确的思想意识,端正工作态度,在这一基础上,我再强调一点,就是我们要用心教育。心,是生命存在的依据,心脏的每一次跳动,都牵动全身的每一个部位,牵动着每一根神经。用心教育,要求我们全身心地扑在教育事业上,把如何培养学生成才作为我们全部工作的立足

点,用心去了解学生,关爱学生,研究学生;要求我们在不断充实自我、丰富自我、完善自我的基础上去研究如何加快教学改革,改进教学方法,使学生真正学懂、学会,掌握真才实学;要求我们不断地学习和掌握新知识、新技术、新经验,并毫无保留地传授给我们的学生,使他们在实践、知识、能力、素质等方面协调的发展;要求我们不管是在讲台上,还是在其他地方,都要牢记自己的责任,注意自己的形象,用高尚的人格感染学生,用渊博的知识吸引学生,用生动的语言激发学生的学习兴趣,不但教会学生成才,而且教会学生做人。一句话,就是用我们对教育事业的忠心、专心和对学生的爱心、倾心,把学生培养成为经济社会发展急需的一流的应用型技术人才。

浅谈高校人事制度的改革

桑向荣

摘要 高校人事制度的改革是高校内部管理体制改革的重要内容。高校通过改革,可以提高其办学质量和办学效益,使其充满生机和活力。本文针对目前高校人事制度中存在的一些问题,提出了深化高校人事制度改革的措施。

关键词 高校 改革 人事制度

改革尽管千头万绪,但其根本目的却是唯一的,就是解放生产力,加速生产的发展。人是生产力中最积极、最活跃的因素,解放生产力的核心是调动人的积极性和创造性,从而推动改革的进行,更好地为经济建设服务。高校目前当务之急的改革就是以深化人事制度改革为主要内容的内部管理体制的改革,这是高校一切改革和发展的基础。现就目前高校人事制度中存在的问题以及解决问题的方法提出本人粗浅的看法。

一、目前高校人事制度中存在的问题

(一) 传统的人事管理是重事不重人

高校传统的人事管理制度是以事为本,对人的注意、关心相对较弱,具体到人事管理的行为过程来看,管理过程较偏重于强调事而忽视人,管理活动受政治影响较大。人事管理活动中,对被管理者较多地强调"服从组织安排",而忽视被管理者个人需要和个性的倾向。传统的人事管理离开了对人这一因素的研究和科学管理,从而严重浪费了社会资源,挫伤了劳动者的积极性和创造性,随着我国社会主义市场经济的建立和发展,其弊端则显得更加突出。

(二) 机构臃肿,人浮于事

作为长期计划经济体制影响的高校,校机关"政府化"倾向,机构设置上的上下对口,机构庞大,层层重叠,职能交叉所导致的互相推诿扯皮,该办的事久拖不决,机构臃肿,人浮于事,工作效率低下,不仅加剧了教育供给的紧张,而且造成了教育资源的极大浪费。有关资料显示,我国高校的师生比很低,1991年为1:5.8,1998年提高到1:9,但仍低于美国的1:37,日本的1:20,法国的1:22,德国的1:15.7。即使现在某些高校已经采取了撤销、合并、挂靠和合署等措施极力压缩机构,但仍只是简单的合并或合署办公,虽然机构统计数减少了,但是人员并无大的削减,办事效率仍然不高。

(三)缺乏岗位竞争、择优选择的用人机制

教师职业的"身份制"、职务职称的"终身制",在高校教师和其他专业技术人员思想意识中仍然根深蒂固。普遍认为教师职业是个"铁饭碗"、"铁交椅",不存在下岗、失业的现象,一些教师十分重视职称的评审,而职称评审的运作机制和管理程序在许多高校缺乏科学性,没有形成一套科学的标准的测评体系。"重数量,轻质量"、"重论文,轻工作",一聘定终身的现象一直没有得到根本改变。这势必导致教师、党政管理人员争评职称,为评职称自费出书、登文章,评上职称后放松科研、降低教学质量等现象,把职称看作一种荣誉或资本。"能上不能下"的体制使教职工缺乏工作的压力和进取精神,许多高校岗位聘任流于形式,形成不了有效的竞争机制。

(四)按劳分配没有充分体现,没有建立良好的激励机制

大部分高校分配上的"平均主义"、"大锅饭"仍然存在。工资收入、福利待遇均按教职工的职称职务的高低、资历工龄的长短来确定,而不是根据每个人的实际业绩、贡献大小来确定。有些改革较早的学校虽然根据聘任岗位和教学科研工作量情况来核发津贴,体现了按量计酬,但没能解决优质优酬的问题。不同职称的教师拉开了报酬差距,但同一职称的教师,不管水平高低、工作投入多少,教学津贴都一样,这种"干多干少一个样",抑制了广大教职工的工作热情,特别是不能吸收和稳定高层次的人才,不能鼓励优秀人才脱颖而出。

(五)缺乏科学性、经常性的考核管理制度

目前高校对教职工的考核缺乏德、能、勤、绩等方面的经常性的积累,等待需要时再去收集相关的材料,这就难以做到客观、准确,而且考核工作只是停留在定性阶段。定性分析在缺乏平时考核资料的情况下,难免受主管人员对某些人了解深浅、印象好坏等直觉判断左右,有很大局限性,后果是年轻的优秀人才很难被发现,埋头苦干的人被埋没。长期下去就很难调动广大教职工的工作积极性,尤其不利于中青年优秀人才的发展。

二、深化高校人事制度改革的几点思考

(一) 人事管理以人为本,全面服务于高校的改革

衡量人事制度改革的成功与否,主要应看教师的积极性是否被充分调动和发挥出来。高校教师是高校生命的支柱,作为知识分子中的优秀群体,他们是我国高等教育事业的中坚力量,他们的职业特点是进行较高层次的人才培养。他们的工作态度和业绩,关系到高等教育事业的成败,直接影响人才的质量和高校的职能。这就决定了新一轮人事制度的改革要以人力资源的开发与利用取代传统的人事管理办法。把人的发展、人的解放、人的革命回复到主要地位,也就是激活生产力基本要素中最活跃的要素,真正树立以人为本、人是第一生产力的主体、人是第一资源的观点,从而全面服务于高校的改革。

(二) 强化编制管理,引进效益机制

定岗定编是人力资源管理的基础性工作,也是人事改革的基础,实施有效的编制管理是以最小的用人成本,取得最好的办学效益,以编制为手段可促进教职工队伍尤其是师资队伍的结构优化,提高办学效益。编制管理的改革需遵循"总量控制,微观放权,规范合理,精简高效"的原则,全国高校要依据师生比为 1:18 的原则来设岗,学校根据学科、专业课程的实际需要,设计出比例合理的各类岗位,以淡化高等学校教师"身份"管理,强化岗位管理。

(三) 引入竞争机制,实行全员聘任制

全员聘任制是人事改革的重点,高校改革的目标是要在高校内真正形成"干部能上能下,职工能进能出,工资能多能少,公平竞争,自我约束,自我积累,滚动发展"的良性运行机制,真正充分地发挥和调动教职工的工作积极性,提高教学质量和办学效益。在实行全员聘任制的改革中,通过"公开招聘,双向选择"的聘任人员原则,择优上岗。做到事职相符,人事相符,责权利相统一,使高校人事管理由"身份"管理向岗位管理转变。高校根据设置的岗位聘任相应的最佳人员,教职工则根据个人特长和技能选择适合自己的岗位,签订聘任合同。

在实行全员聘任制的过程中,要避免形式主义、走过场,必须按照平等竞争和按需择优的原则,才能有效地提高教职工队伍的质量,提高教学、科研水平。聘任的根本在于竞争,只有竞争才能解决用人制度的"能进能出、能上能下"的问题。因此学校可自主聘任,允许"高职低聘"、"低职高聘",破除职务终身制,同时要不断淡化技术职务的评审,要强化岗位聘任,不拘一格选人才。在实行聘任制的过程中,高校还要适时做好未聘人员的安置工作。对未聘任的教职工,应严格

按照聘任合同管理规定,采取学习培训、校内转岗、校外流动、自谋职业等形式加以处理安置。

(四) 健全分配体制,加大分配制度改革的力度

分配是聘任制的支撑点,应真正体现"按劳分配,效率优先,优劳优酬"的原则,促进教学质量上等级、科研成果上水平。要拉大收入差距,设立业绩津贴,向工作业绩突出的教师及管理人员倾斜,向高层次人才倾斜,向教学、科研第一线的教师倾斜。对学科带头人和核心课程的主讲教师在分配上给予重点支持,吸引和稳定优秀人才,为拔尖人才的脱颖而出创造条件。

在深化改革过程中,要不断探索新的分配政策,逐步建立适应高校特点的岗位工资制度。岗位工资制度是以岗位为主,淡化身份,用工作岗位的重要、难易、繁重程度和该岗位所需的专业知识、技能、管理水平等来确定该岗位的工资报酬。在改革的具体实施过程中,为了平稳从现行的工资制度过渡到以能力为主的岗位工资制度,应充分利用目前由人事管理制度改革而逐步建立起来的单位内部岗位津贴制度。在此基础上,逐步将其系统化,使岗位津贴制度逐渐发展成为高校分配制度的主要部分,使其发展成为体现能力工资的岗位工资制度。

(五) 健全强化改革后的考核制度

新一轮的改革应以聘任制为基础,而考核是推行聘任制有效运行的前提和基础,是用人制度改革的保证。因此,在改革中应当避免"重聘任,轻考核"现象的发生,建立健全并强化考核机制。考核不但要制度化、经常化,还要考虑定性与定量考核、重点与普遍考核相结合,真正做到既科学合理又结合实际易于操作。若没有一套科学合理、简单易行的考核体系来支持,改革的成果将很难保证,改革的目的将很难达到。

改革是前所未有的探索,也是利益格局的调整,改革的任务是艰巨的。在改革过程中,既要考虑充分调动广大教职工的工作积极性和创造性,又要保证学校教学、科研秩序的稳定。积极稳妥地推进和深化高校人事制度的改革,使高校内部充满生机和活力,以全新的姿态迎来高校大发展的春天。

参考文献

[1] 宣裕方.关于深化高校人事制度改革的几点思考. 南昌:江西农业大学学报(社会科学版),2002(3):111~113

[2] 田季生.高校劳动人事管理制度改革的方向及原则. 西安:陕西广播电视大学学报,2002(3):27~28

关于高等学校岗位津贴分配的几点思考

黄 勇

摘要 全国很多高校已经实行校内津贴分配制度改革,并已取得显著成效,但在这一改革过程中也出现了很多问题,如果处理不好,则有违津贴分配制度的初衷,本文主要对目前高校津贴分配制度改革中出现的几个问题作些探讨。

关键词 高等学校 岗位津贴 分配 思考

随着我国高等教育事业的不断发展,高校人事和分配制度的改革也在不断深入,全国很多高校已经实行校内津贴分配制度的改革。其目的是为了改革原有不合理的分配制度,改善广大教职工的待遇,更好地培养人才、吸引人才和留住人才,优化师资结构,并进一步提高教职工的工作积极性和创造性,提高教职工的教学、管理和科研水平,以适应 21 世纪高等教育事业发展的需要,为创造世界教育强国及参加世界范围内的人才竞争打下基础。高校津贴分配制度改革的积极意义是显而易见的,但在这一改革过程中也出现了很多问题,如果处理不好,则有违津贴分配制度改革的初衷。本文通过对高校津贴分配制度的调研,对目前高校津贴分配制度改革中出现的几个问题,如津贴分配的依据、不同类型的人员在津贴分配中的关系、津贴分配的导向作用和动态性、效率与公平的关系等等作些探讨,以期能为以后的津贴分配制度改革提供一些参考。

一、高校岗位津贴分配的依据

对于高校津贴以什么要素作为分配的依据,有很多看法。有人认为应以教职工在学校事业中所处的工作位置为依据;有人认为应以教职工岗位的重要性为依据;有人认为是以教职工所在岗位工作的复杂程度、强度和贡献大小为依据;也有人认为应以不同类型人员的市场供求为依据等等。对此我们认为,津贴的分配应以教职工所在岗位工作的复杂程度、强度和贡献大小为主要依据,以市场供求为参考,其理由如下:

(1) 以教职工在学校事业中所处的工作位置作为津贴分配的依据是不科学的。教职工处于什么工作位置主要在于分工,由于分工的不同,有的人处于工作的第一线即所谓主要工作位置,有的人处于后勤服务岗位,有的人处于管理部门等等,即使是相同层次的人由于分工的不同,所处的工作位置也就会不同。加之单位的差异,其主要工作任务、工作性质也不尽相同,导致所处主要工作位置的人员性质也不同。如工厂的主要任务是生产,工人处于生产的第一线;医院的主要任务是治病救人,医生和护士处于工作的第一线;学校的主要任务是教学,教师处于工作的第一线。处于工作第一线的人员很辛苦,应遵循按劳分配、多劳多得、优劳优酬的原则,奖优罚劣,提高大家的工作积极性。从价值论的角度看,分工不是决定价值的基础,所以不能将工作位置作为津贴分配的依据。

(2) 岗位津贴从字面上看就是根据岗位分配津贴,好像是以岗位的重要性为依据,其实重要性是一个含糊的概念,哪个是重要岗位哪个是非重要岗位很难衡量。事实上,高校很多教职工所在的岗位都很重要,都不可缺少。所以,以岗位的重要性作为分配津贴的依据也是不科学的。

(3) 根据马克思主义的劳动价值论,劳酬的大小取决于劳动时间的长短、劳动的复杂程度、劳动的强度和劳动贡献。在劳动时间相同的条件下,劳酬的大小就主要取决于其余几个因素。毫无疑问,在其他条件不变的情况下,劳动的复杂程度、劳动的强度、劳动的贡献同劳酬应当是呈正比的。所以应将教职工工作的复杂程度、强度和贡献大小作为津贴分配的主要依据。

(4) 市场供求可以影响商品或劳务的价格。当一个岗位的工作人员供不应求时,其工资价格会上升;反之,工资价格下降。相应地,其津贴也应随之调整,这也是符合马克思主义劳动价值论的。但值得注意的是,供求关系只影响价格,而不是决定价格的基础。

所以,我们认为津贴分配应该是以教职工岗位工作的复杂程度、强度和贡献大小为主要依据,以岗位人员的市场供求为参考。

二、不同岗位人员在津贴分配中的关系

当津贴分配的依据确定以后,就该认真分析一下不同岗位人员在津贴分配中关系了。高校工作人员主要可分为教师、教学辅助人员、党政管理人员和工人四大类,现就在津贴分配中最重要、最敏感的几种关系作一分析。

(1) 教师和其他人员之间的关系。高等学校的主要任务是教学和科研,教师是教学和科研任务的直接承担者,其他职工都应为教学科研、为教师服务。所以,人们通常认为教师处于高校的中心地位,高校应以教师为中心,据以这种认识,高校津贴分配也应向教师作较大的倾斜。根据上面的分析,我们认为,尽管教学工作在大多数时间内是高校的中心工作,教师处于教学工作的中心位置,但不能以此作为津贴向教师倾斜的依据。首先,我们都承认教学工作是一项复杂工作,工作强度高,对学校事业发展的贡献也不小,但由于不同高校的层次、教学

课程、教学对象不同,会导致上述因素的差异,如果津贴向整个教师群体倾斜,则对其他群体来讲是有失公平的。其次,向教学、向教师倾斜未必就指津贴的倾斜,还有其他形式的倾斜,如服务向教学、向教师倾斜,以保证高校教学事业的健康发展;进修政策向教师倾斜,以保证让教师优先得到深造和学历层次提高的机会;职称政策向教师倾斜,以保证教师优先晋升专业技术职务。这些政策早就付诸实施,实际上这些政策的倾斜就是间接的津贴倾斜。第三,教师的工作主要是授课和科研,很多高校教师在享受正常校内津贴的同时,还享受课时津贴、超课时津贴、科研津贴和奖励,这也是一种津贴的倾斜,而处于其他工作岗位上的人员工作也很辛苦,超负荷工作者大有人在,工作成果也很突出,但这些人员却享受不到或享受不足超工作量津贴或其他奖励。

(2)工人与其他人员的关系。相对于高校其他人员而言,工人在高校工作的复杂程度较低,即属于简单劳动,在高校的各项事业中,工人的贡献也相对较小,所以,工人的岗位津贴也相对较低。津贴分配实施以前,各高校基本上实行的是平均主义的奖金,教授和工人一年的奖金所得相差无几。津贴改革的实施意味着对原有利益进行重新分配,当一个学校的津贴总额没有增加,或增加幅度不大,而津贴差距拉开后,工人的津贴可能非但没有比改革前增加,反而有所下降,或即使增加,幅度也不大,一些工人颇有微词。一般认为,职工的收入具有刚性,即只能上升,不能下降。如果职工收入降低了,或者职工收入的增加和身边其他人员相比增长幅度太小,职工就会不满。尽管近几年高校工人工资也一直上涨,但津贴的下降没有实现工人要求收入不断上升的预期。他们的这种心理是可以理解的,但现实情况却不可能满足工人要求收入不断增加的预期要求,其原因主要有以下二点:一是目前高校的人才竞争非常激烈,为引进和留住高层次人才和骨干力量,各高校出台了许多优惠措施,其中不乏经济手段,客观上已无力拿出更多的资金照顾工人的需要。二是人员流向反映了收入水平的高低。尽管一些骨干力量和高层次人才的津贴跟高校内部其他人员相比已属很高,但还是有人才外流现象,这说明骨干力量和高层次人才的津贴还有上升的空间。相反,尽管工人的津贴跟校内其他人员相比处于较低水平,但以目前高校工人的收入水平,社会上会有无数更高素质的工人前来竞聘,而校内工人几乎没有因收入问题外流,这说明工人的津贴还有下降的空间。所以,除非有的高校经济实力特别雄厚,否则很难继续在原有条件下提高工人的津贴。解决这一问题的办法是实行高校后勤社会化,对工人进行技能培训和等级考核,在提高工人素质和工作效率的前提下,提高工人工作的复杂度和强度,实行按劳分配原则,多劳多得,在工人内部拉开收入差距,让少数优秀工人较大辐度地提高收入。

(3)新老职工之间的关系。校内岗位津贴制度的实施以及津贴的多少,取决于学校的办学效益和事业发展,学校的事业又取决于校内全体教职工的辛勤劳动,特别是老职工的无私奉献。老职工们长期满负荷甚至超负荷工作,又长期实行低工资、低福利政策,学校能有今天的事业跟老教职工工作的历史沉积是分不开的。当津贴分配制度开始启动,教职工的收入刚开始好转时,一些老职工又面临退休,没有几年津贴可拿。而年轻教职工对学校的历史贡献较小,有的一进校就享受津贴待遇。据此,老教职工要求津贴能适当向他们倾斜,这也是可以理解的。假如满足了老教职工的要求,则势必会损害年轻职工的利益,不利于吸引高层次的年轻学者、专家,不利于高校教职工年龄结构、学历结构的合理化。况且年轻职工对老职工的观点也不认同,理由如下:一是尽管老职工先前享受的低工资、低福利政策,但当时其他行业也这样,横向相比,其收入并不低。而实行津贴制度后,即使是横向比老职工已步入稳定的较高收入行列。二是老职工享受了福利分房、货币分房,解决了后顾之忧,而年轻职工要完全靠自己的收入买房,收入分配理应向他们倾斜。三是目前学校事业的发展,固然有老职工的贡献,但主要是靠政策和机遇,如扩大招生和学校领导班子的正确决策,况且,以后学校事业的发展主要靠年轻职工。事实上,目前年轻职工已在学校事业的发展中承担起了主要任务。四是老职工的退休政策比较稳定,退休工资较高,可以享受长期的高退休工资待遇,而年轻职工退休时的工资政策并不明朗,前途不容乐观。

应该说,新老职工的观点都有一定的道理,不能简单地将职工工作的时间长短作为津贴倾斜的依据,考虑到工作时间长短基本上是与专业技术职务的高低成正比,所以可以将这一问题放在专业技术职务中考虑。

(4)高低专业技术职务教师之间的关系。以教师为例,通常认为,高级职务教师教学经验较为丰富,教学水平、科研水平相对较高,通过"青蓝工程"对年轻教师进行了有效的培养,在学校的教学、管理、专业建设中都有很大的贡献,对学校教学水平、管理水平,甚至整个学校层次、声誉的提高,都起着关键的作用。所以津贴的分配对高职务教师倾斜基本上已达成共识,很多高校就是按这一思路实施津贴分配的。但问题在于,是否高职务就一定贡献大?高职务低贡献或低职务高贡献怎么办?即有的教师职务虽然较高,但教学水平、管理水平较低,科研水平也不高,不能对年轻教师起到培养和示范作用,也不能在教学管理和专业建设中有所作为。相反,一些刚跨出大学校门的新教师在各方面都非常优秀,一直超负荷工作,但由于资历不够,职称低,在津贴分配中处于劣势,这无疑不利于调动年轻教师的积极性和人才引进。如何认识这一问题呢?首先要确立一个观念,即教师对学校贡献可以分为两个方面:一是有形的贡献,如教学、管理、科研等;二是无形的贡献,如社会对学校评价的提高等。在其他条件相同的情况下,职务越高对提高学校声誉的贡献就越大。如一位院士或名教授的存在客观上提高了学校的声誉,这种影响对学校是有利的,理应在津贴中有所体现。其次,要用发展的眼光看待这一问题,尽管目前很多年轻教师的职务较低,在津贴分配中处于不利地位,但经过几年的努力,职务提高了,津贴也就增加了。最后,可以实行职称评聘分开,实行高职低聘、低职高聘,以充分体现津贴享受取决于贡献大小的精神。

三、注重津贴分配方案的导向性和动态性

实施岗位津贴分配从表面上看是为了增加广大教职工的收入水平,提高教职工的工作积极性,事实上这只是其目的之一,更重要的是为了实现学校的总体发展目标。学校的总体发展目标通常都是为了提高学校的管理水平、科研水平和办学水平,培养高质量的毕业生,增强竞争力,提高学校的美誉度等等。这些目标的实现必须要建立一支高水平的教师队伍和管理队伍,这必须要依靠一系列的政策手段,通过各种途径来实现,如通过提高教师的教学水平、科研水平、专业技术职务、学历层次,更新管理人员的管理理念,完善管理制度等等。当然不同性质的学校在不同的发展阶段,其发展目标是不同的,但一旦学校确定了某一阶段的发展目标后,在制定津贴分配方案时就应将这些目标细化并和岗位津贴挂钩,使津贴分配方案成为一种重要的调控手段,引导广大教职工朝着这些细化的目标方向努力,当广大教职工通过自身努力实现这些个人目标的同时,也恰恰实现了学校的总体目标。这就充分体现了津贴分配的导向作用,符合个人目标和组织目标相一致的管理原则。

既然津贴分配最终是为实现学校总体目标服务的,具有导向作用,那么,当学校的总体目标发生变化时,津贴分配方案也要相应发生改变,以适应变化了的学校总体目标的需要。而学校的总体发展目标是随着学校的发展而变化的,这就使津贴分配方案也应随学校的发展而不断变化,再则前面所分析的各个岗位人员的市场供求关系也在不断变化,从而使津贴分配方案需要不断调整,具有动态性。事实上,正是津贴分配方案具有了导向性,才赋予了其动态性,动态性是为导向性服务的,因为变化了的方案是为新的总体目标服务的,它引导着教职工朝新的目标方向前进。当然,津贴分配方案在一定时间内是稳定的,具有稳定性的一面,动态性的存在并非否定其在一定时间内的稳定性和可操作性。

四、要处理好效率与公平的关系

效率优先、兼顾公平是制定分配方案时常用的一个原则,这个原则的重点是注重效率,在分配中首先考虑的是提高效率,也就是运用收入分配这个杠杆,提高职工在生产、工作、管理、服务方面的主动性、积极性和创造性,引导一个组织的员工朝着预先设定目标前进,从而进一步提高组织效率,达到组织目的。效率优先使用的手段往往是拉开收入差距,奖优罚劣、奖勤罚懒。兼顾公平是指在注重效率的同时,要注意收入差距的合理性,要考虑人们对收入差距的心理承受能

力,防止因收入差距过大而损害另一部分人的积极性。兼顾公平往往是缩小收入差距,运用平衡手段协调各方面的利益,以适当牺牲效率来求得稳定。

效率与公平之间的关系具有二重性。一方面,效率与公平之间具有矛盾性。要注重效率,起到奖优罚劣、优绩优酬的作用,必然要在现有的收入分配基础上拉大差距,从而影响到公平性;要兼顾公平,照顾到人们对收入差距的心理承受力,必然要设法缩小差距,而这又会降低效率。另一方面,效率与公平之间具有统一性。公平是相对的,而不是绝对的,所谓公平应该是付出和所得相一致,而付出不可能是一样的,所得当然也不一样,所以公平是一定范围内的公平,是适度的公平,它具有相对性。既然付出是有差异的,所得的报酬当然也随之改变,当付出和所得相一致时,它是公平的,劳酬一致同时也表明是有效率的。所以,效率与公平具有统一性。

既然效率与公平具有统一性,那么在津贴分配时应该可以找到一个最佳平衡点,使其既公平又有效率,但实际上它只是一个理论上的、理想中的平衡点,这个平衡点在实际工作中是很难找到的。既然这个理想的平衡点不可能在实际工作中找到,我们在制定津贴分配方案时,只能在充分考虑各种影响因素(如传统观念、收入的刚性、稳定的需要、心理承受等)的前提下,尽最大可能统一好两者的关系,找到一个较佳的、能为大多数人所接受的、既体现公平又对效率影响不大的平衡点,以实现效率优先兼顾公平。

津贴分配涉及到高校教职工的切身利益,是一个非常敏感的话题,高等院校是一个小社会,人员数量、人员类型、人员性质繁多,各种影响因素面广量大,高校津贴分配本身就是一个复杂的系统工程,加上各个学校又有各自的不同特点,只有在充分考虑本校具体特点的基础上,在正确的分配思想和原则的指导下,运用科学的方法和手段,通过强有力的组织领导和舆论宣传,才能制定并顺利实施适合本校特点的津贴分配方案。

高校岗位津贴制度的现状、存在问题及政策建议

黄　勇

一、高校岗位津贴制度的实施背景及现状

我国高校分配制度从建国后经历了三次大的改革和十几次调整,1956 年、1985 年和 1993 年的三次工资制度改革,逐步构建了符合我国国情的包括高校在内的事业单位工资制度。其中 1956 年的工资制度改革,主要是完成各类单位的分配制度从供给制向职务等级工资制的过渡;1985 年的工资制度改革,完成了企业工资制度与机关、事业单位工资制度的分离,在机关和事业单位建立了以职务和工龄为基础的结构工资制;1993 年的改革实现了机关和事业单位工资制度的分离,建立了相应的工资增长机制,把工资增长与考核挂钩,提高了分配效能。但 1993 年改革后的工资制度仍然存在着许多不合理现象,就工资体系而言还不够完善。例如对高校工资而言:工资调节机制不建全,工资标准中的津贴所占比例过小,起不到真正的调节作用;平台现象严重,出现了几代同堂问题;同一单位工资系列过多,各系列工资标准不统一,专业技术系列和职员系列工资标准差距太大;增资幅度失衡,工资增长机制中资历性因素高于岗位和职务性因素,靠资历增长的工资大于靠岗位和职务晋升增长的工资。这些问题的存在严重影响了高校的进一步发展。目前,我国的社会、经济形势已发生了重大变化,在分配理论上也出现了较大突破。经济生活中分配多元化的现实和分配理论上的发展,为高校内部分配制度的创新提供了事实依据和理论前提;高校内部管理体制的改革,为分配制度创新创造了条件;高校招生收费制度的实施,为分配制度创新提供了基础。1999 年,高校津贴制度开始出现,它是对我国原有事业单位分配制度的创新和突破,也是对现行分配制度的补充和完善。

我国高校目前实行的岗位津贴制度大体上可以分为三大类,一类以清华、北大的岗位津贴方案为代表,采用目标设定法,或者称为等级制法,即按岗位类别把津贴标准分为若干等级,设定每一级岗位的目标任务和对应的津贴标准,根据教师所聘岗位任务完成情况发放津贴,这种制度以岗位为依据,较好地体现了按岗位分配的指导思想,目前也是绝大部分高校所普遍采用的办法。第二类可以

称为成果奖励法,即根据定编情况,按教师的职称、学历等条件,设定各等级基本的津贴标准,然后再根据实际完成的教学或科研成果的多少给予奖惩,这种方法基本属于一种过渡的方法,采用的高校比较少。第三类介于前两者之间,以浙江大学为代表,把岗位津贴分为基础津贴和业绩津贴,教职工完成了基本的岗位工作任务即可享受基础津贴,基础津贴主要依据教职工的年功和职级、职称等条件确定,差距较小;业绩津贴根据教职工的工作业绩确定,对工作目标的设定较高,差距也较大。

目前,我国各类高校普遍实施了岗位津贴制度,取得了明显的成效,但由于这种岗位津贴本质都是对我国现行分配制度的补充,因此在执行中暴露出了许多问题,有些问题已经成为制约高校分配制度进一步改革和创新的障碍,认真研究和解决这些矛盾和问题,将更有助于分配制度创新的不断深化和完善。

二、存在的问题

(一)缺少宏观政策支撑

高校岗位津贴制度属内部分配的范畴,如缺少宏观政策的支撑,就会制约岗位津贴制度的进一步深化和完善。高校岗位津贴与国家法定的工资相比,存在较大的差异,国家工资标准具有高度权威性,相关政策的配套也非常协调和到位,省一级政府出台的工资或津贴政策也属于法定的工资范围,以工资为基础的各类福利和各种社会保险等,均以合法的形式得到确认和保障,在经费来源上,只有国家和省一级的工资政策才能有政府财政拨款的保障。高校岗位津贴制度,是高校内部分配制度创新,是一种自发行动,虽然已成普遍的事实,但没有相关的政策支持和文件确认。如果从《教育法》、《高等教育法》的角度去审视和理解,能否实施和如何实施这一制度应该是属于高校办学自主权的范围,但目前的高等教育管理实践中还没有准确地界定高校的权限,政府各主管部门的政策也还没有完全配套,有些省份高校工资总额包干制度也还没有完全落实,人事部门的工资管理体制、财政部门的经费核拨体制都无法明确岗位津贴的合法地位。在不同的省份,或者在同一个省不同的地区,对高校岗位津贴的定位和认识各不相同,这种状况使岗位津贴制度的处境比较尴尬,始终处于合理不合法的现状,在经费上更没有有效的保障机制。例如,我省实行的"同城待遇"政策,在对高校实行的岗位津贴制度的认定上就十分含糊,以政府既没有明确政策又没有投入经费的校内岗位津贴制度充抵省政府出台的工资政策,政府财政经费只解决国家公务员的增资,对高校的"同城待遇"既不给政策也不给经费,使高校为适应社会和自身发展的需求而先行实施的内部分配制度,处于不伦不类的境地,产生了消极的影响。如果这种状况得不到有效的改善,必将制约高校内部分配制度创新的进一步深化和完善,影响高校师资队伍建设尤其是高校的人才引进和队伍的稳定,影响高校的发展后劲和综合竞争力的提高。

(二)未能真正实现效率与公平的统一

我国分配的价值指导原则仍然是"效率优先、兼顾公平",社会发展要求分配制度体现高效率,收入分配制度首先要能调动人们的工作积极性,实现效率的提高和社会的发展,高校津贴分配也应遵循这一原则,但在高校津贴分配的实践中却很难准确把握。在目前的条件下,高校收入分配的公平职能应由国家的工资政策保证,高校实施岗位津贴制度应主要体现分配的效率职能。目前高校津贴制度还未能实现这一目标,这是由于我国高校内部人员性质十分复杂,考察公平概念参照系建立的对象是不可比的,这样就会分散和削弱岗位津贴的效率职能,多数大学为求得方案的平稳出台,为建设和谐校园,往往会以牺牲效率为代价。

(三)单一的师资评价机制导致相对单一的津贴分配取向

社会对高校师资的评价主要体现在职称和学历结构上,为了在评价体系中获取高分、排名靠前,各高校竞相引进高职称、高学历人才,导致争夺人才的竞争越来越激烈、开价越来越高,各高校对这类人员的津贴也越来越倾斜,导致津贴的分配比较单一地取决于职称。事实上,过分强调职称和学历的重要性,不仅导致师资结构的不合理(有的大学高职称人员严重超编),导致许多教师急功近利,职称含金量严重下降,还导致一些高校特别是高职院校忽略本校教学的实际特点,师资结构和实际的教学需要严重不符,并忽视了对教师实际贡献的考核,影响了相当一部分教师的工作积极性。

(四)缺乏健全的人才评价机制造成制定津贴的价值标准简单化

高校岗位津贴制度实施的目的之一是为了吸引和留住人才,而健全的社会人才认可和评价机制是有效实施岗位津贴的重要保证,津贴制度应该与人才的价值相统一。但由于目前人才价值的社会评价机制还不建全,使市场需求成为人才价值的直接表现形式。高校要吸引和留住人才,构筑其人才优势,只能根据人才供求状况,发挥分配制度的杠杆和调节作用,按照人才市场价格来制定分配政策。完全以市场需求来决定人才的价格显然具有一定的盲自性,马克思在《资本论》中早就作过明确的阐述,在市场条件下,价值与价格在极少情况下能完全一致,绝大部分时间是价格围绕价值上下波动,这种波动往往带有一定的盲目性。岗位津贴制度的实施如果过分地受人才市场需求状况的影响,势必会使这种制度与"按劳分配"、"效率优先、兼顾公平"的分配原则产生一定的偏离,从而影响分配制度的公平性,不利于激励机制和导向功能的发挥。

（五）各种利益群体的冲撞，影响岗位津贴的公正性

高校岗位津贴制度的每一次调整，是各群体利益的重新调整，在这一过程中，不可避免地会产生利益冲撞。各群体为维护自身利益，往往会利用多种渠道对岗位津贴制度施加影响，影响力较大的群体会把有利于自身的条款变为政策，甚至出现权力寻租行为，使方案的公正性受到较大的干扰，使津贴方案的最终出台成为各种权力斗争并最终达成平衡的结果。这种平衡将影响教职工的工作积极性，在津贴方案实施的过程中，教职工一般会将自己的投入报酬比与团体中其他成员的投入报酬比进行比较，如果两者相当则有公平感，反之则觉得不公平。在一个团体中，成员的公平感是团体凝聚力的关键，心理学研究表明，公平意识直接影响个体积极性的发挥，在高校中，教师的公平意识尤其强烈。由于津贴方案的公正性受到影响，使岗位津贴制度的积极导向功能受到一定程度的损害。从而使岗位津贴制度的实施功效降低，也使高校内部的分配原则产生错位。

三、完善高校岗位津贴制度的建议

（一）应加强寻求宏观政策支持

（1）高等教育主管部门要加强对高校的内部分配政策的研究，加强工资宏观政策的调控。国家和省级主管部门要根据高校岗位津贴实施的现实，尽快出台相关政策，承认其作为高校工资组成部分的地位，使高校岗位津贴制度合法化，解决目前岗位津贴实施中的无序状态，促进高校分配制度的进一步深化和完善。

（2）改革现行的事业单位工资制度，把现在的全面管理变为分类指导，建立起不同地区、不同类型、不同层次高校的工资调整机制，尽早实行高校工资总额包干制度，改变高校目前存在的保障性分配、效率性分配和激励性分配同时并存，即工资与津贴相分离的局面，淡化档案工资的概念，最终取消档案工资，为高校把档案工资与校内岗位津贴并轨创造条件，形成分配合力。

（3）建立高校人员经费的政府拨款机制。据统计，我省最近几年省级财政对高校的拨款只占高校事业费支出的 $40\%\sim48\%$，按照国家的高等教育成本分摊原则，学生学费标准应控制在教育成本的 1/4 左右，省级财政拨款偏少使高校的经费缺口十分严重，市属高校更为突出，使很多高校选择负债发展之路。我们认为高校岗位津贴是符合高等教育实际需要的分配制度，主管部门在承认其合理性和合法性的同时，应建立相应的经费保障制度，承担起政府应尽的义务和责任。

（4）建立健全人才价值的社会评价机制。加强人员成本的核算和管理，以

社会平均人工成本决定高校人才价格,主管部门要加强对高校投入产出的效益分析,使人才的价值评价更科学合理,更公开透明,避免各高校在人才引进和内部分配政策的制定上不顾成本,片面追求眼前利益,忽视长远目标和自身的可持续发展。通过对高校单纯追求数量指标型人才队伍结构的调整,健全和完善人才的客观评价和公平竞争机制。

(5) 高校岗位津贴制度应体现按要素分配的原则。"十六大"以后,按生产要素分配原则的确立,是我国分配理论在实践中的重大突破。高校岗位津贴制度也应突破内部分配中不合理因素的制约,让教职工的收入高低按要素贡献的大小来决定,消除教职工在收入分配上的不公平感,按"效率优先、兼顾公平"的原则实施高校内部分配,优化人力资源配置,提高办学效益。

(二) 高校要加强对岗位津贴制度的研究,认真总结经验教训

(1) 调整和完善岗位津贴方案,使其更趋规合理。目前,各类方案中普遍存在着岗级设置过多和业绩量化不科学问题,从部分高校的实施效果看,岗位设置以 8～10 级为宜,岗级太少对教职工尤其是对教师劳动价值的区分度将会降低,岗级过多则易造成对教师工作业绩的人为拆分现象,容易出现论文标价的简单化倾向,降低评价标准的科学性。对工作业绩的考核和评价不能只注重可量化部分,对教职工在工作中的无形投入也要予以认可,要考虑高校知识分子劳动的复杂性和多样性特点,对工作业绩的要求和考核应全面准确,岗位职责既要强调科研精品,也要体现对高校基础工作的承认,如教学工作、管理工作等。岗位职责的设置应简单明确,具有可操作性。

(2) 健全权力的约束机制,保证岗位津贴制度的公正、公平、公开。高校在岗位津贴方案中减少利益群体的影响力和权力寻租因素,除在行政程序上进行规范外,还应加强工代会、教代会的职能,建立健全校、系两级决策咨询机构,对定编、设岗、聘任、考核、津贴兑现等工作进行全程监督,有效地保证岗位津贴制度的顺利实施。

(3) 正确处理岗位与津贴的关系。高校实行岗位津贴制度是分配制度的一次创新,创新的目的不仅是拉开教师的收入差距,提高教学骨干、科研骨干、管理骨干的待遇,更重要的是要建立起竞争激励机制,调动教师的积极性和创造性。科学设岗、按岗聘任是有效打破过去按资历分配的传统模式,把分配和效率更紧密地联系起来的有效途径。高校必须始终坚持以岗位为基础的津贴分配办法,真正体现提高办学效益的宗旨。

(4) 要建立科学的教职工劳动价值评价机制。科学的评价机制是高校实施公平分配的有效保证,公正、公平是管理的两大基石,科学的评价机制是建立在公正、公平的基础之上的。高校评价机制最基本的内容是指标管理系统,例如,

教职工年度考核的指标体系，岗位目标考核体系，科研成果的评价体系，教师教学质量考评体系。科学的评价机制要求，各种指标体系必须要体现对教师一视同仁的平等精神，所以我们要充分重视各项指标体系的公正性和公平性。

高校岗位津贴制度是按生产要素分配原则在微观环境中的具体表现，是符合高校自身特点和需要的分配制度，如果主管部门能尽快从宏观上建立、健全配套的政策和措施，高校自身注意微观层面上问题解决，将进一步促进高校内部分配制度创新和提高，促进我国高等教育事业的健康发展。

高职院校师资队伍建设中
存在的问题与对策

沈思远

一、高职院校发展的定位与趋势

传统的分类,按照学术研究水平的高低来区分,从高职院校到可以培养博士的院校,形成了一个"金字塔",这在工业化前期、中期,与社会就业结构是相适应的。但在工业化以后的知识经济时代,社会就业结构处于多样化的态势,组织结构扁平化、网格化,从新的视角估量以往居于"塔尖"的研究型大学和"底层"的技能型高职高专院校的相互协调问题则成为一个战略选择。

十一五规划指出经济增长方式的转变是中国建立新的发展模式的核心内容之一,它意味着:中国要从过度依赖资金、自然资源和环境投入,以量的扩张实现增长转向更多依靠提高劳动者素质和技术进步,以提高效率获取经济增长。我国经济发展必须坚持走新型工业化道路,建设节约型、环保型的社会。目前增长方式由粗放型向集约型转变没有突破性进展的主要原因是技术上缺乏自主创新能力。提高自主创新能力技术升级后的第二产业更多地需要高中阶段甚至高等教育的毕业生。相应劳动力结构的变化趋势是:第一产业比例下降一半左右,第二产业稳步略升,第三产业显著上升。21世纪初全球劳动力和人才市场的信息也显示,面大量广的,往往是在岗培训、转岗培训、继续教育,此外还包括短期性、社区性、实用性的高等职业教育。但当今社会,人才结构比例却严重失衡。高素质工人的缺乏,导致产品质量无竞争力。我国传统的教育是"精英"式教育,高等教育培养9名科学家、1名工程师,而市场经济需要的是9名工程师、1名科学家。在此趋势下,则对高职院校提出了相应的要求:紧密联系实际,构建起为培养市场经济发展所需要的各类应用型人才应有的新型的人才培养模式,具有前瞻性的培养与产业、行业相一致的实用技能型人才,为地方经济建设提供服务。

二、高职院校师资队伍发展中的存在的问题

(一) 师资队伍的总量问题

高等教育大众化主要表现为高等职业教育的扩招,但在发展中却存在着许

多不顾条件、一哄而起争办高职学校的现象。随着 1999 年扩招政策实施,我国高等职业教育的规模急剧增长,其中独立设置的高等职业技术院校到 2003 年已达 908 所,占全国普通高等学校总数的 58.5%,基本形成了每个地市至少设有一所高等职业院校的格局。如果按照"高职高专"全口径统计,即包括普通和成人高等专科学校,全国高职高专院校在校生已从 1999 年的 398 万人猛增到了 2002 年的 781 万人,占到全国本专科在校生总数的 54.4%,2003 年达到了 1038.5 万人的规模。但因建校历史短,师资数量往往达不到规定标准,出于有限的投入经费以及对未来发展预期的不确定,对于很多近年大规模扩招的学校来说,师资规模未能同比增长,存在严重短缺现象,尤其是应用性较强、社会需求较大的热门专业,很难具备恰当的师生比,因而也无暇顾及业务提高、进修和实践锻炼。因此对师资短缺的高职院校来说基本采用专、兼职教师相结合的形式。

(二) 师资队伍的质量问题

许多综合大学所办的二级职业技术学院,虽然师资学历起点高,但其办学模式常常偏离职业教育的方向,理论水平高,动手能力差;学科知识丰富而职业知识贫乏;很难要求他们成为"双师型"的教师与实习指导员。现有的独立设置的高等职业学校很多是原有的普通中等专业学校升格而成的,这些学校虽然有一定的职业教育办学经验,也具有较明显的职业教育办学特色,但升格后,只是利用原有的中专层次的教育资源显然难以达到高等职业教育所要求的质量的。具体有以下一系列问题:

1. 职称结构分布不合理制约着高职院校的教学水平和质量

随着社会发展,学科分化越来越细,新兴学科越来越多,科技的进步以及分工的细化要求高职院校要不断调整和增加新的学科与专业。高职院校专业大幅度调整,旧有的传统专业不断萎缩,但其教师职称偏高,人数偏多;而新设专业的教师的职称却偏低,且人数偏少。特别是颇受社会青睐、用人单位欢迎、学生踊跃报考的专业的高职称教师十分紧缺。而且,非专任教师职称普遍偏低,初级职称和无职称者占非专任教师总数的相当比例,这势必影响到高职院校的教学水平和质量。

2. 师资队伍建设需要进一步加强

虽然各高职院校在不同程度上都对专职教师提出了参加专业实践的明确要求,但由于国家没有相应的政策支持,政府没有制定要求企事业单位接纳实习教师的奖励政策,高职院校在"双师型"师资队伍建设和兼职教师队伍建设方面遇到了很多困难。真正通过实际锻炼而使专业实践能力得到显著提高的教师数量并不多,加之专职教师中实践课教师的比例偏低,因此真正的"双师型"教师或具有"双师"素质的教师数量不多,很难形成中坚力量。

3. 兼职教师队伍中的存在问题

建立和不断完善兼职教师队伍(主要指有实践经验的专业课兼职教师)是满足高职院校教学要求的途径之一。高职院校可以根据不同专业课的教学要求,有选择地聘请有特长的教师任教,这一方面解决了师资队伍不足的问题,另一方面也弥补了高职院校专业课教学的缺憾,有针对性地加大了实践教学的力度,体现高职院校的教学特色。专兼结合,取长补短。然而,高职院校引用兼职教师也带来了一系列问题,例如正常的教学秩序难以保证。正因为是兼职,所以他们会因为种种原因而难以保证教学的连续性,有的兼职教师经常请假、缺课;对学生的基本情况缺乏深入了解,不能完全做到因材施教;缺乏对兼职教师的管理,相当一部分高职院校为了完成教学任务,在教师的聘任上把关力度不够,从而使得一些水平较低、责任心不强的人进入了兼职教师的队伍之中。

(三) 教师来源单一

从一些调查统计的数据可看出,高职院校师资的来源比较单一,由高校毕业后直接任教及由其他高校调入的教师占专职教师总数的82.2%,可以说专职教师基本上都是从高校(本科院校)到高校(高职院校)。由于现行的人事制度的限制,学校不需要的教师占着编制调不走,迫切需要的却调不进来,从企业调入教师时由于薪酬方面的差异,调动障碍较大。这些都导致了教师的学缘结构单一、知识结构单一,进而影响了高等职业教育的教育教学质量。

(四) 薪酬与市场存在差距,导致岗位吸引力弱、人才流失较大

目前,政府主管部门对高职院校的专项经费投入普遍不足,办学费用很大部分需要自筹,资金的不足制约了学校师资队伍建设工作的开展,同时也影响了教师待遇的改善,也涉及到师资队伍的稳定。从地域看,边远地区和经济欠发达地区的教师流失严重;从专业看,一些与经济和社会发展密切相关的热门专业(如计算机、英语、通信等)的教师流失严重;从结构看,流失的教师中以中青年骨干教师和高学历教师居多;从流向看,多是流向沿海经济发达地区和经济效益较好的企事业单位。除显性流失外,还存在隐性流失的现象,即将主要精力放在校外的兼职工作上。

(五) 积极性与约束欠缺

目前,现行的职务聘任制度未能形成真正的竞争机制,没有形成人才合理流动的机制,没有完全做到职才相应,而且存在评审权与聘任权分离的矛盾。各高职院校应该进一步研究如何使教师真正实现进行定量与定性相结合,从而充分调动教师的积极性;需探讨如何建立一套主动适应市场变化要求的师资管理办

法和管理模式,从而保证高职院校师资队伍的稳定。尤其是高职院校中的一些能发挥作用的核心人员,这类人员往往也是社会紧缺、待遇较高的专业人才,由于学校分配的方式大多仍是"大锅饭"性质,学校的考核标准往往也是科研等硬条杠,不能全面体现高职院校核心人员的能力与素质,所以要实现他们的职才相应,必须建立一套适用的衡量标准与体制。

三、加强高职院校师资队伍建设的思路与对策

(一)拓宽师资来源渠道,改善教师队伍结构

为保证高职院校新增教师的质量能够适应高等职业教育发展对教师能力的需求,应拓宽师资来源渠道,以便达到通过改变教师的学缘结构来改善师资队伍的知识结构、提高整体效能、优化资源配置的目的。建议 1/3 的教师来自于高校,1/3 的教师来自于企业,1/3 的教师来自于社会。特别要注意从企业选拔教师的渠道一定要理顺。在增加师资数量的同时,要切实保证新增师资的质量。

高等职业教育要实现其培养目标,就需要针对地区、行业经济和社会发展的需求及时调整专业设置。各高职院校应该着力培养一专多能的教师,以满足学校的教学需要。为此,各高职院校应该建立对一专多能教师的鼓励政策,支持教师攻读研究生或专业进修。教师可按照学校需要进入与本专业不同的领域,在专业社会实践中也可涉及不同的专业领域,拓宽自己的专业面。学校在专业技术职务评聘时,要客观地评价一专多能型教师的教学和科研成果。

政府有关主管部门要改革人才流动政策,为企业高水平技术人才调入学校从事教学工作提供政策支持,以利于改善高职院校的师资结构,提高学校办学质量和水平。各高职院校可根据实际条件制定优惠政策,吸引社会上优秀人才来校任教;也可以按照教师职务任职资格,招聘专业技术人员来校担任专兼职教师,增加"双师型"教师的比例。

(二)进一步加快"双师型"师资队伍建设和兼职教师队伍建设

职业能力及其相关知识是体现高职教育质量的核心标准,普适性能力及其相关知识和学术能力是衡量质量的一般标准,三者在实现高职教育目标中的作用依次递减。培养出符合高等职业教育培养目标的技术应用型人才,"双师型"教师队伍和实训基地建设是高技能人才培养的关键。

1. 加强政策引导,拓宽双师来源

直接从社会企事业单位选聘既有较扎实理论基础,又有较强实践能力的教师应该是高职院校师资来源的主要渠道,建议政府出台有关政策,每年从企业选聘一些有 5 年以上实践经验的专业技术人员和管理人员(满足教师条件)到高职

院校担任教学工作或调入学校作专职教师;建议教育主管部门会同政府有关部门研究开通培养"双师型"教师渠道的政策和措施,让学校教师有可能到工厂、企业锻炼,通过深入工程实践,从事生产管理及工程技术工作,切实提高其工程实践能力。

建议教育主管部门依据人才市场需求的实际情况,制定有利于各校建立数量适当、相对稳定的兼职师资队伍的相关政策;对不同类型、不同专业性质的院校提出明确的兼职教师的比例要求,加大兼职教师队伍建设的工作力度。目前,企业兼职教师从事实践教学指导工作比较容易安排,但承担常规课堂教学工作却困难很大,这主要是因为企业缺乏积极性。国家应制定优惠政策,鼓励企事业单位双向介入,共同育人。

2. 改进高职院校专业技术职务评审办法,建立教师积极性的激励机制

教育主管部门和人事主管部门认真研究改进高职院校教师专业技术职务(职称)的评审办法,制定一套适应高等职业教育教学实际情况的职称评定标准和办法,单独成立高职院校教师职称评审机构,与本科院校分开评审。

(三)坚持"二八"定律,实行差异化管理

在美国一本名为《人才管理手册》的书中,把组织中的人员按其所发挥作用的不同分为四类,并通过统计分析确定了他们在组织中所占的比重。第一类为超级员工,他们占组织人员总数的 3%～5%;第二类为重要员工,他们占组织人员总数的 20%～25%;第三类为基本员工,他们占组织人员总数的 70% 左右;第四类为问题员工,他们占组织人员总数的 5% 左右。这种对组织中人员结构的划分,大致符合帕累托曲线,也基本符合大多数组织中人才分布的状况。由于这四类人员在组织中所发挥的作用不同,因此他们各自的流失状况对企业的人才流失总体状况的影响是不同的。

针对不同类人员需考虑不同的收入水平,薪酬水平的定位是设计收入分配体系时必须考虑的一个重要问题,从现代薪酬理论的角度讲,就是如何解决收入分配的外部公平性、竞争力的问题。高校教职工收入分配总体上呈较平均的状态,收入差异正在接近公认的合理水平。有调查数据显示,某一地区高校样本总的基尼系数为 0.279,各样本学校内部的基尼系数平均只有 0.214,最高的也只有 0.37,说明高校教职工收入差异已经初步拉开。高校教师之间的校内收入差异最大的学校也在安全线之内。通过合理拉开收入差距来建立收入分配的有效激励机制还具有较大的空间。在国家工资分配比较平均的情况下,高校主要是通过岗位津贴等方式拉开收入差距、建立激励机制的,但收入分配差异最大的不是岗位津贴而是地方性津补贴和福利收入。

在承认人力资本差异性的同时,我们也应该注意到,对不同员工采取不同的

人力资源管理方法和劳动关系管理对策,可能会引起不同类型员工之间的矛盾,低价值、低独特性的员工会感到不受重视。如果处理不好这些矛盾,将会产生很大的组织内耗,使员工与管理层以及不同员工之间发生冲突。因此,协调好不同类型人力资源之间的关系十分重要。这与组织战略发展紧密相关,因为从一定意义上讲,在拥有的人力资本数量相对固定的前提下,人力资本的价值和独特性才是决定发展前景和速度的重要因素,各类员工的比例反映了组织的定位和发展方向。实践中,管理者应该根据各组织的特点进行判断和管理,最终实现一个目标:组织内每位员工在各司其职的前提下,注重协调合作,形成促进组织发展的强大合力。

(四) 注重薪酬待遇水平的提高,满足师资多方面的需要

在市场经济条件下,收入的市场竞争力是决定人才资源配置效率和人才流动的重要因素。有调查显示:高校教职工对收入的市场竞争力的总体看法是,认为竞争力很强、较强或具有市场均衡竞争力的人只有不到三分之一,而表示竞争力较弱或很弱的人接近三分之二。

教职工最希望实现的目标对研究高校的短期激励机制具有参考意义。有统计结果表明,目前高校教师最希望实现的目标依次是提高收入(占 30.7%),改善住房条件(占 18.4%),取得教学科研成就(占 16%),晋升专业技术职务(占 15.8%),进修(占 12.4%),晋升管理或领导职务只占 5.5%,其他 (1.2%)。可见在收入和住房是等基本生活问题有保障之后,高校教职工最希望实现的目标就是取得教学科研成就。高校教职工选择在高校工作主要考虑的因数反映教职工的长期目标和行为偏好,对研究高校长期激励机制具有重要参考价值。记分统计结果表明,高校教职工选择在高校工作的所考虑的主要因素依得分的顺序依次是:工作稳定且人际关系相对简单(占 31% 的有效得分)、学术氛围好(27%)、工作有成就感且有发展前途(21%)、收入高(9%)、住房条件好(8%)、其他(3%)。这说明了教师选择高校首先考虑的并不是工资和福利待遇,而是其工作性质和学术氛围;另一方面也说明,从长期激励机制来看,高校的工资和福利待遇并不是吸引人才的唯一条件,更应提供较好的工作环境、学术氛围和发展前途。

针对现状,政府应加大对高等职业教育的经费投入,通过创造良好的工作环境和生活条件,提高教师的社会地位和经济待遇,形成尊师重教的浓厚气氛。各院校可通过修订工作量计算办法,增加课时津贴等办法,在待遇上进一步向教学一线倾斜;完善教学、科研奖励基金制度,重奖在教学、科研上有突出贡献的教师,调动教师的积极性;不断改善办学条件和深化学校内部改革,建立吸引人才、培养人才、稳定人才的良性机制;多渠道筹集师资培养培训经费,调动各方面的

积极性,共同推动高等职业教育的发展;进一步完善教师职务聘任制度,加强教师聘任后的管理和考核,实行定期聘任,择优上岗。

(五)强化核心人员的主动忠诚度,同时加强契约管理

人员的忠诚可以分为主动忠诚和被动忠诚。主动忠诚是指员工主观上有强烈的忠诚于组织的愿望,这种愿望往往是由于组织与员工的目标的高度协调一致,组织帮助员工发展自我和实现自我等因素造成的。被动忠诚是指由于客观上的约束因素(较高于同行的工资、良好的福利、交通条件,融洽的人际关系等)。而不得不继续留在该组织,一旦约束因素消失,员工就可能对组织不忠诚了。对于组织的核心人员来说,强化其对组织的主动忠诚度,使其从情感上对组织产生一种深深的依赖感,自愿留在组织之中来为组织服务,有效地降低核心人员的不必要的替代。此外,还可以为核心人员创造和谐的组织环境和工作环境,提供公平合理且具有激励作用的薪酬福利,尊重核心人员的个性和特殊需求等。

在人力资源管理中,与核心人员建立适度的"契约"关系,可以培养核心人员的企业精神和合作意识,预防他们因受到组织的重视而产生骄傲自满的情绪,以避免为雇佣他们而支付过大的人力资源成本;也可以避免核心人员因个人愿望过大膨胀而做出有损于组织利益的行为。在人员聘用合同的条款中,明确阐述双方的责任、权利和义务。各高职院校要依法全面实施教师资格制度和教师聘任制度,建立合理的人才流动模式。在校内教师的职务聘任工作中,要切实转变观念,突出职务聘任,强化岗位意识,强调履行岗位职责,加强政策导向,完善考核制度,遵循"非升即走"的原则,合理实施评估晋升制度,逐步深化和完善教师的职务聘任制度。

(六)加强核心人员对组织文化的认同感

组织文化是指员工的共同价值观体系。是组织长期形成的共同理想、价值观念和行为准则。虽然没有一套正式的规章制度,但却通过非正式的道德规范、文化习惯和组织精神,协调着组织管理和人际关系。但组织文化的形成最初是源于组织创建者的经营理念,这些理念反过来对员工甄选标准产生了强烈的影响。因此,组织文化的效果关键体现在核心人员的认同,即组织的远景目标与核心人员的个人愿景。核心人员是企业发展的核心力量,从某种程度上,核心人员决定了组织远景目标。所以,学校在制定目标及战略规划时,应提供机会让核心人员参与决策,取得他们的认同和理解,化组织远景为个人愿景,从而激发核心人员自发的、长久的奉献精神。

文化一经形成,自身就可以通过多种途径生存和发展。而保持核心人员价值观念和行为方式与组织文化相吻合是使组织文化得以延续和发展的重要途

径。如果组织内部具有不可替代的核心人员（例如高层的管理人员），当其发生更迭时，极有可能使得组织原有的机制失去连续性，进而可能会摧毁原有的文化，或者至少使它变得脆弱，不堪一击。反过来，在内部规划有替代的核心人员，他们对原有组织文化有共同的认知感，存在共同的价值观念，共同的行为模式，共同的经营实践，这样组织文化又进一步变得更加强大。

（七）建立人力资源管理信息系统，注重个人职业生涯规划

人力资源管理工作最终要实现的求才、用才、育才、激才和留才的管理模式。实现的最佳途径之一可依赖于 HRMS(Human Resource Management System，人力资源管理系统)。它是从科学的人力资源管理角度出发，从组织的人力资源规划开始，一般包括招聘、岗位描述、培训、技能、绩效评估、个人信息、薪资和福利、各种假期、离职等与员工个人相关的信息，并以一种相容的、一致的、共享的、易访问和检索的方式储存到集中的数据库中，从而将组织内员工的信息统一地管理起来。通过 HRMS 将相关信息有效地组织起来，可以实现组织内人力资源的组织、配备和招聘更加科学化、系统化，提高组织核心人员的替代效率和替代效果。

组织核心人员替代性的大小，关键在于组织所拥有的同类核心人员的后备力量的多少。如果一个组织仅注重核心人员的"开源"，而忽视其"节流"，同样也会使组织陷入核心人员的不可替代的困境。组织参与核心人员的职业生涯规划的指导与管理是"节流"的有效手段。职业生涯（又称职业发展），是指个体在一生中遵循一定路径从事工作的历程，是工作相关的活动、行为、价值、愿望等的综合。职业生涯发展规划是指员工与组织共同制定居于员工与组织两方面的需要的个人发展目标与发展道路的活动。它包括确定阶段性或长期性的职业目标，确立适合自己发展的道路，明确将要进行的调整和各项准备等。组织参与核心人员的职业生涯规划的指导与管理就是帮助核心员工具体设计个人合理的职业生涯发展规划。根据核心人员的优势、劣势、兴趣及岗位特征进行评价并且帮助核心人员进行修改使它成为一个具体的、富有挑战性的、并且是可实现的规划，而且更重要的是，组织要承诺帮助核心人员实现规划。对核心人员职业生涯的管理，既可以保持人力资源整体配置的动态合理性，又可以把核心人员的事后管理模式变为事前管理方式，降低组织管理成本，增加有效产出。因此做好核心人员的"替代性"规划，采用分散梯级投资策略，避免"把鸡蛋放在一个篮子里"，为实现可持续发展奠定基础。

（八）发展学习型组织，实现资源共享

学习型组织是将"学习"上升到组织的层次，而不是仅仅强调个体层次的学

习,它是一种全新的组织模式。彼得·圣吉对企业组织作了大量研究后发现,在许多团体中,每个成员的智商都在 120 以上,而团体的整体智商却只有 62。这说明组织成员的能力并未得到充分发挥,也就是组织的人力资源没有得到有效的开发和利用。因此,建立学习型组织的关键就是通过组织学习来有效地开发组织的人力资源。组织学习的客体是组织内外的知识。组织学习的过程是组织的"系统思考"过程,即要把存储于个体头脑中的知识体系化,使其符合"整体大于局部之和"的原则。要实现这一过程,首先是组织能否激励成员把个体知识拿出来为大家共享;其次是能否创造一个条件使员工有机会实现共享,这对于高职院校尤为重要,因为学校教育主要以知识为客体,知识的更新不断,因而这类组织中最需要也最有必要发展学习型组织。

关于高校辅导员队伍建设之我见

王晓蕾

摘要 辅导员是高校进行思想政治教育工作和日常教育管理的最基层也是最直接的实施者,本文就目前高校辅导员队伍存在的问题进行了分析,并就如何加强辅导员队伍提出了有建设性的意见措施。

关键词 辅导员 队伍建设 思想政治

21世纪是一个依靠知识创新和发展的世纪,人类将进入知识经济的新时代。高等学校是培养高素质、高技能人才的主要阵地,培养"有理想、有文化、有道德、有纪律"人才,是高等学校在新世纪的主要目标,我们的思想政治工作也必须围绕这一目标进行开展。高校辅导员是进行思想教育和日常教育管理的最基层也是最直接的实施者。因此辅导员工作是否到位,将直接影响到高校以德育为核心的素质教育的有效实施,也直接影响到高校和谐局面的长期保持。

在大学校园里,辅导员被亲切地称为"学生的良师益友",辅导员是大学生最亲密的朋友,他们帮助学生直面学业、生活、心理中的种种问题,陪伴同学们整个大学生活。因此高校辅导员队伍是大学生思想政治教育的中坚力量。但与此同时辅导员队伍建设当中出现了以下几点问题:

一、辅导员队伍思想不稳定

工作强度大、收入低、缺乏身份认同感已是造成高校辅导员思想不稳定的主要原因。从1999年连续几年的高校扩招,我国高等教育迅速从精英教育走向大众化教育,带来的直接后果就是高校学生人数剧增,而由于高校人事编制的原因,辅导员人数不可能随之增加,因而很多辅导员所带学生少则100人,多则300~400人甚至更多,同时学生缴费上学、助学贷款、学分制、自主就业等教育改革带来的一系列新问题,使得高校辅导员在任务增加的同时,面临的局面更加错综复杂,辅导员除正常上班时间以外,往往中午晚上以至双休日的时间几乎全部用在学生身上;收入低也时时困扰着辅导员,教师讲课是一个硬指标,而辅导员工作却是看不见的软指标,教师超课有超课时费,而辅导员加班加点却很少有补贴,造成辅导员在高校中收入普遍较低;高校的评价机制比较看重教学和科研,新进教师可以从助教开始慢慢升到讲师、副教授、正教授,而辅导员做了若干年还是辅导员,很难有晋升的机会,这使得很多辅导员缺乏自信心和归属感。这些现象造成辅导员岗位留不住人,一部分人准备转行从事教学和科研工作,一批年龄小的报考研究生,准备走"曲线转行"的路子,使得辅导员工作没有连续性,不利于辅导员工作的长期开展。

二、辅导员员队伍专业理论素养较低

辅导员作为思想政治工作者,不仅仅要求爱岗敬业,有扎实的理论知识同要非常重要。经过几年的高校扩照,学生人数增加,学生层次愈加复杂,大学生的学习方式、生活方式、思维方式、就业方式发生了新的变化。接受信息的渠道也是多样化,复杂化。大学生们正处于人生观、世界观、价值观形成的关键时刻,易于接受新事物、新思想,思想活跃,精神文化需求旺盛,但辨别是非能力、自我约束能力较差,这些现象问题都对辅导员提出了更高的要求,不仅要求辅导员要掌握马克思主义基本原理、"三个代表"思想,还要懂得教育学、管理学、心理学,这样才能对学生中的一些热点和难点问题进行分析解决,并及时发现学生思想上存在的问题,防患于未然。而目前高校辅导员大多为非思想政治专业毕业的学生,他们普遍缺乏科学管理知识和思想政治教育专业技能,政治理论水平也不高,甚至连基本的人际沟通交流也很欠缺,在这种情况下开展工作效果极为不好,无法达到"育人"目的。

三、辅导员工作内容不明确造成工作重心偏移

目前各高校辅导员工作主要内容有:学生党员发展工作、推优工作、学生的日常考勤、班级和宿舍管理、学生社团工作、助学贷款、困难补助、奖学金评定、学生就业工作以及诸多行政部门交待下来的任务大大小小几十项,而且都必须定时定量完成,辅导员天天奔波于繁杂的事务当中,根本无暇与学生进行思想交流,更谈不上开展思想政治教育工作。

《中共中央、国务院关于进一步加强和改进大学生思想政治教育的意见》中指出:"辅导员和班主任是大学生思想教育的骨干力量,辅导员按照党委的部署有针对性地开展思想政治教育活动,班主任负有思想、学习和生活等方面指导学生的职责"这一论述明确界定了辅导员工作的职责范围和工作性质,是辅导员开展思想工作的重要依据,同时也是辅导员队伍建设的行动指南。如何落实《意见》指示精神,真正发挥辅导员思想育人的作用,笔者认为应该从以下几方面进行实施。

(1)分工细化,让思想政治辅导员从班级琐事中解放出来,从事更加富有内涵的育人和咨询工作。不可否认,我们要本着"为了学生的一切、为了一切的学

生、一切为了学生"的教育理念去开展学生工作,但是一个人的精力毕竟有限,如果辅导员将大量时间用于繁琐的事务性工作,必然会弱化对学生的思想教育工作,反而起到适得其反的作用,因而为了确保思想教育工作到位,学校应结合当前形势,细化辅导员工作,可以安排一部分辅导员相对集中从事学生管理工作,这样可以提高管理效率,确保做到管理的公开、公平、公正,另一部分辅导员相对集中从事学生思想政治教育工作,可以加强对学生思想行为的指引,深化思想政治工作的作用。

(2)开展专业培训,开发辅导项目,对辅导员定期进行培训。现在是一个信息瞬息万变的社会,大学生无论是思想还是行为都与过去的大学生有了极大的不同,而目前高校辅导员专业不一,基础理论知识不扎实,很多辅导员都是"自我成长、自我成熟",在实践中摸索,缺乏系统科学管理知识,针对这些状况,学校应尽量为他们创造学习机会,加强系统培训,通过培训使辅导员不断提高政治理论素养和解决实际问题的能力,不断更新思想观念,紧跟时代步伐,与时俱进,进一步适应大学生思想教育工作的新要求,真正发挥辅导员在大学生思想政治教育中的导向、动力和保证作用。2005年复旦大学、同济大学先后成立了高校学生辅导员协会,并计划逐渐发展成为申城辅导员的行业协会。上海市科教党委和市教委也已计划每年举办一次上海高校学生辅导员论坛,力争把论坛打造成辅导员交流学习的载体、专业训练的阵地和职业发展的平台,推动学生辅导员队伍建设上新台阶。

(3)建立完善辅导员队伍的激励和保障机制,鼓励支持他们安心本职工作。学校应该从本校实际出发,制定关于辅导员职称评定的方案措施,解决好辅导员的后顾之忧,同时学校要提高辅导员的相关待遇,真正做到从政治上、学习上、生活上关心他们,使他们能安心在辅导员岗位上工作,最近复旦大学为进一步加强和改进大学生思想政治教育工作,在加强辅导员队伍建设方面做出了重大举措,学校在新一轮人事分配制度改革方案中,辅导员将根据学历、工作能力、工作研究成果、工作年龄等,被分成六个等级,最高为六级辅导员。辅导员实行聘任制度,按照六个档次来聘用,编入教师编制,与教学科研系列同等待遇,考核按行政管理人员执行,辅导员收入有了大幅增长,六级辅导员的薪水就能够接近或达到部分副教授的水平,这样能激发辅导员的工作热情,增加他们对辅导员工作的认同感,并把辅导员工作作为个人事业来发展,长期地、全身心地投入到本职工作中。

(4)对辅导员进行素质认证,加强对辅导员的考核机制。考核是科学管理和评价辅导员的重要环节,应遵循"公开、公平、公正"的原则,结合辅导员工作的特点,由学校学工处、院系联合制定科学合理、易于操作的工作考核制度,重点考察思想政治素质、理论政策水平、工作能力、完成目标情况、工作业绩、业务学习和理论研究能力等。考核标准应明确具体、切实可行，能将考核考评与监督管理紧密结合起来，考核结果与职务聘任、奖惩、晋级相挂钩，奖优罚劣，优上劣下，真正形成高效、务实的人才评价体系。

（5）我国高校辅导员队伍建设应借鉴国外成熟范例，不断探索辅导员队伍职业化发展道路。高校辅导员队伍要更加多元化，应形成立交桥式的流动模式，激活用人机制，拓宽辅导员出口，可以聘用社会上有经验的人员，辅导员也可到社会上寻求其他职业，学校通过对辅导员专职化的长期培训，使辅导员不仅具有高学历，还具有教育学，心理学、社会学的专业知识，最终使辅导员成为有职业特色的新职业。

总之，建设一支高层次、高素质，工作高效率的辅导员队伍，是做好新时期高校思想政治工作的重要保证。

参考文献

[1] 周 烁. 高校政治辅导员"专业化"刍议. 广西青年干部学院学报. 2004(2)
[2] 李正赤. 论高校辅导员的专业化和职业化. 西南民族大学学报. 人文社科版. 2004(5)

党的建设篇

新时期高职院校党建工作
面临的问题及对策

钱一兵

摘要 本文在分析当前高职院校改革发展中党建工作所面临的存在问题及原因基础上,就高职院校党建工作进行了初步探讨,并提出了推进高职院校党建工作的基本思路和对策。

关键词 高职院校 党建 问题 对策

高职院校是我国高等教育事业中的重要组成部分,主要指普通专科学校、高等职业学校、独立设置的成人高等学校、职业技术学院、普通本科高等学校的成教院以及民办高职院校。伴随着改革开放的步伐,我国高等职业教育事业不断发展,党的基层组织建设总体状况良好。长期以来,我们一直套用普通高校党建工作条例来指导高职院校党建工作,虽有普遍性,但鉴于高职院校培养手段、培养模式乃至本身的特殊性,也存在不相适应的地方。在社会转型时期,特别是社会主义市场经济体制逐步建立但尚未完全确立的时代背景下,高职院校党建工作面临的形势更为复杂,挑战更为严峻,任务更为艰巨,存在着许多亟待解决的新问题。

一、新时期高职院校党建工作存在的主要问题

1985 年以来,我国的高等职业教育得以迅猛发展,高职院校党建和思想政治工作取得了很大成绩。高职院校党委的领导核心作用、党总支的政治核心作用、党支部的战斗堡垒作用、共产党员的先锋模范作用有了明显提高,抓党建促改革促发展的格局基本形成。同时,高职院校党建工作也存在许多与新形势不相适应的地方,主要表现以下几方面。

(一) 思想政治工作相对滞后

在大规模连续扩招、生源素质整体下降、以班级为主体的学生基本组织形式弱化等情况下,高职院校党组织如何利用我党思想政治工作的优势,巩固和发展马克思主义阵地,坚持社会主义办学方向,寻找新的载体,将思想政治工作向学

生宿舍、社团、校园文化领域延伸等，都大有文章可做。但不少高职院校却存在定位不准、措施不力的情况，疏于日常教育管理，形成"萝卜多了不洗泥"的现象，政治理论学习缺乏兴趣，放松思想政治教育，把思想政治工作当作"消防队"，导致少数党员的理想信念动摇；个别教师缺乏师德修养，敬业精神淡薄；部分学生重自我轻集体，价值取向趋向实惠，道德行为失范，基础文明薄弱。

（二）组织建设面临新问题

随着高职院校内部管理体制改革的深化，多年从事党务思想政治工作的人员面临挑战。一方面，高职院校普遍建校时间短，经费渠道不畅，基础设施薄弱，建制不齐，偏重引进专业教师，党政管理人员不足；青年教师热衷于考研读博，写论文、上职称，造成党务干部人数减少和辅导员队伍人员流失。另一方面，连续数年的扩招，从事基层党务工作的干部不但没有随之增加，反而逐年在精简，繁重的党建工作与党务专职干部少的矛盾日益凸现。这一问题如果不能有效解决，不仅会影响到学生党员发展的质量，也势必影响到基层党组织的建设。因此，如何建立相应的配套措施，加强党务工作队伍建设，确保高职院校改革、发展与稳定，就显得更加迫切和重要。

（三）作风建设遇到了挑战

随着改革不断深化，经济关系和利益格局进一步调整，党的优良传统和作风在一些基层组织和党员中逐步淡化。有的干部借口忙于学校的"生存"和"生计"，联系群众下基层、到教学第一线少了；在推进各项改革过程中做深入细致的思想工作少了；主动关心群众疾苦少了；全心全意为人民服务的思想淡薄了。一些党员不能够自觉做到吃苦在前，甘于奉献，而是斤斤计较，患得患失。形式主义严重，批评与自我批评开展不起来。民主评议存在走过场流于形式的现象。

（四）党建工作缺乏创新

基层党组织的组织生活是党内生活的重要内容，"三会一课"是党支部活动的制度保证。应该看到，高职院校大多数党的基层组织活动是正常的，特别是"三会一课"制度坚持得比较好。但也应看到，在新形势下，公众媒体高度发达，网络技术飞速发展，党员可从各种渠道获取信息。一些基层党组织的组织生活出现许多新问题：组织生活墨守成规，流于形式，缺乏凝聚力；活动方式枯燥陈旧、单调呆板，缺乏创新意识，效果明显下降。加上没有正常的活动经费，一些好的想法和活动也难于开展。如何通过内容、方式、手段的创新，提高活动实效，调动广大党员参与组织活动的积极性，是我们应当解决的问题。

二、高职院校党建工作存在问题的原因分析

高职院校党的建设中出现的思想建设、组织建设、作风建设、手段创新方面的问题，影响了高职院校党建工作的活力。这些现象的存在，有国内外形势带来的冲击、也有认识不到位、领导体制运转不顺畅、政策导向失衡等方面的原因。

（一）市场经济对高职院校党建和思想政治工作提出新挑战

随着改革开放的深入和社会主义市场经济体制的建立，社会生活的各个方面发生着深刻的变化，这势必造成人们的经济利益关系和思想观念出现多样性、多变性和差异性等新特点。当前，商品经济等价交换的法则已经不同程度地渗透到社会生活领域，贪图功利、追求享受，集体意识和互助精神、奉献精神减弱，拜金主义滋生蔓延，轻政治、讲实惠已经成为相当一部分同志考虑问题的出发点，很大程度削弱了党建和思想政治工作的效果。

（二）信息社会对高职院校党建工作提出了新课题

知识经济时代的社会是一个高度信息化社会，它使渗透与反渗透斗争日趋激烈。西方敌对势力加强"西化"、"分化"，传输其政治理念、价值观念和道德理想，在潜移默化中使人们的理想信念和价值观发生倾斜。在这种情况下，党的建设尤其是党员教育及思想政治教育的任务变得异常艰巨，传统的思想政治教育的内容和方式面临新的考验。如何增强党的肌体和细胞的免疫力，如何深化党组织的战斗堡垒作用和党员的先锋模范作用，如何增强全党在复杂形势下抵御各种非无产阶级思想的侵蚀，如何应对网络对师生思想政治教育的挑战，是当前党建工作要解决的重大课题。

（三）认识不到位，影响了党建和思想政治工作的地位和作用

由于高职院校学制短，课时少、应用、动手能力要求高等特殊性，在不同程度上存在"党建和思想政治工作说时重要，关键时需要，平时可要可不要"的现象。党建和思想政治工作抓抓放放，时紧时松，很难融入教学、科研等业务工作中；专业理论、实践课时数一加再加，政治理论课能少则少；积极性、创造性不足，间或出现麻痹大意、敷衍应付的现象；偏重论文科研数、硕士博士高级职称数、在校生人数和固定资产数等硬条件、硬指标，认为党建和思想政治工作是长期工程，软任务、软指标，许多问题的解决要慢慢来，可抓可不抓。

（四）体制不完善，影响了党组织作用的发挥

从高职院校党组织的实际情况看，校级党组织一般比较健全，而基层总支、

支部的建设却比较薄弱。选配院系行政负责人相对容易，而选配书记较难，大多由主任兼任，虽然不乏党性强、政治和业务素质好、作风正派、工作负责、联系群众、能够真正履行自己职责的同志，但不能否认也有一部分同志只重视学术研究和学科建设，对党务工作不热心、或者不熟悉。党建工作"说起来重要，做起来次要，忙起来不要"，党建、思想政治工作和教学科研"两张皮"的现象比较突出。加上基层党校建设普遍薄弱，不少高职院校党校的办学条件、办学设施、办学经费乃至人员、时间均难以到位，相关学习资料、学术报告、外出考察、学习几乎难以保证，时效性和针对性都不够，缺乏吸引力，难以发挥党校教育、培训干部的龙头作用。

（五）缺乏科学考评机制，影响了党务政工干部队伍的积极性

一是党务政工干部与专业教师相比，发展的空间比较小，而承担的工作量却较大，从而使得这支队伍人心不稳。二是有些高职院校对党务政工干部注重使用而忽视培养，只看业务上的成就，不看或很少看个人在教书育人、党建工作上的表现；比起行政干部，缺少外出考察、业务培训、学习进修的机会；在职称评聘、各种津贴的定级、升档及其他方面，党务工作干部和行政干部待遇差别拉大，造成这部分人内心深处的不平衡感。不仅影响了他们自身素质的提高，也影响了他们搞好党建和思想政治工作的积极性。三是外界评价较低。由于党务政工干部长期忙于琐碎的日常事务性工作，多数人不能像专业教师那样取得较多的成果，因而他们在领导、教师乃至学生心目中评价较低，认为只有搞专业不行的人才去从事这项工作，这种评价大大挫伤了党务政工干部的事业心和成就感。四是党务政工干部的责、权、利失衡。在现代市场经济和网络时代的背景下，教工和学生的思想观念呈现出多元化、多层次性的特征，思想政治工作、党的基层组织工作面临诸多难题和挑战，说党务政工干部责任重大、工作繁重一点也不过分，但是在权和利方面明显"底气不足"。

由此不难看出，如何充分利用改革开放和发展社会主义市场经济带来的积极影响，应对、化解和消除负面效应，尤其是如何正确处理好党的建设与学校改革发展的关系；如何正确处理党务工作与教学科研工作的关系；如何改革过去特定历史条件下形成的党务工作方式、方法，探索新路子；如何在新的条件下加强党务工作队伍建设，是关系到高职院校党建工作能否取得成效的关键。

三、加强高职院校党建工作的对策思考

随着改革开放和社会主义市场经济体制的逐步建立，人们在思想观念、价值取向、道德心理和生活方式方面均发生了深刻变化。一方面，改革开放和发展社会主义市场经济，有利于生产力的发展，为加强党的领导和党的建设提供了良好

的发展机遇,给思想政治工作提供了广阔的舞台和空间,丰富了党建工作的内容。另一方面,又不可避免地给党的建设带来一些负面效应,引发我们去思考应对。

(一)加强党的领导 切实抓好高职院校思想政治教育

加强党对高职院校的领导最根本、最关键的一条是发挥党委的政治核心作用。要用邓小平理论和"三个代表"重要思想武装广大党员、干部和师生的头脑。完善党委中心组学习制度,坚持理论学习考核制度,领导干部不仅要述职,而且要述学;不仅要考绩,而且要考学,要把理论学习情况、党建工作、政治思想工作作为评议和考核干部的重要内容,作为选拔任用干部的重要依据。用江泽民同志的"社会主义政治家、教育家"的标准严格要求高职院校领导干部,充分发挥"两课"主渠道作用和"两课"教师的积极性和创造性,全面实施"两课"改革,进一步做好邓小平理论、三个代表思想"进教材、进课堂、进学生头脑"的"三进"工作,用马克思主义占领课堂、社团、论坛、出版、网络等思想阵地,开好第一课堂,组织好第二课堂,引导好第三课堂,把课堂、校内、校外的教育活动紧密结合起来,构建富有时代韵律特点、符合当代人们思维方式的思想政治教育新框架

(二)树立全员育人的观念,切实加强基层党组织建设

党的基层组织是党的一切工作的落脚点。必须树立全员育人的观念,大力提倡教书育人、管理育人、服务育人,认真解决实际工作中存在的事务主义倾向,提高总揽、驾驭全局的能力、处理复杂矛盾的能力、两手抓的能力和解决自身问题的能力,努力建设一支政治强、业务精,作风正的基层党务和思想政治干部队伍。要通过保证社会主义办学方向和党的路线方针政策的贯彻体现政治领导,通过卓有成效的思想政治工作体现思想领导,通过发挥党支部战斗堡垒作用和党员先锋模范作用体现组织领导,通过参与决定重大问题体现监督保证作用,从而总体上充分发挥政治核心作用。既要防止党的建设局限于学习教育,游离于教学科研行政业务工作之外,又要防止陷入业务工作、削弱党的建设。要切实加强对党员的教育和监督,不断提高自身的凝聚力和战斗力,严格党的组织生活,使高职院校的每一个共产党员都明确:不论自己担任什么职务,具有什么样的职称,在教学与科研工作中取得多大的成绩,自己首先是一名共产党员,应努力完成党组织交给自己的任务。

(三)努力开辟新途径,切实稳妥地做好发展工作

当代大学生是社会主义现代化事业的建设者、接班人,他们的政治信仰、政治方向、政治态度,关系到党和国家的长治久安。为了巩固我们执政党未来的地

位,发展教育事业,我们必须把在大学生和青年教师中发展党员,看作是培养新世纪接班人的战略性措施,并作为加强高职院校党建工作的重要举措提到议事日程。在继承传统的基础上开辟新途径,探索新方法,创造新经验,不断创新思想政治工作的新载体,切实加强对大学生和青年教师的思想教育,加强对入党积极分子的培养、教育、考察;重视党校培训,充分利用好校园网,加大对校园网的经费和科技投入,通过开设"网上青年共产主义学校"、"网上中国共产党党校"、"书记信箱"等网站(页),旗帜鲜明地在网络空间宣传马克思主义,使信息高速公路这一现代传媒为我所用。

(四) 调整相关政策,切实完善党总支目标管理考核评估体系

高职院校的党建工作是一个系统工程。高职院校领导要认真学习和贯彻落实好《普通高等学校党建工作基本标准》,构建党委、党总支、党支部及党员目标管理考核评估制度,明确工作目标、考核内容、要求及标准,制定切实可行的达标措施和科学的考核评估办法,把考核结果作为干部提拔任用的重要条件和依据,作为评选先进党组织乃至先进院、系的主要依据,并保证党的基层组织建设中必要的经费投入以及党务政工干部的支配使用权,在合理的范围内把考核结果与集体或个人利益直接挂钩;要为党务政工干部特别是其中的新生力量提供广阔的发展空间,提供更多的培训、学习、外出考察机会,在职称评定、职务晋升、考评定级等方面给予党务政工干部倾斜政策;建立有效的激励机制,同职级干部同等对待,业绩相同者同奖同酬,让他们体会到自己工作的重要价值,为他们的成长和成功搭建一个进步阶梯;建立选拔培养党务政工干部的科学机制,选拔和培养一批具有良好人格魅力、深厚的理论功底、广阔的知识背景、强烈的事业心的党务干部,为经济振兴和社会进步做出更大的贡献。

以"三个代表"为指导加强高校党建工作

孙晓青

摘要 "三个代表"思想是在新形势下加强和改进党建的重要指导思想。高等院校要从自己的实际出发,把"三个代表"的重要思想贯彻到政治、思想、组织、作风建设工作中,从而使高校党建工作迈上新的台阶。

关键词 三个代表 高校 党建

高等学校是培养人才的摇篮和知识创新的基地,面对新形势的变化和挑战,高校党建工作面临许多新问题和矛盾。因此,要以"三个代表"为指导,加强和改进党的建设,从而使高校党组织始终能保持与时俱进的精神状态,肩负起科教兴国的重任。"三个代表"的重要思想全面体现了党的基本理论、基本路线、基本纲领,涵盖了经济、政治、文化等领域,是运用马克思主义分析和解决我国改革开放及现代化建设实际问题的新概括、新创造。它同马克思列宁主义、毛泽东思想、邓小平理论一脉相承,是指引我们进行新的伟大实践的科学指南。按照"三个代表"加强高校党的建设,涉及党的政治、思想、组织、作风等多方面的建设。

一、在政治建设上

苏联解体、东欧剧变后,中国成为世界上仍然继续坚持社会主义制度的极少数国家之一,是人口、面积、经济实力最大的社会主义国家,为此西方敌对势力利用技术和文化上的优势,抓住我国改革和建设中存在的一些问题,美化资本主义,抵毁社会主义,歪曲社会主义国家的政体和政党制度。加上,国际共产主义运动又处于低潮中,一些党员出现了悲观失望的情绪,对社会主义和共产党丧失信心;一些党员开始厌倦马克思主义政治,重业务、轻政治的表现较多,理想和社会责任出现滑坡。所有这些给高校党建提出了新的要求。

(1)高校党建要始终高举马克思列宁主义、毛泽东思想、邓小平理论、"三个代表"重要思想的伟大旗帜,把握住正确的政治方向。有了这面旗帜,有了这个精神支柱,我们党才会有更加坚强的战斗力和凝聚力,才能有效地抵制西方的和平演变。

（2）高校党委要发展社会主义民主政治,建设社会主义政治文明。高校是知识分子集中的主要基地,他们具有很高的政治参与意识,在社会上有很强的辐射功能。高校党委要健全基层民主管理的制度,完善公开办事制度。要完善深入了解民情、充分反映民意、广泛集中民智、切实珍惜民力的决策机构,推行决策的民主化科学化。努力形成广纳群贤、人尽其才、能上能下、充满活力的用人机制。同时,加强对权力的制约和监督,健全民主评议制度,推行校务公开制度。

（3）高校党委要全面贯彻党的基本路线和教育方针,认真落实全国高校党建工作会议和十六大精神,坚持社会主义办学方向,把培养合格的社会主义事业的建设者和接班人作为高校的根本任务。为此,"高校的党委书记,校长,应该努力使自己成为社会主义的政治家、教育家"。使高校党委成为团结和带动广大师生员工同心同德,为实现科教兴国战略而努力奋斗的坚强核心。

二、在思想建设上

江泽民同志在中央思想政治工作会上指出,加强和改进党的思想政治工作,必须全面贯彻落实"三个代表"的要求,这是党团结和带领人民建设中国特色社会主义的长期战略方针。

当前,高校思想工作面临着新的形势,主要表现在:一是在建立社会主义市场经济体制的过程中,经济成分和经济利益多样化、社会生活方式多样化、社会组织形式多样化、就业岗位和就业形式多样化等种种趋势使人们的思想观念、价值取向和思维方式也日益出现多元化的倾向。二是改革攻坚阶段,我国经济和社会发展中出现的一些突出矛盾和问题,对高校的党建也会产生影响。如:下岗职工增多、生活困难,农民收入增长缓慢、负担很重,一些地方干部作风简单、干群关系紧张,腐败问题还未得到有效的遏制等。许多问题是高校师生关注的热点,一些问题直接涉及师生的切身利益,影响了他们的思想和行为,并且容易给反马克思主义、唯心主义和伪科学的滋生提供土壤。

（1）要深入学习贯彻"三个代表"的重要思想,提高党的马克思主义理论水平。这是全党思想统一的基础和前提,是团结统一的基础和前提。因此,必须用实事求是的科学态度和理论联系实际的良好学风,深入学习研究。必须大力破除本本主义和教条主义,使我们的思想认识更加符合时代要求,更加符合高校实际,更加符合师生意愿。

（2）高校是信息集散、思想原发、理论创新的重要基地,应肩负起宣传、研究"三个代表"的重大责任。"三个代表"的思想既是高校的指导思想,又是高校哲学、社会科学研究的重大课题。高校党务工作者在深刻领会、宣传"三个代表"的同时,要充分发挥自身的理论优势和科研优势,运用马克思主义的立场、观点和方法,深入研究"三个代表"思想,创造科研成果,帮助人们提高"三个代表"的认识和理解。通过这些研究，回答一些重大的理论和实践问题，使师生员工从内心坚定对马克思主义的信仰，对社会主义的信念，增强对改革开放和现代化建设的信心，对党和政府的信任，才能巩固和加强党在高校意识形态工作中的领导地位，真正实践代表中国先进文化前进方向的要求。

（3）党的领导干部、党员，必须以身作则，努力使自己成为"四有"新人，才能教育和培养"四有"新人。为此，高校要十分重视开展爱国主义、集体主义、社会主义的教育，加强马克思主义的世界观、人生观、价值观的教育，坚决反对个人主义、利己主义、拜金主义等错误思想，大力培育社会主义思想道德，提倡共产主义道德风尚。这样有利于保证中国特色社会主义文化的前进方向的正确性。

（4）进一步加强形势与政策教育，帮助广大党员识大局、坚定信心，与党中央高度保持一致，成为维护稳定的积极力量。同时，努力研究新情况和新问题，不断加强和改进思想政治工作，及时了解干部、党员思想的实际，有针对性地开展思想政治工作，把思想政治工作与为干部、党员办实事结合起来，增强工作的实效，提高他们的思想道德素质。

三、在作风建设上

在改革开放和发展社会主义市场经济的条件下，正确与错误、先进与落后、科学与迷信的思想相互激荡，各种各样的诱惑很多，环境更加复杂，考验更加严峻。有的高校干部把自己手中的权力，看成谋取个人私利或维护既得利益的工具，脱离群众，搞特殊化；有的高校领导干部和班子思想不解放，教条主义、本本主义滋长，缺乏与时俱进、开拓创新的精神；有的领导干部不注重理论联系实际，形式主义突出；有的甚至以权谋私，违法乱纪。这些问题不解决，高校党组织就不能很好地履行党赋予的使命，就会影响到教育事业的发展。

（1）高校党组织要以"三个代表"为指导，把改进领导干部的思想作风放在首位，坚持解放思想、实事求是的思想路线，是党顺应时代潮流，永葆先进性的根本要求。坚持用"三个代表"的标准判断工作的是非得失，敢于坚持真理，修正错误。要顾全大局、清正廉洁在组织面前讲真诚，在纪律面前讲表率，在原则面前讲党性，要坚决克服形式主义、官僚主义的顽症。因此，端正领导干部的思想作风和领导作风是高校党建的切入点。

（2）努力培育新的作风，对改革开放以来业已形成的一些好作风进行总结、归纳、提炼，使之成型，并大力倡导。比如，尊重知识、尊重人才；讲文明、讲礼貌；遵纪守法、平等待人，等等。高校党员干部尤其要自觉以"三个代表"重要思想规范自己的言行。按照十五届六中全会决议中提出的八坚持、八反对，率先垂范、以身作则，在群众和教师中树立好形象，起示范和表率作用，以此带动教风、学风的根本好转。

（3）加强制度建设，杜绝各种不正之风，切实为师生办实事，解决实际困难，充分发挥党密切联系群众的优势。正如江泽民说："只有把关心群众，服务群众的工作切实做好了，我们才能始终坚持同人民群众的血肉联系，才能无往而不胜"。也只有这样党的肌体才能越来越健康，才能永葆党的先进性，永铸辉煌。

（四）在组织建设上

在社会主义市场经济条件下办学，高校的自主权不断扩大，外部环境也比较复杂。作为党员干部若不加强自身修养，以党性原则要求自己，极易滋生不正之风和腐败行为，这些都会严重损害了党在高校中的形象，削弱了党在高校的凝聚力和战斗力。

（1）高校党组织要依法行使职权，依法管理学校，严格执行《中国共产党普通高等学校基层组织工作条例》及《中华人民共和国高等教育法》，加强制度建设，规范党员干部行为，充分发挥教代会职能，坚持和完善民主集中制。

（2）进一步加强学习，提高素质，坚持集体领导与个人分工相结合，完善党委领导下的校长负责制。正确处理好民主与集中的关系，紧紧依靠广大党员和师生员工，激发他们的主动权和积极性。

（3）深刻认识"党的基层组织是党的全部工作和战斗力的基础"的科学论断，加强基层组织建设。基础不牢，地动山摇。高校的基层组织——党总支、党支部，担负着把党的路线方针政策落实到基层的任务。应该建立高素质的干部队伍、高标准的基层组织、高质量的党员队伍。只有这样，才能在群众中享有威望，才能起到政治核心的作用。并且要积极在优秀中青年教师中发展党员，严格把守学生党员发展的质量，处理好量和质的关系，进一步壮大党组织，扩大党组织在教学、科研上的影响力。

总之，高校党建要自觉以"三个代表"重要思想为指导，做"三个代表"的坚定实践者，努力推动高校改革和发展，为科教兴国战略的实施，为中华民族的伟大复兴，及达到全面小康社会，做出应有的贡献。

参考文献

[1] 江泽民．在庆祝中国共产党成立八十周年上的讲话．北京人民出版社，2001
[2] 李知明．"三个代表"与高校党建．涪陵师范学院学报，2003，1

试论加强和改进高校基层党组织建设

王　梦

摘要　高校基层党组织,是党在高校中思想政治工作的领导核心,是高校基层各项工作的直接组织者和领导者。作为以育人为中心的高校党建工作的前哨,担负着直接联系、宣传、组织、团结广大师生员工,落实党的路线、方针、政策,保证培养德、智、体全面发展的社会主义建设者和接班人,实现高等教育培养目标的重要责任。因此,要按照"三个代表"的要求,加强和改进其思想建设、组织建设、作风建设和制度建设。

关键词　三个代表　高等学校　党组织　建设

江泽民强调:"党的基层组织,是我们党领导和执政的基础。各级党委都要高度重视基层组织建设的问题,千万不能忽视了这个问题。"高校基层党组织,是党在高校中思想政治工作的领导核心,其工作重点服从、服务于党的教育方针,是高校基层各项工作的直接组织者和领导者。作为以育人为中心的高校党建工作的前哨,担负着代表先进生产力水平、先进文化发展方向和全体师生员工根本利益的光荣使命,担负着直接联系、宣传、组织、团结广大师生员工,把党的路线、方针、政策落实到坚持"三个面向",保证"教育为无产阶级政治服务,教育与生产劳动相结合,培养德、智、体全面发展的社会主义建设者和接班人"的重要责任。因此,高校基层党组织建设的状况,直接影响到是否保证实现高等教育培养目标、坚持社会主义的办学方向。按照"三个代表"的要求,围绕当代关系我们党和国家全局的、关系全面建设小康社会这个新的实践,关系高等教育改革和发展以及干部、教师、学生关心的一系列重大理论和实际问题,加强和改进基层党组织自身建设,卓有成效地开展工作,已成为高等学校育人目标成败的关键因素之一。

一、思想建设——坚持与时俱进

(一) 认识新形势,明确新任务,迎接新挑战

高等学校是意识形态的重要阵地,肩负着培养社会主义事业建设者和接班

人的重任。高等教育改革和发展所引起的深刻变化;加入世界贸易组织,经济全球化对广大师生员工的世界观、人生观、价值观形成的深刻冲击;连年扩大招生规模,高等教育逐步走向大众化带来的观念更新;以及网络技术迅猛发展等等,都对高校思想政治工作提出新的挑战、新的课题。高校基层党组织要深刻认识面临的国际国内新形势,适应时代发展和实践发展的要求,运用解放思想、实事求是的思想路线,针对新特点,明确思想政治工作的新任务,"始终不渝地坚持马克思主义理论的指导","始终不渝地坚持解放思想、实事求是的思想路线","始终不渝地围绕学校的根本任务和中心工作抓好党的建设,充分发挥党的思想政治工作优势,促进高等教育的改革与发展,推动人才培养、科学研究和服务经济建设中心,促进社会进步"。

(二) 以科学理论教育党员,武装师生

"三个代表"重要思想为高校的改革和发展,为加强和改进高校党的建设和思想政治工作,提供了正确的思想指导和科学的思想方法。高等学校是社会主义精神文明建设、推进先进文化发展、传播先进文化的重要基地。高校基层党组织处在教书育人的第一线,必须用"三个代表"重要思想统领各项工作,用马克思主义占领高校思想文化阵地。结合不同阶段的党政工作中心,采用各种形式,把中心工作化作党组织的具体任务。通过政治学习、教育教学、学术研究和文化传播,提供有利于社会主义现代化建设的良好舆论氛围、正确的价值观念和健康向上的文化条件;重视提高每个党员的马克思主义理论水平,坚持以"三个代表"重要思想和十六大精神教育党员、武装师生,认真贯彻党的基本路线,树立建设有中国特色社会主义的坚定信念。引导教师和学生树立正确的世界观、人生观、价值观,正确认识社会主义市场经济规律,努力克服负面影响,自觉抵制错误思潮和腐朽思想侵蚀;让师生们在各种思想文化的比较中自觉接受马克思主义,从内心信仰社会主义、共产主义。提高思想政治工作的针对性和实效性,加大工作力度,重点解决师生关心的重大理论和实际问题,特别是理想信念问题,把思想统一到全面建设小康社会的奋斗目标上来,把精力和智慧汇集到建设有中国特色社会主义的伟大实践上来。

二、组织建设——坚持先进性

"三个代表"的要求,是我们党先进性的集中概括,充分体现了我们党的阶级基础的先进性、指导思想的先进性、全心全意为人民服务的宗旨,揭示了我们党永远得到人民拥护、永远立于不败之地的主要原因。贯彻"三个代表",核心在保持党的先进性。先进性是党的生命所在,力量所在。

（一）勇于发展,敢于创新。

发展是时代的主题,党的先进性要在发展中体现,在发展中坚持。创新是一个政党永葆生机活力的力量源泉。要适应时代发展的要求,坚持解放思想,实事求是,大胆创新,解决高校改革发展的重大问题。以创新的思想、创新的实践、创新的成果促进党建工作适应形势发展的要求。以"三个代表"思想为指导,围绕学校教学、科研、服务社会三项职能,围绕学校改革发展的中心工作和育人的根本任务,来开展党的建设。以实事求是、勇于创新的精神开展各项工作,使党员和全体教师以坚定的信念、科学的态度、勤奋的工作、团结的精神作好本职工作,为党的教育事业贡献力量。要适应时代变革的趋势和要求,加强和改进组织建设,改进党的领导方式、工作方法和工作作风,结合本部门工作,坚持做到发展有新思路,改革有新突破,提高有新局面。高等教育改革在不断地摸索、总结中前进,不可避免会遇到种种困难和曲折。要迎接挑战,战胜发展道路上的风险和阻力,用发展着的马克思主义指导实践,教育群众,统一思想,保持和充分发挥党的先进性,凝聚起强大的精神力量,引导师生员工向着伟大的社会主义现代化目标前进。使高校成为造就高素质的社会主义事业建设者和接班人的摇篮,培养数以千万计的具有创新能力的高级专门人才。

（二）发挥党组织战斗堡垒和党员的先锋模范作用

新世纪、新阶段、新形势、新任务,对继续保持党的先进性提出了新的更高的要求。高校党建工作的重点,是充分发挥党委的政治核心作用、基层党支部的战斗堡垒作用、每个共产党员在各自岗位上的先锋模范作用,以实现党的路线、方针和政策。高校基层党组织必须根据时代发展的要求,以培养"四有"公民为目标,以改革的精神加强和完善自己。要切实加强和改进自身的组织建设,通过执行正确的路线、纲领、方针、政策和切实有效的工作,在教学、科研、服务实践中,推动先进生产力和先进文化的发展,维护和实现师生员工的根本利益,"成为落实三个代表重要思想的组织者、推动者和实践者,不断提高党的基层组织的凝聚力和战斗力。"

党的先进性要通过正确的理论、路线、方针、政策来体现,通过各级组织和每一个党员的具体行动来体现。"三个代表"对广大共产党员提出了明确的要求,那就是:作为共产党员决不能混同于普通百姓,要在自己的工作、学习、生活等方面,体现党最本质的精神和最重要的主张,坚决做到"三个代表"。党员"树立良好的形象,才有号召力,群众才有向心力,才能把大家的积极性积聚起来,才能形成干好事情的强大动力"。要加强对党员的教育和管理,利用多种形式进行先进性教育,使党员时刻牢记党的宗旨、党员标准,自觉履行党员义务,在各项工作中,身先士卒,率先垂范,人人争当教学、科研、改革的带头人;按照"三个代表"的要求,虚心地学习,成功的实践,提高自身素质,始终保持共产党人的蓬勃朝气、昂扬锐气和浩然正气,带领师生员工不断前进。

(三) 切实做好基层党建工作

目前,一些高校管理中还存在着重业务能力、轻思想政治素质的情况,在职称、奖金、年度考核、外出进修访学等诸多方面的评定条件中,思想政治考核条件比较抽象、空泛,对政治素质的要求有名无实,从而促使教职工、特别是高学历、高职称青年教师重视专业业务素质的提高,忽视了政治上积极上进的要求。高校基层党组织,要从实践"三个代表"的高度,以提高素质为目标,积极、稳妥、慎重地做好党员发展工作,在先进人才聚集的高校,较多地吸纳优秀教师、优秀专业技术人才和优秀大学生加入中国共产党。把政治素质好、业务水平高、群众基础好的教师和学生吸收进党组织,加大在优秀中青年科教骨干中发展党员的力度,不断为党的肌体输送新鲜血液、注入新的活力。利用各种形式,做好建党积极分子和预备党员的考察培养,努力提高他们的思想政治觉悟,保证党的事业后继有人,保证党的高教事业蓬勃发展。

三、作风建设——坚持执政为民

党的作风建设关系校风、教风、学风,关系培养什么人的大问题,关系党扎根于知识分子中的生命力、凝聚力、战斗力。加强和改进高校基层党组织的作风建设,是高校应对国际形势新变化,实现科教兴国战略的需要,是推动高等教育可持续发展的需要,是全面建设小康社会的需要。

(一) 调动一切积极因素

"改革的目的在于调动人的积极性,积极性的发挥在于人心所向,爱岗敬业;解惑释疑,理顺情绪;以人为本,多做实事;工作到位,化解矛盾。"高等教育事业的改革、发展、提高,归根结底都离不开广大的教职员工和学生的积极支持与参与。高校基层党组织要牢固树立执政为民的思想,要始终代表广大教职员工和学生的利益,把他们的需要、利益、满意不满意、拥护不拥护当作第一标准。在教学、科研实践中,倾听他们的呼声,体察他们的情绪,关心他们的疾苦。要全心全意依靠广大师生员工办好学校。切实维护师生的合法权益,不断改善他们的学习、工作和生活条件,关心师生的发展和成长。要使全体师生员工充分认识高等教育改革发展的重要,从教学、科研的实践中汲取智慧和力量,探索寻求解决问题的办法和对策,推动各项工作的落实。最大限度地调动广大教职工的积极性、主动性和创造性,为教育改革、经济建设和社会发展作出更大贡献。

(二) 改进作风,求真务实

高校基层党组织,在学校中处于承上启下的位置。因此,既要勇于探索、敢于攻坚、善于创新,创造性地开展各项工作;又要脚踏实地、埋头苦干、扎扎实实地落实完成上级党组织的方针政策和教育教学任务。要抓紧党组织的"五风"转变,树立积极进取的思想作风,求真务实的工作作风和扎实严谨的学风。正确处理好上下级、领导与被领导、局部利益与全局利益的关系,牢记全心全意为师生员工服务的根本宗旨,在思想政治工作中切实发挥模范带头作用,团结带领师生员工为高教体制改革和学校内部管理体制改革顺利进行献计出力。要同师生员工保持密切联系,加强调查研究,帮助他们解决最急、最难、最盼、最怨的问题,确保人才培养质量达到社会和国家的要求。要出实招,真抓实干,在求实的基础上求是,把各项工作落到实处。通过经常的民主生活会和一年一次的民主评议活动,在党内运用批评与自我批评方法,开展积极的思想斗争。同时,广泛听取党外群众的意见和建议,主动接受群众的监督。不断提高领导水平和执政能力,增强拒腐防变和抵御风险的能力,使高校基层党组织永葆生机和活力。

四、制度建设——健全目标管理

江泽民同志曾指出,要把中国的事情办好,关键取决于我们党,取决于党的思想、作风、组织、纪律状况和战斗力、领导水平。高校基层党组织要在创新中夯实党建工作新基础,抓好党的制度建设。通过加强党内制度建设,为党的思想建设创造良好的环境。要根据工作需要,建立健全党建工作的各项规章制度。如党支部目标管理制,政治理论学习和检查制度,"三会一课"制度,党代会制度,学院、系部党政联席会议制度,党委成员定点联系基层党组织、教职工和学生制度,发展对象联系人制度,民主生活制度,党外群众监督制度等。尤其要加强指标考核,使基层支部的建设有章可循,各项工作逐步规范化、制度化、科学化,基础更加扎实,成效更有保障。民主集中制是我们党政治文明的集中体现,也是我们党执政水平不断提高、执政地位不断巩固的重要因素。要以保障党员民主权利为基础,以完善党代会和党委会制度为重点,坚持和健全民主集中制。通过实行责任制、目标制、考核制、奖惩制等,建立起一套科学的党建工作运行机制。

"要坚持党的领导,必须改善党的领导,必须贯彻党的基本理论和基本路线,按照'三个代表'的要求,全面深入地加强和改进党的建设,使我们党在世界形势深刻变化的历史进程中,始终成为全国人民的主心骨,在建设有中国特色的社会主义的历史进程中,始终成为坚强的领导核心。"⑤ 加强和改进高校基层党组织的建设,是摆在每一个高校党务工作者面前的一项重要课题,要在深入学习江泽民同志十六大报告和领会十六大精神实质的基础上,继往开来,与时俱进,把

"三个代表"重要思想贯穿于党的建设的全过程,落实到党的建设的各个方面。深入实际,勇于实践,扎扎实实地开展工作,就必定会开创高校党建工作的崭新局面。

参考文献

[1] 陈至立.《在第十次全国高等学校党的建设工作会议上的报告》. 2001
[2] 陈至立.《学习贯彻十六大精神,开创教育工作新局面》. 中国教育报. 2003
　　年1月10日
[3] [4] 韩星臣.《实践"三个代表",作好党务工作》. 学校党建与思想教育.
　　2002(11)
[5] 江泽民.《论"三个代表"》. 北京:中央文献出版社,2001

保持高校党的先进性
夯实执政能力建设基础

魏荣春　陆小峰

摘要　长期以来,高等院校实行校党委领导下的校长负责制。随着社会的发展,新事物、新情况的出现,高校党组织作为学校的领导核心,应始终保持先进性,不断加强自身执政能力建设,以促进学校健康、协调发展。本文从历史唯物主义角度,辩证地阐述了高校党组织执政能力建设与先进性保持的关系,并提出了按照加强党的执政能力建设,保持党的先进性的四点建议。

关键词　高校党组织　执政能力建设　党的先进性

党的十六届四中全会全面分析了我国当前的形势和任务,着重研究了加强党的执政能力建设的若干重大问题,作出了《关于加强党的执政能力建设的决定》。《决定》抓住了治国理政的根本,抓住了党的建设的关键,抓住了中国特色社会主义伟大事业与党的建设新的伟大工程的重要结合点,标志着党对执政规律的认识达到了一个新的高度。高等院校担负着为社会主义现代化建设事业培养和输送合格的建设者和接班人的繁重任务,为了促进高校持续、快速、健康、协调发展,作为领导核心的高校党组织应加强自身执政能力建设,永葆党的先进性,夯实执政能力建设的基础。

一、保持党的先进性是加强党的执政能力建设的基础

党的十六届四中全会《决定》指出,"党的执政能力,就是党提出和运用正确的理论、路线、方针和策略,领导制定和实施宪法和法律,采取科学的领导制度和领导方式,动员和组织人民依法管理国家和社会事务、经济和文化事业,有效治党治国治军,建设社会主义现代化国家的本领"。很显然,党的执政能力建设涵盖了党的思想建设、组织建设、作风建设和制度建设,是党各方面建设牵头管总的,是新时期党建工作的重中之重。《决定》在加强党的执政能力建设的主要任务中提出要提高"五种能力",即:"不断提高驾驭社会主义市场经济的能力,发展社会主义民主政治的能力,建设社会主义先进文化的能力,构建社会主义和谐社

会的能力，应对国际局势和处理国际事务的能力"。这是从大局出发提出的主要目标任务，它可以从宏观、中观、微观的层次进行研究落实，也可以从总体、群体和个体进行分析、研究、落实。笔者认为，加强党的执政能力建设是党的总体合力，它既包含了党中央总揽、驾驭全局的核心力，又包含了各级党组织的凝聚力和号召力，包含了每个党员干部个体的影响力和作用力，包含了优化领导体制和工作机制所带来的系统集合力。高校作为一级基层党组织来说，既要从总体上准确把握加强党的执政能力建设的深刻内涵和深远意义，从新的战略高度重视党的执政能力建设，又要从基层党员队伍的实际情况出发，教育全体党员在各自工作岗位上充分发挥党的先锋模范作用，增强党的凝聚力、战斗力、吸引力和号召力，把基层党组织建设成为坚强的战斗堡垒。高校党组织作为一个整体，是由各级基层党组织组成的，党员是各级党组织的成员，党员的个体先进性是整体先进性的一部分，党的整体先进性取决于党员的个体先进性，只有把每名党员先进性问题放在十分突出的位置，把党的各级基层组织建设成为坚强的领导核心，把每一个党员都培养成合格的党员，使每一名党员成为一面旗帜，那么党才能成为全国的领导核心，才能成为全国人民的旗帜。要使高校党组织始终成为立党为公，执政为民的执政党，成为科学执政、民主执政、依法执政的执政党，成为求真务实、开拓创新、勤政高效、清正廉洁的执政党，归根结底就是每名党员特别是领导干部要始终做到"三个代表"，永远保持党的先进性。高校领导干部是执政能力的主体，全体教职工党员和各级基层组织是执政能力的基础，加强党的执政能力建设要从基础抓起，从提高全体教职工党员的政治业务素质抓起。

二、充分认识保持党的先进性的重要性和迫切性

党的先进性问题，历来是马克思主义政党建设的一个极其重要的问题，是党能不能生存和发展的根本依据，是党能否得到广大人民群众信任和拥护的根本条件。对于执政党来说，保持党的先进性直接关系到它所领导的事业的成败，关系到国家和民族的前途与命运，关系到执政地位的巩固与丧失。党的十六届四中全会作出关于加强党的执政能力建设的决定，反映了党心民心，体现了时代要求，同时也把党的先进性教育问题提高到一个新的战略高度。

当前，高校党员干部队伍的现状总体情况是好的或比较好的，广大党员干部在胡锦涛同志为首的党中央领导下，精神振奋，斗志昂扬，积极进取，努力探索高等教育大众化形势下教学新途径，学校改革、发展新思路。一批批综合性大学相继组建成立，一所所学术性、研究型大学成果累累，绝大多数立足于区域经济建设的职业类院校为地方社会经济培养了大量生产、管理、服务第一线的应用型人才。但是，我们应当清醒地看到，面对社会主义市场经济条件下出现的新观念、新思维，面对高等教育大众化过程中出现的新情况、新问题，面对高校党组织所

肩负的神圣历史使命,高校党员队伍的政治素质、业务水平还有待进一步提高。以我校为例,学校党委设有 17 个党总支和直属支部,近 600 名党员,其中大专以上文化程度的占 89％,中专及其以下的占 11％,学生党员占 16％,35 岁以下的占 53％,"文革"后入党的占 90％以上。党员队伍的文化素质是比较好的,结构也基本合理,绝大多数党员能在学校建设发展过程中发挥先锋模范作用,但确有少数党员缺少严格的政治生活锻炼,理想信念动摇,政治意识不强,有些人没有从思想上真正入党,甚至完全没有入党,概括起来有"四强四弱"现象,即:个人理想强,政治意识弱,他们关心的是个人生活和自我成长、成才目标的实现,考虑共产主义理想、社会主义事业的少;个人竞争意识强,团队合作、集体思想弱,一切从个人本位出发,以自我为中心,缺乏大局意识和集体观念;追求个人价值强,宗旨意识、先锋模范带头作用弱,对本职工作敷衍了事,对集体、单位工作不热心、不参与,热衷于第二职业和个人事务;改革的愿望强,开拓创新、积极进取的精神弱。这些人一方面希望学校加大改革力度,加快发展步伐,为自我价值的实现提供机会,另一方面对学校的改革发展不闻不问,当旁观者,一旦触动了个人利益就牢骚满腹,怪话连天。这些现象的存在严重影响了党在基层群众中的凝聚力和吸引力,对加强党的执政能力建设是极为不利的。

近几年来,在党的十六大精神指引下,学校办学思想进一步明确,办学规模不断扩大,办学条件不断优化,办学实力日趋增强,已成为苏北地区职业类学校的排头兵。但是,不可否认,在全球经济的影响下,学校的发展面临着许多突出矛盾和问题,如在新的发展机遇期怎样通过与时俱进确立科学的办学理念、人才培养目标和发展计划,怎样把党的路线、方针、政策落实到改革发展中,怎样在追求办学效益、谋求事业发展的过程中,坚持社会主义的办学方向,培养德、智、体、美、劳全面发展的社会主义建设者和接班人;怎样正确认识改革发展中的各种关系和矛盾,处理好学校发展和师生员工眼前利益和长远利益、个人利益与集体利益及他人利益的关系等。这些问题不解决,将严重影响"三个代表"重要思想在学校的落实,影响到党的执政能力在学校的休现。

我校党员队伍的状况和在新形势下遇到的新情况、新问题,虽不能一叶知秋,全面反映整个高校党员队伍的情况,但它充分说明了保持高校党组织先进性的重要性和紧迫性,同时也提出了保持高校党组织先进性必须要解决的主要问题。因此,高校党组织只有从加强执政能力建设的高度,认识到保持共产党员先进性的重要性,才能教育广大教职工以昂扬的斗志和求真务实的精神,投入到学校改革、建设、发展中去,投入到全面建设小康社会的宏伟目标中去。

三、按照加强党的执政能力建设要求保持党的先进性

党的十六届四中全会《决定》站在时代和战略的高度,从理论和实践、历史和

现实、继承和创新、伟大事业和伟大工程的结合上，深刻阐述了在新的形势下加强党的执政策能力建设的重要性和紧迫性，系统总结了我们党执政 55 年来的成功经验，明确提出了执政能力建设的指导思想、总体目标和主要任务。根据《决定》的要求，笔者认为，高校按照党的执政能力建设的要求，在保持党的先进性方面可以从以下几个方面着手：

首先，确立先进的思想意识，牢固树立共产主义的远大理想。人的言行是受思想支配的，党的先锋模范作用只有在马克思主义、毛泽东思想、邓小平理论和"三个代表"重要思想的支配下才能实现。一是马克思主义分析了资本主义社会的本质特征，揭示了共产主义在世界最终胜利的必然趋势。自共产党成立以来，共产主义就成为共产党人一生奋斗的政治信仰。只有坚持马克思主义的世界观，才能对人类历史发展规律有一个清醒的认识，才能树立正确的理想信念。20世纪末，西方资本主义的发展和东欧社会主义的挫折，对共产党员的政治信念产生了冲击，人类社会发展的方向在哪里？我国的中国特色社会主义有没有前途？对这些问题的回答，只有用马克思主义作指导，才能有正确的认识，才能坚定共产主义和社会主义的信念。二是在经济全球化和市场经济条件下，共产党员的思想不仅要受到西方思潮的影响，而且与国内各种思潮发生碰撞，如极端个人主义、拜金主义和享乐主义等，在各种大是大非面前，共产党员要明辨是非，必须用马克思主义的观点分析问题，并以此选择自己的行为。三是马克思主义是一个科学的理论，是观察世界和改造世界的强大的思想武器。共产党员只有用马克思主义思想武装起来，才能用辩证唯物主义和历史唯物主义分析问题和解决问题。最后，毛泽东思想、邓小平理论和"三个代表"重要思想是马克思主义在中国的继承和发展，是被中国革命和建设实践证明了的党的指导思想，只有坚定不移地贯彻这一指导思想，才能在建设有中国特色社会主义伟大事业中发挥先锋模范作用。因此，要保持共产党员的先进性，必须始终坚持用马克思列宁主义、毛泽东思想、等小平理论和"三个代表"重要思想教育全体党员，武装党员的头脑，规范党员的言行，使每一个党员都能在建设有中国特色社会主义的伟大事业中保持清醒的头脑，坚定理想信念不动摇。

其次，坚持共产主义道德，发扬无私奉献精神。道德是一个社会依靠信念的力量来规范人们行为的观念、原则和准则。工人阶级政党的远大目标是实现共产主义，因此在道德建设上倡导共产主义道德。共产主义道德的核心是全心全意为人民服务，共产党人的最高党性原则也就是坚持全心全意为人民服务的根本宗旨。在改革开放条件下，党性原则与市场原则发生了矛盾。党性原则追求阶级和集体的利益，市场原则追求个人或小团体利益。共产党员在市场经济的环境中坚持为人民服务的精神，一是要正确处理党性原则与等价交换的关系。共产党人不能把等价交换原则引入党内政治生活，也不能作为处理人际关系的

原则,而应当始终把党和人民的利益放在第一位,以全心全意为人民服务的精神
要求自己。二是要正确处理坚持按劳分配的现行政策与无私奉献精神的关系。
按劳分配、多劳多得是我们长期坚持的现行政策,共产党员在政策范围内可以追
求利益最大化,但又不能把多劳多得引入党内政治生活,对党对人民有利的事,
即使没有酬,共产党员也要"劳";当个人利益与党和人民利益发生矛盾的时候,
共产党员要讲奉献精神。三是要正确处理竞争抢先与团结互助的关系。在市场
经济条件下,共产党员要竞争抢先。没有竞争,社会就没有活力。但共产党员参
与竞争决不是逞个人威风,而是通过竞争,比出优劣,再帮助别人一起前进,这是
新时期共产党员的崇高思想境界。我们每个党员只有处理好这三个方面的关
系,才能摆正自己的位置,让群众从党员的言行中体会到党员的先进性。

　　再次,立足本职工作,努力创造一流业绩。共产党的先进性是具体的,它落
实在每一个党员的本职岗位之中。党员形象,从某种意义上说,就是岗位工作形
象。一个党员在本职岗位工作中发挥了先锋模范作用,就在群众中树立起了良
好的榜样。高校是培养新一代社会主义事业接班人的地方,教师党员形象对学
生的影响力巨大而深远,抓好教师党员的形象意义重大。新时期,党领导的中国
特色社会主义事业对党员做好本职工作提出了新的要求。首先要适应时代发
展,注意提高自身素质,善于把自己与先进的生产工具结合起来,就必须重新学
习,努力使自己成为先进生产力的人格化代表。其次要有做好本职工作的知识
和能力,这就要求党员要树立终身学习的理念,使自身的知识结构适应工作岗位
的变化。最后要勇于创新,努力创造一流业绩。作为一名合格党员,评价一流业
绩的标准应高于一般群众:一要看工作量、工作技能是否高于一般群众;二要看
任务效益是否时时有刷新;三要看是否为本单位的改革、发展、稳定献计献策,努
力开掘新的经济增长点;四要看是否在岗位上发挥幅射作用,成为带领群众共同
进步的"领头"人物。一个党员在本职岗位工作中创造了一流成绩,在群众中起
到了引导和示范作用,就从根本保持了共产党员的先进性。

　　最后,面向未来,着力抓好学生党员队伍建设。学生党员是高校整个党员队
伍中的新生力量,也是大学生队伍中的先进分子。我们要站在时代的高度,着眼
于未来,切实抓好学生党员队伍的先进性教育活动。学生党员保持党的先进性,
是一件功在千秋的大事,根据学生党员队伍的现状和特点,重点要抓好四个方面
的工作。一是通过政治、历史、哲学、德育课和党员培训,从党和国家艰苦曲折的
奋斗历程中,深刻认识只有共产党才能救中国的道理,牢固树立正确的世界观、
人生观、价值观,从而坚定共产主义理想,端正入党动机。二是教育学生党员树
立祖国和人民的利益高于一切的思想,不断增强民族自尊心、自信心和自豪感,
自觉地把实现个人价值与服务祖国和人民利益统一起来,坚定报国之志。三是
刻苦学习,勤于思考,努力掌握现代科学知识,积极走向社会,大胆实践,勇于探

索,在实践中锻炼自己,提高自己,坚持锻炼成材。四是牢固树立良好的道德品质和文明习惯,讲诚信,讲道德,处处为学生作表率,做一个诚实守信的人。

在高校中加强党的执政能力建设和保持共产党员的先进性,是党的十六届四中全会提出的新课题。在实际工作中,我们要牢牢把握住时代的脉搏,仅仅围绕"三个代表"重要思想这根主线,以抓理想信念、党的宗旨、爱岗敬业为重点,勇于实践,勇于探索,使高校党的执政能力建设和党的先进性走上新的台阶。

参考文献

[1] 第十二次全国高校党建工作会议在京举行. 思想理论教育导刊, 2003(11)
[2] 开展党员先进性教育活动培养合格建设者和可靠接班人. 学校党建与思想教育, 2005(10):4～6
[3] 弘扬"三创"精神推进"两个率先". 群众, 2005(3):4～11

论大学生党员党性的继续教育

孙晓青

摘要 大学生党员党性教育在新形势下面临着继续深化和加强的问题,必须遵循多样化、科学化、现代化、系统化、规范化的原则和规律,及时更新教育内容、改进教育方法,才能适应新形势的需要,更好地发挥其先锋模范作用。

关键词 大学生 党员 党性教育

加强大学生党员教育是提高大学生党员素质,搞好高校党建工作的中心环节。大学生党员作为大学生中的优秀群体,以较高的思想修养、优异的学习成绩、出色的社会活动组织能力在学生中有较高的威信和感召力,成为校园文明建设和学风建设的优良代表。然而不可否认,有些大学生党员加入党组织后,便有一种"功成名就"感,放松了对自己的严格要求,这与入党前勤奋学习,努力工作形成了鲜明的对比,在同学中造成不良影响。加之有些基层支部对学生党员入党后的教育管理这一重要环节,认识不深,重视不够,缺乏积极有效的措施,使得大学生党员的质量受到影响,部分学生党员不能很好地发挥党员的先锋模范作用,从而影响了党组织的战斗力和凝聚力。因此,如何采取有效措施,加强对大学生党员入党后的党性教育,使他们成为真正合格的共产党员是新形势下高校党建工作需要探讨的问题。

一、加强大学生党员教育的内容

高校党组织应针对学生党员党性观念不够强的实际深入进行党性教育,对这一群体进行党性教育,在内容上当前应侧重加强以下几个方面:

(1) 理想信念教育。进一步引导大学生党员坚定社会主义、共产主义理想信念,进行党的路线、方针、政策教育,是加强对大学生党员的思想政治教育的基础。要针对当前少数党员因受市场经济冲击,出现讲个人实惠、金钱利益多、讲共产主义理想少,讲索取多,讲无私奉献少,讲民主自由、个人价值多,讲组织纪律少的现象,抓好支部思想建设,使党员增强政治敏锐力和辨别力。

(2) 马克思主义理论教育。大学生党员充分认识到信仰马克思主义是一切共产党员的根本政治信仰,是加强大学生党员信念教育的关键。在改革开放形势下,如果学生党员放松了马克思主义的学习,就会动摇对马克思列宁主义的信仰,落后腐朽的思想就会乘虚而入。当前特别要"三个代表"思想和"两个务必"的学习,对亟需进行理论指导的突出问题,作出科学的、有说服力的解释和说明。

(3)开展警示教育。高校也不是一方净土,党内腐败现象也会给高校党员青年思想带来一些消极影响。因此,在党性教育中,保持党员青年思想道德上的纯洁性将是一项十分重要的任务,可通过警示教育对大案要案进行剖析,使党员青年自重、自省、自警、自励,防止拜金主义、个人主义、享乐主义的侵蚀。

(4)加强党的优良传统教育。党的优良传统始终是我们的"传家宝",学生党员要注意从中汲取营养。要使学生党员时刻牢记,不论形势和任务发生怎样的变化,党的优良传统和优良作风永远不能变,为人民服务的宗旨永远不能变。

(5)提高组织生活质量。要进行经常性的党性、党风、党纪教育、加强支部自身建设,定期开展组织生活会等党内生活制度,开展经常性的批评与自我批评。此外适时开展市场经济知识和法规教育以及形势教育,帮助他们正确认识我国及整个世界的发展大势及具有深远影响的重大事件,教育他们关心政治、关心社会发展,培养他们的政治责任感和历史责任感。

二、教育中要遵循的原则

党性教育的任务、内容、渠道都发生了很大的变化,要做好新形势下的学生党员党性教育,就必须不断研究其规律,探索新办法,增加教育的针对性和实效性。要达到这个目标,就必须努力做到以下几个原则:

(1)多样化原则。开展党性教育必须综合运用各种教育资源,通过各种教育渠道,采取各种有效的方式和方法进行,以达到教育内容的聚集、复合和强化作用。可以根据青年学生的特点,除了利用党校培训和政治学习外,还可以利用形势讲座、知识竞赛、专题研讨、参观考察、辩论演讲、最佳党日活动、案例教育等给学生党员进行喜闻乐见的党性教育。

(2)科学化原则。对学生党员的教育要形成科学的教育机制,以提高教育水平。善于根据社会经济、政治、文化生活的实际和变化,来制定思想政治工作的目标任务、发展步骤和相应措施,做到有的放矢,确保教育工作的完成。

(3)现代化原则。现代科学和技术的发展,为思想政治工作提供了先进的手段。要注意吸收借鉴心理学、社会学、管理学、行为科学等相关学科的科研成果,进一步加强思想工作的说服力、感染力;要充分利用大众传媒的教育作用,讲究说理艺术,使党性教育声情并茂、形象生动;要高度重视互联网的作用,通过多媒体等物质手段,逐步建立起思想工作的信息网络。

(4)规范化原则。学生党员的教育要按照民主、规范的程序进行,采用集中理论学习和自学相结合,并辅以分组讨论等形式,逐步形成以学校党校为主导、由"班级党课学习小组——系部党校——学校党校"共同协作的分工合理的培训体系,做到"学习前有计划,学习中有重点,学习后有总结",以强化学习效果。

(5)系统化原则。理想信念教育是一项系统工程,在高等学校仅靠学生党支部这单一的工作和组织体系,已不能适应对学生党员教育思想工作提出的需要。为此,党性教育工作必须走系统化的道路,树立"大政工"观念,齐抓共管,广泛发动教工党支部和离退休党员的力量言传身教,也可积极依托社会团体和群众组织开展,形成多渠道、多层次的工作网络。

三、教育的方法与途径

在新形势下,高等学校大学生党员党性教育的方法与途径也应进一步改进和创新,有以下五个方面的结合是需要特别注意的:

(1)坚持理论与实践相结合,在"实"字上下功夫,注重教育的实效性。

党性教育不是空泛的,而是一个实践性锻炼过程。高校基层党组织要创造条件让他们广泛接触社会、接触工农、了解国情、熟悉民情。一是建立起党员教育实践基地,如组织他们到部队、农村和边远地区体验生活;二是开展各种形式的主题教育活动,如智力扶贫和到革命老区参观等;三是给学生党员干部工作上压担子和到校外挂职锻炼,锻炼他们的工作能力、工作方法,树立良好的群众威信,增加社会使命感和历史责任感。

(2)坚持隐性教育与显性教育相结合,在"广"字上做文章,把思想教育寓含于潜移默化中。

显性教育和隐性教育是高校学生思想教育的两种重要形式。学生党员的教育也要注重着两种形式的结合。显性教育,即正面的、正规的教育工作,要常抓不懈,否则就会淡化人们的思想;隐性教育,就是变单一的思想教育为寓含于学生素质全面发展潜移默化的教育中,这种教育方式容易被学生接受,而且能收到显性教育难以达到的效果。

(3)坚持教育与自我教育的结合,实现"外约"向"内化"的转变,调动学生自我教育的能动作用。

思想政治工作者必须发挥教育者与受教育者双方的积极性,并把教育与自我教育结合起来,要注意发挥他们的作用,发挥他们的主体意识与参与意识,把教育内化为学生自己的行为,使他们在参与中自觉找差距。比如在抗"非典"的斗争中,把他们放在第一线,建立学生党员值班制,还让他们担任入党积极分子和进步青年的的联系人,让其在一线受教育,在为入党积极分子解疑释惑的同时约束自身的不良行为,实现从被动教育向自我教育、自我提高转变。

(4)坚持继承与创新的结合,在"新"字上求得突破,提高党性教育前瞻性和时代感。

第一、创建专门网站,抢占网络阵地。现代科学技术在大众传媒中广泛运用,特别是互联网的运用,使信息传播的范围、速度与效果都有扩大和提高。这给包括大学生党员在内的青年学生的思想带来了前所未有的冲击和影响。利用党建网站唱响网上红色主旋律。第二、树立时代意识,培养创新精神。要结合大学生的专业特点,多举行研讨、辩论活动,努力培养大学生的开放性思维、创新意识,努力启迪他们的灵感,多与社会接触,勤于思考、善于创新。第三、树立科技意识,增加科学含量。学生党员的教育可以运用现代科技手段来做,比如,可以把社会主义主旋律、集体主义价值观、爱国主义的主题等这些隐含在历史文化知识和现代科技信息之中的内容,用多媒体技术来演绎,从而化抽象为具体,化枯燥为情趣。

(5)坚持教育与管理相结合,在"严"字上抓整顿,发挥政治工作的自身优势。

对于学生党员的教育活动,各级党组织一开始就要对各个阶段的活动安排提出明确要求,制定严格的管理措施,并落到实处,在学习阶段要严格考核,在讨论阶段要严格检查,避免走过场。在此基础上,积极探索新形势下加强大学生党员队伍教育的新途径和新办法,结合党员的民主评议工作,在树立典型、弘扬正气的同时,纠正个别学生党员在新形势下滋生的某些错误倾向和行为,慎重而严肃地做好不合格党员的处置,引导道德规范,才能保证党性教育的有效性。

总之,要保持党组织的先进性,确保党组织在群众中的威信,加强对发展后大学生党员的教育是至关重要的,它是党的组织建设中不可忽视的重要环节,丝毫不能放松。在当前对大学生党员的教育,要始终贯彻落实"三个代表"重要思想和深刻体会胡总书记倡导的"两个务必"的精神实质,把学生党员教育提高到一个新的高度。

参考文献

[1] 郭绍虞. 中国历代文论选(二). 上海古籍出版社,1979

[2] 闻一多. 闻一多全集(三). 北京:三联书店,1982

[3] 黄修已. 中国现代文学发展史. 北京:中国青出版社,1988

加强党风廉政建设
保持共产党员的先进性

王建新

摘要 加强党风廉政建设与保持共产党员先进性是相辅相成的，这是因党的先进性表明，中国共产党始终把党风廉政建设作为自身建设的一项重要工作，也是党的先进性的重要政治基础和具体体现，我们要以优良的党风、政风来展示共产党员的先进本色。

关键词 党风 廉政建设 保持 党的先进性

党的十六大提出的保持共产党员先进性，是我们党全面贯彻"三个代表"重要思想的重大决策，这对于加强党的执政能力建设、巩固党的执政地位具有特别重要的意义。在如何保持共产党员先进性方面，我觉得加强党风廉政建设，也是其中一项重要的工作。

一、加强党风廉政建设和保持共产党员先进性的关系

党风问题是关系到执政党的生死存亡的问题，中国共产党是以马克思列宁主义科学理论武装起来的，以全心全意为人民服务为宗旨的先进政党，因而，加强党风廉政建设也是我党一贯坚持的方针，党的三代领导集体始终高度重视党风廉政建设和反腐败工作，在各个不同的时期对党风廉政建设都提出很高的要求。改革开放特别是党中央提出实行社会主义市场经济以后，以胡锦涛同志为总书记的党中央从全面建设小康社会，开创中国特色社会主义事业新局面出发，在全面总结历史经验，科学判断形势的基础上，加大反腐倡廉工作力度，制定了一系列防止腐败的制度和条例，尤其是党中央颁布了《建立健全教育、制度、监督并重的惩治和预防腐败体系实施纲要》，强调坚持标本兼治、综合治理、惩防并举、注重预防的方针，这对于加强党风廉政建设和反腐败工作提出了明确的方向。

首先，保持共产党员先进性必须加强党风廉政建设，是由我们党的性质所决定了的。"中国共产党是中国工人阶级的先锋队，同时是中国人民和中华民族的先锋队，是中国特色社会主义事业的领导核心，代表中国先进生产力的发展要

求,代表中国先进文化的前进方向,代表中国最广大人民的根本利益。党的最高理想和最终目标是实现共产主义。"党的两个先锋队的性质是区别于其他政党的本质特征;"三个代表"的重要思想使党的性质更加充实、全面和完善,并赋予了鲜明的时代内涵;实现共产主义始终是我们党的奋斗目标,因此,一个先进的政党和腐败是水火不相容的,因而,加强党风廉政建设也就显得十分必要。

其次,保持共产党员先进性必须加强党风廉政建设,是由我们党的宗旨所决定了的。中国共产党的宗旨是全心全意为人民服务,这就要求我们每个党员要以人民利益为重,除了人民利益以外没有其他特殊利益,党员的任何私利都是和我们党的宗旨格格不入的,谁也不能违反为广大人民群众谋利益这个原则。坚持立党为公、执政为民的方针是党中央对全体党员的一贯主张,因此,要做到"心为民所系,利为民所谋",就必须加强党风廉政建设。

再次,保持共产党员先进性必须加强党风廉政建设,是由我们党的一贯方针所决定了的。毛泽东同志号召全党同志"务必继续保持谦虚、谨慎、不骄、不躁的作风,务必继续保持艰苦奋斗的作风。";邓小平同志从社会主义现代化建设全局的战略高度,围绕提高党的领导水平和执政水平、增强拒腐防变能力这一历史性课题,提出了一系列新思想、新观点、新论断,深刻地阐述了加强新时期党风廉政建设、反对腐败的极端重要性;党的十三届四中全会以来,以江泽民同志为主要代表的中国共产党人,坚持以经济建设为中心,始终把党风廉政建设和反腐败斗争放在重要位置,作出了一系列重大决策和战略部署,初步探索出一条适合我国现阶段基本国情的有效开展反腐倡廉的路子;而以胡锦涛为总书记的党中央在总结历史经验、科学判断形势基础上作出"建立健全预防和惩治腐败体系"。所有这些都充分说明了党的三代领导集体对加强党风廉政建设的重视,而这样做的目的就是要保持中国共产党的先进性,使执政党永远立于不败之地。

二、党风廉政是保持党员先进性教育活动的重要内容

党的先进性在不同的历史时期有不同的要求,而中国共产党从她诞生那天起,就始终坚持马克思列宁主义为指导,代表中国社会发展方向的要求,成为完全新型的无产阶级政党,成为中国工人阶级的先锋队。然而,随着中国社会不断发展,善于把马克思列宁主义普遍真理和中国革命实践相结合的中国共产党人,以以时俱进的境界,在不同的历史时期把党的先进性赋予了适合自身发展的崭新地要求。特别是改革开放以后,邓小平在十二大明确提出:坚持把党建设成为领导社会主义现代化建设事业的坚强核心。在党的十三大上又进一步强调,要使党"以崭新的姿态站在改革和现代化建设的前列,成为一个勇于改革、充满活力的党,纪律严明、公正廉洁的党,选贤任能、卓有成效地为人民服务的党"。以江泽民为核心的党的第三代中央领导集体更是把党的先进性作了高度的概括,

提出了"三个代表"的重要思想,这也恰恰是共产党员先进性的时代要求,因而,中共中央在开展保持共产党员先进性教育活动的意见中明确提出了党的先进性的基本要求是"自觉学习实践邓小平理论和'三个代表'重要思想,坚定共产主义理想和中国特色社会主义信念,胸怀全局、心系群众、奋发进取、开拓创新、立足岗位、无私奉献,充分发挥先锋模范作用,团结带领群众前进,不断为改革开放和社会主义现代化建设作出贡献"。胡锦涛总书记对保持共产党员先进性教育向全党提出了六个方面的要求:共产党员要坚持理想信念、坚定不移地为建设中国特色社会主义而奋斗;坚持勤奋学习,扎扎实实地提高实践"三个代表"重要思想的本领;坚持党的根本宗旨、始终不渝地做到立党为公、执政为民;坚持勤奋工作,兢兢业业地创造一流的工作业绩;坚持遵守党的纪律、身体力行地维护党的团结统一;坚持"两个务必",永葆共产党人的政治本色。不难看出,无论哪个历史时期,也无论是哪一代党的领导人,在如何保持党的先进性方面都把党风廉政建设作为一项重要内容提出来。这是因为:

第一、中国共产党始终把党风廉政建设作为自身建设的一项重要工作。

我们党是执政党,要使党永远立于不败之地,就必须切实加强党的自身建设,而在党的建设方面,党风廉政建设和反腐败工作尤其显得十分重要。这是因为我们党已经从一个革命的党转变成为一个执政党以后,在经历了多年的计划经济领导国家建设的情况下,党的十一届三中全会提出了改革开放、建设有中国特色的社会主义道路的方针,从而使我们国家的经济建设又有了突飞猛进的发展。以江泽民同志为核心的党的第三代领导集体在不断总结历史经验的基础上,又成功地把国家的经济建设转变到走社会主义市场经济的道路上来,这就标志着中国共产党带领全国人民在国家经济建设中取得了巨大成就,但同时也给我们党的建设带来新的难题,那就是党能否在新形势下经得起长期执政地考验。国际风云变幻莫测,苏联、东欧国家的共产党由于没有能解决好自身的建设问题,特别是党内腐败现象滋生严重,使得长期执政的共产党失去执政地位,撇开其失去政权的其他原因,究其最主要原因还是这些执政党失去了自身的先进性。中国共产党人清楚地看到,不能很好地解决党风廉政建设和反腐败问题,就会动摇党的执政地位,因而,作为中国社会主义现代化建设的组织者和领导者的中国共产党,高度重视党的自身建设,坚定不移地反对腐败现象,不断提高拒腐防变和抵御风险的能力,始终保持了党的先进性。

第二、加强党风廉政建设是保持共产党员先进性的重要体现。

不可否认,现在党内和社会上还存在着少数消极腐败现象,一些党员干部甚至个别高级领导干部,随着改革开放的不断深入,社会主义市场经济逐步形成,这些人由于手中掌握了一部分权力以后,不能把握好自己的世界观、人生观、价值观、权力观等等,忘记了自己入党时的信念,严重脱离了群众,贪污受贿、买官卖官、腐化堕落等等,虽然这些人是少数,但严重的损害了党和政府的形象,损害了人民群众的切身利益,造成群众的强烈不满。党内和社会上的这些腐败现象如果不及时地解决,就会动摇广大党员、干部的理想信念,亦会失去人民群众的信任,从而就有可能失去执政地位。可想而知,一个先进的政党她能够允许自身滋生腐败吗? 因此,通过加强党风廉政建设来解决党内的一些腐败现象,从而达到从严治党的目的,正如江泽民同志所讲:"从严治党,是保持党的先进性和纯洁性,增强党的凝聚力和战斗力的保证。"

第三、加强党风廉政建设是保持共产党员先进性的重要政治基础

我们党一贯重视党风廉政建设,几十年来,已经在实践中逐步制定了一系列的党纪法规,特别是建立健全了与社会主义市场经济相适应的教育、制度、监督并重的惩治和预防腐败体系,这是今后一个时期反腐倡廉,贯彻坚持标本兼治、综合治理、惩防并举、注重预防方针的规范性文件,是保持共产党员先进性和纯洁性的重要法宝,并以此从制度上来约束党员干部的从政行为。通过加强教育和管理,帮助广大党员尤其是党员领导干部,树立起正确的世界观、人生观、金钱观、价值观、权力观等等,提高党员干部的政治素养,坚定党员干部的理想信念。同时,对党内出现的一些消极腐败现象决不姑息迁就,对于那些敢于违法乱纪的党员干部,不管职位多高,一经发现就坚决予以严惩,只有这样党才能担负起带领全国各族人民取得社会经济建设的巨大成就。因此,切实加强党风廉政建设和反腐败工作,对坚决维护党的团结统一,坚决维护党中央的权威,保持共产党员的先进性和纯洁性具有十分重要的作用。

三、以优良的党风、政风展示共产党员的先进本色

当前,我国社会主义市场经济和改革开放,正在向越来越有利于满足人民群众物质文明和精神文明需求的方向健康发展,胡锦涛同志指出:实现社会和谐,建设美好社会,始终是人类孜孜以求的一个社会理想,也是包括中国共产党在内的马克思主义政党不懈追求的一个社会理想。我们每一个党员和党员领导干部,都要以"三个代表"重要思想为指针,切实加强党风廉政建设,紧密结合保持共产党员先进性教育活动,以优良的党风、政风展示共产党员的先进本色。

要牢固树立立党为公、执政为民的思想,提高领导干部廉洁从政的自觉性。党风正,民心稳;政风清,民心和。要大力提倡党员干部的奉献精神,牢记全心全意为人民服务的宗旨,身体力行"两个务必",不管在什么情况下,始终保持人民公仆的身份,老老实实做人,清清白白做官,以好的党风、政风来带动民风,"实现社会和谐,建设美好社会"。

要保持共产党人的清廉本色,树立起正确的世界观、人生观、价值观。"宠辱不惊,看庭前花开花落;去留无意,望天外云卷云舒"。共产党人就应该有这样的

气概,在权、钱、色面前时刻保持清醒的头脑,要以一颗平常心来看待社会上的贫富不均的现象,要通过诚实劳动来丰富自己的生活,千万不能巧取豪夺来谋求不义之财,真正做到自重、自省、自警、自励,自觉地抵御各种腐朽思想的侵蚀,牢牢地筑起自己的道德思想防线,始终保持共产党员的先进本色。

要在党员干部中提倡正确的政绩观,以务实的精神做好自己的本职工作。进一步加强党风廉政建设,就必须大兴求真务实之风,切实为群众解决他们急需解决的问题,不搞形式主义,不搞花架子,坚决反对脱离实际的"形象工程",对所谓的"政绩工程"要敢于说不,严格执行党的各项方针政策,用科学的发展观来指导自己的工作,以身作则,勤政廉政,恪尽职守,任劳任怨,艰苦奋斗,不忘本色,在实际工作中处处体现共产党员的先进本色。

参考文献

[1]《实施纲要》起草组.《建立健全教育、制度、监督并重的惩治和预防腐败体系实施纲要》辅导读本. 北京 中国方正出版社. 2005

[2] 中共中央宣传部.《毛泽东邓小平江泽民论思想政治工作》. 北京:学习出版社,2000

[3]《解读新党章》编写组.《解读新党章》. 北京:中央文献出版社,2002

[4] 中共中央组织部.《"三个代表"重要思想党建理论学习纲要》. 北京:党建读物出版社,2005

[5] 胡锦涛.《在省部级主要领导干部提高构建社会主义和谐社会能力专题研讨班上的讲话》. 北京:新华社,2005.6.26